飞翔的苍耳

牛耕 著

河南文艺出版社
·郑州·

序　永远的童心

吴涛

　　厚厚的一本自装书摆在桌案上,静静的,却有种诱人的魔力,把我拉回童年。

　　这本书叫《飞翔的苍耳》,作者牛耕是一个来自基层教育局的普通机关干部。这是他业余时间勤奋笔耕结出的硕大果实,洋洋洒洒二三十万字,满满的童年生活趣事,仿佛在中年的时光中设计出斑斓多彩的梦的童装。

　　无论是哪个年代的孩子,童年都是难忘的、五彩斑斓的。"拉大锯,扯大锯,外婆家,唱大戏。妈妈去,爸爸去,小宝宝,也要去……"回忆童年,谁没有做过这样的游戏——两个小朋友相对而坐,脚掌相抵,两手互钩,做拉锯的动作,身体前俯后仰,同时嘴里唱着欢快的儿歌。童年在哪里,游戏就在哪里。在这部书中,作者用了大量篇幅描写小时候做过的各种游戏。比如在《拾个冰糕棍儿,咱俩换换位》一文中,详细描写游戏"挑冰棍儿"的玩法:"两三个人围在一起,蹲着或跪着,地面上画一个圈,平均拿出来一定数量的冰糕棍儿,自己留一根做挑棍儿……挑完为止。"除此之外,作者还饶有兴致地回忆了滚铁环、跳皮筋、砸沙包、捉迷藏、摔凹窝、吹柳笛、烧红薯、挖田鼠、捅马蜂窝等童年趣事。

　　在游戏中,孩子们学会了思考。比如在《鸡毛毽》一文中,作者说:"鸡毛毽子都是我们自己做的,需要铜钱、碎布、针线,还有必不可少的漂亮鸡毛。"字里行间透着小小的得意,蕴含着满满的成就感。"后来我们学会了另一种做法,收集尿素袋子封口用的红红绿绿的塑料绳子,就像裹灯芯一样把绳子攥紧,剪出合适的长度,捆好塞进铜钱的方孔,放在煤油灯前将一端烤热到熔化,然后放在玻璃板上一按,塑料绳子就焊在了铜钱上,将另一端的塑料绳子一点点地梳理蓬松,一个简易的鸡毛毽子就做好了,其实一根鸡毛都没有。"这简直就是小发明小创造啊!孩子们像小小的工匠,在游戏中想方设法破解"难题",认知能力得到发展,动手能力得到加强。

在游戏中,孩子们学会了合作。比如《砸沙包》一文写道:"课间十分钟的校园里、操场上,同学们随意分成两拨儿,一方是兴致勃勃地轮流夹击地砸,一方是高度紧张地蹦跳躲闪……倘若在空中接住了对方的沙包,就等于挽救了被砸掉的一个同伴,可以增加一个同伴重上战场的机会。"这时候的孩子,视同伴为"战友",同一个营垒的"大局"掩盖了过往的任何分歧、摩擦甚至打斗怨恨,变得亲密无间。他们在游戏中学会了担当责任,学会了帮助、合作与分享,情商得到培养,团队意识得以树立。

游戏其实就是玩,玩应该是童年时代的主题。玩是孩子的天性,玩是孩子的权利,玩是孩子的生活,玩是孩子的生命。玩着玩着,一个个灰头灰脸的孩子就慢慢地长大了,调皮的熊孩子长成了棒小伙子,灰姑娘长成了漂亮姑娘。这种情景,想想都是美好的!读《飞翔的苍耳》,更会引起共鸣:"童年真好!"

作者是70后,"我的童年是在豫东平原一个到处是泡桐树、槐花树的乡村度过的"。那时候的中国家庭,孩子都多,这就决定了作者跟其他大多数同龄人一样,童年是在基本没人管的比较宽松自由的"放养"的环境下度过的。那时候,天是湛蓝的,村是葱郁的,小河是清澈的,孩子们撒欢的脚步是欢快的,童年是快乐且无拘无束的。在快乐和无拘无束的撒欢中,作者认识了"一年生草本植物,果实呈纺锤形或卵圆形"的苍耳,认识了"庄稼地、垄沟边、墙头根、柳树下、水坑旁随处可见且貌不惊人"的狗尾巴草,无师自通摸索出了将收集来的墨水瓶废物利用自制墨水的小技巧,锻炼出了拆卸、清洗钢笔的"娴熟手艺"……

在一个人的成长过程中,每一段人生经历都是值得回味的,童年历历往事,无论你在意与否,都会给一生的成长留下或多或少的影响和印记。在一个人受教育的过程中,除了有学校教育、课堂教育、书本教育以外,还有生活教育,而且生活才是最好的老师。

在具体的行文中,《飞翔的苍耳》从头至尾均采用第一人称的叙事方式,读来就像听一位熟悉的老朋友在深情回忆、娓娓述说。作者行文不煽情、不夸张、不炫耀、不遮掩,而是以平实、冷静又不失生动的笔触加以叙述,读来似乎在看一场老电影,亲切真实而富于镜头感。

难能可贵的是,作者并不满足和局限于对童年生活的回忆和展示,而且有对现实生活深深的思考。他在自序中写道:"时代变迁往往会带走一些珍贵的东西:一封家书、一双老布鞋、一辆架子车、一部老电影、一场大鼓书……世界越来越大,而孩子们的童年世界却似乎越来越小……上不完的补习班、学不完的辅导课。在家里,视线所及不是一幢幢高大的楼房就是虚拟的网络世界。"作者发出这样的诘问:"家长们以爱的名义,给孩子们提供着力所能及的物质生活,可那些所谓的特长班、兴趣班,真的是孩子们心甘情愿的选择吗? 等到他们长大成人,回望自己的童年,真的能感受到快乐吗?"

是啊! 童年应该是一首动听的歌谣,应该是一幅美丽的画卷。当下的孩子,没有真正意义上快乐的童年,不知是怎样的一种悲哀! 希望这本书能给人以警醒。

(吴涛　河南省优秀新闻工作者,《商丘日报》要闻部主任)

自序　你的童年,在哪里?

60后的人说:"我的童年在麦田里。"

70后的人说:"我的童年在大院里。"

80后的人说:"我的童年在胡同里。"

90后的人说:"我的童年在书本里。"

00后的人说:"我的童年在电视机里,在电脑里,在iPad(苹果平板电脑)里,在手机里,在网游里……"

有一种经历,叫作成长。有一段时光,叫作童年。

我们都有自己的童年,童年都会成为曾经。时代变迁往往会带走一些珍贵的东西:一封家书、一双老布鞋、一辆架子车、一部老电影、一场大鼓书……世界越来越大,而孩子们的童年世界却似乎越来越小。如今,大多数家庭的孩子是独生子女,没有兄弟姐妹。面对渴望子女早日成才的父母,孩子们的童年里只有上不完的补习班、学不完的辅导课。在家里,视线所及不是一幢幢高大的楼房就是虚拟的网络世界。家长们以爱的名义,给孩子们提供着力所能及的物质生活,可那些所谓的特长班、兴趣班,真的是孩子们心甘情愿的选择吗? 等到他们长大成人,回望自己的童年,真的能感受到快乐吗?

在我的记忆里,童年是纯真的,是甜蜜的,是自由的,是快乐的,是无拘无束的,是五彩斑斓的。"滚铁环、跳皮筋、砸沙包、捉迷藏、摔凹窝、吹柳笛、烧红薯、挖田鼠、捅马蜂窝……"小伙伴们在游戏中接受挑战、承受挫折、理解友爱、学会等待、懂得分享,在游戏中无忧无虑地玩耍,在自由的空间里幸福地成长。

中国的语言文字博大精深，"玩"字由"王"和"元"组成，从字面上看可以理解为：会玩者为王者，会玩者为"元首"。玩，是孩子们的天性；玩，是童年里不可或缺的元素；玩，让孩子成为孩子。

我的童年在村后蛙声一片的水塘边，在蜿蜒曲折的乡间小道间，在尘土飞扬的操场上，在广阔肥沃的庄稼地里，在各种各样的游戏里。虽然那个年代物质生活相对匮乏，没有玩具我们就自己动手做：做弹弓、做鱼竿、做陀螺、做火柴枪；没有电子游戏机就玩捉迷藏、老鹰抓小鸡、丢手绢、挤尿床、逮天牛、斗蛐蛐、捉青蛙、捉蜻蜓；没有吃的就去摘桑葚子、烤红薯、烧麦穗、偷西瓜、逮小鱼、挖泥鳅，照样玩得有滋有味。即使很多年以后，回望自己的童年，也总觉得是那样的快乐、充实、幸福。

如今我们每天醒来，依然会面临两个选择：继续做梦或者起身追逐梦想。而很多梦想，都与我们的童年有关。

小时候，快乐是简单的。长大了，简单是快乐的。其实，每个人心里都住着一个长不大的孩子，哪怕你掩饰得毫无破绽。不管我们的年龄有多大，只要心是纯净的，我们永远都可以保持孩子般的天真与美好。

愿童心不泯，愿快乐常在。

而我的童年，就在这本书里。

2018 年 4 月

目 录

1

老家的电影院

我的童年是在豫东平原一个到处是泡桐树、槐花树的乡村度过的。乡政府那时候叫"公社"。"公社"所在的村子大家都喊"集上",集上有卫生院、粮店、学校、派出所、邮电所、新华书店……集上最大的建筑物应该就是那个叫"周堂电影院"的大房子了。

老家的电影院修得高大气派,红色的顶,灰白色的墙,坐北朝南,每次进电影院我都会迷方向。房顶大概有三层楼那么高,挂着好多排绿色的大吊扇,墙壁上有很多圆圆的凹陷窝,应该是处理影院回音的。影院里的座位很是原生态,全部是砖混结构的,外面抹着一层厚厚的水泥,坐的人多了,水泥面就像如今包了浆的文玩一样锃亮。影院能够容纳上千人,春夏秋冬,看电影的热情往往让人们忽略了水泥座位的冰凉。

那时虽然电视机已开始普及,《射雕英雄传》《霍元甲》等电视连续剧正热播,但似乎并没对电影造成多大威胁,电影依然是相当受欢迎的。每当引进新影片,电影院前面的告示牌上就会贴起用美术字写的海报,人们纷纷驻足观看,然后便排着队去买票。那些手里拿着蓝色、红色或者黄色电影票的人,往往能使周围人投来羡慕的目光。

电影放映的时间通常是晚上,常常是离开映还有一两个小时的时候,影院前面的空场上便已是人山人海。看电影的人们穿着自己最好的衣服,在贴身的衣兜里装好电影票,拿着零食,挎着水壶,夏天还会带着大蒲扇跟擦汗的毛巾,脸上带着幸福的笑容。小孩子们或是兴奋地笑着、叫着,到处乱跑,或是拽着大人的手把他们拉到卖零食或小玩具的摊子面前,那时候最好的零食就是老冰棍跟葵花子。当大喇叭宣布开始检票的时候,人群便开始躁动起来,急忙拿出票,放在手里紧紧地攥着,然后争先恐后地往影院里挤,似乎慢了就赶不上了。好不容易挤进了影院里面找到座位坐下,这才会长长地松一口气,满心欢喜地坐在水泥座位上等待观看。

当影院屋顶上的灯逐渐灭掉,大银幕开始亮起的时候,嘈杂的电影院便会突然安静下来,大家都停止了说笑,睁大了眼睛。八一电影制片厂的电影开场曲是《解放军进行曲》,八一军徽闪闪发光,随着雄壮有力的旋律,观众们很快地融入影片,为其中的人物或喜或悲,当看到精彩情节的时候,还会不约而同地、热烈地鼓起掌来。等到散场,人们便会带着意犹未尽的神情走出影院,一路议论着回家去。

那时候看电影逃票是一种快乐,虽然一张电影票只有两三毛钱。尤其是小孩子,冬天经常在熙熙攘攘的检票口钻进大人们的绿军大衣里面,蒙着头猫着腰跟着往里面混,往往是灰溜溜地被检票人员给揪出来,然后再钻另一个军大衣……

我已记不清小时候去看过多少场电影了,只记得每次有新电影上映,电影院都会在集上的丁字路口挂一个小黑板,上面手写着国产彩色故事片或香港武打功夫片片名及开演时间之类的水彩字。我无意中发现,因为电影院的人手不够,集上的人们看电影有个这样的惯例:每次等到电影开演后,过路人可以将小黑板送到电影院,当然不白送,可以免费看一场电影。

发现了这个小秘密后,我接连几天老早就把写有电影海报的小黑板送到了电影院,而当天的电影票还没怎么卖,弄得电影院的人哭笑不得。大概是因为妈妈在集上教书、爸爸在集上人缘也不错,电影院的人都认识我,从来没有让我补过电影票。那时候有一部戏剧电影《墙头记》,讲述年近八旬的张木匠两个儿子“大怪”和“二怪”不孝顺、两个儿媳不贤惠把亲爹逼到院墙上的故事。电影院门口检票的人都开玩笑地喊我“大怪”,喊我弟弟“二怪”。我也知道这绰号不怀好意,总是对着嘲弄自己的大人们噘着嘴翻着白眼表示抗议。

童年里唯一的逃学经历就是为了看电影《少林寺》。当年《少林寺》上映的时候,火爆的程度不亚于早些年的3D(三维空间)电影《阿凡达》。当年万人空巷的轰动依然留存心间。就武侠电影本身而言，《少林寺》开创了中国武侠电影史上最为辉煌的篇章。"日出嵩山坳，晨钟惊飞鸟，林间小溪水潺潺，坡上青青草……"当年的这首《牧羊曲》一下子红遍了大江南北。——就在打着这几行字的时候，我的耳边已经不自觉地响起这首歌的旋律了。

那些天电影院循环放映《少林寺》，场场爆满。等电影结束了我们几个就躲在影院的厕所里或者一排排的水泥座位中间，跟清场的工作人员躲猫猫，甚至爬到厕所旁边的几棵大杨树上。我清清楚楚地记得，那一天，从上午到晚上我们看了五遍《少林寺》，最后一场看腻了，我们三个就溜到舞台上，坐在银幕的后面，嗑着瓜子嘬着冰棍看反转的字幕跟画面，电影里的台词，基本上都会抢答了。

那天我还趁着午饭的时间，去集上给自己剃了一个少林寺弟子头，光着头看《少林寺》，看到李连杰扮演的觉远师父在黄河边大战王仁则的场面，感觉特爽。只不过，晚上回家后，我傻乎乎地背着书包硬着头皮在院子里月光下被妈妈罚站的场景和那头皮发麻的感觉，至今难以忘怀。

看过的影片还有《妈妈再爱我一次》。看这部电影的时候很多人都是带着小手巾去的，直到后来整个影院哭声一片。当年有一个叫刘远霞的女同学，去电影院看《妈妈再爱我一次》，出场时也是哭得一塌糊涂，旁边的人都夸她有爱心。真相却是：水泥墩子凉，她把老妈刚买的红袄垫在屁股下看电影，散场时忘了拿，却怎么也找不到了。没几个人知道，她当年稀里哗啦哭的是她丢失的小棉袄！

后来，电影市场慢慢地颓败了，大家也很少去集上电影院看电影了。再后来，读初中的时候，影院的屋顶就被拆掉了，高高的院墙也慢慢地变成了残垣断壁，我还曾经带着不安的心去了一次拆后的电影院，望着荒草丛生的一排排水泥座位和空旷的舞台，心情是那样的失落，第一次感觉到电影院里是那样冷。

直到如今我依然会时不时地想起老家的电影院，想起自己日渐遥远的童年。即使电影院不在了，我们的童年，依然在。

伤口上撒盐的滋味

左思右想,豫东方言里没有"池塘"这样文雅的叫法,村前村后那些有水没水的低洼之处统统叫作"坑",没水的叫干坑,有水的叫水坑。所以在读朱自清老先生的《荷塘月色》的时候,课堂上老师对我们讲"荷塘就是长着荷叶的池塘",我才明白池塘就是我们小时候经常说的"水坑"。

夏天的午后,毒辣辣的太阳晒得庄稼秧子都蔫了,胡同里的看家狗伸着长长的舌头呼哧呼哧地吐着哈喇子,喘着粗气趴在树荫下乘凉,柳树、槐树、杨树上面,知了的歌唱声也开始嘶哑,大人们基本上都在午睡,而这个时候,我和小伙伴们正在村后的水坑里扑腾得正欢。

那个时候我们都把游泳叫"洗澡"。因为一到夏天,大人小孩便喜欢跳到水坑里洗澡凉快,而村里的妇女则通常会在傍晚去水坑里洗澡。经常会有水坑淹死洗澡小孩的事,虽然大人们苦口婆心地吓唬我们,说水坑里有水鬼吃人,但依然挡不住我们偷偷去洗澡的脚步。水坑就是我们童年的天堂,男孩子们一个个脱得精光,在坑里肆意地扑腾着水花,女孩子穿着短裤背心在浅水区看着男孩子们兴奋着、叫喊着、打闹着。我们在水坑里玩的大多是很不专业的狗刨,比谁游得快,或者一个猛子潜到水底看谁游得远。运气好的话还能摸到小鱼、小虾、鸭蛋甚至大鹅蛋,运气差的话就是不小心会被水坑里的破碗片、玻璃片划伤,几乎每个爱洗澡的小伙伴身上都是伤痕累累,脚底板受伤的最多,其次是膝盖、胳膊肘。但我们经常是轻伤不下火线,用手抹一下伤口,再用水坑里的水冲一下继续扑腾。一道道伤疤,记载着我们曾经斑斓多彩的快乐童年。

直到如今我的肚皮左侧还有一条十几厘米的伤疤,那时候我连狗刨都游不好，大家在深水区打闹的时候，我只敢在水浅的地方两手划着水面、肚皮贴着地面滑行。有一次运气实在不好，肚皮遇到了一块锋利的碎玻璃片，刺啦一下，等我反应过来从水坑里捂着肚子狼狈不堪地站出来的时候，殷红的鲜血已经从手指缝间流了出来，顺着大腿很快流到了脚面，连我自己都不敢看伤口有多深，感觉再深一点就开膛破肚了……小伙伴们都吓坏了，他们都劝我赶紧去集上的卫生所，可我知道包扎是需要钱的，我身上一毛钱都没有，再说偷跑出来洗澡，爸妈也不知道。当时也不知道自己怎么想的，一手捂着伤口，一手麻利地穿上裤衩背心就往家里跑。路上遇见一个邻居，他关心地问我是不是洗澡划流血了，我一边点头一边奔跑，身后的邻居又说了一句"回家用盐水洗洗"，我就很快推开老家的篱笆门，一头钻进了厨房里。

家里很安静，我也不清楚爸妈是否在家，缓过神儿以后，我溜到小姨的屋里，从小姨的棉花被子里抽出几大片棉花然后又蹑手蹑脚地回到厨房里。关了厨房的门，我开始给自己清理伤口。

很多人都知道"伤口上撒盐"这个词，但真正体会过的人估计不会太多。借着厨房窗户的亮光，我拿出来一个陶瓷碗，抓了一大把盐。那时候家里吃的盐都是那种颗粒很大的粗盐，一手捂着伤口一手掂着暖瓶往碗里倒了半碗滚烫的开水，小心翼翼地揭开伤口上的小背心，光着膀子用棉花蘸好盐水清理伤口，先把旁边的血清理干净，然后把棉花缠在一根竹筷子上，蘸满搅拌好的盐水，咬着牙闭着眼睛从伤口上端抹到下端。那一刻，我深刻地体会到了伤口上撒盐的剧痛，不只是电击一般的疼痛，滚烫的盐水刺激着伤口，痛得我满头汗水，后来我实在忍受不了那种刻骨铭心的痛，躺在厨房的青砖地上捂着伤口咬着牙打着滚，不停地抽搐，几乎要疼死过去，可我一声都没喊出来，等到肚子上的血止住了，我的下嘴唇里面也被自己咬破了，又咸又腥……后来在课堂上学习邱少云，我都会想起当初在厨房里疼痛难忍捂着肚子翻来滚去的执拗的自己。

那一年，我八岁。

后来，很多年以后，一个做医生的同学听了我的故事看了我的伤疤，满脸严肃地对我说，如果是现在处理当年的伤口，不仅要打破伤风针吃好多消炎药,而且至少得缝二十针。用盐处理伤口,血液中的水分会从低浓度的地方向高浓度的地方渗透,引发高钠血症,甚至导致休克。但当初自己的清理还是多少避免了伤口的感染,只能说我命大福大造化大了。

"伤口上撒盐的滋味,你感受过吗?"我咧着嘴狡黠地反问他。

"你小时候就是个大傻瓜!"我的医生同学,摘下他的近视镜,一只手摸着胸前的听诊器,无比肯定地盯着我说。

水坑里漂满不能潜水的青蛙

初夏的气温渐渐回升,村后的水坑边开始漂浮起一团团絮状物,里面是像小米粒那么大的黑子,外面是透明的胶质膜,且彼此相连,结成一大团的卵块,它们就是青蛙的卵。

青蛙卵跟蟾蜍卵是有差别的,青蛙卵在水里是一团团的,而蟾蜍的卵是连续的线状长带,带内的卵都是两行或三行。小时候到了夏天,我就用洗脸盆将青蛙卵连带着水坑里的水端回家,放在院子里的砖台上,只要气温足够高,小蝌蚪们就会摆着小尾巴自己孵出来。

养蝌蚪是一件不怎么费心而又很快乐的事,大约半个月,蝌蚪尾巴的根部开始膨胀,外鳃消失,长出两条可爱的后肢,仔细观察还能清楚地看见几个小脚趾。再过一周左右的时间,蝌蚪们的前肢也慢慢地长了出来,后肢变得更为强壮,基本上有了青蛙的轮廓,但是依旧拖着自己的小尾巴在水里游来游去,非常好玩。

大约一个月的光景,蝌蚪们的尾巴都消失了,身体的颜色也变为墨绿色,还有各种斑纹,虽然体形还小,但它们已经是青蛙了。

这个时候,家里的水盆已经容纳不下那些欢蹦乱跳的小家伙了。我能够做的,就是在爸妈的劝说下,把小青蛙们送回村后的水坑里,那里,才是它们的家。

回忆到这里,似乎感觉自己爱心满满的,跟这篇文字的标题好像谬以千里了,其实我的心情已经开始慢慢沉重了。不再赘言,下面开始用文字表达压抑在我内心多年的忏悔。

雨后的水坑蛙声一片,简直是青蛙们的乐园。水坑上沿经常会有一排排的小窝窝,大概是鸭子们吃小鱼小虾的时候凿出来的,青蛙们就喜欢躲在窝窝里面呱呱地叫,叫声此起彼伏,尤其是傍晚,时断时续的蛙鸣就像优美动听的小夜曲,曾经无数次陪伴我安然入梦。

那天我来了兴致徒手去捉青蛙,根本就不知道害怕,猫着腰屏着呼吸蹑手蹑脚地走到青蛙的窝上面,听着声音就能判断出青蛙的位置,迅速地把手伸到青蛙的面前,青蛙受到惊吓就会本能地一跃而起往水里跳,正好跳到伸开的手掌里,只需五指迅速并拢,青蛙就老老实实地被握在手中成了"战利品"。

青蛙的皮肤是凉的,它有着圆鼓鼓的大眼睛、修长的腿,用力挤压一下白肚皮,青蛙就会呱呱地叫。有的青蛙鸣叫的时候,嘴巴两边会有两个气球一样的气囊,随着每一次的鸣叫,气囊都会鼓起来再缩回去,特别好玩。

用细绳拴住青蛙遛着玩的游戏已经玩腻了,突发奇想的我用麦秸秆插进青蛙的屁股眼里给它吹气,将青蛙的肚子吹大,然后再拔出麦秸秆,把青蛙扔到水里。正常情况下青蛙到了水里会迅速潜起来的。可由于肚子里有空气,无法潜水,只能漂在水面上晃悠。

那天我心血来潮,差不多在水坑里逮了七八十只青蛙,吹坏了十几个麦秸秆,把逮到的青蛙全部吹得肚子胀胀的丢到水里,看着水坑里漂满不能潜水的青蛙,怎样努力都无法施展自己的游泳本能,幸灾乐祸的我居然没有丝毫的罪恶感。

第二天,漂在水坑里的青蛙们恢复了吹气前的体形,水坑依旧是它们的乐园。而我,应该已经成了它们的噩梦。

后来读辛弃疾的《西江月·夜行黄沙道中》"稻花香里说丰年,听取蛙声一片"的时候,看电影《泰坦尼克号》轮船遇险后乘客与船员们在水里挣扎的时候,我的脑海里都会不由自主地浮现出村后的大水坑里漂满一大片不能潜水的青蛙的场面。随着年龄的增长,我对自己做过的蠢事愈加懊悔与不安。对于童年里遇到我的青蛙们而言,它们经历的痛苦不次于一场灾难。

原谅当年我愚蠢的过失吧,童年的青蛙们!

课桌上的流水时光

学生时代，陪伴我们较多的就是木课桌、小板凳。课桌的规格不一，全班同学的课桌几乎没有同一个模样的。老师不在的时候，我们就趴在课桌上打盹、聊天，甚至跳到桌子上追逐、打闹。

学了鲁迅先生的《从百草园到三味书屋》后，大家东施效颦学着鲁迅先生在桌面上偷偷地刻一个歪歪扭扭的"早"字，但鲁迅先生刻下的是至高的勉励名言，我们刻下的，则是躁动不安的流水时光。

印象中不论走进童年的哪个教室，都会在课桌上看到各种刻痕。

有的刻"忍"字，往往刃的右边多刻一个点；有的宣泄自己，刻"毁人不倦"讽刺老师；还有刻某某某爱某某某的。记得班里有个男同学手贱，在课桌上刻了一行"谁看谁是傻逼"，惹了众怒，大家蜂拥而上，把他的脸摁到课桌上，掰着他的眼皮让他自己看了个够，然后班长亲自把那行字用削笔刀刮了个坑。

课桌上的字也是一种文化，利用价值最高的自然是"作弊型"，从数学公式到英语单词，从文言语句到古诗词，几乎没有剩下一张完好无损的课桌。无论老师下过多少清除令，讲了多少遍要爱护公共财物，依旧"野火烧不尽，春风吹又生"。

还有的男生会故作嫌恶状地跟女同桌画上一条"三八线"，下课时趴在桌子上嘴里哼着"昏睡百年，国人渐已醒，睁开眼吧，小心看吧……万里长城永不倒，千里黄河水滔滔"，嗅觉上享受的却是女同桌身上雪花膏的香味，连冬天搓在手上防止干裂的冻手膏的味道，都那么沁人心脾。

那时候没有商场，也没有让人眼花缭乱的各种饮料，上学口渴了，基本上都是从学校里的老压水井里自己打水喝。经常会有学生被压水井的铁杆打伤嘴巴，鲜血直流，那是因为自己身板瘦弱，经不起老压水井引水时的压力。于是校园里经常看到老压水井杆上趴着几个孩子齐心协力上下抬压着铁杆，另一群孩子在出水口双手捧着水洗脸、喝水的场景。

爸妈担心我也被压水井杆打伤嘴巴，就给我准备了一个老汽水瓶，从家里带水到学校喝。我就想了个办法，在课桌面上打了一个小孔，插上一个彩色中空的塑料皮筋，汽水瓶放在课桌下面的抽屉里，桌面上摆上课本挡住嘴，上课的时候偷偷地喝水。水瓶里放上几粒糖精，还有食用色素，甚至加上几滴酱油、醋，自己调制出来的饮料感觉特别美，绝对是童年的味道。

上课趴在课桌上看连环画、故事书的感觉特刺激，一会儿投入故事的情节中，一会儿又要抬头看看老师的状态，同时又挂念着课桌里的故事情节的发展，经常在入迷的时候被老师发现，全班同学眼睁睁地看着老师板着脸走到开小差看故事书的同学跟前，看着老师突然惊醒梦中人。小人书、故事书的结局自然是没收，偷看它们的同学下了课还要灰溜溜地跟老师去办公室写检讨。

班里的不少女生是爱照镜子的，经常上课的时候趁老师不注意，摸出一面圆圆的小镜子放在课桌下面的抽屉框边，照着镜子愣神。有一次地理课，老师故意点名让一个上课照镜子发呆的女同学站起来，"请照镜子的这位女同学，用自己的脸说出我国的两个城市"，那位女同学低着头羞涩地回了一句"老师，我不会"，声音低得像蚊子的哼哼声。地理老师捏着粉笔头推了推鼻梁上的黑框老花镜，绷着脸，操着地道的豫东方言，一个字一个字地说："大脸（连）、太圆（原）！"同学们哄堂大笑，整个教室炸了窝一般。

那位照镜子的女同学姓张，回到家里，她喊地理老师"爸爸"。

地理老师家的葡萄架

　　盛夏的白天总是很长很长,日子过得总是很慢很慢。小学四年级的时候,下午放学,太阳在西边还挂得老高,听说村南头庄稼地里种的葡萄快熟了,几个人决意去"瞅瞅"。

　　小时候"瞅瞅"就是偷的意思,既然去偷就得低调些,平时推的滚铁环跟铁环钩子放在院子的门后面,红领巾也摘了,书包里的书跟作业本腾出来,还有自己手工刻的木陀螺也要拿出来。我们几个小伙伴斜挎着书包跟军用水壶就兴致勃勃地出发了。

　　紧紧尾随着我们的,还有家里的一条大黑狗,我们都喊它"二黑"。

　　路上走累了,我麻利地骑到了"二黑"背上,"二黑"傻乎乎的,还真以为自己是匹马,一路上被我揪着狗耳朵撒着欢地跑。骑了一段路我跳下狗低头看自己的裤裆,瞅了几遍也没看见裤子开线。大人们常说的玩火尿床、骑狗烂裤裆,原来都是骗小孩子的。

　　村里的庄稼地里种葡萄的没几家,我们几个很快就找到了传说中的葡萄园。

　　学着电影里解放军战士在战场上匍匐前进的动作,我们几个在一行行的葡萄架中间咽着唾液爬行了好久,只看见绿油油的葡萄叶爬满了葡萄架,无数的葡萄须缠绕着葡萄架,大家一路上期待的一嘟噜、一串串青绿、紫红的葡萄却怎么也找不到。

　　葡萄偷得太早了,葡萄串刚刚开过花,葡萄豆还没有小米粒大。我们都如泄了气的皮球一样沮丧地趴在葡萄沟里,怪不得紧紧张张地爬了半天,没有看到种葡萄的人。

那时候我还没有患鼻炎,在空气中突然嗅到了葡萄酸酸的味道,口水都差点流出来。顺手掐了一根葡萄须放在嘴里嚼了嚼,居然真的有葡萄的味道,我们几个开始兴奋起来,一口气吃了几十根葡萄须,意犹未尽。于是我们开始掐葡萄架上的葡萄须,掐了一书包葡萄须,藏在了家门口的柴火垛里。

　　吃晚饭的时候,才发觉自己的牙酸倒了,牙根都是酸疼的,可又不敢给爸妈说,只好埋头吃饭,那顿饭我吃得好艰辛。

　　第二天上课,地理老师请假没来,上了一节自习课。妈妈也是学校的老师,课间操的时候我去大办公室问妈妈,地理老师怎么不来上课,妈妈一边改作业一边头也不抬地说,地理老师家的葡萄地出事了,葡萄须被小偷掐光了,葡萄藤都趴了窝,地理老师请假收拾葡萄园了。

　　我倒吸了一口凉气,两手插在裤兜里,装作若无其事的样子吹着口哨溜走了……

拾个冰糕棍儿，咱俩换换位

　　夏天到了，五分钱一根的老冰棍儿既解渴又好吃，吃完了还要把冰糕棍儿留下来，积攒了一定数量的冰糕棍儿之后，就可以用来玩游戏了。谁赢了，冰糕棍儿就归谁所有，我们都喊这种游戏叫"挑冰棍儿"。

　　"挑冰棍儿"的玩法又有趣又简单，还能够训练眼、手、脑之间的协调能力。两三个人围在一起，蹲着或跪着，地面上画一个圈，平均拿出来一定数量的冰糕棍儿，自己留一根做挑棍儿，挑棍儿的一头往往用削笔刀修整过，比普通的冰糕棍儿更尖更细，现在回想起来那也是一种作弊。其余的冰糕棍儿双手整齐地捧成捆，在地面上蹾一蹾，感觉像赌场投掷骰子一样专注，然后抛一尺来高，使它们自由落到地面上画好的圈子里，一堆冰糕棍儿就七零八落地叠在了一起。这个游戏需要挑棍儿的人机智、眼力好，还要心细、动作灵敏、观察准确。先把那些独自躺着的棍儿拿走，收归己有。然后在不触动其他冰糕棍儿的情况下，像拆地雷一样用挑棍儿小心翼翼地从叠在一起的冰糕棍儿堆里挑出一根冰糕棍儿拨到事先画好的圈外，被挑出来的棍儿就可以为自己所有了。如果在挑的过程中触动了其他的冰糕棍儿就输了，下一个伙伴开始轮流着继续游戏，直到挑完为止。

　　夏日的教室屋檐下，冰糕棍儿的哗啦声此起彼伏，经常看见一堆堆的小脑袋凑在一起，屏息凝神地看其中的一个小脏手在地上扒拉冰糕棍儿。忽然有一个声音嚷起来："动啦，动啦！"这时便有一位垂头丧气者被淘汰出局。那一捧脏乎乎的冰糕棍儿和打弹子、摔胶泥、滚铁环一样让我们着迷，让那个曾经贫瘠的童年充满了无限的乐趣。

　　那个时候吃冰糕是可以用鸡蛋换的，鸡蛋还可以到集上换葵花子、水果糖,所以很多小伙伴都有偷鸡蛋的经历,而且大家经常谋划着去看谁家的鸡窝里有鸡蛋。没过多长时间,邻居家母鸡下蛋的声音我都能分辨得特别清楚。经常趁午睡的时候悄悄去邻居家鸡窝里掏热乎乎的鸡蛋,或者从自家的鸡蛋筐里拿两个鸡蛋装在书包里,然后下午到学校换冰糕吃……

为了攒够做游戏的冰糕棍儿,我们经常放了学去集上捡别人扔掉的。那时候的冰糕棍儿基本上都是竹子的,后来有了一毛钱一根的奶油雪糕,才开始有那种精致的木片的冰糕棍儿。

捡到的冰糕棍儿要先冲洗一下才能玩,学校和家里都没有自来水,我们就到校园门口的水坑里简单地涮一涮,就开始游戏了。男生女生都爱玩,也经常结伴去集上捡冰糕棍儿,约伴的时候都是这样喊:"放学了,一路拾冰糕棍儿去呗?"

"管,中,走!"

我是一个缺乏耐心的人,所以挑冰糕棍儿老输,经常输得只剩下手里的最后一根挑棍儿,还厚着脸皮不甘心地凑在旁边看他们继续游戏。有时上课铃突然间响了,同学们手忙脚乱地收拾了地面上的冰糕棍儿往教室里冲刺,我还能意外地捡上一两根冰糕棍儿,那感觉就像在潘家园的地摊上捡了一个大漏。

后来,我发现家里的竹凉席上的竹片跟冰糕棍儿的大小居然差不多,于是就用厨房的大菜刀把小姨的竹凉席比着冰糕棍的长短砍了大半张,砍了一书包"冰糕棍儿",兴致勃勃地上学去了……

酸甜酸甜的桑葚子

在豫东老家,有一种落叶乔木,对气候、土壤适应性都很强,4 月份花期,果实为聚花果,由多数小瘦果集合而成,形状像毛毛虫。果实成熟之前是青色的,又苦又涩。5 月份果实成熟,颜色由青变红、变紫,最后变黑,颜色越深就越甜。这种果实以个大、肉厚、色紫红、糖分足者为佳,它就是我们小时候吃过的桑葚子。

小时候吃的桑葚子都是野生的,学校周围的几个村里有几棵桑葚子树我们都一清二楚。往往是等不到桑葚子成熟,就有人迫不及待地爬上树吃青涩的"毛毛虫"了。

爬树是相当考验臂力跟脚力的,小时候的我只会借着小伙伴的肩膀爬上树,却不会爬下来。应该是自己臂力不足的缘故,下树的时候胳膊腿都是紧张的,别的小伙伴像猴子一样猫着腰徒手抓着树干,两腿盘着树,身子与树干保持着距离麻利地爬上去爬下来,而我只能贴着树干从树上滑下来,往往会把衣服磨破、肚皮蹭伤,胸口跟大腿内侧出现一道道划痕,经常是旧痕未消,又添新伤。

雨后,紫色的桑葚子根本不用清洗,含在嘴里轻轻一咬,满嘴都是酸甜酸甜的味道,闭上眼睛享受酸甜汁液的瞬间,手指头、嘴巴、舌头上都呈黑紫色的了,有时不小心还会弄到衣服上,我们都是偷偷地跑到水坑边自己洗衣服,只洗沾了颜色的那一小块,太阳底下一晒,很快就了无痕迹。

村里还有一棵白色的桑葚子树,树龄有上百年了,果肉更甜,只是成熟的时间稍晚一些。大树旁边有两间茅草屋,住着一个白发苍苍的五保户,每次去他家院子里摘桑葚子感觉跟自己家的树一样。那时候我们不知道什么是五保户,所以都喊他"老五保"。

老五保花白的胡须,花白的头发,一脸淡定的沧桑,经常端坐在院子里摇着一把大蒲扇,笑眯眯地反复叮嘱我们小心点,千万别从树上掉下来摔坏喽,今儿个别吃太多明儿个放学再过来……"老五保"就像一台复读机一样念叨几分钟后,就安静地看着我们在院子里折腾。小时候偷西瓜、偷鸡蛋、偷葡萄、偷红薯、偷苹果、偷玉米、偷花生、偷大枣、偷山楂、偷南瓜……只有村前村后的榆钱子、洋槐花跟老五保家的桑葚子,我们才说"摘"。摘,就是认为是自己家的东西,可以光明正大地拿,也只有在老五保家,我们才有摘的感觉。

大人们经常告诫我们,桑葚子不能多吃,吃多了会流鼻血,我们不相信。有一次我们在树下比赛吃桑葚子,看谁的鼻子先冒血。一群傻孩子愁眉苦脸地往嘴里塞桑葚子,牙齿吃酸倒了,小肚子吃撑了,小褂子染花了,也没有一个流鼻血的,然后大家就打着饱嗝各回各家了。

夜里睡觉,鼻子发闷堵醒了,嘴巴里也是黏糊糊的东西,点着蜡烛一看,真的流鼻血了,被子头上血迹斑斑。于是赶紧撕了一点棉花套子,先洗洗脸,然后用屋门后大水缸里的凉水拍拍额头,再拿棉花球塞住鼻孔,继续睡。

睡到天亮起床,再准备迎接屁股挨打吧,反正也不是第一次挨揍了。

我们站在高高的苹果树上

村西南头有一个苹果园,苹果快熟了的时候,我们几个经常背着书包戴着红领巾绕过几个路口溜达着"路过"。

苹果园有一圈木围栏,中间有个栅栏门,门是经常锁着的,但下面有几十厘米左右的空隙,院子里没有让人心有余悸的看家狗,看着园子里苹果树上挂着的苹果一天天由青泛红,我们寻思着一定要进园子里偷吃几个。

炎热的夏季一个午后,听说看果园的李老头生病了,我们几个欣喜若狂地咽着口水直奔苹果园,微风中似乎已经能够闻到阵阵苹果的香味了。不一会儿,我们就小心翼翼地钻过栅栏门下面的空隙爬进了苹果园。虽然是盛夏,可苹果园里却显得有几分幽静,除了树叶沙沙的响声外,连一声鸟叫都没有。在明媚阳光的照耀下,苹果树叶闪闪发亮,红彤彤的苹果挂在绿色的叶子中间,诱惑着树下垂涎三尺的我们。

苹果树并不算高,大家各自行动,谨慎而麻溜地爬上了苹果树,左手扯着树枝右手抓住苹果顺手一拧,苹果就到手了。我一边紧张而欣喜地往书包里装苹果,一边警惕地听着果园里的动静,一会儿就书包里塞了十几个大苹果。

最不愿意发生的一幕还是突然间出现了,当我站在苹果树上捧着手中的苹果啃下第二口的时候,苹果园里传过来一声怒吼:"嗨!你们不上学,谁叫你们来这儿偷苹果的?"天啊,苹果园的李老头居然回来了,我们一个个都吓蒙了。人们常说,做贼心虚。心惊肉跳的我听到李老头的怒吼拔腿就跑,我是拔腿就跑啊,我是站在苹果树上拔腿就跑啊,我可是站在高高的苹果树上拔腿就跑啊……

随着苹果树的枝叶呼啦啦的一阵乱响,我扑通一声摔倒在苹果树下面,还是脸先接触的地面,地面上恰巧有一个树杈子,摔得我眼冒金星、鼻青脸肿。其实鼻青脸肿也就算了,问题是下面的树杈子跟我过不去,把我的右脸划开一个大口子,鲜血直流,疼得我号啕大哭,感觉自己身份发生大转变,瞬间从小偷变成了一个受害者。当我一个人摔下来后,童年的小船没有说翻就翻,他们几个跑出苹果园又折了回来,散落了一地苹果。

乡卫生院就在集上不远,好心的李老头匆匆忙忙地抱着我去了卫生院……我脸上缝了四针,小伙伴们傻乎乎地围着我,看到我脸上的纱布后,你看看我,我看看你,一个个耷拉着脑袋,都蔫了。

后来,李老头去家里看我,带过去一大兜苹果,我一个也没吃,都被馋嘴的弟弟大口大口地啃了,他一边吃一边用衣裳袖子擦着嘴巴说好吃。

第二年春天,爸爸在老家里的院子里,挥着铁锹种下了一棵黑乎乎的苹果树……

剥出来的小鸡

二十世纪七八十年代的豫东农村,家家户户的院子里都会养三五只草鸡,那时候很多家庭没有多少收入,依靠种地吃饭,花钱基本上靠鸡下蛋。城里人拿粮票换鸡蛋,而乡下人就是拿鸡蛋换粮票、换油盐酱醋等生活必需品。妈妈经常对我说,鸡鸭鹅养多了就是"资本主义"。其实我不知道,是家里的粮食不宽裕,没有多余的粮食喂更多的鸡。

那时候我理解的"资本主义"都是万恶的、黑暗的。村西头的高土堆上住着个姓孔的孤寡老头,排行老二,因为偷偷地卖过几次炒花生,被生产队揪住了"资本主义尾巴",正巧赶上举国上下"批林批孔",老头因此倒了霉,经常挨批斗。不明就里的我也跟着小伙伴捋着袖子挥着手臂喊"打倒孔老二",喊得老头躲在小黑屋里浑身发抖。

除了过年和重大的节日,家里一般是不买肉的,炒鸡蛋、煮鸡蛋、荷包蛋就是饭桌上的上等佳肴。就着馒头吃一个腌得流油的咸鸭蛋都要端着汤碗蹲到外面的饭场里,当着邻居的面,吃很长的时间,吃得津津有味。

每学期开学报名,很多同学缴的学费都是卖鸡蛋的钱。在农村,上班领工资的人少之又少,妈妈是民办教师,每个月虽然只有十几块钱的工资,但已经很不错的了,爸爸说当年生产队每个月三十个工,也只有三块钱。

那时候虽然经济窘迫,农村人还是很要面子的,有时候家里来了客人鸡蛋不够,宁可去邻居家借鸡蛋,也要招待好客人,一顿饭借三五家的鸡蛋也不是稀罕事。

家里做饭烧柴火,厨屋里经常烟熏火燎的。每次家里炒鸡蛋,我都会凑在案板边,收集妈妈磕两半扔掉的蛋壳,小心翼翼地将剩余的蛋清积聚到半个蛋壳里,放在铁锅沿边烤熟了吃,撒上几粒粗盐,烧熟的白鸡蛋清感觉特别香,总是吃不过瘾。

有一回家里做饭,小姨烧锅,熬的稀米汤,地锅上面馏了十几个馒头,还奢侈地在铁篦子上放了几个鸡蛋。我自告奋勇地跟小姨商量要拉风箱、添柴火、烧地锅,小姨正好有事,就把烧锅的木板凳让给了我。

我偷偷地拿着盛饭的大铁勺子,从箩筐里摸出来一个鸡蛋,加了半勺水,把鸡蛋放进勺子里,然后把盛着鸡蛋的大铁勺放进了地锅下面熊熊燃烧的火堆里,脑洞大开的我想尝尝地锅烧鸡蛋是啥滋味。

风箱助力下的柴火很旺,借着火光我看到铁勺里的水很快就沸腾了,估计鸡蛋也熟了,我咽了一下口水,想象着自己发明创造的烧鸡蛋是何等美味,握着铁勺的木柄从火堆里取出了大铁勺,似乎已经闻到烧鸡蛋的味道了。

当我闭着眼睛把鼻子凑到铁勺边闻香味的时候,鸡蛋竟然炸裂了,蛋清还是半液体状态,滚烫的蛋清一下子溅到了我的脸上,别提有多疼了。最后我还是咬牙切齿地把没烧熟的鸡蛋吃光了,那一个滚烫的烧鸡蛋的味道,至今我记忆犹新。

到了春天,村里就会有外地人过来卖一筐筐毛茸茸的小鸡,可以赊账的,到了秋天再付钱,或者直接拿粮食换。

记得小时候老家的院子里有一个柴火垛,老母鸡经常在柴火垛的麦秸里下蛋,鸡蛋需要及时收到箩筐里,不然的话鸡窝里的鸡蛋多了,母鸡就会停止下蛋开始孵窝。

有一次,家里的老母鸡又孵窝了,听妈妈说大概三个星期时间,小鸡就会从鸡蛋壳里自己出来了,那段时间不要打扰它。

从小我就不是个省油的灯,叛逆心理在我身上展现得淋漓尽致,往往家里人不让做的事偏偏要去做。

一直好奇小鸡们是怎样破壳而出的,母鸡孵窝的一段时间,我经常蹑手蹑脚地到鸡窝里瞅几眼观察动静。

有一天早上,爸妈一块去集上买菜了,我又去了鸡窝,突然听到蛋壳里小鸡轻微的叫声,拿了一把扫帚就把母鸡从鸡窝里赶走了,顺手拿起一个鸡蛋,捧在手心里轻轻抚摸了一会儿,鸡窝旁边有块青砖,我毫不犹豫地捏着鸡蛋照着青砖磕了一下,然后很快剥开了一个鸡蛋,一只带有余热、未睁开眼睛的小鸡"出生"了,紧接着我又剥开了第二个。当我剥到第五个的时候,一直在外面徘徊的老母鸡忍无可忍了,挥着翅膀杀气腾腾地吼叫着冲过来照着我的手就猛啄了一口,顿时鲜血流了出来。老母鸡不肯善罢甘休地在我身边扑腾着,惊慌失措的我捂着手在院子里被愤怒的老母鸡撵了好几圈。家里的大公鸡可恨地站在墙头上领着另外三只母鸡喔喔咯咯地乱叫着,大黄狗也跟着凑热闹摇着尾巴汪汪叫,那一会儿,家里真的是鸡飞狗跳、鸡犬不宁、鸡飞蛋打了……

后来,妈妈买菜回家带我去集上的诊所给我包扎挨了鸡啄的手,后来老母鸡离家出走了几天,那几只被我剥出来的奄奄一息小鸡们都活了下来,再后来,小鸡们都慢慢长大了,其中两只,在当年的八月十五晚上,成了家里饭桌上的一顿美餐。

自制渔具的年代

　　小时候,市面上卖鱼竿的地方很少,即便有,经常身无分文的我们也买不起,所以我们钓鱼的工具都是自制的。

　　钓鱼得有鱼钩,这难不住我们。趁大人不在家的空当,从母亲纳鞋底儿的针线筐里偷来几根针,把针搁在煤油灯上烧得通红,再用尖嘴钳子夹成一个弯钩,鱼钩就做成了。

　　自制的鱼钩钓到鱼的成功率并不高,而手巧的"娘娘腔"居然可以趁钢针烧热发红的时候,用小刀在针尖下面挑出一个倒刺来,这样钓到的鱼不容易脱钩。为了做出一个合格的鱼钩,毁掉五六根针是常事儿。家庭条件好的孩子干脆逃学跑到县城,花五分钱买一个真正的鱼钩或狠狠心掏出一毛钱买一个"日本钩",那就是惹人眼红的极品了,倘若一个鱼钩下面再挂一串鱼钩,绝对是当年的土豪。

　　那时候很多家庭的窗户都是一个大木框对开的窗扇,碧绿的或肮脏的一大块窗纱钉在那里阻挡夏天的苍蝇、蚊子。我们胡同里的每户人家窗户纱窗的下半部分几乎都是破损的,破损程度惊人地相似:横向的窗纱丝都少了几十根。微风吹来,窗户下半部分纵向的窗纱丝就像白毛女的衣襟飞扬了起来,步调一致,煞是好看。

　　其实那些被剥离的窗纱,被我们灵活的小手牢固地接在一起之后,就是钓鱼的渔线。我们再从鸡窝外面的竹篱笆上拆下来一根竹竿,钓鱼的材料基本上就齐全了。爱臭美的小伙伴还在竹竿的手柄处缠上从电工室里摸来的红色胶布,或从别人自行车上解下来的玻璃彩带,经常引来别人羡慕的目光。

还有一个必备工具，那就是鱼漂。刚开始我们折一段麻秆儿或者棉花秆系在线上当作鱼漂。后来就去水坑边捡鹅毛，捡不到鹅毛，几个人就在胡同里围堵住一只大白鹅，挑最好的鹅毛拔下来，取中空的一段来用。或者把用完的原子笔芯在蜡烛上旋转着烤软，用力在中间部位吹出圆圆的气泡，涂上五颜六色的漆。瞅没人注意，拔掉别人家自行车的气门芯，把鹅毛等插上去，用牙膏皮系在鱼钩上方调整浮力，套在鱼线上，一个自制的鱼漂就大功告成了。

后来席卷全村的拔自行车气门芯运动就是从那时候星火燎原的，小伙伴们每人书包里都有一把气门和气门芯，让集上修自行车的家伙小小发了笔财。

鱼饵是极其简单的，剥下的蒸馍皮儿沾上唾沫揉成团，或者掀起潮湿的砖头，抓住肥肥的蚯蚓揪成几截——想想那时候我们也够心狠手辣的，扼杀这种色厉内荏的小生命从来没有过迟疑。

这一套自制工具的弊端也比较多。首先是针上没有倒刺，不仅鱼儿容易脱钩，就连蚯蚓都很容易逃脱；其次是"鱼竿"比较脆弱且没有弹性，关键时候断裂的概率较大。所以鱼儿上钩的时候，我们都不敢耐心地"遛鱼"，最好的办法是一下子把鱼儿甩上岸。

真正意义上的钓鱼是上小学后，钓鱼的工具有了质的飞跃。一毛钱一个的"日本钩"我们基本上都买得起了，然后花五分钱买两米鱼线，可是真正的鱼线啊，鱼竿的质量也越来越好了。集上有家卖竹子的李大娘，她家的细竹竿不好卖，却是做鱼竿的好材料。李大娘知道我喜欢钓鱼，她家的细竹竿随便我挑，因为她送我还能落个人情，如果不白送我竹竿，我会在放学后瞅准一根细竹竿抽出来就跑，反正她一个老太太也跑不过我。

渔具的进步与鱼饵的升级为钓上鱼来奠定了良好的基础，后来我们已经学会了用酒精泡米"打窝"和用香油和面做饵，虽然屋子里可疑的香味总是足以让大人们狐疑地仔细观察小伙伴们丰满或不丰满的小嘴唇、厨屋里最值钱的香油瓶以及笮筐里屈指可数的草鸡蛋。

大人们是反对我们去水坑钓鱼的，经常会没收我们的渔具。而小伙伴们总是各显神通,别出心裁地把鱼竿藏到大人们找不到的地方,大人们也习以为常地微笑着宽恕了我们不好好学习、不按时写作业、放学不回家的恶劣行径。

小伙伴们就这样在跟大人们紧张而机智地周旋中,积累了丰富的钓鱼经验,能从鱼漂上熟练地判断鱼是挑逗还是咬饵,是鲫鱼还是鲤鱼,能确定四季最佳的垂钓时机与地点、迎风与背风的钓姿……

我至今还记得第一次钓上鱼时的情景:阳光下看着鱼漂轻轻泛起,猛一甩鱼竿,鱼线尽头一片刺目的雪白反射着亮光,"啪"的一声摔在身后的草地上,那沉甸甸的手感和醉心的弧线让人欣喜,转身发现一条半斤左右的小鲫鱼衔着鱼钩疯狂地扭动着,我的内心无比激动与骄傲。

后来,便有各家的厨房里飘出烧鱼或大葱炖鱼的香味,给贫寒百姓的餐桌增添了至今难忘的味道。

青春飞来又慢慢逝去,鱼竿的材质也由竹竿到玻璃钢再到碳钢,渔具从原生态自制进化到高科技装备,钓鱼的地方却越来越少。如今,我们带着高档的渔具,开着豪华汽车跑到郊外收费的钓鱼池,坐在椅子上钓到的鱼越来越多、越来越大,可是,再也钓不到那份童年的快乐。

打弹弓

弹弓是男孩子爱玩的玩具之一,尤其是在夏天,我们喜欢光着脚丫子,穿着蓝白相间的海军衫、军绿色的小短裤,手里拿着一把自制的弹弓,裤兜里装着满满的胶泥子弹,到处去打麻雀、斑鸠……足迹遍布村前村后的每一片树林,感觉就像电影里持枪作战的丛林英雄。

制作一把弹弓再简单不过。在豫东农村到处都是泡桐树、槐花树,要想找到顺手的Y形树枝相当容易,用小钢锯把选好的树杈锯下来,拿菜刀削整齐,用铅笔刀去树皮,然后晾干,在树杈两端刻一圈细槽,再用砂纸打磨光滑,一个弹弓架就做好了。

后来我们又学会了用粗一些的铁条做弹弓架,需要钳子当工具,手巧的人可以把铁条弯出特别美观的弧度。做完之后,把弹弓架子用五颜六色的玻璃纤维或橡皮筋缠起来,既防滑又美观。还有小伙伴用各种各样的装饰品坠在弹弓架子上,十分好看。

医用听诊器上的橡皮管是做弹弓最好的材料。那时候输液管也是橡皮管,可惜一般人是搞不到的,我们就想方设法找自行车胎或者汽车轮胎的内胆,用剪刀裁剪出两根一厘米宽、二三十厘米长的橡皮筋,去集上的修鞋摊上死皮赖脸地要一小块牛皮当弹包,用钓鱼的细线把牛皮跟橡皮筋绑到弹弓架上,一把弹弓就算完工了。

老家水坑边有一种红色的胶泥黏性特别大。我们会挖好多红胶泥,找块硬地,添加适量的水,连揉带揉,把胶泥搓成直径一厘米左右的小泥条,然后掐成几百个胶泥疙瘩,在掌心里搓来搓去,搓成均匀的胶泥球,放在窗台上晒干。胶泥球会变得很坚硬,成了打弹弓的子弹。

童年的很多伙伴弹弓都打得特别准,但我不是其中的一个。玩弹弓和学习一样,要心到眼到手到,眼睛、子弹和目标三点一线,出手还得稳准狠快,不能犹豫不决、拖泥带水。

弹弓做好后就约几个小伙伴,一起比试谁打得准。比试很简单,开始是在树干上画一个靶子,然后每个人拿自己的弹弓打,看谁打得准。胶泥子弹打到墙上往往是一团粉碎,弹弓的威力真是不可小觑。每次的胜利者没有鲜花也没有奖品,最大的收获就是同伴羡慕的眼神或掌声,仅此而已。可我们却玩得很开心。

后来去公社打玻璃,一般都是下午放学后,公社上班的也基本下班了。伴随着胶泥子弹射到玻璃上噼里啪啦的声响,我们亢奋不已地背着书包掂着弹弓拔腿就跑。公社的玻璃被我们打碎了不少,旁边就是派出所,可我们一点也不害怕。现在回想起来,我们享受的是那种干坏事的时候肾上腺激素大量分泌的兴奋感。

随着时间的推移,大家对打靶产生了厌倦,总是打公社的玻璃也不是啥长久之计,早晚得被派出所逮住。后来我们开始在农田里寻觅,周围地里的植物成了我们的目标。调皮的我和小伙伴,开始向地里长的南瓜、茄子、辣椒、小甜瓜"开火"。许多刚长出来的小甜瓜,就被我们打得稀烂,打烂后怕大人发现,就偷偷地将瓜摘了扔掉。那时候父亲在县酒厂上班,妈妈在学校里忙着教书,放学了还要忙着种地,根本没有太多时间顾及我跟弟弟,于是我跟村里的小伙伴一样毫无约束,想怎么疯就怎么疯。

顽皮的我和小伙伴,后来是见啥打啥,苹果出来打苹果,梨子出来打梨子。我所生活的地方虽然偏僻,却是一个物产丰富的地方,这种水果刚吃完,那种水果又长大了。当时不知道多少水果就那样被我们当作目标打掉,看着从树枝上掉下来的水果,开心的我们居然没有丝毫的愧疚与负罪感。

麦子成熟的时候,成群的麻雀开始在麦田里糟蹋庄稼,于是我和小伙伴的弹弓派上了用场。每天下午一放学,大家就约伴出来带着弹弓打麻雀。打活物不像打固定目标那样简单,更加能够检验出我们的准确度如何。虽然每次打到的麻雀很少,但每当有麻雀被打下来的时候,总会引起一阵欢呼。打到麻雀的小伙伴也像英雄凯旋，心情十分舒畅。那个时候麻雀跟苍蝇、老鼠、蚊子一块属于"四害"，全国各地大有不消灭麻雀不罢休的势态。

打到麻雀后，我们就找来一些干树枝，偷一堆麦秸、玉米秆。把战利品开水烫毛，开膛破肚，清理干净，用泥巴包起来，放在火里烧。等泥巴烧干了，香喷喷的味道出来了，我们才开始分着吃。烧麻雀的味道，真的好吃得不得了。

有一年冬天经常下雪，放假后我早早地就写完了寒假作业，在家闲得慌，看着院子里踱来踱去的芦花鸡，突然想起好久不玩弹弓了，该练练手了。于是我拿出弹弓，包了一块小石子，左手持弹弓架，右手捏着包着石头子的牛皮，用力地向后绷紧橡皮筋，单眼瞄了一下地面上的芦花鸡，右手松开，只听得耳边橡皮筋在空气中呼啦一声，小石子像离弦的箭一样呼啸而去。偏偏就那样巧，眼睁睁地看着那只下蛋最勤的母鸡头部中弹，在地上扑腾了几下，就再没动静了。鸡蛋是平时给我们改善伙食的来源，将鸡打死了，我知道后果很严重。平时打弹弓的准确度真的不高，怎么偏偏这次的命中率就这么高呢？我一脸沮丧，弟弟却在一边幸灾乐祸地笑。

果然，妈妈回来后，看见躺在院子里一动不动的芦花鸡，再加上她白天可能遇到了烦心事，不容我辩解，拿起门后的笤帚疙瘩就是一通痛打，还将我的弹弓放进了灶台下面的火里给烧了。

当天晚上，我忍着屁股的疼痛，跟馋猫弟弟吃上了一顿香喷喷的地锅炖鸡。

挤尿床

　　小时候的冬天特别冷,尤其是豫东老家,每年冬天,总会下上几场鹅毛大雪。大雪纷纷扬扬后,房顶、树枝、水坑、田地到处白茫茫一片,让童年的我们深深地理解了什么是冰天雪地,什么是银装素裹,什么是寒风刺骨。

　　那时候生活窘迫,家里基本上没有取暖设备,我们也没有羽绒服、雪地靴,冬天穿的棉袄、棉裤都是手工做的,脚上的棉鞋也是母亲一针一线纳的"千层底"。下雪天为了防潮,就在鞋面上刷一层桐油,这样即使棉鞋踩到了雪水,也不会轻易湿透。男孩子们基本上每人一顶"火车头"帽子,女孩子戴头巾、裹围脖。耳朵、小手血液循环不好经常冻伤,伤口结痂脱皮的时候又疼又痒,坐在冰凉的板凳上冻得直打哆嗦,就那样硬扛着度过漫长而寒冷的冬天。

　　记得春节走亲戚,交通工具多是自行车,还有的是拉着两个轱辘的长板架子车,上面铺着麦秸和棉被。到了亲戚家经常是浑身凉透,放下礼品紧接着关上堂屋门,抱一捆玉米秸,在堂屋里的地板上开始生火。一般情况下柴火放在一个破搪瓷盆里点着,七八个大人小孩围着火堆,往火堆边伸着冻得僵硬的手,嘴里的牙打着哆嗦,柴火潮湿的话往往一屋子都是烟,呛得眼泪直流咳嗽不止却又舍不得离开温暖的火堆,还不停地捧着自己的双手用嘴往手心里哈着热气。

　　等到化雪时,房檐上会挂着长长的冰琉璃,又粗又大,两三尺长的大琉璃到处都是。

　　每当下课后,女同学就会在教室前的场地上踢毽子、跳皮筋。男同学玩得更多的就是找一处有阳光的地方,靠着墙挤尿床。

挤尿床通常是十几个甚至几十个孩子一起靠墙贴着排成一队，大家喊着口号从两侧的队伍往中间使劲地挤，挤在最里面的同学无疑是最暖和的。大家谁也不愿意排在两端，因为两端风吹得冷，只有把中间的人挤出来，自己的位置才能够慢慢往里靠，左右都被人挤着，才感到暖和。

大家一边挤一边齐声高喊："挤，挤，挤尿床，挤掉谁，谁尿床，挤毁孩子不要娘！"被挤出中心的孩子，会骤然感到寒冷，于是搓着手跺着脚，哈着寒气又迅速站到队伍的一端，继续拼命地往回挤，往里挤，设法挤到温暖的队伍里面去。在这种反反复复中，大家挤得热火朝天满头大汗，用原始而简单的方法，在寒冷的冬天里，享受自己通过运动挤出来的温暖。

很快，大家就挤得小脸通红，头冒热汗。

有时候，高年级的孩子会提出"以少挤多"向低年级的孩子挑战，低年级的孩子认为自己的人多，根本想不到会有啥"阴谋诡计"，如一群叽叽喳喳的小麻雀欣然接受挑战。小孩哪有大孩精明？当双方挤到热火朝天的时候，高年级的大孩子突然合伙闪开，而这边正在奋力往中间挤的小孩子往往猝不及防，因为没有了阻力，在惯性的作用下，小孩子就像没有了刹车的火车，"呼啦啦"摔成一堆，还有人故意往人堆上压，压得下面的孩子哇哇叫。等人堆里的小孩子气咻咻地爬起来，就开始抱怨大孩子耍心眼儿使诈，欺负小孩子不算本事。

那时候我们的裤腰带基本上都是一根布条儿，挤尿床的时候，经常有人掉裤子。调皮的孩子会在挤尿床的时候下手扒别人的厚棉裤，动作又准又快，一下子就把毫无防备的小伙伴的厚棉裤扒到膝盖上，甚至扒到小脚脖。那时候大家是没有秋裤穿的，有的孩子连裤头都不穿。

倘若被当众扒掉裤子露着屁股，那场景可不是一般的尴尬。北风呼啸中，两条小腿瑟瑟发抖，有时候厚棉裤的裤裆里竟然还会有热气冉冉升起。

通常情况下，被扒掉棉裤的男孩子就会以最快的速度把裤子提起来穿上，旁边围观的女孩子也会在第一时间惊叫着用双手捂住自己的眼睛。因为大家经常在一起开玩笑，所以很少有人为此翻脸。

于是，经常有捣蛋鬼在挤尿床的时候，趁人不备，瞅准别人的裤腰带，抽出来拔腿就跑，一边跑一边兴奋不已地挥舞着裤腰带，甚至把裤腰带甩到高高的泡桐树枝上。被捉弄的小伙伴只得尴尬地提着裤子，狼狈不堪地在后面撵。有时候挂在树枝上的裤腰带往往是差一点才能够着，不得不攒足了劲儿往上蹦，一手提着棉裤腰，伸着另一条胳膊拽腰带。一不小心的话，就会把自己的棉裤蹦掉到脚面上，重新露出两个屁股蛋儿，而旁边总会有一大群幸灾乐祸的围观者，不断哄堂大笑。

挤尿床，就是这么好玩。

灯茗会

我们老家的灯笼叫灯茗。每年春节过后孩子们最期盼的节日就是正月十五元宵节,大人要提前给孩子们买各种各样的纸灯笼。尤其是当舅舅的,必须给外甥买个灯茗送过来。

那时候的灯笼都是纸糊的,竹篾子或高粱秆做骨架,细铁丝固定。灯笼罩子大多是白色的透明玻璃纸,上面手绘一些简单的花草鱼虫图案,后来才有那种折叠的没有骨架的纸灯笼。我姥爷还给我扎过一个走马灯,跟我当年的个头差不多,需要大人抬着出来。点燃后,唐僧师徒四人的剪影映在走马灯上,不停地转动着,经常引来一大堆人围观。

点灯笼通常用的是拇指粗细的小蜡烛,红色的蜡烛居多,也有白色的小蜡烛。灯笼下面的底座是一块小木板,中心有一个卡蜡烛的槽,点蜡烛的时候需要事先固定好,再小心翼翼地把灯笼罩放下,就可以挑着灯笼出胡同了。

那时候孩子们的寒假作业也少,往往天色还不黑,甚至等不到正月十五,村里的孩子们就陆陆续续地挑着灯笼在村前村后到处晃悠了。大家一边兴冲冲地嚷嚷着,还一边欢快地唱着歌谣:"灯茗会,灯茗会,灯茗烧了回家睡……"纸做的灯笼通常不够亮,红红的光晕只能照亮周围的一小圈儿。每个人都会带上备用的小蜡烛,眼瞅着蜡烛快烧完了,就赶紧接上一根。有的小伙伴还把平日里收集的旧炊帚、笤帚头带到村头的麦地里,点着火往空中撂,总是引起一片大呼小叫。

换蜡烛是技术活,灯笼里的烛焰总是摇摆不定,当烛焰贴近了糊在灯笼骨架外面贴着红花的白纸且达到一定温度的时候,灯笼就被点着了。

看着别人的灯笼慢慢燃烧是一件开心的事,遇到年龄小的孩子挑灯笼,我们就一惊一乍地冲着他喊:"哎呀,你的灯笼下面有只蝎虎,赶紧看看吧!"小朋友就低下头歪着灯笼四处寻看,灯笼歪可是火苗不会歪。很快,灯笼燃烧出的火焰随风摇摆,旁边有幸灾乐祸的笑声,紧接着还会看到闪耀的、晶莹的泪光。

除了哄骗小孩子挑着灯笼上斜坡,大家还围在一块碰灯笼,碰着灯笼斗着心眼,想方设法把对方的灯笼给毁坏掉。不断地有小伙伴的灯笼被烧掉,手里挑着烧掉的灯笼走在喧嚣的人群里,样子是那样的狼狈不堪又滑稽可笑。

男孩子还会自制一种玩具,相当好玩。随便找一个白菜疙瘩,就是大白菜的根,或者是一截白萝卜,用小刀挖个洞,塞上棉花套子,浇上煤油(那时候农村电力供应不足,家家户户都有煤油灯)。然后用一根铁丝捆好,或者直接在白菜疙瘩上插一根细木棍,一个自制的玩具就完工了,豫东方言称"rou 灯"。

"rou"应该就是"甩"的意思,可我怎么也找不到相对应的汉字,只好在这里敲拼音描述了。玩"rou 灯"的时候,先用火柴点燃白菜疙瘩或白萝卜里浸了煤油的棉花,火焰就开始冒出来,"rou 灯"就点燃了。一般都是男孩子玩,一边奔跑一边甩着花样,可以拿着一上一下甩着玩,或者是架着双臂转圈圈玩。舞动的火焰会随着甩动跳蹿很高,甩出来的火光越大弧线越美。夜里,听着耳边呼呼的火焰响声,看着火焰一圈圈地转动飞舞,伴随着身后小伙伴们的大呼小叫,玩灯的小伙伴越是自豪和得意,甩得越是卖力。

正月十五的晚上是灯笼会的高潮。这一天,大家可以肆无忌惮地游戏疯狂,女孩子略带娇羞地碰灯笼,男孩子兴致勃勃地甩"rou 灯"。按老家的规矩,灯笼是不能留到来年用的。大家碰啊碰啊,甩啊甩啊,最后灯笼基本都烧着了,"rou 灯"里的煤油也点光了,棉花套子都烧成灰烬了,剩下一个黑不溜丢的白菜疙瘩头。男孩子经常甩得满脸油泥,不小心还会把自己的头发烧焦几绺,衣裳也会烧出几个洞,围观的人群里总会传出一阵阵幸灾乐祸的笑声。

小伙伴们疯起来,一玩就是大半夜。大人们就开始靠在家门口的门楼下面,底气十足地亮着威严的大嗓门,一声又一声地吆喝着小伙伴们的乳名,我们总是带着极不情愿的情绪"各回各家,各找各妈,吃馍夹辣"了。

摔凹窝

农村的孩子，从小在黄土地里散养着，免不了跟泥巴打交道。大人们白天总是很忙，每天早上喂鸡做饭，匆匆填饱肚子就忙着下地施肥、锄草、浇地……孩子们不用入托，村里也没有幼儿园，都是跟着邻家稍大一些的孩子撒欢儿，村前村后、田间地头到处可劲地野——爬树、斗拐、钓鱼、洗澡、捉迷藏、推铁环、打陀螺、摔骨碌、玩弹弓、捅马蜂窝……还有一种游戏，叫摔凹窝。

摔凹窝要用红胶泥，红胶泥色泽殷红，黏性适中，可塑性强，做成各种造型晾干后不易开裂。我们通常跪在水坑上沿，用小铁铲挖出几大块胶泥，然后把胶泥块放在裰子上，双手扯着衣服下沿兜着胶泥块，找一处干净的硬地或石板，蹲在地上模仿着妈妈在厨屋里用水和面的动作，不紧不慢地开始和胶泥，蹲累了就索性一屁股坐在地上。

往胶泥里添加的水不能多，也不能少，水多了胶泥就成了一堆稀泥，水少了胶泥就干硬不好揉捏，总之，水和泥的比例须恰到好处才行。然后使劲地摔打加了水的胶泥，使其黏性增强。揉的过程中要将小石子、小砂粒等杂质剔除出去，直到把泥揉得不软不硬。

当大家把各自的胶泥摔成后，摔凹窝的游戏就开始了。先把胶泥摔成正方形或圆柱形，在中间摁出一个坑，再把坑慢慢挤压扩大。如瓷器工人做坯胎一样，将其做成碗形，尽量捏得深并且底部越薄越好，技巧熟练的还会在凹窝的底部周围用大拇指多压几圈，这样，一个参赛的凹窝就做成了。

大家各自托着自己做的凹窝，比较着大小和优劣，低着头凑在一起开始征求大家的意见："看我的凹窝透风吗？"旁边就有人仔细观察，确认对方的凹窝底部严丝合缝后才应答："不透风。""透明吗?""不透明!""管摔了吧?"
"管摔了!"

小时候我最喜欢的碎碎念就是这句"凹窝凹窝大窟窿",感觉就像一句咒语般神圣而庄重。我还会对着凹窝哈一口气,让凹窝底部的黏度适中,保持最佳状态,嘴里连续叨念几遍"凹窝凹窝大窟窿"后麻利地站起身,迅速将手翻转,掌握好角度和力度,表情严肃地把凹窝慢慢地倒扣,伸展胳膊小心翼翼地举起泥凹窝,然后对准石板用力地摔下去。凹窝中空部分的空气在其接触石板变形的瞬间压缩,将底部冲破,形成一个大洞,泥巴就四处飞溅开来。

随着"啪"的一声响,就像放闷炮一样,凹窝的底部就炸开一个窟窿,泥巴就会四处飞溅,有时会溅到脸上,引起大家一阵大笑。笑过之后大家连忙蹲下身,比较着自己凹窝上的破损程度,然后用自己的泥巴把其他人的凹窝破洞补充完整。当然别人也要把泥巴补充在你的凹窝破洞上,这叫"赔",像赌博一样,谁摔出的破洞大,谁赢的泥巴就多,谁就算胜利了。

如果自己的凹窝哑了,照样得拿自己的胶泥堵别人的破洞,会一脸沮丧地赔去不少胶泥。别人的凹窝炸裂的响声对自己是一个莫大的嘲讽,也会是一种更大的激励,促使自己不服气地把凹窝返工另做,直到凹窝摔下去能炸开一个大大的窟窿为止。

一块胶泥巴,摔了捏,捏了摔,摔摔捏捏可以玩大半天。胶泥少得捏不起来了,大伙儿就会有抢有夺,有跑有撵,有说有笑,因为玩的就是快乐,谁也不会说什么。

就这样,大家乐此不疲地摔着、叫喊着,扑腾得像泥猴子一样,常常忘记吃饭。总是在大人们长长的吆喝声里,恋恋不舍地回家。

后来上了中学,学了物理,才明白摔凹窝利用的是气体膨胀原理。凹窝中间的空隙越大,底部越薄,就越容易炸裂,可是我早已没有了童年玩胶泥时的那份激情。

吹杏核

    小时候没有什么像样的玩具，但并不影响我们玩耍时的快乐心情，随手找个东西就能玩出好多花样来。杏核就是其中一种爱不释手的玩具，女孩子用来玩抓子，我们男孩子则用来玩吹杏核。

    吹杏核简单又安全，玩的时候需要在地面上挖一个小坑，七八厘米深，十厘米左右的直径，坑外画一个圆圈。一般情况下两三个小伙伴参与游戏，多的时候七八个人也能玩，但需要挖一个更大更深的坑。

    每个人需要在游戏开始前往坑里放五个或十个相同数目的杏核，用"剪子包袱锤"或者把右手伸出来亮正反面决定游戏的顺序。获胜者跪在小坑前，尽力趴下把脸凑到地面上，下巴基本接触地面，两手搭在旁边，鼓足腮帮子使劲去吹小坑里的杏核，发挥出自己最大的肺活量，使着吃奶的劲儿，闭着眼睛对着坑里的杏核吹，要把杏核吹到小坑外面的圆圈外，压线的不能算，重复吹气的就算作弊。

    奋力吹气结束后，大家就开始认真清点吹出圈外的杏核。如果是单数，吹出来的杏核就归游戏者；如果是双数，游戏者不仅得不到吹出来的杏核，还要往小坑里赔杏核，吹出来多少杏核就得往小坑里赔多少杏核。这是游戏的规则，大家都乐意遵守。就这样大家轮流游戏，反复地围在小坑前吹杏核玩，直到把小坑里的杏核吹得一粒不剩，然后重新往小坑里对相同的杏核，继续下一轮游戏。经常吹到上课铃响起，我们才灰头土脸地将大把的杏核塞进口袋里匆匆忙忙地往教室里跑。

    我一直没搞清楚巴旦杏是什么，后来才知道那是小时候吃过的个头较大的一种杏。通常都是麦收过后，在布谷鸟的鸣叫中，巴旦杏由青变黄慢慢成熟,味道香甜,还是沙瓤的,含糖量高,杏核个头也大。我们玩吹杏核的时候用得最多的就是这种巴旦杏的核。

小时候的游戏"斗智斗勇比力气,自创乐趣不言愁",玩吹杏核的多是男孩子,偶尔有女孩子参与,我们对她的要求就会宽松一些。毕竟女孩子家肺活量真的很小,一口气下去,一粒杏核都吹不出来也是很正常的。

我们还会在杏核的一端用削笔刀的尖刃打个小洞,再用细铁丝把里面的杏仁一点点掏空,然后放在嘴边轻轻地吹气,就会发出一种简单的声音,我们称这种玩具为杏核哨。随着气流的轻重缓急,杏核哨发出的声音也抑扬顿挫,虽然吹不出严格意义上的音乐,却是我们童年里难以忘却的快乐音符。

集上有个邮电所,那时候邮寄包裹都会在外面压一枚铅印,拆封的时候需要解开铅印,这样保证邮寄的过程中包裹不被人私自拆开。我们经常去邮电所寻摸废弃的铅印,找到后就如获至宝地取出掏空杏仁的杏核,用小刀一点点切下铅块,小心翼翼地塞进杏核里,塞得满满的,这样一枚沉甸甸的杏核就做好了。

塞过铅块的杏核我们是不舍得参加吹杏核比赛的,因为不小心就会输掉。杏核吹腻了,我们总会想方设法玩出新的花样来。偷偷地用大人的牙刷把杏核刷干净,杏核表面的纹理各有不同,自然的纹理真的很漂亮,上课的时候偷偷地在手心里用大拇指搓着自己喜爱的杏核。随着时间的推移,杏核的颜色会发生变化,由浅到深,最后杏核表面如同包了一层浆一样圆润锃亮。

如今盘玩各种金刚、菩提、龙眼、紫檀的越来越多,也是每天用棕刷子刷皮、沁色,直到包浆。想起二三十年前玩过的包浆杏核,我突然间陶醉了。

老布鞋

　　小时候,老家的村西头真有人绰号叫"老破鞋",还是个老实巴交的爷们。"破鞋"的本意是"破旧的鞋子",只是如今被赋予了别的含义。那个老乡被村里人戏称为"老破鞋",主要原因是家境比较贫寒,小时候我们也跟着大人喊他"老破鞋"。不怕不识号,就怕天天叫,他每次都是面红耳赤的,十分尴尬。即使他色厉内荏地冲着脾气好的戏弄者吼两嗓子,却从来没有真正翻过脸。

　　那个年代,村里人都不怎么富有,只有大年初一的那天,大人小孩才能穿上新衣服新鞋子,早上吃过肉饺子然后到处串门。女孩子还会扎上两根红头绳,辫子的末梢系上两朵颜色艳丽的碎布花,男孩子则会带着火柴揣着鞭炮聚在村头比炮响。即使偷大人几根香烟叼在嘴里也不会挨吵,过年图乐呢,大人们也不会计较太多。

　　记得家里有个箩筐,里面除了剪刀、针线、顶针,还放着一本厚厚的大书。书里夹着很多用纸剪成的"鞋样子",这就是一家人的鞋底样子、鞋帮样子。家里总有做不完的鞋帮子,纳不完的鞋底子,单鞋、棉鞋一做就是好多双。老家的大人们常说的糊褙子,糊的就是鞋面的材料,是旧衣服打了糨糊晒出来再裁剪的。糊好的褙子通常晒在院子里的墙壁上,需要做鞋的时候,就拿剪刀比着鞋样子裁出个轮廓,外边包上黑色的条绒布,慢慢地修剪,一针一线地做鞋。那种白色千层底、黑色鞋面的鞋子虽然千篇一律,但如今真的很少见了。

　　农闲季节,村里的妇女们都会聚在一起,一边纳着鞋底,一边聊家长里短,甚至走着路也不耽误在鞋底子上穿针引线,时不时地拿着针尖在头发上蹭两下,感觉就像磨菜刀一样增强了针的游刃性。一只鞋底,即便是小孩子的鞋底,也要纳很长时间。密密麻麻,一行一列,针脚密布。线扯得越紧,针脚越密,才越好穿、越暖和、越耐穿。纳鞋底是需要力气的,往鞋底上穿针的时候那种像戒指一样的金属圈顶针就派上了用场,还有一种圆柱体木轱辘顶针也可以用来顶住钢针的末端。时间久了,顶针上都是密密麻麻的针眼。小时候我曾经趁妈妈不在家,拿着做了一半的鞋底依葫芦画瓢,结果弄断了钢针,还扎破了手指头,疼得眼泪汪汪,只能自认倒霉。

女孩子的一双鞋往往能穿好久,而男孩子整天蹦蹦跳跳地乱踢腾,新的布鞋很快就成破旧的鞋子了。手工做鞋速度慢,孩子们穿鞋总是供不应求。农村的孩子,经常身上一件旧衣服,脚下趿双露脚指头的旧鞋子,挎着个箩筐下地捡树叶、割青草。我们几个若是不想干活了就聚在一起玩"甩破鞋"。

"甩破鞋"也是一种游戏。找一块开阔地,画上一条线,各自把脚上的破鞋脱下来,一只鞋放地上,用脚趾顶着鞋后跟,高举双手迅猛旋转身体在地上打一个马车滚轮子,用脚全力把顶着的那只鞋子甩向远方,甩得越远越好。甩得最近的为输家,输家要把所有甩出去的鞋跑步捡回来。游戏结束,甩鞋子最远的伙伴还能赢得所有参赛者每人一大把青草。

农村的穷孩子放学后都随大人下地干活,在泥里、水里、庄稼地里跑,新鞋子破损得快。上学路上,我们还会踢一个砖头块到学校,有时也会兴致勃勃地把一块瓦片从学校踢回家,从来没想过要爱惜鞋子。只要鞋子不烂窟窿不露脚趾,就算是好鞋子了。

直到1993年我去民权师范求学时,才脱掉穿了十几年的老布鞋,第一次穿上十块钱一双的飞跃运动鞋。后来打篮球穿上了二十多块钱一双的回力鞋,着实让自己的虚荣心彻底释放了。只是,打那以后我就再也没有穿过妈妈给我做的千层底老布鞋了。

回力鞋

小时候家里很穷,买不起运动鞋,大家穿的都是千层底的老布鞋。新鞋子穿的时候很费力,需要大人们帮忙穿,刚穿上的时候硌得脚疼,但越穿越舒服。

那时候学校里没有什么像样的运动器材,双杠、篮球架已经很奢侈了,乒乓球台都是砖垒的,球拍是自己用小木板刻的。我们男生平常玩的游戏就是斗拐——用右手抓住左腿的裤管子,单脚在地上弹跳,然后去追逐别的孩子,用冲力迫使对方双脚着地就算赢了。玩斗拐特别费鞋子,尤其是右脚的鞋子,久而久之,鞋子越穿越松,鞋底下面就会磨出圆溜溜的小洞,甚至鞋面上会露出脚指头,但很少有人笑话。

在我的记忆里,能够有一双绿色的解放鞋就很不错了,后来市面上的运动鞋有了"双星""飞跃"等,我最喜欢的还是"回力"。回力鞋红底儿白帮儿,鞋底子有两三厘米高,后跟处写着"回力"两个字。内侧有个半月形的红色标志,内踝骨位置有一块纪念章大小的白色圆形皮子,是一个做健美状的裸体男子压模图案。回力鞋也分蓝白两种颜色,白回力尤其扎眼。据说还有一种黑色回力,则很罕见。

我记得那时候母亲每月工资也才几十元,而一双回力鞋就得二十多块钱,价格着实不菲。唯一的体育老师经常穿着一身深蓝色运动服和一双红底儿白帮儿的回力鞋,显得那么有精气神,走起路来脚下生风,像是穿着回力鞋就能产生弹力一样。我们就偷偷地瞅,羡慕得不得了,可是谁也不敢奢望自己能买一双穿,回力鞋实在是太贵了。在当时的条件下,一个农村孩子能穿上回力鞋绝对是一个奢华的梦想,相信他高兴得鼻涕泡儿都能掉出来。

换言之,当时孩子们对于回力鞋的热爱绝不亚于如今众人对于阿迪、耐克、安德玛的追求。

不少学生刻苦练篮球,因为只要能打进校队,回力鞋就有盼头了,这是央求家长给买回力鞋的最佳借口。王朔曾经说过这么一段话:"文革"时社会秩序大乱,这款鞋和军帽一样是小流氓抢劫的主要目标。经常看到某帅哥穿着"回力"神气地出去了,回来光着脚,鞋让人扒了。穿"回力"固然可以抖"俏",但和戴军帽一样,危险系数也跟着陡增,从某种意义上说,"回力"是一款能让孩子的神气感和恐惧感同时迸发的球鞋。

那时,农村学校每年春季都要召开运动会,这是全校师生的大事儿,连学生家长也都非常重视,学校所在地甚至三里五村儿的老百姓都来观看。学校对学生的服装有统一要求,男学生一般都是白上衣、蓝裤子、白球鞋。

记得有一年运动会,同学们各显神通,或买或借,都穿上了白色球鞋。而"娘娘腔"闹了好几天也没看见白球鞋的影子,他妈只好把他平常穿的解放鞋刷干净,再用白粉笔把鞋帮儿涂成白色。为防止白粉笔染的鞋帮儿掉色,入场仪式上,"娘娘腔"如履薄冰,走路十分小心。白粉笔抹上的颜色根本坚持不了多长时间,开始做广播体操后,鞋子随着脚部的活动不断褪色。"娘娘腔"每做一个踢腿动作,就白粉纷扬,最后狼狈不堪地"原形毕露"了。

读师范学校第一年,我终于有了自己的第一双回力鞋,二十多块钱,相当于我一个月的伙食费。还同时购买了一种白色的鞋粉,每当洗净鞋子后,就用鞋刷将鞋粉往上抹,晒鞋子的时候不舍得在阳光下暴晒,小心地用卫生纸将湿鞋子包好,慢慢地晾干,这样鞋子就不会发黄,使鞋子保持洁白如新。

也许很多人会说,如今回力鞋是比较低级的国内杂牌球鞋,地摊货,韩寒的许多小说中经常提到,主要用来衬托人物的寒酸。可是,就是这样的一种鞋,居然在欧美走红了!有媒体报道,现在很多大牌明星,竞相购买这种鞋,每双的价格竟然高到 50 欧元,比一般的阿迪达斯、耐克还贵呢。

没想到昔日的回力鞋会有这样一个轮回。于是我更加相信:总会有一首歌,让你泪流满面;总会有一些事,让你魂牵梦绕;总会有一双鞋,让你留恋至今……

苇翁子

　　每次读到宋朝诗人叶绍翁《游园不值》中"应怜屐齿印苍苔，小扣柴扉久不开"的时候，我都会联想起小时候在寒冷的冬天里曾经穿过的苇翁子。

　　在我们豫东平原，苇翁子也叫毛翁子，是一种用芦苇编织而成的草鞋。在没有胶鞋和雪地靴的年代，村里的男女老少几乎人人都穿过苇翁子。

　　苇翁子比平时脚上穿的鞋宽大很多，鞋底儿是泡桐板或槐木板做的，有着较高的屐齿。叶绍翁诗句中的"屐齿"指的应该就是木屐鞋底的横木齿。

　　虽然苇翁子的鞋面比较粗糙，类似麻绳一般，还有星星点点的芦花，但是穿起来既保暖又隔潮。苇翁子鞋底的锯齿跟鞋底是一体凿出来的，这样的鞋跟不轻易脱落。天寒地冻的冬天，阴雨天踩泥踏雪，脚底依旧能够保持干燥。尤其是苇翁子物美价廉，实用又暖和。

　　制作苇翁子需要先把原木锯成不同规格的长度，从原木中间劈成两半，再把圆弧形的一半经过锯、凿、削等工艺，加工成中间低、两头高的屐齿，然后刨平另一面，木鞋底的制作就完成了。接着，用手钻在木鞋底的一周均匀地钻出细密的小孔，用细麻绳来固定准备好的芦苇缨子，一圈一圈地编成各种大小的鞋帮子，从外面看就像一双浅棕色的大靴子，更像一个结实的鸟窝。毛茸茸的鞋帮外面还有细碎的芦苇花。为了防止磨伤脚脖子，鞋子里面还会加上一圈粗棉布。到了冬天，大雪纷飞的时候，大家就可以把苇翁子穿出来踏雪踩泥了。

　　那时候乡下没有柏油马路，也很少有石子路。尤其是冬天，坑坑洼洼的路面经常上冻。雨雪天过后，有水的地方就有泥，原本整洁的土路面就成了真正的"水泥路"。等到太阳出来，温度升高路面开化，夜里北风一吹路面继续上冻。路面上的积雪反复地上冻又融化,过往的行人或架子车多了,路面就开始泥泞不堪,经常把布鞋、棉鞋弄湿。于是,我们就穿上既保暖又防泥水的苇翁子。

穿着笨重的苇翁子,走路自然比平时要困难许多。由于苇翁子质地过于原生态,外观不是一般的粗糙,所以左右脚都难以区分。鞋底的木板不像平时穿的布鞋那样松软,加上穿的棉衣棉裤都很厚,人走起路来就像笨重的企鹅,倘若走在上了冻的硬路面上,摇摇晃晃的感觉有点像踩高跷。

小伙伴们穿着笨重的鞋子越是跑不快,越是兴奋不已。大家上学或放学的路上,经常背着书包到处跑,看谁跑得最快。半路上看到路边的碎砖头、小石子或者土坷垃,还会像踢足球一样用力地一脚踢出去,宽松的鞋子往往是一下子就飞出去老远,露出不是露脚指头就是烂脚后跟的袜子。在小伙伴的哄笑声中,颠着一条腿狼狈不堪地去捡自己的鞋子。

天寒地冻的冬天里,村前村后的水坑里结了厚厚的冰,房檐下经常挂着又粗又长的冰琉璃,有的比辣萝卜还粗,比我们的身高还长。放学后我们不回家,想方设法去撒欢,我们调皮地摘掉屋檐下的琉璃棒啃着吃,或者拿着长长的琉璃棒打闹着玩,打断了再换一个。玩腻了,我们就穿着笨重的苇翁子偷偷地去水坑里沿冰冰。

沿冰冰有一定的危险,最怕冰面突然破裂,上面的人就会掉进寒冷刺骨的冰窟窿里,后果不堪设想。我们先试探性地往冰面上扔几块砖头,听听砖头砸在冰面上的声音,看看冰面被砸出的痕迹,基本上就可以判断出冰层的厚度。足够厚的冰层,才能承受得住我们的体重。

胆子大的小伙伴往往会带头先下坑,安静的冰面如同战争电影里随时都会引爆的雷区。虽然刚开始还如履薄冰,可是走出几步就变得飘飘然来,尤其是苇翁子的木屐底走在冰面上的呱嗒声特别好听。苇翁子踏在冰面上的力量越大,发出的声音也越大。不一会儿,冰面上就人声鼎沸、热闹非凡了。有在冰面上滚铁环的,有在冰面上打陀螺的,追逐着,打闹着,大家就得意忘形地忘记了自己是在随时都有危险发生的冰面上。

那一回,"娘娘腔"穿着苇翁子居然兴奋地在冰面上连蹦了几下。虽然

"娘娘腔"的小身板像个麻虾，但是双脚落在冰面上的力气却不小。我们只听见身后的冰面上"咔嚓"几声，低头看时，脚下的冰层已经随着咔嚓声迅速地断裂开来，那场景就像灾难电影里的镜头。随着一片大呼小叫，冰面以每个人的重心为圆心，开始向四周破裂，大家就像下锅的饺子一样身不由己，纷纷陷进了冰窟窿里。冰凉刺骨的水很快地浸透了我们的棉衣、棉裤，我们彻底地体验到了什么是"飞来横祸"，什么是"冰冷刺骨"。

挣扎了一阵子，我们才惊魂未定地发现，水坑里的水并不算深，仅仅淹到了腰部。只是坑底的淤泥很缠人，想从淤泥里拔出腿来，很是费劲。

大家开始尝试着从冰窟窿里挣脱，小心地把胳膊搭在冰面上，然后再谨慎地抬腿，奋力往外面爬。力量必须用得不大不小，用力重了，冰面会继续碎裂，冰窟窿就越折腾越大。有经验的小伙伴率先摆脱困境，然后站在岸边结实的冰面上，甩出自己的裤腰带或红领巾，用力地拉着水里的小伙伴往岸上拽。经过一番挣扎，大家像落汤鸡一般从冰窟窿里爬出来，气喘吁吁地吐着寒气瘫坐在岸边，屁股周围全是水和坑底的泥。

一阵冷风吹过，大家的脸蛋感觉就像刀割一般。我们开始感觉冷，冻得嘴唇发紫，身子不停地哆嗦。赶紧找了个阳光充沛的地方，转着圈跑了一阵子，然后脱下鞋子、棉裤、棉袄，俩人帮伙同时拧棉衣服，小手冻得僵硬红肿，笨手笨脚地拧着棉衣里的冰水，衣服上面还有一层冰碴儿。我们傻乎乎地靠着大柳树晒太阳，大家你看看我，我看看你，哭笑不得。

这个时候我才发现自己光着一只脚，原来我的一只苇翁子鞋连同袜子在刚才的惊慌失措中，滞留在了水坑的淤泥里。

要是这副狼狈相回家，沿冰冰的事肯定露馅，又少不了一顿屁股开花。家长们不止一次地告诫我们，不允许冒险去坑里沿冰冰，我们却屡教不改当作耳旁风，这下咋办？

我正托着脑袋发呆，"娘娘腔"一声不吭地走过来，拍了拍我的肩膀，傻乎乎地露着他的大门牙给我做了个鬼脸，然后捋起袖子把秋裤也脱了，原来他要下水去给我找丢失的苇翁子鞋。我还没来得及阻止，"娘娘腔"已经像排雷的工兵一样下了水。

那天水坑里的水可真是冰凉啊,我感激涕零地看着弱不禁风的"娘娘腔",只见他在水坑里弯着腰,沿着我刚才折腾的地方,伸着藕条一样的小胳膊,一点点地在水面下摸索着,弄得两手都是泥。我心疼地喊他:"上来吧,别摸了,大不了我回家挨打就是啦!"

最后,死心眼的"娘娘腔"还是把我那只陷进泥窝里的苇翁子鞋摸出来后,才上了岸。我接过泥巴巴一样的鞋,关切地问:"手冻裂了吧?""娘娘腔"露着大门牙满不在乎地说:"日他姐,摸了一身汗!"

我蹲在水坑边,将苇翁子上面的泥洗干净,使劲甩了几下水,刚站起身,"娘娘腔"已经握了一大把干净的麦秸递给我,我心领神会地把鞋里面的湿麦秸换掉,原来水坑不远处就有一个大麦秸垛。

那天的阳光好温暖,我们穿着湿棉衣打着哆嗦四处找了一堆土坷垃,把土坷垃搓成碎末,均匀地撒在棉衣上。土坷垃碎末具有一定的吸湿作用,棉衣潮湿的表面就会被土吸干。然后我们用削笔刀慢慢地把吸附在衣服表面的泥土刮下来,用力地朝着衣服拍打,棉衣表面很快就干了。尽管我们的衣服里面还是冰凉潮湿的,但是我们因为盘算着自己回家能够蒙混过关而开始沾沾自喜了。

相互审察一番,基本上看不出破绽。于是,我们长叹一口气,用棉衣袖头擦着不知道啥时候流出来的鼻涕,穿着外干里湿的衣服,蹬上不再暖和的苇翁子鞋,装作若无其事的样子,"呱嗒呱嗒"地回家了。

猫头鞋

我有一张褪了色的百天照，原本是一张黑白照片，后来手工上了颜色，就成了当时的彩色照片。

照片里的我被包裹得暖暖和和的，厚厚的连脚棉裤，看面料应该是我们家自己织的土布。母亲不仅给我穿了一件小花袄，还给我围着小肚兜，头上扣着一顶半圈帽檐的帽子。看着胖乎乎的小手，还有胖乎乎的脸蛋，深信当年的生活条件虽然窘迫，但是父母亲肯定没有虐待我，更让我不再怀疑自己是红薯地里捡来的孩子了。

听母亲说，照片中我脚上穿的那双别致的鞋子是大姨一针一线给我做出来的。它有一个好听的名字，叫猫头鞋。

民间不仅有猫头鞋，还有虎头鞋。据说在小孩子满月、百天、周岁时，穿上猫头鞋或虎头鞋，可以壮胆、辟邪，还有祝愿孩子长命百岁的寓意。两种鞋子大同小异，主要区别是鞋子的前脸上面有没有绣着一个"王"字。

猫头鞋做工复杂，需先把不用的旧布洗干净，用玉米粥或白粥一层布一层粥地粘起来，贴在院子里的砖墙上，等它慢慢晒干。鞋底儿、鞋帮子都需要用它，村里人管这个程序叫糊褙子。

猫头鞋的鞋底肥大，跟做传统老布鞋差不多。等墙上糊的褙子晾干后，先用鞋底样、鞋帮样在褙褙上开出鞋底儿、鞋帮子，然后一针一线地把三五层鞋底儿纳在一起。针脚不像老布鞋那般密密麻麻，记得鞋底的针脚有梅花的，还有小菱形、大菱形、水珠形……形式多样，随心所欲，疏密由己。纳好鞋底，再用白布条包鞋边，显得干净又整洁。

鞋帮的颜色以红色为主，而鞋面搭配的颜色就多了，有黑色、黄色、白色、蓝色,多采用强烈的对比色,如大红大绿、大蓝大黑等作为底色,面料根据季节有厚有薄。做好鞋面后,就是最重要的程序——做鞋面上的猫头了。

据村里上了年纪的老太太讲,鞋面上的猫头要用刺绣、打籽等多种针法。要在鞋面上做一只可爱的猫头,不仅需要色彩搭配和谐,而且取材要恰到好处。猫嘴、猫鼻、猫眼、猫耳朵都得用不同颜色的布料,就连猫胡子也会从羊身上扯下一撮白毛来代替。

一双正宗的猫头鞋美观而不娇媚,造型单纯而不单调,变形夸张而不失天真,展现出了中华民族传统文化的魅力。

记得有一次,我好奇地问母亲,小时候为什么不给我穿虎头鞋,老虎不是比猫更厉害吗?母亲笑笑说,你不知道猫是老虎的师傅吗?于是,母亲就给我讲了老虎学艺的故事。

很早以前,猫才是兽中之王,而老虎一心想当兽中之王。于是,老虎就拜猫为师,向猫学本领。猫就把自己的蹿、抓、扑等各种本领毫不保留地教给了老虎,还把自己拿手绝招"扫尾巴"教给了它。老虎通过一系列的学习,本领越来越大,尾巴就翘起来了。有一天,老虎趁猫不备,突然猛扑过去。机灵的猫把身子一偏,老虎扑了个空。接着,老虎又张开血盆似的大嘴,向猫扑来了,猫只得转身逃跑,老虎紧追不舍,一心想把猫吃掉。恰好前面有一棵大树,猫嗖、嗖、嗖地很快爬到树顶上了。老虎傻了眼,在地上急得团团转,干着急上不去,被猫狠狠地骂了一顿。从此,老虎无脸见人,只好逃进深山躲起来了。

看来,还是猫厉害。据说,猫还有九条命呢。怪不得母亲给我穿猫头鞋。

猫头鞋不仅好看,而且养脚,柔软的鞋对婴儿的足部能够起到很好的保养作用。

记得穿猫头鞋的时候,通常要穿连脚棉裤,还要在鞋的两边缝上鞋带,鞋的后跟处还缝有一块四四方方的布——最好是蓝色或黑色的,叫叶跟。如果是孩子生下来穿的第一双鞋,还要在脚心处用五彩线缝上线毛毛。村里人讲这叫扎根,希望孩子长大后有一个好出路,踏踏实实做人。

我们老家还有一种说法：小孩穿够七双猫头鞋，长大就像猫儿一样机灵，一生逢凶化吉、遇难呈祥、步步顺利。

　　如今，村里已经很少有人会做猫头鞋了。猫头鞋已经作为一种民间传统手艺留在了历史的长河里，既记载着丰富多彩的民俗生活，又蕴含着祖辈们对下一代的期盼和希望。

　　在这个冬天，我端坐在这个城市的角落里，安静地看着老照片，心里突然间多了一些温暖和欣慰，因为，我曾经也有过猫头鞋。

滚铁环

　　小时候的我们穿着打补丁的粗布衣服,露脚指头的老布鞋,却从来没有物质贫乏的困惑,也不在乎生活穷困的尴尬。虽然没有网络,没有手机,没有电动玩具,但我们意气风发地挎着军绿色的书包,戴着鲜艳的红领巾,兴高采烈地推着铁环奔跑在乡间小道上时,我们拥有的是一个色彩斑斓、无忧无虑的童年。

　　铁环是当时男孩子的炫技宝物。荷兰的运动专家在1976年指出,滚铁环有助于提高人体的平衡性,调节身体的协调性,可以提高四肢活动能力。拥有一个滚铁环就如同带着滑板上学,开着私家车上班或走亲戚一样风光。小时候的我也难以免俗,经常推着自己的铁环上学放学,只是实在回忆不起那黑乎乎的铁环是怎样属于自己的了。

　　以前农村的土路上几乎没有汽车,一年半载遇不见一辆卡车,倘若有汽车路过,大家就会背着书包带着看家狗一路欢呼着撵个老远老远。在乡间土路上滚铁环不用担心安全问题,另外农村的孩子上学不需要大人接送,吃过饭约起同村的小伙伴,一路上滚着铁环奔走,不但能够免去行路的单调,而且还能加快行走的速度,乐趣无穷。

　　一路上铁环哗啦哗啦地响着,声势浩大,还能推出许多花样来。那个属于我的铁环应该是滚木桶上的铁圈,直径大约60厘米,铁圈的厚度大约3厘米,宽度大约1厘米。别的小伙伴的铁环通常是用一根粗铁条(我们当时称"豆条"),弯成的一个直径约60厘米的圆圈,拿到集上焊一下接头,用纱布打磨干净,然后用一个半圆的钩作"车把"。讲究者还会在铁环上套数个小环,铁环钩上端加一个木柄,铁环滚起来时,小环会在铁环上滚动,发出悦耳的声音。

那时候在放学的路上，经常可以看到一群背着书包满脸脏兮兮的男孩子，手里拿着各自的铁钩，推着铁环奔跑在马路上，哗啦哗啦的声音响成一片，场面颇为壮观。

滚铁环的技术一学就会，且熟能生巧。玩滚铁环一般是让铁环立在地面，用左手摸着铁环的顶，右手握着铁环钩，摸铁环顶的左手往前一推，右手握住铁环钩跟着往前跑。用铁钩推动铁环向前滚动，铁钩可以控制方向，可直走、拐弯。滚铁环的速度快慢均可，但太慢会倒下去，像骑车一样，人能跑多快，铁环就能滚多快。

初学时，先将铁环向前转，然后赶快拿铁钩去推着向前走，不倒就行。技术好的人，单手拿铁钩将铁环往前一送，铁环就乖乖转动起来。滚在路上也能"停车"，即铁环斜靠在铁钩上，要滚时弯钩轻轻起动就行。累了，用弯钩钩住铁环，往肩上一扛，那姿势极为潇洒。大小不一的铁环，靠着一根铁钩向前推动，谁的铁环倒下谁就输了。

"娘娘腔"的铁环居然是个相当结实的钢圈，不是集上铁匠铺打造的铁圈，而是工业模具生产出来的做工精细材质高端的钢圈，很有分量，就像重型卡车一样稳，可以滚好长一段路而不倒下。铁环钩磨出来的声音也与众不同，即使是凹凸的路面也不在话下，绝对是村里最"高大上"的铁环了，他总是在大家面前流露出自豪得不得了的表情。

可是有一天，"娘娘腔"滚铁环兴奋过了头，铁环脱钩失控，眼睁睁地看着他的大铁环从路面欢蹦着滚到了路边的大水坑里，水面上翻了一片水花，铁环就消失在水坑里了。

看着他可怜巴巴地拿着剩下的铁环钩子，沮丧地耷拉着脑袋看着水坑发呆，我们居然毫无同情心地做了一次幸灾乐祸的围观者。

摔炮壳

20 世纪 70 年代是全民皆兵的年代,中国的老百姓上自 60 岁下至 16 岁均为民兵。我们村的民兵连长兼村会计就跟我家住同一个胡同,我清楚地记得他家堂屋门后面,经常有几十杆木柄 56 式半自动步枪靠在墙上,那是部队淘汰下来供民兵训练的。那时候村里治安也好,传说中的"破坏分子"更不敢去民兵连长家自投罗网,所以他家的院门很少落锁。

村头露天电影院里的战斗片看多了,男孩子们对真枪实弹产生了浓厚的兴趣。我们经常趁大人不注意,偷偷地溜到民兵连长家扛出几条步枪在胡同里玩,步枪有十来斤重,瘦弱的我们玩着玩着就感觉没劲儿了,还不如我们自己刻的木头枪好玩。后来发现民兵连长家除了空步枪、手雷教练弹,还有好多带弹夹的空子弹壳,我们就开始用子弹壳吹口哨,用子弹壳做摔炮。

做摔炮一般用步枪的子弹壳,手枪的子弹壳太小,机枪或重机枪的子弹壳又太大,也难以弄到。需要的工具有小钢锯、钳子、钢锉,需要准备的器材有一枚子弹壳,一根大铁钉,还要有橡皮筋和几张"砸炮纸"。

那时候专门供小孩玩的火药叫"砸炮纸",就是用两层纸(通常是红色的)夹着一点火柴头一样的火药,"砸炮纸"上面是十几排均匀分布的一粒粒豆子大小的"砸炮"。逢年过节时,挑着担子卖针线脑的货郎,一般都卖这玩意儿的。一张"砸炮纸"两分钱,约有三十点火药。那时候玩带火药的玩具,基本上都用这种火药。实在没有时,我们会想别的办法,把火柴头上的火药抠下来也可以玩,但没有"砸炮纸"的火药好玩。

找张桌子固定好子弹壳,所谓的固定基本上是一只手紧按着子弹壳,另一只手用小钢锯在子弹壳的底部一下下地锯开一条口子,口子的缝隙大约是弹壳口径的三分之一,能够塞进去一片带火药的"砸炮纸"就行。锯这条口子有点难度,一不小心就会被锋利的锯条划伤手指。然后用钳子把铁钉尖一寸左右的地方拧弯成九十度夹角,用钢锉把铁钉帽磨到比子弹壳口径稍微小一圈的尺寸,铁钉帽其实就相当于摔炮的撞针,用来激发塞在子弹壳底部的"砸炮"火药。把橡皮筋的一头绑在铁钉的拐角上,另一头绑在子弹壳的底部,往上斜拉铁钉,相当于拉枪栓,这样就可以使钉子做的撞针斜靠在子弹壳内,与橡皮筋、子弹壳成三角形状拉住不会脱开。然后再在子弹壳底部绑上几根红布条,这样子弹壳摔炮就做成了。

玩的时候,从子弹壳锯开的缝隙里塞进一枚"砸炮",绷紧皮筋,用力把撞针往上拔一段距离,依靠钉帽与子弹壳内壁的摩擦斜靠在摔炮管上。然后把子弹壳摔炮往坚硬的地面一摔,或者用力往上扔,子弹壳摔炮会像鸡毛毽一样重心朝下摔落到地上。由于钉子撞针撞击火药,子弹壳摔炮即会发出"叭"的爆炸声。火药放得越多,爆炸声则越响。

玩子弹壳摔炮必须展示给别人看才有意思,借张三扔几下,借李四扔几下,谁扔得响声大,得到的欢呼声也越大,扔不响的就会被嘲弄。"马行千里总有失蹄""常在河边走哪有不湿鞋",有一次我玩子弹壳摔炮得意忘形了,没扔好,落下来砸到老张家"二怪"的脑袋上了,居然把的他脑袋砸流血了。张家"二怪"疼得哇哇大哭,抹着眼泪冲上来拽着我的衣服就开打。自知理亏的我奋力挣开,瞅准机会夺过自己的子弹壳摔炮就跑,但又不敢回家,躲在离家很近的水坑里,后来被小姨发现揪着耳朵逮了回去,挨了爸妈一顿训。原来老张家大人已经找到我家里告状了。

为了赔不是,为了睦邻友好,我把自己的子弹壳摔炮送给了张家"二怪"。后来,我又偷偷地做了两个子弹壳摔炮,子弹壳是民兵连长送给我的,崭新的炮壳,闪闪发亮。

链条枪

链条枪是 20 世纪 80 年代广泛流传于男孩子之间的民间手工神器,是用火柴棍当子弹来玩的手工玩具枪,因为主要的配件用的是自行车链条,所以叫链条枪。因为有段时间我们使用的火柴都要从国外进口,火柴经常被称作"洋火",所以民间又叫链条枪"洋火枪"。

链条枪的威力并不大,它是利用火柴头上那一点火药瞬间被外力撞击产生爆炸的原理制作的,爆炸的效果像小号的鞭炮。后来村里大点的伙伴将链条枪改装,在枪口加装钢管或一枚子弹壳,里面塞满火药,链条枪的威力就变得相当强大,若在火药里再添加一些铁屑、钢珠,效果堪比猎枪。

对于中小学生而言,链条枪还是有一定危险的。学校后面黄堂村一个姓常的女同学,就被链条枪发射出来的火柴杆打瞎了一只眼睛,当时医疗条件有限,没办法就换了一只狗的眼睛,据说那只眼睛啥也看不见。学校是严禁学生携带链条枪的,发现一个没收一个,大家只好偷偷制作,偷偷地玩。

制作一把链条枪并不是件容易的事儿,需要先用粗铁条拧成枪身、枪栓以及扳机,还需要预留好枪栓的挂钩。铁条粗细跟链条上两个孔径的大小基本一致,这样做出来的链条枪相当地紧致、精美,挂橡皮筋的时候枪身不容易变形,枪栓头需要打磨成尖,用来触发枪管里的火柴头。枪身还需要用细铁丝缠紧,枪头需要预留十二节链条的长度。

用榔头和钢钉将自行车链条的链轴敲掉,链条一般八到十节,一枚枚按孔洞对齐,并排穿在枪头的铁条上当枪管。枪头是最关键的部件,没有枪头,"子弹"就打不响,火柴杆就射不出。枪头需要准备两节链条,找一枚自行车辐条的螺帽——螺帽是黄铜的——用锉刀将螺帽身部锉细,将锉好的螺帽用榔头钉入两节链条的一端。这个工序是成败的关键,必须结结实实地砸进去,螺帽的孔径用来装填火柴棍,枪栓撞击的部位就是这里。

橡皮筋需紧绷在枪栓与枪身上,拉枪栓时,用力将枪栓挂在枪身后端的挂钩上,旋转枪头,将一根红头的火柴杆从内往外塞进铆在枪头的螺帽孔里,恰好容得下火柴杆不紧不松地塞进去,火柴头留在螺帽孔里,将枪头小心翼翼地复位,链条枪就蓄势待发了。扣动扳机的时候,扳机向上推掉枪栓,橡皮筋的弹性势能瞬间转化为枪栓的动能,枪栓快速撞击火柴头上的火药,动能转化为火药的内能,火药温度升高爆炸产生声音和烟火。

由于火柴的火药不如鞭炮、炮弹的火药那么纯,所以经常出现哑火的场面,但只要打响几枪后,"枪膛"的温度逐渐升高,越打越顺手,慢慢地就会举枪就响了。"啪""啪"的枪声充分刺激着童年的肾上腺,掏枪、拉枪栓、上火柴、扣扳机的感觉就像在战场上冲锋陷阵一样神圣。

高档一点的链条枪,需要在前面加一个子弹壳,在子弹壳屁股上钻个孔,跟链条枪的枪头铆在一起,在子弹壳里放上炸药,利用火柴头当引药,火药出口处塞上纸或者土,将子弹壳里的火药适当塞紧,过松容易冒火花,过紧容易爆炸。打这样的枪,有一定的危险性,旁边不能有人,枪口任何时候都是不准对人的,哪怕是开玩笑。开枪的时候脸扭向后方,有时候张大嘴巴,这样的话耳朵听到的轰鸣就会小一点。枪一响,一团红红的火焰自枪管里发出,有时候子弹壳里的火药塞得过紧,震耳欲聋的响声过后,纯铜的子弹壳就被炸成了开花的喇叭筒。

那时候为了积攒玩链条枪用的火药,我们经常出现在村里的婚礼现场,围着即将点燃的大串的鞭炮,争先恐后地捡拾地面上没有爆炸的大雷子鞭炮。然后将捡到的炮的炮皮剥掉,用小塑料瓶收集黑色的炸药,在玩链条枪的时候,将火药装在链条枪的子弹壳里。虽然有一定的危险,但是增强了玩耍的刺激性,即使被链条枪发出的爆炸声震得耳朵发鸣、手指发颤,依旧挡不住我们玩得热火朝天。

突然间,我开始怀念链条枪打响后,空气中弥漫的那种久违的火药味了。

粘知了

粘知了的起源非常早,《庄子·达生》里有一则关于粘知了的故事,说的是孔子去楚国的路上穿越一片树林,看到一个驼背老人用长竿粘蝉,如同捡东西一样轻松容易,于是向老人请教。老人介绍说:"我练习有诀窍,先在竹竿上放两颗弹丸,经过五六个月的练习不会掉下来,这样去粘蝉就很少失手了;如果练到放三个弹丸不掉下来,那失误率只有十分之一了;若练到放五个弹丸也掉不下来,粘蝉就好像捡东西一样了……"

古代还有一种用火捉知了的方法,《吕氏春秋·期贤》中记载:"今夫燆蝉者,务在乎明其火,振其树而已。火不明,虽振其树,何益?"这种方法要求夜晚在树下燃起一堆火,然后晃动树,知了受惊后会像"飞蛾扑火"一般冲向火堆。

夏天,村前村后到处虫鸣鸟叫,响亮而刺耳的蝉鸣声更是此起彼伏、忽高忽低、时急时缓,犹如一曲曲交响乐。后从书本上获悉,只有雄蝉才会鸣叫,原来它那不知疲倦的"蝉噪"是为了求偶。我还曾经在课堂上把公蝉腹部两侧的一对蜂鸣器圆盖一片片的掐断,直到它无声且无济于事地挣扎到声尽力竭。小时候干过的坏事多了,这里就不再一一忏悔了。

"工欲善其事,必先利其器。"据说马未都先生童年时也粘过知了,他使用的是内胎熬成的胶,后经高人指点后改用黏性更好的"面筋"。我们则就地取材,用更环保的蜘蛛网,取一段韧性较强的树枝弯成一个椭圆状,绑在竹竿头上,然后在圆圈处缠上一些蛛网即可。

想要粘知了,第一件事就是寻找蜘蛛网,四处寻觅那种经露水浸湿后黏性极强的蜘蛛网,把小圆圈对着蜘蛛网旋转几下,一个捕捉器就成型了。躲在"八卦阵"中的蜘蛛纷纷逃遁,我们也不"涸泽而渔",第二天新结的蛛网又成为我们的可持续资源。

后来我们又学会了自己嚼面筋,直接抓一小把麦粒放嘴里反复地嚼,嚼得两边的腮帮子酸疼。为了嚼出来能粘知了的面筋,大家还比赛看谁先嚼好,谁嚼出来的面筋黏性强。小伙伴们总是在夏天的午后,大人们都在休息的空当,悄悄地绕过老师的家门,顶着似火的骄阳,钻进密不透风的树林,从众多的蝉音中分辨出目标,悄悄地猫着腰屏住呼吸接近,小心翼翼地把竹竿伸到目标的背后,然后以迅雷不及掩耳之势,猛地一抖,知了就被牢牢地粘住了。知了挣扎几下,发出几声凄厉的叫声后乖乖就范。我们轻轻取下知了,装进事先准备好的纸盒中。但不是每次都能百发百中,有时动静大了,会"打草惊蝉",知了闻声溜之大吉,此时只得重新寻找目标。虽然夏日里骄阳似火,但我们却乐此不疲。

回到家里,从纸盒里慢慢地取出战利品,挑拣一只活得欢的知了,用细线拴住它的后腿,手拽线头,轻轻地将它放飞,有时会在线上系个小物件,让它带着飞。此时的知了只能盘旋,经过一番折腾,最终都奄奄一息,成了鸡鸭的美食。

夜晚的知了声依旧高亢,也许是对炎热的愤怒,知了才如此地不顾他人的感受叫个不停。我和几个小伙伴跟讨厌的知了一样亢奋,到村口找到一棵比较大的柳树,抱来一大堆麦秸放在大柳树下,用火柴点燃麦秸,一个小伙伴负责爬上柳树,我和另外几个小伙伴就在下面等着知了自投罗网。火越烧越旺,柳树上的小伙伴使出了全身的力量舞动着枝干。不一会儿,知了就惊慌失措地鸣叫着从柳树上如飞蛾扑火一般往火光的方向飞来,有的掉入火海被活活烧死,有的落入水里被淹死,有的不翼而飞不知生死,有的慌不择路地落到火的周围,被在树下等待的小伙伴们装入了袋子,成了庭院里鸡鸭的美餐。

一直到现在,每次听见悠长的蝉鸣,我神经质的条件反射就是咽一口唾液,也许是突然想起了当年粘知了嚼面筋的味道,也许是想起了手中的那根长竹竿。我明白,自己的心,又回到了童年……

大鼓书

那时农村的文化娱乐很匮乏，别说电视机，就是收音机也少有，露天电影要等几个月才能看一次。因此，每年一到农闲季节，大鼓书就成了人们最好的精神享受了。

大鼓书是过去豫东民间说唱艺术的俗称，是当时豫东一带仅次于河南坠子、豫东琴书的第三大曲种。唱大鼓书的服装、道具、伴奏都很简单，一面扁圆形的木框皮面鼓，支在几根竹棍组成的鼓架子上，演员一手击鼓、一手打简板，一边有说有唱，大鼓书艺人穿着很普通，身上没有现在电视台文艺演出时演员穿的打眼的民族演出服。演出场地要求不高，农闲时大树下和生产队的牲口屋里、饭场地里都是唱大鼓书的场所。

在那个文化饥渴的年代里，大鼓书是百姓心目中的精神食粮。我一直把大鼓书误以为是"打鼓书"，因为唱大鼓书的时候总离不了一面咚咚响的牛皮大鼓。摆个方桌，桌子上放着一盏马灯，摆上大鼓、醒木等。鼓声一响，一家老少就兴冲冲地拎着小板凳、马扎子循声而来。人到得差不多了，唱大鼓书的把大鼓重重地擂了几下，喝口水清了清嗓子，右手一扬，鼓槌就"咚咚咚"地敲了起来，周遭的观众们立马就安静了下来。

漆黑的夜里，敲击大鼓的咚咚声和唱大鼓书的沙哑声能传很远。听大鼓书的人越聚越多，里三层外三层地把唱大鼓的包围在中间。人来得多，唱大鼓的劲儿也大。说唱时艺人很投入很夸张地倾注自己的主观情感，忽而激昂大义慷慨陈词，忽而如泣如诉泪如雨下，忽而抑扬顿挫婉转悠长，听众们的情感随着艺人的说唱起伏，一部野史演义被他们演绎得淋漓尽致。

那个时候判定唱大鼓书水平高低的方法和现在差不多，就是听大家的掌声,看谁会煽情,谁能尽可能多地催下听众的眼泪,谁就是名家。所以艺人们往往以听众流下眼泪的多少评判自己水平的高低。那个时候,大鼓书艺人很吃香,队干部亲自作陪,好烟好酒款待着,给足艺人面子。经常这个村没有唱完,下个村就预定好了,甚至还有争抢的现象。

大鼓书艺人们很平易近人,虽然他们没有《百家讲坛》中教授们的风采,文化水平也不见得高,但他们对大鼓书说唱底本进行加工、表演的悟性超越常人。由于加工时处处以听众的需要为中心,取材充分尊重群众,所以大鼓书带给观众的是原生态的艺术,它最大的特点是通俗易懂。栩栩如生的故事,能给劳累一天的农人带来强烈的听觉刺激。

一开始,村里的小孩子在周围打闹着玩耍,后来孩子们玩累了就陆陆续续回家睡觉,剩下的人才是真正听大鼓书的。如果发现个别听众因白天劳累,在听书时打瞌睡,唱大鼓书的见状即转板,插说笑话、黄段子,帮助听书人驱除疲劳。待人们在哄笑声中消除困倦、振作精神后,唱大鼓书的又接着唱。

武松打虎的故事我就是通过听大鼓书了解到的,至今记忆犹新。我曾断断续续、不分章节地听过《黑脸包公》《罗成算卦》《杨家将》《西游记》《水浒传》等,记得每当唱到最紧要关头,唱大鼓书的便猛一刹车,起身向周围人双手一抱拳连声说:"请大家帮帮忙,帮帮忙!"大家就知道要收钱了,于是就三毛五毛地往帽子里丢钱。唱大鼓书的是不向小孩子收钱的,总是拿着帽子从孩子们面前一晃而过。收了一圈,他数了数帽子里的钱,如果嫌钱少,就嚷嚷着说:"老少爷儿们帮帮忙,再多少给俩钱,给俩钱,再给俩钱……"于是他捧着帽子又收了一圈,收钱后便接着卖力地唱。

集上小学有个姓李的老师,每天上学我都要路过他家门口,按辈分我喊他大大。李大大白天在学校里教五年级两个班的数学课,课余时间免费给学生理发,晚上在会场里戴着老花镜唱大鼓书,而且是义务给村里的老少爷儿们表演。与众不同的是,他唱时经常翻着一本厚厚的大部书,但依旧唱得有板有眼。大鼓书的内容我忘却得差不多了,但留给我印象最深是每天晚上曲尽人散的时候,李大大手中的惊堂木往方桌上一摔,随之一声干净利索的吆喝:"欲知后事,且听明天再讲!"

摔骨碌

摔骨碌说的就是摔跤,豫东老家又俗称"撂个儿""撂骨碌""撂架""摔架",是昔日在乡村十字街头、打谷场上、学校操场经常见到的活力迸射、青春爆发的活动。

那时候的男孩子们个个争强好胜、精力旺盛,有空就在坷垃地里撒欢,摔骨碌就是释放精力的一种方式。摔骨碌不需要什么特殊场地,只要地面平整,没有砖头、瓦块等硬物就行,注意避开墙角、树木等物。摔红眼的时候,泥水窝里我也曾经奋力扑腾过。

摔骨碌一般情况下是两个人徒手相搏,平时多无定规,只要双方年龄没有悬殊,个头、力量等情况差不多就行。摔骨碌开始前,两人对面贴胸,双方伸出双臂,互相缠绕,双手抓紧对方的肩头,身体稍向前倾斜站立,以推、拉为主撕扯搏斗,任意采用抱腰、拉扯、推搡、使绊等各种手段,但不能出手掌击、拳击、掐、拧,更不能张嘴咬人,否则即为犯规,也会被大家笑话。

摔骨碌开始后,围成一圈儿的小伙伴们挥手顿足地喊着"使劲""加油",还有关系好的场外指导挥着胳膊高喊:"别腿!下别子!"时而发出一阵阵欢呼或尖叫。站在圈外的大人们,也显得饶有兴趣,关注的表情或惊或喜,不时变化着。经过一番较量,最后摔倒对方就算赢了,或摔倒一次为一局,两个人同时倒地时,被压在底下的就算输了。

如果双方体力悬殊,力量又强弱分明,一般就会比赛搂蛤蟆腰——既显示自己的彪悍强势,又不会引来倚强凌弱、以大欺小的议论。体格健壮的一方站定,让对方从背后拦腰抱住,待被搂一方说"好了",对手便可发力攻击。

还有一种搬腿的摔骨碌,多用于大人跟小孩之间。有时还让两个小孩每人抱住一条腿,或另加一人搂蛤蟆腰,这就多了逗乐的成分。如果一群小孩对一个大人,则采取抢摔的摔法,那就更让人眼花缭乱,颇有十八罗汉斗孙悟空的味道了。

小时候摔骨碌是不需要打招呼或商量的,经常在上学或放学的路上,前面的男孩子背着书包好端端地走着,冷不防就被后面的人拦腰抱住,一下摔个"仰八叉",被摔倒的急了眼,爬起来反攻,一场摔骨碌大战便由此爆发。

每逢有人摔骨碌,总会吸引很多人聚集观看,人们或评头论足、预判胜负,或加油助威、叫好喝彩,使现场气氛更浓烈,热闹非常。有时摔得不可开交,久不见胜负或一方屡屡被摔倒在地时,常会摔红了眼。这时有些想看热闹的小伙伴儿往往会吹风助势、火上浇油,促使摔骨碌的激烈程度升级。有时真急了,有人哭鼻子,或真要挥拳打架,这时,在场的大人会出面将争斗的双方劝开。

摔骨碌经常会有摔恼翻脸的,两个人你来我往,各尽其能:或使劲咬牙,只喘粗气不出声;或口骂脏话,擦一把鼻涕抹一把泪;或几个回合不分胜负;或一方屡战屡胜,一方屡败屡战;胜者气势更盛,负者志不服输。有时被人拉开了,还各自擦着渗血的嘴角,摸着额头上鼓起的疙瘩继续叫阵:"有种咱上村西没人的地方摔去!"但一般情况下是不会去的,因为没人的地方没有观众,没人见证高低输赢,基本上也没劲儿再较量了。

很多时候结果是这样的:第二天吃过早饭,摔骨碌翻脸的两个人,又在大伙的簇拥下,一块背着书包上学去了。

琉璃球

　　小时候玩的琉璃球是一种小玻璃球,球的里面有五颜六色的花瓣,颜色有红、黄、蓝、绿、白、黑,其实就是现在我们还能看到的跳棋子。还有一种透明而没花瓣的琉璃球,块头稍微大一点儿,是孩子们比较喜欢的便宜又耐玩的玩具。小时候我们是不喊玻璃球的,我们称之为"琉璃蛋儿"。

　　有野史说慈禧也经常与太监们以此逗乐,这十有八九是胡诌,但不管怎么说,她那份闲散之心实在是让人羡慕。

　　前几天在办公室收拾东西,居然从铁皮柜子里摸出几粒琉璃球来。光光的圆圆的琉璃球里粉红的花瓣像菊花盛开,黄色的花瓣像一条远航的小船。透过晶莹的玻璃望着那美丽的花瓣,渐渐远去的童年情景又在一瞬间鲜活地呈现在眼前了。

　　在我童年的记忆里,那个叫周堂集的丁字大街上,有税务所、邮电所、新华书店、供销社、派出所⋯⋯貌似全乡领工资、吃商品粮的机构都在那条街上了。北头就是全乡最大的两所学校,一所小学一所中学,两所学校一墙之隔,前排中间夹着一个小院子,那是乡中心学校所在地。小学门口有一棵歪脖子的合欢树,每年合欢花开,粉色的花朵就像电影《阿凡达》里潘多拉星球上飞舞的水母。大街上似乎总是熙熙攘攘,两边有固定的商铺,水果摊的叫卖声、打铁铺里的敲打金属声、杂货铺前的喧闹声、人群里的欢笑声仿佛构成了一场动听的乡村交响乐。

　　从家里去学校,我需要从村子的东南角徒步到集上的西北角,本来有两条路可以到达学校,我跟小伙伴们总是选择经过热闹非凡的集上,挎着书包、捂着裤兜挤在川流不息的人流中。

捂着裤兜走路的,裤兜里肯定有钱,哪怕是三五毛钱,也绝对能够底气十足地去集上奢侈一回。花上一毛钱买一瓶彩色汽水,一毛钱买一个大烧饼,到卖瓜子的蒋老婆那里称五分钱的葵花子。蒋老婆是一个七十多岁的老太太,在集上卖了好多年的瓜子,五分钱的瓜子她也会用老秤称量。她左手颤巍巍地提溜着秤杆,右手认真地拨拉着秤砣上的挂绳,等到秤杆上扬称量好瓜子时,她还会抓一小撮瓜子放进秤盘里,嘴里叨念着:"乖,这是饶给你的……"

我还是比较喜欢琉璃球的,等溜到那个张姓的杂货铺前,看到溜溜圆的琉璃球时,便会毫不犹豫地拿出两毛钱买上十几粒琉璃球装到衣兜里高高兴兴地去学校了。

只要有时间,比如上课前和放学后,我们就会玩玻璃球,甚至课间十分钟,除了喝水、上厕所,就会三五成群地凑在一起,拿出自己的琉璃球摆开战场。大家撅着屁股趴在地上,或作举手射击姿势,或作丈量神态,全神贯注,那份投入,那份专注,比听那无聊的语文课要认真得多。女孩子似乎天生对这项运动具有免疫能力,参加也基本上是属于主持评价,反正我打了这么多年的琉璃球,从没和女孩子交过手。所以小时候男孩子的衣服多是脏兮兮的,干净的男孩子属于另类,反正我不是。

玩琉璃球的时候,一般情况下先找一面墙,距墙不远处画一条线,把各自的琉璃球弹向墙根,反弹回来的琉璃球不准过线,根据琉璃球从墙根溜到线的距离的长短决定出场的顺序。弹琉璃球的手法一定要正,手法不正会长期被伙伴笑话。标准的手法是将中指、无名指和小指握向手心,压住大拇指,将琉璃球用大拇指压在食指的关节上,大拇指用力将球弹出去。这种手法力道足,准确率高。打琉璃球的诀窍是手要稳、方向要准,发球的时候要屏气凝神,一发命中才是最主要的。如果撞到对方的球,那么这粒球就归自己了,然后接着用自己的球撞击别的球,如果撞不到别的球,就要换人,直到最后一名小伙伴将出场的琉璃球赢光,才可以开始新的一局。大家完全可以从参与者的脸上看到结果,胜利者与失败者,兴奋和懊悔。

那时候玩琉璃球多少有点赌博的性质,所以大家很在乎自己的输赢,因为每个孩子都不愿把自己心爱的东西拱手送给别人。所以游戏玩得相当激烈，什么球动了，人站的不是地方了，撞没撞到球了，不符合规则了等情况总会引起一阵争吵来，争得面红耳赤不可开交。这个时候总会有一个稍大的孩子来主持公道，一场激战告一段落，游戏继续进行，不过每个人都变得小心翼翼了。直到有谁的母亲扯着大嗓门喊："狗剩，你个欠收拾的看看天都黑了还不赶紧回家馕饭！"孩子们赶紧抓起自己的琉璃球，拿好自己的东西散了，伴随着一阵吵闹声，各自回家了。

　　胜利者衣兜里揣着胜利品满脸惬意叮叮当当地回家了，那输了玻璃球的小伙伴虽然兜里少了几粒琉璃球，但也是一脸的不服气，一边往家里走着一边不甘心地嚷着："明天接着来啊，看我早晚得把你赢光！"

偷鸡蛋

电影《非诚勿扰》里有这么一个场景：葛优扮演的秦奋在教堂里事无巨细、喋喋不休地忏悔从小到大干过的坏事，从幼儿园、小学、中学、插队……直到太阳西下，插队时候的坏事还没讲完，旁边一本正经的牧师从站到坐，最后满头大汗地说："我们的教堂太小了，盛不下他那么大的罪恶。"秦奋的慧黠幽默和牧师的无奈虚伪、时间的迅速与真实的缓慢，成就了很多观众不止一次的遏制不了的大笑。笑完之余，我突然间想起了小时候偷过的鸡蛋。

"偷"不是小孩子的本性，可是那个时候生活条件有限，大家没有零花钱，一个个又馋嘴得要命，大家就想方设法自己弄钱。记得有一年夏天，我大概六岁，实在太馋了，以为家里的肥皂是面包，偷偷地咬了一口才发现不是吃的。当年嘴里那味道，那苦劲儿，至今记忆犹新。

我们在废品收购站里卖过爬蚱壳，在电影院里卖过玉米棍，在倒闭的铁工厂大院里挖过碎铜烂铁，干得最多的是将家里的鸡蛋偷出来送到代销点，一枚鸡蛋一般卖五分钱左右，或者直接在代销点换糖、换瓜子、换老冰棍。

那时候也不知道跟谁学的，我们在鸡窝里麻利地逮住老母鸡，一手掐着母鸡的两个翅膀，另一只手摸摸母鸡的屁股，就知道会不会下蛋。没有鸡蛋的鸡我们就放掉，如果有蛋，我们就把鸡扣在箩筐里面，母鸡下蛋后会咯咯地叫唤着炫耀，也等于给心怀鬼胎耐心等待却又心急如焚的我们发出了下蛋的信号。热乎乎的鸡蛋揣在手里特别舒服，心里也格外亢奋，捧着鸡蛋就像把瓜子、糖块捧在手里吃在嘴里的感觉。有时候运气不好，会摸到一个还未成形软乎乎的鸡蛋，蛋壳只是薄薄的一层皮，像一张纸，如果不小心挤破了鸡蛋壳,那黏糊糊的蛋清、蛋黄跟碎鸡蛋壳会粘得满手都是,又腥又黏,弄得狼狈不堪。由于我隔三岔五地偷鸡蛋,所以家里的老母鸡见了我也都无动于衷了。

老偷家里的鸡蛋早晚会露馅,于是我们就瞄上了邻居家的鸡窝。"偷鸡蛋"能锻炼耐心和勇气,但我们更享受偷的过程。夏天的午后,趁大人们午睡的空当,蹑手蹑脚溜到邻居家的鸡窝旁,警惕地环顾四周,空气像凝滞了一般,那种紧张又抑制不住兴奋的感觉至今难以忘怀。运气好了,嘴巴香香,天知地知;运气不好,父母皆知。轻则要接受严厉的训斥,重则就必须面对皮肉之苦了。

偷鸡蛋倘若被发现,一般情况下是邻居告状,结局就是回家挨打。那可是真打,鸡毛掸子、柴火棍、笤帚疙瘩,屁股、后背、脑袋、掌心不管是哪儿,抓到哪儿是哪儿。但我们总是好了伤疤忘了疼,经不起美食的诱惑,从自己家的鸡蛋筐摸到邻居家的母鸡窝,总是偷过鸡蛋、吃过喝过,才猛然想起早晚被家长发现挨一顿狠揍。

那个时候我们也是忌讳"偷"这个字眼的,我们都说"拿",有点像孔乙己的"窃书"。"常在河边走,早晚得湿鞋",有一次,我偷邻居家的鸡蛋,就被逮了个现行。我在村里辈分比较长,邻居是一个四十多岁的妇女,又尖又酸地亮着嗓门挖苦我说:"小叔,怎家里啥没有哎,还稀罕俺家的臭鸡窝,你要是想吃鸡蛋,我一会儿用地锅给你煮一馍筐子送过去吃个够!"

其实她亮那么大的嗓门就是故意让我家大人听的。妈妈正在院子里做鞋,听见隔壁传来的喊叫,拿着做了一半的布鞋底气冲冲地走过来,拧着我的耳朵一边给邻居赔不是,一边训斥我说:"小时偷针,长大偷金。你这孩子,平时我都咋教育你的? 看我回家怎么收拾你……"妈妈是集上的小学教师,平时也是很严厉的,我只好乖乖地被拧着耳朵回家了,站在院子里晒太阳,写检讨、写保证,反思不够,就会挨打。

我从小嘴巴很硬,挨揍的时候一声不哭,更不会求饶,用妈妈的话说,简直是"铁嘴钢牙木舌头"。只要不打断骨头,估计我会死扛到底,挨揍的时候我总是想着刘胡兰、黄继光、邱少云、董存瑞,其实最根本的原因是我知道自己干的蠢事再坏，爸妈也不舍得打死我。其次，小时候对偷鸡蛋这个问题我考虑得相当清楚，因为我从来没有长大了当江洋大盗的理想，所以只对这些小东西实施偷窃计划。而且我一向懂得分享，每次偷到了好东西，比如葡萄、苹果、甚至没成熟的西瓜，我都会大方地分给一起玩的小伙伴，用当下的话来说，那些小伙伴基本都是"酒肉朋友"。因为每当我的偷窃罪行暴露之后，他们一般都会做鸟兽状，一哄而散，而且第二天看到我烂桃一样的眼睛，甚至还会很不够意思地取笑我。但为了革命时期的纯真友谊，我都毫无怨恨地原谅了他们。

打碟溜

　　"碟溜"就是陀螺,我们豫东方言称陀螺为"碟溜"。至于"碟溜"是哪两个字,我也不怎么清楚,商丘方言、地方志里也没查到,大约是各地叫法不一样的缘故。

　　查询资料后学了不少知识:中国早在宋朝时就出现了类似陀螺的玩具,名字叫作"千千"。它是一个长约三厘米的针形物体,放在象牙制的圆盘中,用手撑着旋转,谁转得最久就为赢家。这是当时嫔妃宫女用来打发深宫内无聊时光的贵族游戏。陀螺这个名词,最早出现在明朝,刘侗、于弈正合撰的《帝京景物略》有"杨柳儿活,抽陀螺;杨柳儿青,放空钟;杨柳儿死,踢毽子"的记载。至于陀螺究竟是不是由"千千"演变而来,那就不可考了。但明朝时陀螺已成为儿童的玩具,而不是宫女角胜之戏了。根据记载,当时陀螺是木制的,实心而无柄,用绳子绕好了,一抛一抽,陀螺便在地上无声地旋转。当它缓慢下来时,再用绳子鞭它,给它加速,便可转个不停。

　　打碟溜是我们小时候钟爱的游戏,那时候打的碟溜都是自己做,通常都是木质,柳木的居多。也有松木、槐木、枣木,它们的材质密度高,耐雕刻,分量重,做出来的都是精品。

　　碟溜的做法很简单:找一根直径四五厘米的硬质木头,最好是枣木、槐木的材质,尽量不要有节疤。先将木头的一端用刀削成圆锥形,锥头略尖,中间呈圆肚形,然后用小钢锯沿圆锥大头那段把它锯下来,用小刀慢慢地削平抛光,再用细砂纸打磨圆润,一个简单的碟溜就算做成了。

　　我们把碟溜从上到下一圈圈地涂上不同的颜色,或者粘上彩色的玻璃纸,碟溜的顶部也涂上各种颜料,旋转着的碟溜看着就像跳着舞的彩虹。后来,我们又在碟溜接触地面的尖底部加一粒钢珠,这样既减少了碟溜与地面摩擦,又增加了碟溜自由旋转的时间。

打碟溜的鞭子也很讲究,要根据碟溜的大小做不同的鞭子。把事先捡来的破布片撕成小布条,系在一段尺把长的小树枝上。或者在田地里偷一棵麻秆,保留下面两尺左右的秆,将上端绿色的麻皮剥离,像女生编长辫子一样,直接编织出一根浑然天成的碟溜鞭子。

玩的时候先用鞭子上的绳绕碟溜几周,左手扶稳,右手抽鞭使其旋转于地面,再不断地用鞭抽打,使碟溜旋转不停。打碟溜的时候,下肢要稳,抽打的时候靠腰肢带动手臂挥舞,抽打得越狠旋得越快,故又称"抽贱骨头"。打碟溜不需要来回地快速跑动,又能运动到全身大部分的肌肉,抽打的时候还有种发泄不满的感觉。

记得有段时间我贪玩,学习成绩急速下滑,心爱的槐木碟溜被班主任妈妈给没收了。放学后,我偷偷地溜到操场上找了一块土烧的蓝砖头块,坐在烫腚的水泥地上,硬是灰头灰脸地手工磨出了一个圆乎乎的砖碟溜。

小伙伴们经常拿着自己做的大小不同颜色各异的小碟溜,或比谁做的碟溜好看,或比谁的碟溜转动时间最长,或比谁打的花样多,那场面、那火热劲儿简直就像一场小战斗。大家一起抽碟溜,随着身子灵活的扭动,甩出一声声清脆的鞭响,地面上的碟溜飞快地旋转,大家挤在一起看哪一组的最后一个碟溜歪倒在地。倒在地上的碟溜,我们通常称为死碟溜。

打碟溜的时候大家总是玩得热火朝天、汗流浃背、面红耳赤。不管是输是赢,都在奋力争先,玩起来就是一晌半晌,直到大人们多次喊吃饭时,才恋恋不舍地"收工回家"。

小时候的冬天特别冷,村里的水坑会结厚厚的冰,为了使碟溜转得更快,我们跑到冰上去比赛。大的碟溜高速旋转起来还会发出嗡嗡的声音,有时候我们过于欢呼雀跃,以至于忘了自己是冒着危险在冰面上打碟溜……如果白天打得不过瘾,我们就在月光下继续战斗,感觉浑身都是使不完的劲儿。

现在回忆起来,彩色的碟溜依旧在脑海里滴溜溜地、无休止地转啊转,就像永不褪色的童年。

翻手绳

回忆了这么多男孩子的游戏,今天谈谈现在的 70 后、80 后乃至 90 后的女孩子小时候比较喜欢玩的小游戏——翻手绳。

翻手绳又叫"解股""翻绳""翻线花""编花绳",是女孩子们小时候都比较喜欢的一种小游戏。我清楚地记得在豫东老家有个很形象的称呼叫"开交"。"开交"的本义是"结束、解决",流传于中原地区的翻手绳的游戏也叫"开交"或"开绞",游戏失败绳子乱作一团,就不能继续玩"开交"了,我就推测成语"不可开交"应该跟这个游戏有关吧。

做游戏前需要找一条三尺左右的细绳子,钥匙挂绳、穿窗帘的塑料线、纳鞋底的棉线、女生扎头发的红头绳等都可以,然后把绳子两端打死结后,形成一个绳圈,只要有一双灵巧的手并且找到一个好伙伴,就可以玩翻手绳游戏了。

翻手绳多为一个人拉绳,另一个人翻绳,若一方将绳翻散,绳子缠绕成死结,游戏就结束。翻简单的造型一个人就可以独自完成,复杂的图案就需要两个人配合,甚至加上场外指导。玩的时候需要将绳圈套在手指上,适度地绷紧绳子,通过手指的灵活支撑,不停地钩、拉、扯、套、或缠或绕、或穿或挑,最后来一个脱胎换骨般的关键性翻转,把缠绕于双手的线绳在手指间翻出花样,从而翻出小船、面条、大桥、饼干、降落伞、鱼肚子、五角星等各种生动有趣的造型,而且图案的变化层出不穷。

翻手绳需要仔细观察,分辨出纵横交错的线条,需要大脑记忆操作的顺序与方法,需要手指灵活准确地协同操作,必须眼尖、脑子灵活、手巧,做到手脑一致,手眼协调,无形中视觉、触觉、动觉、知觉得到了有机的训练。

苏联教育家苏霍姆林斯基曾经指出：儿童的才智反映在他们的指尖上。翻手绳可以锻炼孩子的形象思维能力、方位知觉能力、创造性想象能力。整个翻手绳的活动蕴含着从观察到思维、从认识到操作、从想象到创造等多种教育契机。那个时候大家只是尽情地游戏，打发简单的童年，绝对想不到这么简单的翻手绳会有这么多益处。

在翻绳的过程中，尤其是两个人玩的时候，大家需要搞好团结，相互为对方着想，才能实现每翻一次都会产生新的图案，使游戏顺利地进行下去。游戏中两个人的成功配合会加深合作伙伴的友谊，产生积极愉快的情绪。

现在孩子们不屑一顾的破绳子，在当年女孩子们的心目中都是宝贝。得到一根好用的绳子，足可以拿来炫耀半天，天天揣在裤兜里，上课、下课、春游，田地边、胡同里随时随地娱乐一番。

每到课间十分钟休息的时候，教室里、过道上，孩子们三五成群，绳圈在大家的手指间不停地翻飞着。当年学校里有个女同学翻手绳还能够翻出巴黎铁塔，好多孩子都跟她学手艺，但学成的却寥寥无几。我也曾经厚着脸皮去学习，却只记住了那个女孩子身上散发出的胭脂跟雪花膏的味道。

如今师范毕业后我在教育系统工作十几年了，每次下乡去学校检查，我都留意孩子们课堂下玩的各种游戏。可惜的是，再也没有见过，现在的女孩子们能像自己的童年时代的女孩们一样，乐此不疲地翻手绳。

跳皮筋

对于女孩子来说，没有跳皮筋的童年是不完整的。对男孩子而言，跳皮筋就是女孩子的代名词，两者之间是可以画上等号的。那时候女孩子的书包里，总能拎出一条长长的橡皮筋来。

跳皮筋有单人跳和集体跳两种，配合当地的歌谣，能跳出各种花式。一般来说三个人就可以玩跳皮筋了，两人站两头撑开橡皮筋，一人跳。人数不够时，也有将橡皮筋绑到树干上玩的。这游戏边跳边唱非常有趣，按规定动作，完成者为胜，中途跳错或没钩好皮筋时，就换另一人跳。

每当下课铃响起，各班教室里憋了一节课的孩子们蜂拥而出，校园里或操场的空地上瞬间就沸腾起来。男孩子们打斗拐、挤尿床、摔骨碌、玩玻璃球，女孩子们就浩浩荡荡地拉开阵势，两个人原地站立，将长长的皮筋撑开，参与游戏的人多了就用更长的皮筋撑成三角形、四边形、五边形……一队人在撑皮筋，另一队人在皮筋围成的圈内转身、跳跃、勾腿……皮筋一节一节地升高，难度也一点一点加大。

说起跳皮筋，就不能不提女孩子们一边跳一边嘴里碎碎念的歌谣："马兰开花二十一，二五六，二五七，二八二九三十一；三五六，三五七，三八三九四十一……""周扒皮，会偷鸡，半夜里起来学公鸡，我们正在做游戏，一把抓住周扒皮。打的打，踢的踢，看你还偷鸡不偷鸡……""一朵红花红又红，刘胡兰姐姐是英雄。从小是个好孩子，长大成为女英雄。毛主席为她题的词，生的伟大死的光荣。""学习李向阳，坚决不投降。敌人来抓我，赶快跳城墙。城墙没有用，赶快钻地洞。地洞有炸子，炸死小日本！"如今，长大了的女孩们虽然不再欢快地跳皮筋了，但是当年的歌谣依旧在。

跳皮筋有挑、钩、踩、跨、摆、碰、绕、掏、压、踢等十余种腿部基本动作。跳时可以把几个基本动作编排成联合动作，跳出无数的花样来。跳皮筋主要是下肢动作，但手臂也要配合，还需要用身体前倾、侧倾、后倾的变化，来增大下肢活动的幅度。有时要将超过头顶高度的皮筋踩住，再做侧手翻动作等，这都要求有一定的连贯性和控制身体的能力。

最低的高度只到脚踝，最高的高举一臂，最窄的时候只有一只脚宽，最宽的时候扯绳人仿佛在地上写"一"字，充分体现了女孩子们的柔韧和轻巧。

那时候大家的体力相当好，跳好久也不会气喘吁吁，大家不知疲惫地轮流跳，技术好的就能多跳一会儿，技术差的就只有撑皮筋的份儿了。皮筋高度从脚踝处开始，到膝盖，到腰，到胸，到肩头，再到耳朵头顶，然后举高至"小举""大举"，难度越来越大，撑皮筋最高的时候高过头顶一个手臂长。跳皮筋的女孩体态轻盈，又唱又跳，真是一道优美的风景线。

很少有男生喜欢跳皮筋，但是我们班里有个"娘娘腔"却与众不同，细皮嫩肉的他比女生还喜欢跳皮筋。每次下课铃一响，他就第一个冲出教室，瞅好场地迫不及待地等着跟班里的几个女同学跳皮筋。"娘娘腔"是个跳皮筋的高手，听说他一个人在家还要把皮筋绑在板凳腿上跳着玩。跟女孩子玩跳皮筋的时候，弱不禁风的他总是能跳到最高。大家睁大眼睛看他跳过"小举"拼"大举"，一般情况下能过"小举"就是较高水平了，想要过"大举"这个级别就得助跑。只见他先是快速助跑，然后双脚背身跳起，用脚尖去钩皮筋，在女孩子们的大声惊呼中完成"大举"的动作，简直跟女孩子们跳成一片了。

那时候，我站在旁边想：倘若"娘娘腔"这货头上扎俩麻花辫，脸蛋上涂抹点胭脂，穿着花褂子，蹦跶蹦跶地跳皮筋，会是啥模样？

抓子儿

抓子儿跟跳皮筋不同，不只是女孩子的专利，也有很多男孩子喜欢玩，因为男孩子巴掌大，抓起石子玩起来比女孩子抓得还多。

在那个玩具匮乏、经济紧张的年代，一粒粒小石头子算是廉价的玩具之一了。抓石子的乐趣，不但在于如何玩，而且寻找一粒粒石头子为原料并加以制作，也是一个十分有趣的过程。我们豫东平原是不盛产石头子的，等到村里谁家盖新房，用拖拉机从县里拉来一车车的沙子卸在宅基地上，沙堆上就蹲满了大大小小的孩子。大家埋着头在沙子堆里寻找自己喜欢的小石头，灰的、白的、红的、绿的，如果谁找到花纹特别漂亮的石头往往会捏在手里惊呼着炫耀，大家那种羡慕劲儿就别提了。

最好的材料是找那种类似鹅卵石一样圆润的小石子，实在没有满意的，就把拣来的比较尖的石子，在水泥地上打磨，打磨的时候要用水洒在小石头上，这是我们从走街串巷磨剪子抢菜刀的老艺人那里学来的动作。没有水磨石更简单，直接往水泥地上吐一口唾液，捏着小石子蘸着唾液继续打磨，那股认真劲儿，从没嫌弃过自己的唾液。石子大小则根据自己的喜好来决定，打磨得差不多了，然后捧着小石子到村后的水坑边洗几下就可以玩了。

我记得小时候玩抓石子游戏是有一套玩法的：一级一级往下玩，每一级都要重复几次，印象中重复的次数与一副所玩石子的数量相同，根据大家事先说好的规矩，确定每一级的数量。要求不严的，失败前的数量可以带到下一轮；要求严的则不可以，失败前的次数清零。

以七颗石子做游戏为例：先将七颗石子握于手中，然后迅速地全部撒下去，撒时候的动作也是要讲究技巧的。根据撒出石子的布局情况，先单手捡起一颗,再把地上的六颗分一颗、两颗、三颗三次抓起来。抓石子的时候,把手中的石子先抛起来,迅速抓起地上要抓起的石子,然后接住落下的石子才算成功,否则为失败,失败了就让给下一个人玩。玩的时候,可以根据方便自己的情况抓起,这样简单一些,也可由对方选定,这样难度就增加不少。抓起要抓的石子时,手不能碰到其他石子,否则视为犯规。

难度比较大的一种玩法是一颗石子一颗石子地抓:先撒下全部的石子,捡起一颗,抛起来后,抓起一颗石子,接住落下的石子;然后抛起手中的两颗石子,抓起一颗石子,接住落下的两颗石子;再抛起手中的三颗石子,抓起一颗石子,接住落下的三颗石子,如此类推,直到把地上的石子全部抓起来。因抓起石子过程中不能碰其他石子,撒石子的力应大一些,避免两颗或多颗石子聚在一起。

另一种玩法是把石子撒下后,捡起一颗石子,抛起后,一次将地上的六颗石子全部抓起来,然后接住落下的石子。因要一次抓起所有的石子,撒石子时应尽量使石子聚在一起。

还有一种玩法是将七颗石子留一颗在手中,其余六颗两颗一组,分三组放在地上摆好,抛起手中的石子,迅速跳过中间两颗,抓起前后两组的四颗石子,然后抓起中间两颗石子。抓石子的游戏,原本是女孩子玩得比较多的,但这种小游戏太吸引人了,男孩子玩的也大有人在。有的男孩子玩起来,丝毫不输给女孩子,譬如我们班里喜欢跳皮筋的"娘娘腔",他玩抓石子和女孩子中的高手一样出色。只见一把石子在他手里像被施加了魔法一样,"娘娘腔"拿起其中一颗向上抛,趁上抛的石子落下前,抓起地上第二颗石子,再接住向上抛的石子迅速地将石子向上一抛,脏兮兮的小手迅速翻成手背向上迎接落下的石子,然后又将手背上的石子抛起,迅速翻手用手心接住,一招一式,将小石子掌控得游刃有余,看得旁边的女孩子们眼花缭乱,不由自主地给他鼓掌助威。

那时候的"娘娘腔",除了一脸的灰尘,就是满脸的骄傲。

鸡毛毽

　　寒冬腊月的教室里不是一般的冷,窗户上的玻璃由于各种原因烂掉了好几块。万能的班主任老师拿来小铁锤跟一把铁钉,用纸箱子、塑料布叮叮咣咣地把窗户上的窟窿补上,但依旧阻止不了外面的冷风吹着口哨钻进大家的脖子里、袖筒里。那时候,很多同学的耳朵、小手还有脚后跟上都有冻伤,又痒又疼。我们打着哆嗦把手插进袖筒里,坐在瘸腿的木板凳上,趴在刻满字的课桌前,冻得手指头都捏不稳钢笔,眼巴巴地等着熟悉的下课铃响。老师说下课的话音还没落地,我们就穿着笨重的棉衣、棉裤冲出了教室,安静的校园瞬间就沸腾了。

　　即使空中飘舞着雪花,大家也照样穿着涂了桐油的棉鞋在雪地里东蹦西跳。那时候家里穷,很少有人能穿上城里买到的鞋。冬天穿着棉鞋踢毽子的感觉特好,无论是脚弓踢还是脚背踢都很稳,而且踢多久脚都不会痛。踢着踢着,冰凉的小脚就开始发热,浑身开始出汗,尽管冷风吹过,脸颊会有刺痛感,可是我们的注意力,都集中在了上下翻飞的鸡毛毽上。

　　鸡毛毽子是我们自己做的,需要铜钱、碎布、针线,还有必不可少的漂亮鸡毛。那时候的古钱币在农村里到处可见,可惜我们不懂得鉴赏也不知道收藏,说不定拿着价值不菲的文物就当了玩具。外圆内方的铜钱正面有凸起的四个字,嘉庆通宝、光绪元宝、道光通宝等,大多是清代的钱币。康熙通宝较多,也有乾隆重宝,还有一种大铜钱,中间没眼,匀称厚实,背面上有龙,应该是民国时期的铜板儿,看上去气派,却无法做鸡毛毽子,就被我们遗弃在抽屉里了。

　　做鸡毛毽子的布要厚,先将两枚铜钱的方孔对整,用一片大小适中的布片裹住铜钱,再将布头从钱孔中翻上来。接下来找一根鹅毛,用剪刀裁出两厘米左右的空管,空管一端用剪刀竖着剪几下,剪出几片后折叠铺在缝好的铜钱上,把空管垂直在铜钱中央,用针线匀称又结实地将鹅毛管缝在铜钱外面的厚布上,然后将准备好的鸡毛结结实实地插在孔中,调整好打着弯的鸡毛的角度,一个鸡毛毽子就算做好了。后来我们学会了另一种做法,收集尿素袋子封口用的红红绿绿的塑料绳子,就像裹灯芯一样把绳子攥紧,剪出合适的长度,捆好塞进铜钱的方孔,放在煤油灯前将一端烤热到熔化,然后放在玻璃板上一按,塑料绳子就焊在了铜钱上,将另一端的塑料绳子一点点地梳理蓬松,一个简易的鸡毛毽子就做好了,其实一根鸡毛都没有。

做鸡毛毽的材料里最讲究的是鸡毛,等到过年或八月十五的时候,一部分倒霉的公鸡会被宰掉,我们得赶在烫鸡之前讨要鸡毛,鸡毛碰到开水就坏了。村里的漂亮公鸡我们早早地就盯上了,色彩斑斓的公鸡尾巴是做鸡毛毽子最好的材料。我们经常合伙围追堵截鸡毛最好看的大公鸡,公鸡被我们追得吓疯了一样在院子里拼命地跑,小伙伴们个个追得大汗淋漓。有时我们还要"挂彩"的,好几次因为围堵大公鸡时被它的两只坚硬有力的爪子划破了手背,很多时候还会被恼羞成怒的大公鸡啄上一口。虽然疼,但是我们都能忍,只要鸡毛在手,受点皮肉苦算什么。

曾经被我们拔过毛又放掉的公鸡,再遇到我们的时候,瞬间掉头就跑,一边奔跑一边鸣叫。公鸡以为我们要它的命,其实我们只要它漂亮的毛。

如果不用鹅毛管,一般情况下,选择十根鸡毛最合适。因为这十根鸡毛捏在一起,刚好能塞满铜钱中间那个正方形的小孔。我们笨手笨脚地从针线筐里找来厚厚的破布,将铜钱的周围包裹起来,鸡毛毽子的底盘就算完工,最后用线把那束鸡毛固定在铜钱中间的正方形孔里。手艺好的人做的鸡毛毽子,鸡毛树立在整个铜钱的中央,不歪不斜。

做好鸡毛毽就可以踢着玩了,可以一个人踢,也可以两个人玩,人多的时候就踢圆圈,大家围一个圆,一个一个轮着踢,谁踢漏谁受罚。分组对抗最有意思,往往两个踢得最棒的做司令,由他们挑人。水准高踢得多的、会各样花式的先被挑走,被挑走的人那可是一脸的得意,剩在后面的就有点拖后腿的意思了，尽管这样，大家也都乐于参加。

　　踢鸡毛毽是女孩子们的特长，也许她们的腿天生就比男孩们的腿柔软灵活。游戏时，只需把毽子往空中一抛，然后用脚内侧连续往上踢，不让毽子落地。此时既要保持身体平衡，又要掌握一定的技巧。踢得好的，时而用脚内侧，时而用脚尖甚至脚后跟变换着花样连续不断地把毽子踢向空中，一边踢一边数着自己的成绩。有时一口气要踢上百次，只见一团彩色的羽毛上下翻飞，看得人眼花缭乱，拍手叫绝。等到毽子踢破了，我们脚上的布鞋，也磨损得差不多了。

　　现在回想起小时候追着大公鸡在场院里狂奔的一幕幕，以及湛蓝的天空下，操场上那个穿着土布花褂子，扎着一对羊角辫，翘着嘴角不知疲倦地踢着上下翻飞的鸡毛毽子的单眼皮女生，我依然会不由自主地笑。

砸沙包

　　沙包并不是真的往包里装沙子,而是在墨水盒大小的正方体布袋里装上玉米粒、黄豆粒、小米粒等,再缝合严实的玩具。砸沙包也叫扔沙包,是三人以上的小伙伴们拿着沙包轮流砸来砸去的游戏项目。这个游戏运动量特别大,既要能抗击打,又要有猴子一样敏捷的身手,更重要的是要眼观六路、耳听八方,练就腾挪躲闪的功夫。

　　小时候我们玩的沙包都是自己缝的,家里大多都有张小泉剪刀、蝴蝶牌缝纫机,平时兄妹们大大小小的衣服基本上都是妈妈用缝纫机做出来的。针线筐里经常有剩下的碎布头,我们挑选出几块颜色艳丽的碎布,用剪刀裁出大小相等的六小块正方形布块儿,边长约两寸,有选择地将其中四块布片两块两块地并头缝合成一个筒,将第五块布的四边与缝好的布筒边对边缝合,边上稍抽紧些,角就呈圆形了,第六块缝到最后时,留下一条边缝先不缝,将沙包布朝里一翻,让那些针头线脑"翻"在里面,沙包的表皮就光滑滑的,看不出粗针大线,就可以往里面装玉米粒了。

　　也有往里面装黄豆粒的,女孩子玩的沙包一般情况下装小米,手感好,柔软又饱满。有的女孩子的沙包用的是一种天鹅绒一样的布面,拿在手里砸在身上挠痒痒一般,很是舒服。小米颗粒小容易漏,所以她们缝的沙包针脚很细很密。男孩子们玩的沙包大多是装玉米粒的,砸在身上有分量够刺激,甚至有调皮鬼的沙包里面居然装小石子、碎瓦块,砸在身上不是一般的疼。

　　装好沙包的填充物,将最后的那条布缝边沿对折,不要露出布的毛边来,用另一种针法一针一线地将沙包缝实,且不露出缝合的细线,最后一个针脚还需要打结绾扣，做到玩的时候沙包不脱线、不开口。沙包不能填太满，饱胀胀的像个大石头块子，太沉，砸不动、抢不远，砸到身上也疼；也不能填太少，软乎乎的沙包砸起来轻飘飘的，有劲儿使不上。

砸沙包游戏简单又好玩，课间十分钟的校园里、操场上，同学们随意分成两拨儿，一方是兴致勃勃地轮流夹击地砸，一方是高度紧张地蹦跳躲闪。砸沙包通常是瞄准膝盖以下，拣反应慢的同学砸，可以利用假动作迷惑对方，声东击西。另外捡沙包的速度要快，对方还没回去就迅速砸过去。被砸的一方人站在当间儿随着沙包的攻击不停地改变着自己的方向，高度紧张地防止沙包砸在自己身上。只要被沙包打着，那人就算砸掉，极不情愿地按规矩下场子退出游戏。最有趣的是游戏中被砸的一方可以用手去接沙包，倘若在空中接住了对方的沙包，就等于挽救了被砸掉的一个同伴，可以增加一个同伴重上战场的机会，跟现在游戏机中的"满血复活"一样，特别有趣。热火朝天的游戏中，这边的人使劲地将沙包砸过去，中间的小伙伴使出浑身解数蹦、跳、躲、闪，对过的自家人迅速地将砸空的沙包捡起来，再砸。中间躲着的一方为防着被沙包砸中，不停地在场地里盯着砸来砸去的沙包来回地奔跑，好不容易躲过砸来的沙包，看到对方接着沙包，又慌乱地转过身子向另一面逃窜，既要防被沙包打着，又想在空中接住沙包去"立功"，随着沙包的你来我往，一会儿转过脸来躲，一会儿转过身来藏。

游戏中抓沙包也是需要一定技术含量的，首先得判断砸来的沙包是不是具有杀伤力。在保证自己不被砸下场的前提下，像足球场上的守门员一样，两只手像张牙舞爪的螃蟹半蹲着身子接，或是像玩空中投篮，跳起身来"够"。随着沙包的一起一落，空中划过一阵又一阵惊喜的笑声，欢笑声此起彼伏，煞是热闹。直到砸的一方人将躲的一方人全数"歼灭"，然后，通过"手心手背"的猜掌重新分组，双方角色互换，游戏继续。

砸沙包时挨砸的滋味真的不好受。记不得曾砸漏过多少个沙包，也记不清挨了多少次沙包的砸，更淡忘了沙包砸在胳膊上、脸蛋上的疼痛。砸沙包不但给我们带来了许多欢乐，还训练了大家的奔跑和投掷能力，提高了手、眼协调配合的本领，增强了紧急情况下的反应能力。

有时候砸着砸着，沙包突然砸漏了，玉米粒撒了一地，破了洞的沙包越砸越小，为了不耽误游戏节奏，我们经常有备用的沙包。班里的"娘娘腔"就是个"娇气包子"，别看他玩的时候千姿百态地扭啊扭，被沙包砸中后，"娘娘腔"居然矫情地蹲在一边，捂着挨砸的地方，眼里还真的噙着泪珠儿直打转，满脸委屈一声不吭，大家只好凑过来好言哄劝，劝得都没有了耐心，我就毫不客气地冲他大嚷一声：你真是个娘儿们！

藏老目

我不知道世界上有多少种捉迷藏的方式,恕我孤陋寡闻,一直固执地认为豫东平原的孩子们玩捉迷藏的方式是最刺激、最有趣的。

除了上学,除了暑假作业、寒假作业,农村孩子的任务就是薅草、喂鸡、喂猪、拾粪、拾树叶、捡麦穗。豫东平原的孩子们野性而自由,会做各种玩具,逮各种虫子,玩各种游戏。男孩子玩链条枪、摔炮壳、滚铁环,女孩子玩跳皮筋、抓石子,男孩子女孩子在一起玩得较多的游戏就是捉迷藏。

在我们老家,捉迷藏叫"藏老目",也叫"摸瞎瞎"。因为经常在一起玩,游戏规则大家都知道。家里兄妹多的就在家里玩捉迷藏,床底下、衣柜中、粮囤里、废纸箱、被窝、鸡窝、猪圈、厕所甚至屋里的大梁上,都是我们隐藏的好地方。

如果是胡同里的一堆孩子们玩捉迷藏,就得先分班。无论男孩子、女孩子,先伸出一条胳膊凑在一起,摊开手掌喊着口号一起变换掌心的方向,我们叫"捂黑捂白",大家根据掌心的朝向分成两个组,一组负责藏,一组负责捉。

负责捉的小伙伴得用东西蒙住眼睛,比较好使的就是我们胸前戴的红领巾,蒙眼时还有人负责监督眼睛蒙得紧不紧,有没有作弊。游戏开始大家就四处行动,负责捉的人就像个瞎子一样,向前伸着胳膊战战兢兢地靠记忆走路,依靠自己的听觉去抓躲藏的小伙伴,但嘴角依旧带着笑意。

游戏的活动范围是有约定的,藏的小伙伴各显神通,有的像个木头人一样原地不动,有的笑嘻嘻地躲在树后面。胆大的小伙伴跳到墙头上蹲着,索性骑在墙头上,还有的爬树藏在树枝里,偶尔还要发出点声响,不断地吸引蒙着眼睛的小伙伴过来寻找。看着瞎子一般的小伙伴从自己身边经过,屏住呼吸的小伙伴往往是忍俊不禁,蒙着眼睛的小伙伴就会根据笑声的方向猛地转身伸手就抱。倘若逮住了隐藏者,就开始捉其余的小伙伴,直到捉住所有的隐藏者,游戏结束,开始下一轮游戏。

如果藏老目玩到树上,游戏就相当刺激好玩了。我们当地柳树较多,柳树的枝条离地面不是很高,而且树与树之间的距离很近,再说高而危险的树也是不准上去的。玩这个游戏,不能藏较高的树,基本上是捉的人在树下伸手就完全可以摸得到。

游戏开始了,躲藏的人悄悄地爬上树枝,或站或蹲在树杈上,捉的人开始在树下逐个树枝地摸过去。躲藏在树枝上的人屏住呼吸,悄无声息地观望着。如果捉的人过来了,眼看要摸到自己,恰逢自己所藏的树枝上方还有树枝的话,可以打个秋千,双脚离开原来的树枝,甚至跳到另一棵树上侥幸躲避过去。这个时候,躲藏在其他树枝上的伙伴看到这一幕,就会开心、得意地笑起来。于是捉的人又循声去摸笑的人,这样来来回回,捉的人满头大汗,树上藏着的小伙伴笑得更欢了……

后来,我们到麦秸垛里藏老目。夏收过后,村里到处是一堆堆的麦秸垛,犹如一座座瑰丽而神秘的城堡。当夜幕悄悄地笼罩着村庄和田野,圆圆的月亮从灰暗的天边爬上来,散射出皎洁莹亮的月光,村里的麦秸垛就是我们童年的旋转木马,释放着我们的自由,贮藏着我们的欢乐。

我们喜欢像老鼠一样,在麦秸垛里掏出一个长长的洞,洞口虚掩,里面却别有洞天。那时候根本感觉不到麦秸的刺痒,软乎乎的麦秸垛是好多孩子的乐园。大家神秘兮兮地钻进自己掏出来的麦秸洞里,兴奋不已地躺在里面观察外面的动静,甚至可以高枕无忧地大睡一场。

有一回玩藏老目,等到夜深人静月朗星稀的时候,"娘娘腔"终于在麦秸垛里睡醒了,等他揉着惺忪的眼睛迷迷糊糊地钻出麦秸洞时才发现,捉迷藏的游戏早已结束,小伙伴们都已经回家了,甚至早已经进入梦乡了。

蒸大馍

有句老话叫"二十八,蒸枣花",相传已经流行五六百年了。每年的腊月二十八,豫东农村有蒸大馍、蒸枣山的风俗。

大馍是孝敬老人、祭拜祖先时用的,比平时的馒头大好多,顶上还嵌着一枚红色的大枣。枣山则是专为出嫁的女儿回娘家走亲戚用的,层层叠叠,再饰以面花,上面有一粒粒红色的大枣,红白相间,不仅好看,而且诱人。大馍和枣山不算是奢侈的礼品,却是豫东儿女孝敬老人的传统,数百年来这个传统一直延续着。

说到走亲戚,大家总会想起歌曲《回娘家》的画面:"左手一只鸡,右手一只鸭,身上还背着一个胖娃娃。"那时候的交通工具是木架子车,回娘家通常得挎几个竹篮子,用干净的毛巾盖着,篮子里有鸡蛋、白酒,还有好多碗扣肉。别的礼物可以不带,唯独大馍不能少。

送大馍要按老人的人数送,一个大馍代表一个老人。如果有老人去世,就要少送一个,而且走亲戚的日子就要改为大年初三,风雪无阻。村里的老人对这些规矩看得很重,大馍在他们心中占重要地位,是其他的礼品无法代替的。

《三国演义》第九十一回讲:诸葛亮平蛮回至泸水,风浪横起兵不能渡,回报亮。亮问,孟获曰:"泸水源猖神为祸,国人用七七四十九颗人头并黑牛白羊祭之,自然浪平静境内丰熟。"亮曰:"我今班师,安可妄杀?吾自有见。"遂命行厨宰牛马和面为剂,塑成假人头,眉目皆具,内以牛羊肉代之,为言"馒头"奠泸水,岸上孔明祭之。祭罢,云收雾卷,波浪平息,军获渡焉。

自诸葛亮以"大如头的馒头"代替人头祭泸水之后,馒头就开始成为祭祀的陈设之用,因为其个大如头,就形成了大馍,大馍用于祭祀的功能一直流传至今。如今在红白喜事上,依旧能够在讲究排场的供桌上,看到大鱼大肉,还有必不可少的大馍。

20世纪80年代,显微镜被广泛应用之后,人们才发现了酵母菌,开始用酵母粉做馒头。如今咱们在超市里买到的馒头基本上都是面粉里加酵母发酵然后蒸熟的,跟小时候在老家吃过的馒头味道截然不同。

以前老家做馒头是用酵子粉的,也叫面引子,应该是小麦粉跟玉米粉加适量的水混合制成的,味道特别冲鼻子。每家每户经常在院子里,在高粱秆做成的锅拍上晾晒这种做馍的原料。

村里的妇女们可不懂什么真菌、酵母菌,她们只知道从婆婆、婆婆的婆婆那里流传下来的面引子做馍的传统方法顶用。祖祖辈辈流传下来的土法发酵面团,老家叫作醒面,醒好后的面团呈蜂窝状,再经过几十遍甚至上百遍的揉搓,使面团看上去发亮,手指一按很快弹起,再根据主人的意愿,或刀切或手拽,在案板上摆开一个个面团,然后再用力地揉搓,最后团成圆馍状,撒上一些面粉,再醒一袋烟的工夫,即可上笼蒸了。

过年的时候,家里不仅蒸大馍做枣山,还会用面团做各种各样的小动物,譬如小猪、小狗、刺猬、公鸡,蒸大馍的时候,把它们一块儿放进地锅的蒸笼里。

蒸枣馍的时候,家里的气氛相当隆重而神秘,各家的家庭主妇都小心谨慎,不说闲话,一般情况下小孩子都会被撵出家门。平时家长教育我们好好上学念书,经常挂在嘴边的那句"不蒸馒头争口气",那几天也不会说出口的。如果蒸笼漏了气,家中的任何一位成员都不能大惊小怪,主妇会不声不响地赶紧封严。像"懒了""完了""不熟""黑""不虚"等,都被视为不吉利,此时是绝对不能说的。

记得蒸馍的时候,妈妈小心地掀开锅盖,热气腾腾的蒸汽如云雾般涌了出来,妈妈用手指头挨个地按下馒头的松软度,判断馒头有没有蒸熟。不知道什么原因,有时候锅里会有一两个形状怪异的馒头,蒸得跟瘪三一样又小又丑。小姨还神秘兮兮地吓唬我说:"这俩馒头被鬼捏了。"吓得我毛骨悚然。

曾经有一年春节,我在厨屋里看小姨拉着风箱烧地锅,妈妈戴着围裙忙着蒸过年的大馍的时候,我突然好奇地冒了一句:"会不会有鬼来捏馒头,捏成死面饼子喽。"话音刚落,妈妈就以迅雷不及掩耳的速度,伸出平时在讲台上捏粉笔板书的手,撕着我的嘴岔子,任凭我疼得嗷嗷叫,径直把我掂到了胡同里。平时我调皮捣蛋,妈妈都是揪耳朵的,那一回却撕了我的嘴,我的嘴火辣辣地疼了大半晌。后来反思,才认识到过大年,不能随便说废话。

每次回姥姥家走亲戚,我们兄弟几个惦记的除了姥爷、姥姥、大姨、二舅、三妗子会给多少压岁钱,就是觑觎着枣山上的大枣。那些大枣是跟馒头一块蒸熟的,又香又甜。每年的大馍、枣山到姥姥家不久,就会被我们几个"啃吃头"偷偷地把上面的大枣给吃掉了。大过年的,一般情况下我们都不会挨打,我们还会故作聪明地狡辩说:"是不是姥姥家养的老鼠偷吃了……"

妈妈在姥姥家是有名的"二妮子",即使是过年走亲戚,只要我们兄弟几个调皮捣蛋,妈妈就会毫不客气地掂着秫秸棍,虚张声势地在院子里撵我们几大圈。我们仗着姥爷姥姥的呵护而有恃无恐地像老鹰捉小鸡一样跟妈妈周旋。

在大家的围观中,我们在院子里被撵着跑了几大圈,等到浑身出了汗,才突然间发现,那个冬天,一点儿也不冷了……

捉蜻蜓

　　老家夏天的雨后,碧空如洗,湛蓝的天空中有时候还会挂上一轮彩虹,视野中经常会有成群结队的蜻蜓漫天地飞舞,时而在麦田上空飞翔,时而在水坑边流连,时而从行人头顶上掠过,时而在饭场四周盘旋。蜻蜓有红的,有黄的,有棕色的,也有蓝色的,个个体态轻盈,动作敏捷。它们展开双翅当空飞舞,像一只只小风筝,更像一架架小飞机。在我童年的记忆里,那种盛大的场面是无法比拟的壮观。

　　蜻蜓都有一对裸露的复眼,像透明的玛瑙,也像晶莹的珍珠,两对透明得薄如蝉翼的翅膀,一根长长的麦秆似的尾巴。它们时而振翅高飞,时而一掠而过,寻觅捕食昆虫。蜻蜓飞累了,只要水面上有一根小草或一片浮叶,它们就能稳当地落在上面。清风吹来,树枝摇,草叶摆,而蜻蜓停落在上面却安安稳稳,有时候还会像驾驶小舟一样行驶起来。等到夜幕降临,蜻蜓就会寻找栖息地,有的飞到村后的苹果园里,有的落在槐树底下,有的趴在草堆后面。农村广袤的田园和乡村,到处都是它们飞翔的舞台和栖息的家。

　　那时候的鸡都是散养的,母鸡较多,一群鸡在家门口或田埂上闲逛,胜似闲庭信步,寻觅虫子和散落的植物种子吃,虫子有蟋蟀、蜈蚣、地鳖、屎壳郎等,捉到就是一顿大餐。对于天上到处飞翔的蜻蜓,鸡是可望而不可即,有时瞄准了飞累了趴在低处的蜻蜓,它们也会搞个突然袭击,妄图一招制敌。但蜻蜓的复眼像一个小雷达一样,总是还没等猴急的鸡啄到,就翅膀一振,迅速飞走了。而鸡的动作猛了就会差点跌个狗啃屎,显得十分狼狈。

　　清晨的空气湿度大,树叶和草地都沾满了露水,我们用一根柳条扎个圈,绑在竹竿头上,自制捕捉蜻蜓的工具。带露水的蜘蛛网最黏,屋檐下的蜘蛛网沾满了晶莹剔透的细小露珠,黑色的蜘蛛胀着圆滚滚的肚子,正趴在八卦阵一样的网中央休息。我们把竹竿伸过去,一缠网,它便受到惊吓,遂迈着八脚小腿飞快地跑到屋檐下,钻到一处拐角旮旯儿里不见了。也有少数躲闪不及的蜘蛛,被我们缠到柳条圈内的网里,它会很快地钻出来,并从尾巴里拉出一条银白色的丝,飞快地从竹竿上悬挂下来,直至落地,便匆忙地跑远了。它们会很快地在某个角落,又拉出一片雪白的蜘蛛网来。

大致给柳圈条上盘绕了两三片蜘蛛网后,有了一定的韧度和厚度,足以禁得住蜻蜓的挣扎,我们便可以粘蜻蜓了。

"小荷才露尖尖角,早有蜻蜓立上头",说的就是个头较小比较精明的红蜻蜓,它们一般停留在池塘中央,或立在荷叶尖上,或停于残枯的枝干上,稍有风吹草动,它们就提前飞走了。在老家,红蜻蜓的数量惊人,经常在田野上看到成千上万只红蜻蜓在飞。它们不嗜栖息苹果园,而是随遇而安,或草垛后面,或槐树底下。趁红蜻蜓飞累的时候,我们蹑着脚、猫着腰慢慢地靠过去,伸出小手,用大拇指、食指轻轻一捏它纤细的尾巴,一只蜻蜓就捉到手里了。捉住的红蜻蜓会振动双翼,弯着身体来咬你,奈何人皮厚,咬着不疼,似挠痒痒吧。家里的鸡眼神尖得很,一看到我们捉到了嗡嗡振动翅膀的蜻蜓,就一大群急吼吼地迈着两条圆规似的细腿奔过来,昂着头要吃,有的还会猝不及防地从地面上蹿起来,我们还没来得及分配,蜻蜓就让一只猴急的鸡给啄跑了。于是一大群没抢到的鸡,气愤地在后面撵着它跑,胡同里的大黄狗也会汪汪乱叫地跟着凑热闹。

"大老洋"蜻蜓体格硕大,足有成人手指的一拃长,比较难觅,且一般飞在水坑的高空处,或者趴在高高的树干上,可遇而不可求。瞅到目标了下网一定要准,倘若被挣脱了,那要懊悔好久的。"大老洋"很敏锐,往往像戏弄我们似的,眼看就要捉住了,它却一下飞走了,让你大失所望。逮到"大老洋"后,我们小心翼翼地在手心里握着,那一刻的心情别提有多高兴。一开始"大老洋"还使劲扇动翅膀窸窸窣窣地扑腾,它们出于自我保护的目的,很快就规矩地待在我们的手里。我们捏着翅膀左瞅瞅,右瞧瞧,仔细观察它的口钳,还有黄黑相间的体色,好好地看个够,方觉满足。更多的时候,是向同伴们炫耀,吸引来伙伴们羡慕的目光。

　　有时候我们也会举着大扫帚,在水坑边两眼紧紧盯着来回穿梭的蜻蜓。当它飞到我们跟前时,我们便用扫帚猛地向它拍去,一下子就把它按在了扫帚底下浸入水面,然后轻轻地翻动扫帚,蜻蜓的翅膀被水打湿后暂时不能飞翔,就被捉住了。

　　捉来的"大老洋"我们是不舍得喂鸡的,会在尾巴上拴条细线,带出去玩。由于有线牵着,它飞舞的时候是飞不远的。不过也常有脱手的时候,一不小心它就拖着长长的线飞远了,飞到高高的枝叶繁茂的榆树树冠中间去了。为了饲养"大老洋",有的时候会给它喂其他蜻蜓的尾巴,它会咕扎咕扎地把一整只蜻蜓给吃了。记得有一次,我居然把"大老洋"的尾巴掐掉,给它换上了一根火柴棒,调节好平衡后再放飞,现在想起来自己小时候对待小动物是多么残忍。

　　后来我们识别了一种个头偏大的母蜻蜓,捕捉到一只母蜻蜓成了我们更浓厚的兴趣目标。功夫不负有心人,等我们逮到个头大而狡猾的母蜻蜓后,用一根细线拴在蜻蜓的腰部,跑到水坑边当诱饵。我们让母蜻蜓在自己细线的掌控中于水坑上方飞翔,很快就会有另一只蜻蜓飞过来和它缠绕在一起,确切的说法是两只蜻蜓交配,我们就赶紧抖动牵着细线的手,把它们拖到水里,然后小心翼翼地收短细线,两只傻蜻蜓依旧在水面纠缠不休。就这样,另一只蜻蜓稀里糊涂地成了我们的战利品。

屎壳郎

《昆虫记》第一章就是"圣甲虫",初看名字还以为是什么珍稀的虫子,等看到内容却发现所谓的圣甲虫原来是蜣螂,也就是我们小时候玩过的屎壳郎。

屎壳郎学名蜣螂,也叫推粪虫、粪球虫,身体呈黑褐色,体表有坚硬的外壳,触角鳃叶状,能感觉多种粪便的气味。三对脚强劲有力,适于挖掘。膜质的后翅通常收缩在坚硬的前翅下面,只有飞行的时候才展开。

古埃及许多绘画及首饰中的甲虫形护符描绘的就是一种屎壳郎,其中反映了古埃及人的宇宙起源学说——屎壳郎代表太阳,所滚的粪球代表地球。埃及神话中负责推动太阳的神叫凯布利,就是一只圣甲虫。

在人们的印象中,屎壳郎关心的事情只有低头推粪球,但实际上它们非常关注天空。近日,瑞典科学家发现,屎壳郎可以在银河星光的指引下,利用月光偏振现象进行定位,滚着粪球沿直线前进。这是人类在动物定位系统研究中的一个重大发现。无论是月明星稀,还是星月无光,只要是能在远处看到银河的夜晚,屎壳郎都能以直线方式运送收集回来的粪球,但它们在阴天时就失去了这样的能力。研究人员表示,这是首个表明昆虫具有依靠太空导航能力的有力证据,也是已知的首个动物依靠银河而不是星星辨识方向的例子。

小时候家里穷,没有多少玩具,经常和小伙伴们玩屎壳郎。村里空地多,家家都养狗养猪,所以粪便也多。尤其是早晨,简直到处都是粪便。收拾这些粪便的除了勤劳的捡粪人,就是辛勤的屎壳郎。屎壳郎多的地方,到不了清早一堆堆粪便已经成为一片片小米大小的土粒,还有满地的粪球儿,正被屎壳郎推着不知道要到哪儿去。

那时候很喜欢看屎壳郎推粪球儿，看它们撅着屁股吃力地控制着粪球儿退着走，感觉特别好玩儿。《昆虫记》里是这样描述屎壳郎的："月牙儿状顶壳前沿排着六个细尖的齿，既是挖掘工具、切割工具，也是插举、抛甩粪料中无养分植物纤维的叉子，而且还可以当耧耙，把好吃的东西统统搂过来。为后代或自己储备食物的第一步是选料，剔除杂质，收拢成堆，之后清理出一块场地，制作储藏的粪球，接下来，它要干的便是把储备食品运到一个稳妥的地点。"我经常顽皮地拿根棍子、砖头之类的东西挡在粪球儿的前面，看屎壳郎怎么过去。有时一路跟着看，只见它滚了一程又一程，却没有停下来的意思，生气了就用脚将它的粪球儿踢得远远的。现在想起来倒觉得蛮残忍的，那也是人家辛勤劳动的成果啊。

玩屎壳郎也能玩出学问的，拿个瓶子装点水，掂着铁锹，找到有一堆土和猪粪的地方，用铁锹把上面的土和粪弄开，然后把水倒进去，大概是缺氧的缘故，屎壳郎就慢慢地拱出来了。灌屎壳郎时，有时忘记带水，或水不够，就用尿浇，同样管用。

我不知道科学的屎壳郎分类法是怎样的，小时候将常见的屎壳郎分成两种：一种体形比较小，扁扁的身体前部有一个扁平的头，这种我们叫它"屎妮子"。还有一种体形比"屎妮子"大而且壮，最重要的是在扁平的头的两边长着两个硬硬的角，向前伸着，很威武的样子，这一种屎壳郎我们叫它"大官儿"。一般挖出来"大官儿"后，我们都喜欢在一起比屎壳郎，比谁的"官"多，谁的"官"大。

拿屎壳郎吓唬女同学是经常发生的事，更多的时候是让屎壳郎打架，参与打架的屎壳郎十有八九都是"大官儿"，"屎妮子"打架的场面很少。屎壳郎并不总是好斗的，所以大多数时候我们咋呼了半天，它们依旧和平相处，大家只好各自揣着自己的屎壳郎散伙走开。

那时候学会了不少关于屎壳郎的歇后语："屎壳郎戴花——臭美""屎壳郎搬家——滚蛋""屎壳郎打喷嚏——满嘴喷粪""屎壳郎戴眼镜——官儿不大架子不小""屎壳郎垫桌子腿——硬撑""屎壳郎坐轮船——臭名远扬"

"屎壳郎戴面具——臭不要脸""屎壳郎娶臭娘娘——臭味相投"……

英国的科学家在实验中惊奇地发现，屎壳郎可以拖动相当于自身体重1141倍的物体。如果按照体重和负重比例来算，屎壳郎无疑是世界上最强大的动物，没有之一。

突然间，感到内心充盈着一种骄傲，为自己当年像研究学问一样玩过那么多屎壳郎……

磕头虫

　　昆虫家族里不乏跳高、跳远的能手,譬如能跳过自身高度一百多倍的跳蚤、跳远长度是它自身长度一百多倍的棉蝗。这些跳高、跳远的"冠军"都有一个共同的特点:它们都有一对发达、强健、适宜弹跳的后足。昆虫家族里有一种善于跳高却不用后足的虫,身体大约三个米粒大小,全身黑色,像上了油一样油光水滑,背上有一对不常飞的硬翅,即使飞也飞不高,被逮住以后就会不停地磕头,它的名字更形象——磕头虫。

　　磕头虫是一种庄稼地里常见的小甲虫,头部很小,身体狭长,末端尖削,体形略扁,偷吃庄稼地里的种子、根和茎,是十足的害虫。但是在接骨中药里,磕头虫是一种用量少但不可或缺的神奇原料。

　　当磕头虫肚子朝天背朝地躺在地面上时,它便将自己的头用力向后仰,拱起体背,在身下形成一个三角形的空区,然后猛然收缩,使前胸突然伸直,这时候,它的背部就会猛烈撞击地面,在反作用力的作用下,磕头虫的身体就会被猛然弹向空中。

　　虽说磕头虫能跳起四十多厘米的高度,创下跳过自身高度五十多倍的惊人纪录,可是它却只有三对又短又小的胸足。这短小的胸足和其他善跳昆虫的强健后足比起来,实在是小得可怜。这样的足,只能用来爬行,根本不能去跳高、跳远,更不要说去跳过自身高度的几十倍了。

　　原来,使磕头虫跳得高的秘密武器是磕头虫发达的前胸腹面有一个楔形的突起,正好插入中胸腹面的一个槽里,这两个东西镶嵌起来,就形成了一个灵活的机关。当磕头虫发达的胸肌肉收缩时,前胸准确有力地向中胸收拢,不偏不倚地撞击在地面上,使身体向空中弹跃起来,一个"后滚翻",再落下来。磕头虫在仰面朝天时,它会把头向后仰,前胸和中胸折成一个角度,然后猛地一缩,"扑"的一声打在地面上,它就弹了起来,在空中来了个"后滚翻",再落在地面时,脚朝下停在那里了。就这样,磕头虫没有用腿,却成了跳高的能手。有趣的是,磕头虫的"跳高"姿势还很优美,有时候甚至要把头往上面抬起一下,才能瞧见它在空中的姿态。当它腹部朝天弹向空中时,还会乘机在空中做个"前滚翻",将身体翻转过来,等到落地时,它就能稳稳地站立在地面上了。在童年的视野里,磕头虫就是一个身怀绝技的武林高手。

逮磕头虫的场面是热火朝天的,一群戴着红领巾的孩子欢叫着、奔跑着,围追堵截,伸着双手捂,脱掉布鞋盖。逮住磕头虫像是得到了宝贝一样,小心翼翼地藏进空火柴盒里面,带到学校里,趁老师不在的时候,比赛谁手中的磕头虫多,比赛谁的磕头虫蹦得高。大家里三层外三层地围住课桌,挤着脑袋看磕头虫从火柴盒中闪亮登场,一般是谁逮的磕头虫谁在课桌上表演。先是轻轻地用手指头捏住磕头虫的后半身,力量要恰到好处,用劲大了会把磕头虫按死,力量小了磕头虫就会蹦得无影无踪。

桌面上被按住后半身的磕头虫就开始不停地磕起头来,教室里如果够安静,就可以听到磕头虫头部跟身体的关节处每一次磕头的咔嗒声。磕头时间长了,桌面上会出现一片潮湿的黏液,不知道是磕头虫的血汗还是它的眼泪。

更有趣的场面是几只磕头虫面对面地磕头,磕头声此起彼伏。经常是大家玩得兴致勃勃的时候,桌面上突然砸过来一个白色的粉笔头,扭头一看,班主任老师戴着黑框老花镜,板着胡子拉碴的脸,正毫无表情地站在大家的身后。

教室里"山雨欲来风满楼",可怜的磕头虫却幸运地乘机溜走了。

老鸹虫

我们豫东平原有一种类似金龟子的小型甲虫叫"老鸹虫",老鸹是我们老家对乌鸦的俗称,大概是乌鸦爱吃这种虫子,或者是个头小点的老鸹虫跟乌鸦一样的黑吧。昆虫的俗名都是先民们代代流传下来的,生活与自然是一个完美的共同体,先民们与自然一定存在某种天然的心灵感应,某种默契的心灵相通,才会给身边的生灵起一个通俗易懂的名字。

每年春天,通常是惊蛰过后,当春花烂漫、杨柳吐絮的时候,各种虫子就随着气温的升高开始活跃起来。老鸹虫也从田间地头里的土壤里由乳白色的土蚕一样的幼虫变成带壳的成虫钻了出来。经常见的老鸹虫有黑色和紫铜色两种。黑色的老鸹虫个头很小,有黄豆粒那么大。紫铜色的老鸹虫就大多了,像饱满的蚕豆一样,看起来圆润光滑,浑身上下金灿灿的,表面还有像做旗袍的金丝绒。老鸹虫跟瓢虫一样都有两对翅膀,能够做短程的飞翔,也是我们比较喜欢玩的虫子。

记得那时候,老家的榆树特别多,房前屋后,村边路旁,到处都是。说起榆树,老人们常常坐在树荫下摇着蒲扇不厌其烦地给我们讲他们吃榆面的苦日子,说榆树好,全身都是宝:树身能做檩梁,树根和树皮能做香,榆钱可以熬粥喝,又滑又甜……村里榆钱绿的季节,也正是老鸹虫最多的时候。

那时候的鸡经常在村里到处跑着,寻觅小虫子、庄稼粒,所以鸡蛋下得也多,腌好的鸡蛋剥开直流油,夹在馒头里吃特别地香。为了让家里的鸡多下蛋,孩子们放学后,经常三五成群地跑到村口拾老鸹虫。

放学的时候太阳往往还挂得老高,我们回到家里把书包往床上一扔,从厨屋的馍筐里拿一个窝窝头,抹上自家晒制的辣椒酱,麻溜地剥开一根大葱,掐头去须,怀里再揣一个空罐头瓶,就跑到胡同里跟大家结伴到村外的庄稼地里摸老鸹虫。

黑老鸹虫喜欢伏在杨树的嫩叶上,紫铜色的老鸹虫喜欢落在榆树的榆钱儿上。开始的时候只是零星地在马路边找到一两个,等到天黑下来的时候,路边爬的飞的就越来越多。循着老鸹虫嗡嗡的叫声或飞起来的声音,我们各自为战地到茅草丛中去抓,往往一抓就是好几只。这时候伙伴们就不由自主地分头行动了。因为到处都是黑老鸹虫,大伙儿就各摸各的。

老鸹虫这东西特奇怪,天色越黑的时候,爬出来的就越多。那时候,田地里用农药也少,老鸹虫相对也多,有时候惊慌失措的老鸹虫还会撞在我们的裤腿上、脸上,甚至路旁边刚发芽的柳条上也会趴满黑老鸹虫,用手一捋就是一把,老鸹虫在手心里爬着痒痒的,特别过瘾。

飞得低的老鸹虫,我们伸手就能逮住,放进随身携带的罐头瓶里。趴在小树上的,照着树干踹一脚,老鸹虫待不住就掉了下来,还没等回过神来,就被我们迅速地装进了瓶子里,瓶口被我们用手掌堵着,一般情况下是跑不掉的。如果瓶口有缝隙,老鸹虫就挣扎着往外爬、往外飞。有时树粗,要几个人合伙踹,才能踹动。路两边小河沟的草丛里也有不少老鸹虫,扒开浮土,还没有睡醒的老鸹虫被逮个正着。等到村里炊烟四起时,我们带着收获的老鸹虫凯旋,每个人的罐头瓶里差不多都沉甸甸地装满了老鸹虫。忙了一天的大人们也陆续地扛着各种劳动工具从庄稼地里回来了。

回到家,我们会把装满老鸹虫的罐头瓶子用砖头瓦片盖住瓶口,防止它们夜里再偷爬出来。或者毫不心慈手软地直接往瓶子里灌上水,让它们集体光荣就义。第二天清早,家里喂养的鸡需要进食的时候,我们掂着装满老鸹虫的罐头瓶来到鸡窝前,只需轻轻地呼唤几声,大鸡、小鸡就一窝蜂地飞奔过来,很快就把一堆老鸹虫啄食一空。

有老鸹虫的季节,家里的母鸡下的蛋也多,地锅里炒出来的葱花鸡蛋的味道也特别鲜美,原来我们当年吃的都是虫子鸡蛋。

老鸹虫是会装死的,也许是一种伪装,为了逃避某些不吃死食的鸟类。通常是正在匆忙地爬行,一有风吹草动,胆小的老鸹虫就会趴在地面上一动不动装死,但是这种小伎俩蒙骗不了我们的眼睛。下课铃响后,无聊的我们会兴致勃勃地从文具盒、玻璃瓶里拿出老鸹虫在课桌上玩。当老鸹虫故作聪明装死的时候,我们就用手指头轻轻地戳它的屁股,估计屁股是老鸹虫的痒痒肉,经不起手指头在它的屁股上戳几次,老鸹虫不得不在大家的围观下,继续在课桌上爬行了。

萤火虫

《红楼梦》第五十回"芦雪庵争联即景诗",李纨出了个"萤"字谜让众人猜,众人猜了半日,宝琴道:"这个意思却深,不知可是花草的'花'字?"李绮笑道:"恰是了。"众人道:"萤与花何干?"黛玉笑道:"妙得很!萤可不是草化的?"众人会意,都笑了说:"好!"曹老先生用这个来说明"腐草化萤",也确实有趣。这里提到的"萤"就是萤火虫。

据史书记载:晋代车胤小时家贫,夏天以练囊装萤火虫照明读书,同一时代的孙康冬天常利用雪的反光读书。所以"囊萤映雪"跟"凿壁偷光""悬梁刺股""韦编三绝"都是形容学习刻苦的成语。

中国有着悠久的萤火虫文化。早在春秋时期的《诗经》中,萤火虫就成为先民的关注对象,诗中"町疃鹿场,熠耀宵行"就是描述萤火虫的。古代诗人常借萤火虫抒情达意,唐代杜枚的"银烛秋光冷画屏,轻罗小扇扑流萤",便是千古绝唱。

萤火虫发出的荧光是一种生物光,它不同于其他的光会产生热量的损耗,是目前已知唯一几乎没有热损耗的光源,因此也叫"冷光源"。

小时候住在农村,夏天的夜晚吃过玉米馍喝罢红薯汤,男人们端坐在门前的老槐树下,摇着蒲扇抽着烟,有一句没一句地剔着牙聊着庄稼地的收成,聊麦后往公社粮店交多少斤公粮;女人们坐在马扎上纳着布鞋底,聊着家长里短;而少年不知愁滋味的我们就去更黑的麦场里寻找飞舞的萤火虫。

雨后的水坑里、麦田里,青蛙叫得正欢,蟋蟀在草丛里窸窸窣窣地说着悄悄话。隐藏了一天的萤火虫就开始出来活动了,它们的食物是小蜗牛和各种小昆虫,萤火虫最爱吃钉螺和蜗牛。萤火虫在吃猎物前,就像人类做奇妙的外科手术那样,先给猎物注射一针麻醉药,使它失去知觉。钉螺是血吸虫的帮凶,蜗牛是损害庄稼的害虫,而萤火虫是专门消灭这些害虫的。那些对吃虫子时的萤火虫有潜在威胁的鸟儿,早已经随着夜幕降临休息了。

雌萤火虫常常在草丛里爬行,雄萤火虫却经常"挑着"一盏幽绿色的"小灯笼"在夜空中飞来飞去。有时我们会摘下一枚绿色的大豆荚,把里面的青豆抠出来,小心翼翼地把萤火虫装进豆荚,然后就看见绿莹莹的豆荚里发出温暖的光亮。

为了观察萤火虫如何吃带壳的蜗牛,我曾经专门找了一个干净的罐头瓶,里面装上一只捉来的蜗牛,放几片菜叶,再放进去两只完好无损的萤火虫,盖上瓶盖,然后躲在一旁偷偷地观察。

过了片刻,四周都安静下来的时候,那只蜷缩在硬壳里的蜗牛开始悄悄地探着一对触角慢慢地伸出头来蠕动着去吃绿色的菜叶,玻璃瓶上划过一溜蜗牛的黏液。萤火虫迅速地开始反复轻轻敲打着蜗牛的外膜,就好像和蜗牛逗着玩,而不是蜇咬。听大人说,萤火虫跟马蜂、蜜蜂一样身上有根细刺,会释放麻醉药。被萤火虫打了麻醉药的蜗牛很快就软绵绵的一动不动了,触角软塌塌地垂下来,弯曲得像一截软乎乎的面条。很快,蜗牛就被两只萤火虫毫不客气地吃掉了。

萤火虫求偶时,会发出特异的闪光信号以吸引异性并与之交尾。然而城市的亮光干扰了它们的闪光交流,当萤火虫感知到外界灯光时,就会停止发光、飞行、求偶,最终导致种群减少甚至灭绝。很多种类的萤火虫年复一年地在同一个栖息地聚集、交配,即使栖息地遭到破坏,也不会迁往别处。如今,萤火虫在部分地区已越来越少见。萤火虫对环境非常挑剔,如果萤火虫在哪个地方消失,就足以说明那个地方的环境已经遭到破坏。那些曾在林间泽畔"熠耀宵行"的萤火虫,如今已与我们渐行渐远。

作家木心先生说,萤火虫是会呼吸的钻石。在我们已经远去的乡村记忆中,一颗颗小小的钻石正是这种童话般的光亮,将我们的成长之途照得明亮、温暖、灿烂。

我们何尝不是那一只努力在夜里发光的萤火虫呢?我们倾其一生,不断努力,让自己变得优秀,让自己在相关的领域发光发热。遗憾的是,我们都慢慢忘记了自己曾经是萤火虫。在都市的强烈灯光下,萤火虫黯然失色,我们也被吞没了很多,我们失去了自我,甚至忘了我们为了什么出发。于是,我们每天重复着相同的生活,降低了追求,遗忘了梦想,淡化了激情,只是为了生活而生活。有的人无话可说,有的话无人可说,就这样渐渐忘却了我们的初心……

突然间觉得,逐渐消失的萤火虫其实就是我们丢失的另一个自己,是我们将自己裹在黑暗之中,又怀念着好奇、天真、烂漫、简单而快乐的童年。

钢笔虫

　　小时候在庄稼地里经常能挖到一种像钢笔一样长相神奇的虫子,通体深褐色,身材又短又粗,最特别的是它的一端居然跟钢笔帽差不多,还有一个别致的挂钩,另一端应该是尾部,像几粒大小不一的算盘珠子穿在一起,手指肚粗细,尾巴特别尖,样子真的跟钢笔差不多。小伙伴们经常像模像样地把钢笔虫"插"在上衣口袋里冒充知识分子。我们又叫它"东西南北",因为拿着它的尖头朝上,尖头就会像雷达一样不断地朝四方扭动,一会儿朝东,一会儿朝西。大家经常咋咋呼呼地喊着"南!南!南!""北!北!北!"看着不断扭动的钢笔虫的尖头会停在哪个方向,是否跟自己预测的方向一致,后来才知道钢笔虫就是豆虫的蛹。

　　豆虫是一种以吃大豆叶、喝甘露为生的软体小动物,它高蛋白低脂肪,富含多种人体无法合成的氨基酸,其中亚麻酸含量最高,是祛寒养胃的天然绿色保健珍品。豆虫虽然是大豆的天敌,但是它的肉浆却无毒无害,是一种特佳的高蛋白食物,做成的菜肴味道十分鲜美,并且能增强人体免疫功能,提高人体的抗病、抗癌能力,有治疗胃寒疾病和营养不良的特殊疗效。

　　小时候经常跟着大人下地逮豆虫,绿色的豆虫经常出现在大豆的梗上、叶面上。大的豆虫像小拇指,小的豆虫像小肉虫子。它们不停地蚕食着大豆叶,受豆虫损害严重的庄稼地里,到处是豆虫吃过豆叶后的痕迹。我逮豆虫都是直接用手的,刚开始看着肉嘟嘟的豆虫还有些怯劲,后来逮了几只就不害怕了。豆虫的腹部有四对短足,尾部的一对足经常牢牢地抓在豆梗上。大豆虫很有力气,不停地扭动,甚至还会咬人。我都是使劲将豆虫摔到地上,然后抬起穿着布鞋的脚,对准豆虫连踩带搓。庄稼地里的地面不是很硬,需要用鞋子反复搓几遍,才能将豆虫的肚皮蹍烂,露出一肚子绿浆。后来我学会了用剪刀剪豆虫,看到庄稼地里的豆虫,撑开剪刀,咔嚓一声,倒霉的豆虫就淌着绿水变成了两截。

村里的小伙伴基本上都吃过豆虫。放到锅底火里燎,点几滴猪油上锅烙,搁饭锅里蒸,都是非常简单的吃法。油炸豆虫是如今野味菜馆里的做法,豆虫被厨师炸得皮焦肉嫩,吃起来香脆清鲜,然而这种做法在过去绝对是奢侈的。那时小孩子最喜欢的做法是从油罐子里挖一小勺猪油,加几粒大盐疙瘩,有模有样地把豆虫炒成八成熟,掐去豆虫的硬头,一手撸住豆虫身子,一手拿一根圆竹筷儿顶住尾端,双手配合缓缓将筷子顶进去,让豆虫身子里外翻转过来,于是筷子上就挂了一层莹白的嫩肉。我们都是毫无恐惧感地张嘴吞了,再严丝合缝地轻轻撸出来,筷子上就只剩下一张外翻的薄皮,我们则是一脸的满足。吃不到肉,能吃到高蛋白的豆虫也是一种享受。

很多女生都害怕豆虫,顽皮的我们经常偷偷地把豆虫放进女生的文具盒里。有一次夜自习,老师刚在讲台上讲完辅导课,第一排的一个女生打开自己的文具盒,几只绿色的豆虫霍然出现在她眼前,吓得她花容失色浑身发抖,大呼小叫着把文具盒扔到了讲台上,豆虫跟钢笔、塑料尺洒落了一地……老师的那一声长长的怒吼至今还回响在我的耳边。

经过大家的揭发检举,被揪出来罚站的居然是班里的"娘娘腔"。实际上大家都不知道放豆虫的是我,看到老师生气要罢课,"娘娘腔"主动站出来,吞吞吐吐地承认豆虫是他放进女同学的文具盒里的。不过,同学们都不肯相信坏事是他干的,平时跟女生一样胆小的"娘娘腔"见了各种虫子都是大呼小叫的,他怎么敢拿豆虫捉弄女同学呢?

豆叶渐黄树叶渐落的时节,勤快的豆虫已经吃得浑身圆滚滚的,每蠕动一下,一条条环身褶皱似乎都能挤出油来,颜色也早由翠绿换成青褐。它们顺着叶柄枝干慌忙而小心地往下爬,钻进土壤里,慢慢地变成了蛹,颜色由绿变成深褐色,这就是钢笔虫。

再后来,钢笔虫化成蝶,变成了带翅膀的昆虫,通常是灰色的,没有蝴蝶漂亮,我们老家称之为"扑棱蛾子"。

土鳖

土鳖是一种昆虫，我们当地又称其为中华地鳖、土元、土咩咩、簸箕虫、地鳖。土鳖的形状有些像外星生物，身体呈扁平卵形，腹部是红棕色的，头部较小，有一对丝状的触角。前端较窄，后端较宽，背部有紫褐色的光泽，没有翅。前胸背板较发达，盖住头部，呈覆瓦状排列，确实像一个乌龟壳。土鳖是一种喜欢温暖又能忍耐低温的变温动物，喜欢栖息于阴暗潮湿、有机质丰富、偏碱性的疏松土层中，白天躲在黑暗处，夜间出来活动觅食。

乡下老家的不少老房子墙基已朽，墙皮斑驳，除了破旧的蜘蛛网，还有很多大大小小的洞眼，墙根下堆积的砖头瓦片上盖着一层厚厚的尘土。这些墙洞和墙缝，以及成堆的砖瓦片，是土鳖的盛世乐园。

傍晚，甚至是大白天，阴暗的墙根下就会有黑色的土鳖出没。假如屋里黑着灯且没有一丝声响，突然把灯点亮，就会看到墙脚下的土鳖以迅雷不及掩耳的速度四处奔散。土鳖逃势凶猛，声音怪异，场面如同大敌当前，屋子的角落里到处是土鳖窸窸窣窣的声响，让胆小的人不寒而栗。

土鳖是一种中药，治疗跌打损伤很有疗效，可以将逮到的土鳖拿到集上的中草药店里卖钱，这个秘密是班里的"娘娘腔"告诉我的。我也经常跟"娘娘腔"一块逮土鳖，逮到了土鳖就去卖钱，有了钱，我们就能买冰糕和葵花子吃。钱不够多的时候，我就跟"娘娘腔"合买一根冰糕，两人背着书包走着路，轮流啜着一根冰糕，谁也不嫌弃谁。

后来学校里开始收药材、爬蚱壳、大袋蛾、土鳖，我们一放学就三五成群地结伴去刨土鳖。不知谁说坟地的土鳖多，于是天不怕地不怕的我们就带上小铲子等工具，去邻村的坟地里刨土鳖，果然收获不少。好多的坟头几乎都被我们打上洞了，一个个坟头上满是我们挖土鳖留下的窟窿。村里的老奶奶望见我们，嘴里就嘟囔着说："这些孩子哎，咋啥事都敢干啊！"

我曾经因为一只土鳖跟"娘娘腔"吵过架。那天"娘娘腔"红着脸吞吞吐吐地说："这只土鳖是我先看见的，你逮个啥哎？"我不甘示弱地跟他争辩："明明是我先看见的，压根都不是你！""娘娘腔"气愤愤地说："我明儿个就不跟你玩了。"我脖子一梗，瞪着眼来了一句："不玩就不玩，谁稀罕啊！""娘娘腔"急了，伸手去夺我手里的土鳖，我偏把手攥得紧紧的，任凭他使出吃奶的劲儿，也没能把土鳖从我的手中抢夺过去。

撕扯了一会儿，本来就娇弱的"娘娘腔"感到累了，便放弃了跟我争夺。我满脸洋溢着骄傲，故意当着他的面摊开自己的手掌，谁知土鳖的外壳并不像乌龟壳那般结实，可怜的土鳖早被我搦死了。

看着被我搦死在手心的土鳖，友谊的小船说翻就翻，"娘娘腔"红着脸，身子一扭，跟我再次散伙了。

逮蝼蛄

　　小时候在麦场里,听村里的说书先生绘声绘色地讲过王莽赶刘秀的故事:相传西汉末年,王莽篡夺皇位在长安称帝,对刘家大开杀戒。在一次战斗中,刘秀的部队惨败而逃,兵败几十里后停下来在荒郊野外休息。此时刘秀因一路奔逃而极度劳累,躺在地上不一会儿就睡着了。刚刚进入梦乡,忽然奇痒难忍,眯着眼睛摸到身下有一只蝼蛄,他气急败坏地把蝼蛄撕成了两段。就在这时,他听到了不远处敌军的追杀声,连忙藏了起来。追兵过后,逃过一劫的刘秀想到了拱他的蝼蛄,心想要不是蝼蛄把他拱醒,恐怕这次就没命了。于是刘秀从地上捡起一根草棍将蝼蛄的头和身子接起来,撮土为墓,忏悔地说:"救命有功,我却错杀了你,日后我做了皇帝一定加封你。"为感谢蝼蛄救命之恩,刘秀赐其名"刘姑",没想到在民间流传错了,误以为"蝼蛄"。

　　蝼蛄是一种生活在地下的杂食性昆虫,喜欢栖息在温暖、湿润的沙壤土里,特别是低洼的水浇地里,或施有大量有机肥的地方。蝼蛄身体呈黑褐色,上面长着一层又短又有丝光的毛,它短短的前腿上长着铲形的爪子,适于快速挖掘。蝼蛄的翅膀短而坚硬,能长距离飞行,喜欢昼伏夜出,特别在气温高、湿度大、闷热的夜晚,经常大量出动祸害庄稼。

　　因为很小就听说过刘秀与蝼蛄的传说,出于好奇,我几次逮蝼蛄撕成两截看。传说确实不假,每只蝼蛄的脖颈里都有一根和硬草棍相似的东西,应该就是当年刘秀弥补过失插下的草棍,于是我对听过的传说更加深信无疑了。

　　在我们豫东平原,蝼蛄又叫蝲蝲蛄,还叫土狗子,是一种危害很大的农业害虫。听村里的老师讲,蝼蛄在地下掘洞的时候,如果碰到农作物的根部阻碍道路,就会不分青红皂白,一律用"牙齿"咬断,并大嚼一通。庄稼幼小的时候,蝼蛄就咬断庄稼的嫩茎,庄稼长大以后,它就把庄稼的根部咬成丝状。蝼蛄不仅在土壤中咬食刚发芽的种子,还会咬断嫩苗的根、嫩茎,甚至会把种好的菜苗、庄稼苗拱得缺苗断垄。因此,老百姓对它是咬牙切齿、深恶痛绝,逮到它绝对不会饶恕。

既然敢破坏庄稼,这样的坏家伙自然也是孩子们的敌人。每到蝼蛄肆虐的季节,我们会在晚上三五成群出去玩的时候,带一个玻璃罐头瓶,去庄稼地里逮蝼蛄回家喂鸡。

蝼蛄的洞不算太深,就二三十厘米,而且它喜欢在同一片地方转着圈挖掘,所以只要看到地面上有被掘起的新鲜土,顺藤摸瓜,就能挖到它。蝼蛄拥有一对短而丑陋的翅膀,只能勉强盖住自己背部的前半部分,后半部分和屁股都遮不住,所以它天生就是"半裸"的。

小时候抓到蝼蛄,我最喜欢干的事情就是拿根细线,系在它的脖子上牵着它跑。蝼蛄非常灵活,前进后退、左右闪躲,非常自如。而且蝼蛄的劲儿很大,仿佛是牵着一只狂奔的小狗。蝼蛄有一对有力的大夹钳,像泥水匠手里的泥抹子一样,可以轻而易举地扒开泥土,在地下开凿出一条隧道,但是被我们逮到透明的罐头瓶里以后,它也只好对瓶兴叹,徒然地在瓶中转来转去,等待着被鸡吃掉的命运。

蝼蛄是会游泳的,别看它黑褐色壮硕的圆筒形身体肉乎乎的,它的前足可是力大无比。有一次我逮到的蝼蛄突然间从我的手指缝里拱出来逃走了,它慌不择路一下子掉到庄稼地旁边的水坑里了。奇怪的是,它居然在水中快速地游走了,而且身上像雨后的荷叶一样,一丁点水都不沾,这让我好奇了好久。

除了飞蛾扑火,蝼蛄也是会钻火堆的。夜晚的田间地头,我们弄来一堆秫秸点着,随着火苗的增大,各种飞虫就开始奋不顾身地往火堆里钻,它们在火堆里燃烧时不断地发出噼里啪啦的声音。动静大的就是蝼蛄了,它们往往是挥着短小的翅膀利箭一般一头钻进火堆里,然后是自取灭亡的燃烧。

后来学了生物课，才知道原来蝼蛄跟飞蛾一样，有趋光性。

我曾经还用水浇灌过蝼蛄的窝，用汽水瓶装满水对准蝼蛄的洞口汩汩地灌下去，不一会儿就能看到一对触须慢慢地探出洞穴，接着是一个黑褐色的看上去有点硬的小脑袋，还没等它反应过来，它那对一摇一晃的触须已经被我们薅在手中，赖在洞穴里的下半个身子也被拽了出来。

我们把蝼蛄松松地攥在手心，可以感觉到它那对有力的前爪使劲地往外扒，等它身上的水汽完全消失，我们就如古代县衙里行大刑一般把蝼蛄按在地上，拿出挖草的小铁铲，用锋利的铲尖对准它坚硬的脑壳轻轻一戳，就在它的脑壳上留下了个小洞，小伙伴们就瞪大眼睛盯着小洞开始讨论。乡间的孩子除了看天看云，还会靠看这个来预测天气，因为听大人们说，蝼蛄的头出水就是阴天，要下雨；蝼蛄的头不出水，就是晴天，会有太阳。

虽然现在想起来，那种看蝼蛄脑袋上的伤口识别天气的做法实在残忍又愚蠢，可童年时代的我们毕竟不是"走路恐伤蝼蚁命"的得道高僧，我们只是一群未经世事、心地单纯，拥有一点简单的快乐就能无限幸福满足的农村娃。

仙人掌

村里老家的院墙大多是泥巴拌麦秸、稻草垛起来的土墙,墙头不是很高,大约一米五,厚度约为一尺。为了防止坏人爬墙头,村里人就在墙头上种了一簇簇、一盆盆墨绿色的浑身是刺的仙人掌。

仙人掌有着神话般的名称,也有着让人望而却步的外形。它们有着扁粗的身子,有些厚叶片的确像伸开的手掌,只是一节节、一片片的仙人掌没有一块不带刺的,一根根白色的硬刺根部是无数毛茸茸的小刺。离泥土近的仙人掌颜色青黑,略有些枯萎,看着皱巴巴的;顶上的叶掌则生长旺盛,饱满、嫩绿,好看却瘆人。

基本上不需要任何照料的仙人掌在墙头上默然无声地长着,过不了多久,就会生长出一大截来,甚至爬满整个墙头。大凡这寻常之物,入得百姓人家,皆有生存之道。仙人掌忍寒耐暑,且对水土亦不多求,无形中还承担着看家护院的重任。

仙人掌在合适的时间会开花结果,比如干旱的季节,阳光充足,墙头上浑身是刺的绿色仙人掌堆里会伸出很多小段的花骨朵,鸡头形状,狭长的叶子相裹着。待到花开时,一朵朵嫩黄的小花,透过阳光,更显得艳丽。小时候的我真的想不到满身毛刺、丑陋不堪的仙人掌,竟能生出这般俏模样的花来。

起初我是不喜欢仙人掌的,后来有段时间村里流行"痄腮",也就是腮腺炎,好多小伙伴的腮帮子肿胀得苦不堪言。村里的大人就用仙人掌去了皮捣碎,用纱布敷在我们的脸上、脖子上,我们顿觉清凉,很是受用。敷药不久,大家的症状就神奇地慢慢消失了。

等到仙人掌的花谢了,就会长出鲜红的果子,稍微带着细微的毛刺。对于这样一个未知的果子,我们是怀着敬畏之心的。村里有两种传闻:一是仙人掌结的果子叫"仙人果",包治百病;二是说这果子有毒,若吃了立马丧命。几次有摘下来尝尝的念头,都被大人呵斥了,只好作罢。

我们知道大人们是怕我们被刺扎伤才骗我们说仙人掌有毒的,况且我们都知道仙人掌可以治好腮腺炎,能治病的药就不会毒死人。每见着墙头上一枚枚晶莹诱人的红果子,好奇的我们总是幻想着仙人掌的味道,梦想着是否能像电视里孙猴子吃仙丹那样,吃了立马就会变得火眼金睛、法力无边。于是,一根筋的我们决意找机会尝尝,带刺的仙人掌结的果子究竟是什么样的味道。

终于有一天,我们几个趁大人们不在意的时候,搬来几块砖头放在有仙人掌的墙头下,站在砖头上踮起脚用小木棍戳掉了几个仙人掌果子。红色的果子像一截带刺的小黄瓜,浑身都是毛茸茸的小刺,但没有仙人掌厚叶片上的坚硬。我们先用小木棍拨拉着地面上的果子,再小心翼翼地用演草纸剔掉果子上面的小刺,然后用削笔刀拨开果皮,红色的果肉就露出来了。

看着鲜红的果肉,我们一个个馋得直咽口水,但又害怕果子上面的小刺扎嘴,于是将事先准备好的写过字的作业本纸撕成条,缠绕在自己的手指头上当手套,然后就迫不及待地开始品尝自己的胜利果实。

仙人掌的果子吃起来酸酸的甜甜的,而且带一点点的涩,味道非常特别,有点像火龙果,对于童年的我们来说,实在太好吃了。于是我们开始在村里吃仙人掌果子,比赛谁摘得多、吃得多。果子上的小刺实在太多,很多时候我们根本处理不干净,经常吃得嘴上都是小刺,甚至过敏肿胀。嘴馋的我们总是先吃过瘾,再对着小镜子一根根地拔刺,不好拔的刺就用手挤,结果到最后,不知道小嘴是被仙人掌果子上的刺扎肿的,还是被自己的手指头挤肿的。

后来从书本上知道,仙人掌果子营养十分丰富,含有很多的抗氧化剂,能促进肌肤细胞再生、增强肌肤的柔软度,是美容养颜的绝佳品。

有一次我带着"娘娘腔"去摘邻居家墙头上的仙人掌果子,结果被邻居发现了,邻居站在院子里吼了一句:"恁几个干啥类?"我们几个吓得乱作一团,情急之下"娘娘腔"居然把戳掉地上的仙人掌果子揣进了裤兜里,然后扔了木棒跟着我拔腿就跑。等我们跑了好远,停下来喘气的时候,我才发现"娘娘腔"哭丧着苦瓜一样的脸,原来他的腿被装裤兜里的那枚仙人掌果子扎得又疼又痒,奔跑的时候他居然想把手伸进裤兜里把仙人掌果子掏出来扔掉……

后来,我们用纳鞋底的大针给"娘娘腔"挑刺,先挑他手指头上的刺,后来强行扒掉他的裤子,按着"娘娘腔"白皙的大长腿,我们连挑带挤一阵忙活,摆置了整整一个下午……

香姑娘

　　庄稼地里有一种野生的果实,未成熟的果子为青绿色,外面包裹着一层纤维质口袋,像一个精致的纸灯笼,里面的果实却如豆粒般大小,又像一位躲在闺房里的羞涩姑娘。成熟的果实为球状的黄色浆果,也有红色的,表皮光滑有亮泽,薄而有韧性,果肉甘甜,内藏很多粒细小的种子,但并不妨碍食用,是大人小孩都喜欢吃的野生果。在当地,村民们亲昵地称呼它为"香姑娘"。

　　大自然真的很神奇,居然会生长出这样美丽而有营养的植物。人类也是个神奇的物种,竟然能赋予它这么有趣的名字。霜降过后,一枚枚香姑娘挂在低矮的植株上,颜色由绿变黄,远远望去就像一串串小灯笼,在晨霜或初雪的映衬下摇曳生辉。

　　香姑娘的硒含量比普通水果高 10 倍,重金属含量为零,具有增强人体免疫力、防癌、抗癌之功效。在村里当乡村医生的大姨夫说香姑娘的营养价值很高,贫血的人可以多吃,而且香姑娘清热利尿,他有个秘方就是用香姑娘治疗扁桃体发炎,效果特别好。

　　记得小时候到了秋收季,我经常和小伙伴们嬉戏于田间地头,在田垄间寻觅能吃的香姑娘。我们只吃掉在地上的果子,不用清洗,揭掉外面那层薄皮就看到里面干净光鲜的果子了。有时候一粒粒地吃不过瘾,我们就耐心地忍着口水,小心翼翼地剥出来一大把香姑娘,然后一下子捂到嘴里,填得腮帮子鼓鼓的,然后一口吃下去,感觉特爽。

　　等把地上的香姑娘吃光了,我们就对株上的香姑娘动起了心思。香姑娘未熟不能吃,否则会拉肚子,最好的检验办法就是用手轻轻摇株干,成熟的果子就会自己落在地面上,我们就撅着屁股抢着吃。

有一回我跟"娘娘腔"下地吃了好多香姑娘,正吃得津津有味的时候,遇到一个爱捉弄人的邻居,他板着脸一惊一乍地冲我们喊:"哎哟哎,这块庄稼地刚打的敌敌畏,你们吃了没有肚子疼吗?赶紧回家找大人看病吧,晚了就不能活了⋯⋯"

还没等我反应过来,"娘娘腔"就已经吓得张开大嘴呼啦一声哭了,一边哭一边把嚼了一半的香姑娘都吐了出来,撕心裂肺地哭啊,还喊着"我类娘哎,我不能活了,咋办啊"。

邻居忍不住笑了,连忙哄我们说逗着玩呢。"娘娘腔"听了,这才止住了哭叫声,但他的小脸已经被自己的手抹得跟花猫一样,我幸灾乐祸地盯着"娘娘腔"的大花脸咧着嘴笑。

谁知道"娘娘腔"又哭了起来,我诧异地问他哭的哪门子,"娘娘腔"那货居然伤心地说:"刚才一嘴的'香姑娘'都被我吐地上了⋯⋯"

我跟邻居都笑了,笑得肚子疼。

揉马泡

马泡也叫马泡瓜，外形就像袖珍的绿色小西瓜，椭圆形，个头有鸽子蛋那么大，皮儿很薄，里面是白色的瓤，有黄瓜一样的籽，味道略苦，成熟后果实为黄色。马泡瓜是豫东地区很常见的一种野生植物，经常出现在玉米地、棉花地里。村民们过去把它当作杂草，看见就锄之唯恐不尽。马泡却是孩子们喜欢的玩意儿，上课开小差的时候，我们就会在课桌下面团溜着马泡玩。没事就用手不停地揉捏着马泡，马泡就会慢慢地变软，如同熟透的柿子，而且还会散发出一种甜甜的香味。

马泡的瓜秧长得跟丝瓜差不多，经常缠绕在田地里的庄稼根部，缠绕得不算很高，或许是因为一串串马泡果的负累。很少能看到成片生长的马泡秧，它们的身影飘忽而隐匿。我们总是在地里薅草的时候，不经意间看到一株马泡秧，顺着秧儿的方向寻去，就会看到一串马泡果颇有秩序地挂在秧儿的两侧，于是庄稼地里的孩子们兴奋起来，一惊一乍地欢闹着，兴奋得不停地发出尖叫。

发现马泡绝对是一场惊喜，我们麻利地扔下草篮子，丢掉手中的木柄小铁铲。通常是摘下最大的一个，放在鼻子前闻一闻，要是马泡果有了香味，我们就会把它当作宝贝一样装进口袋里放起来。

老家有句俗语叫"欺不动大瓜揉马泡"，这句话里的大瓜，指的应该是西瓜。没见过揉西瓜的，但这马泡果却是可以揉捏的。马泡果快熟时，我们常会挑选几个大点的，没事就放在手里把玩，揉捏得非常软，软软的马泡果，拿在手里，手感极好，很是惬意。初揉捏时，马泡果只有点清香，越揉越香，最后果身变软，色泽变黄。这时，它浓浓的醇香味，跟香瓜的味道差不多。

玩马泡果既要有耐心，又要有技巧，揉捏的力度稍大，或者手劲儿用不匀，就会捏破那层薄薄的瓜皮。果皮炸开，马泡果的汁水和马泡籽儿就会一下子喷溅到自己的手上甚至脸上，可见，这揉捏马泡果也是个功夫活儿。

对于马泡这个名字，我曾经很是纳闷，为此跟"娘娘腔"讨论过好多次。为什么不叫它牛泡、羊泡、猪泡呢？泡字我们还能理解接受，如豆腐泡儿、面筋泡、油馍泡、眼泡儿、灯泡。有一回，我们俩人抬杠恼了，"娘娘腔"被我气得吹胡子瞪眼睛的，我就戏弄他说，你看你的俩眼，瞪得跟马泡一样！小心气炸了，马泡籽儿就崩出来了……"娘娘腔"瞬间就笑了。

小时候我只知道马泡可以用来醒酒，后来才知道马泡中含有多种氨基酸、丙氨酸和谷氨酸，它们能够提高肝脏的解毒能力，减少酒精对肝脏的伤害，同时也能让酒精毒素分解，并排出体外，从而起到解酒的作用。

现代医学研究认为马泡瓜具有抗肿瘤的作用，因为它含有的葫芦素 C 具有提高人体免疫的功能，可达到抗肿瘤的目的。此外，该物质还可以治疗慢性肝炎、抗衰老。马泡瓜中的黄瓜酶，有很强的生物活性，能有效地促进机体的新陈代谢，用马泡瓜捣汁涂擦皮肤，有润肤、舒展皱纹的功效。富含的丙氨酸、精氨酸和谷氨酰胺，对肝脏病人很有益处。马泡瓜还能降血糖，所含的葡萄糖苷、果糖等不参与通常的糖代谢，故糖尿病人以马泡代替淀粉类食物充饥，血糖非但不会升高，甚至会降低。

如此看来，小时候揉玩过的马泡，还真的是宝贝呢！

纸飞机

周杰伦在他的《稻香》里这样唱道："让自己快乐快乐这才叫做意义,童年的纸飞机现在终于飞回我手里……"每次听到这首歌的旋律,我都会不由自主地想起童年玩过的纸飞机。

折出一架好飞机的秘诀不仅在于要有耐性,还在于要有好眼力,知道如何对称、应该折什么地方。用最简单的方法,只需要六步就可以完成纸飞机的折叠。如果略去第一步对折的话,那么只用五个步骤就能完成实际操作。

小时候我们玩过的纸飞机稍微有些复杂,通常使用一张废弃的、有一定硬度的长方形书纸,当年最好的原材料就是我们课本前面屈指可数的彩页。首先把纸张左右对折,打开后把左上及右上角折向中间的折痕,然后把叠好的上边的尖角部分往下折。再依先前的中间折痕,将上部分左右斜折,用空出来的尖角叠压着飞机的头部,并把左右向外对折。接下来则进行最重要的步骤,也就是折机翼的部分。纸张依然垂直放置,把下方的两侧纸张向外侧翻折,然后再次将外翻的两侧向外对折,用力地挤压成型,一个传统的纸飞机就完成了。

做好了纸飞机就要检验它的飞行能力,如果飞机的头部过重,纸飞机甩到天空中后会一头栽下来,如同战斗片里被击落的战斗机。如果飞机翅膀不均匀,在飞行的时候会发生倾斜、拐弯、转圈。我们比赛的目的就是看谁的飞机飞得稳、飞得远。大家一次次不停地调试自己的飞机,让自己的快乐随着空中的纸飞机一起飞翔。

课堂上,在教室里扔纸飞机向来是那些不遵守纪律的学生的"专利",调皮的男孩子总是趁老师在黑板上板书的时候,迅速地抛出一个纸飞机投向别的同学,大家都大眼瞪小眼看着飞机无声地飞过。有的纸飞机像利箭,有的纸飞机像无头苍蝇,一下子跌落到某个同学的课桌下面。班里有个绰号叫"口妮子"的女生是很多人惹不起的,倘若飞机惊扰了她,她会毫不客气地趁老师不注意,拿着文具盒里的圆规麻利地跑到扔飞机的男生面前——她手中的圆规可不是做数学题的,而是大家敬而远之的武器。"口妮子"握着圆规尖头朝外,逮住胳膊扎胳膊,逮住手背扎手背,一整套扎人的动作干净迅速,扎得调皮的男生忍着眼泪苦不堪言,但他自知理亏不敢发出任何动静。大家用各种表情观看着教室里悄无声息的表演,在黑板上捏着粉笔头板书的老师却不知道,讲台下已经发生了这么惊心动魄的一幕。

不知道小伙伴们还记不记得当年我们在操场上玩纸飞机的时候,都会事先对着飞机头使劲地哈一口气。跟一些篮球球星习惯于罚篮前亲吻篮球或手掌、拳击手比赛前亲吻擂台的现象差不多。

有物理老师解释说,纸飞机起飞前先哈一口气和空气动力学有关。纸飞机机头较小,虽然能减少阻力,但是机头质量过轻、机身质量不平均。先哈一口气,湿润后的飞机头稍重一些,能够使机身整体保持平衡,这样飞机才能在空中飞行较长时间。此外,机头稍重能起到带动作用,如果机身后部质量过重,纸飞机在飞行过程中则容易后翻。

那时的生活节奏相对较慢,学习压力也相对较小,大家相互交流的时间就比较多,放学后经常聚集在一起玩耍。在玩纸飞机时,先哈一口气的人也许是心理上的暗示,为自己的飞机加油鼓劲,希望自己的飞机比同伴的飞机飞得更高更远,是一种积极的游戏玩法。而另一些完全是从众心理,跟着人家学,就变成了习惯性动作。

对起飞前的哈气动作,"娘娘腔"更是有一套独特的理论见解,他有模有样地说,给纸飞机哈气后,在初速的时候能提供更多的上升动力,当附着的水蒸气消失,飞机的翅膀部分就会向上卷起,利于飞机的滑翔。同时热气一般会浮于空气上层,因此哈口气,可以对纸飞机加热,从而使纸飞机能更长时间飞行在空中。

"娘娘腔"还振振有词地说,给纸飞机哈气可以看作飞行前做的风洞试验。不知道这家伙从哪儿知道的这些知识,我们听得一愣一愣的,他也太能扯了。

纸面包

纸面包可不是用来填肚子解馋充饥的面包,而是小时候我们用废纸叠出来的四方形纸牌。撕下两页书,分别对折成长方形,将两条长方形纸条架成十字架,将四端折成直角三角形,依次叠压,就做成了有正反两面的纸面包。

玩的时候需要用自己的纸面包用力地摔在别人的纸面包旁边,利用气流将对方的纸面包从地上扇翻过来,就能把对方的纸面包赢为己有。各地的叫法不同,有的叫打四角,有的叫打四方,有的叫打洋牌,有的叫拍纸包,有的叫扇烟盒,有的叫拍元宝……

叠纸面包用的纸最好是比较重又不厚的,比如牛皮纸或杂志封面。其他如报纸等,叠的纸面包总是轻飘飘的,如果要重,就要用很多层,叠出来像包子一样难看。

那时候,大多数家庭比较贫穷,甚至很多人还不知道面包究竟是什么滋味,因此,即使是废纸也比较宝贝。虽然我知道家里有两本厚厚的红色塑料皮书,但那是大人们很珍视的《毛泽东选集》,谁也不敢打它的主意。大家只能偷偷地从不用的旧书、废作业本中间撕下几页折纸面包玩。课本前面的彩页、大街上捡到的香烟纸对于我们来讲更加金贵,叠出来的纸面包我们都不舍得玩游戏,总是自己留着欣赏。香烟纸有着浓郁的烟丝的味道,没事的时候我们会好奇地凑着鼻子闻香烟上的锡纸,闭着眼睛深深地吸一大口,故作陶醉的状态。估计后来学会抽烟的小伙伴,就是从小时候闻香烟盒开始染上烟瘾的。

玩纸面包前,各自的口袋里得有十来个纸面包,由石头剪刀布决定谁是击打者和被击打者。被击打者乖乖地将纸面包正面向上平稳地放在地面上，放纸面包也有讲究，地面要平，纸面包的四面要严丝合缝地贴在地面。击打者手持自己的纸面包向地面上的纸面包用力地打去，最好摔在对方的纸面包旁边，目的就是利用摔出来的气流把它弄翻个儿，对方的纸面包就输掉了。

为了摔出更多更强的气流，大家也是绞尽脑汁。比如故意穿着宽松的大褂子，偷偷地解开两粒扣子，利用摔纸面包的动作，右手捏着自己的纸面包，伸直胳膊扭着身子用力地对准地面上的纸面包，然后猛地摔下去，褂子带动的气流顺势产生了很大的力量，地面上的纸面包就会轻易地被掀翻，成了自己的战利品。打面包用褂子扇风属于作弊，但有的时候打纸面包打得亢奋起来，俩人把上衣扣子全都解开，比谁的衣服扇出来的风大。手中的动作倒成花拳绣腿空架子了，地面上的纸面包有时候能被连续掀翻好几个跟头。

为了赢取对方更多的纸面包，还得保证自己的纸面包不输。有的小伙伴将硬纸片或铁皮插入自己的纸面包内，增加纸面包的重量，使对手很难打翻自己的纸面包。

有时候扇纸面包用力过猛，手指头蹭在地面上，指甲盖经常被拨拉烂，痛得咬牙咧嘴也不好意思说。后来我们学会了用医用胶布缠住手指头，避免指甲盖划破。有一次班主任在教室里让男生们伸出右手挨个看手背，大家的食指、中指指甲盖基本上不是劈就是烂，只有"娘娘腔"的右手指甲完好无损而受了表扬。老师却不知道，"娘娘腔"是个左撇子，他玩纸面包也是经常衣服扇风、手指甲抓地，指甲盖比谁的都烂。

左撇子"娘娘腔"精明手巧，有一回他将自己的纸面包折成正反面都是"十字形"的纸纹，没有正反面，被对手打翻了好多次，居然都是"十字形"的正面，打得对手两眼发黑、气喘吁吁。后来对手终于发现了"娘娘腔"玩的猫腻，忍无可忍的对手一口气把"娘娘腔"从操场撵到校门口外面的水坑边，你追我赶地跑了好几大圈。

最后"娘娘腔"眼看被追上了，居然麻溜地爬上了水坑边的大柳树。后来,上课铃响了,"娘娘腔"在树上张嘴大哭起来,班长扛出来一条凳子,几个人在树下架着"娘娘腔"的腿,扶着"娘娘腔"的腰,费了好大的劲儿才将面条一样的"娘娘腔"安全地从大柳树上弄下来,原来他以前压根就不会爬树。

　　于是我们平时调侃的"狗急了会跳墙""兔子急了会咬人"的俗语,就多了一句"娘娘腔急了——会上树"。

泡桐树

下班回家，还没来得及在客厅坐下，平时很少说话的父亲端着热气腾腾的开水碗，脚步稳健地走到我面前停下说："咱老家自留地里的两棵大桐树找到买家了，猜猜人家给出多少钱？"

我随口回了一句："两千？"父亲神采飞扬地说："不止！人家给了好几个两千呢。"母亲择着菜从厨房里走了过来，合不拢嘴地看着我的脸兴奋地说："老家那两棵树，买树的人给了一万四呢。"母亲怕我没听清，还伸出手摊开手指头给我翻来覆去地比画了几下。母亲又说："跟你爸说好了，卖树的钱给你们兄妹几个分了，都有份儿。"

我连忙接过母亲的话说："这怎么能行呢，俺兄妹仨谁也不能要这个钱，我们都多大的人了，怎么能要你们的钱，你们留着花吧……"父亲一本正经地打断我的话说："我跟你妈早就商量好了，俺俩退休了，也没啥能帮衬你们的了，老家就剩下这两棵值钱的树，真没想到还能卖这么多钱呢。"

突然间想起小时候，父亲在老家的庄稼地里种过一百多棵泡桐树，那时候经常听父母叨念着，等我跟弟弟妹妹长大了，桐树也跟着长大了，一棵树卖一百块钱的话，地里的一百多棵树卖掉，咱家就是万元户了……

父母所说的两棵大树是当年一百多棵泡桐树最后的两棵了，树龄不比我小多少，怎么也有三十多年了吧。记得小时候我跟弟弟在老家上学，经常在农忙季节下地凑热闹。那时候这两棵泡桐树也就碗口粗细，弱不禁风地站在我们家自留地的地头上。

自留地，从字面上说就是自己家留的地。这是我国特定的历史时期保留下来的一种土地所有制形式，在新中国成立初期土地虽然都归国家所有，但又允许村民们保留一小部分土地归自己支配,所以叫自留地。

家家户户都有一块自留地,可以自由安排种植,随着家庭成员的增加,自留地大多变成了宅基地盖起了新的砖瓦房。虽然我们兄妹三人后来都考学、毕业、参加了工作,离开老家由农村户口变成了城镇户口,按照规定我们兄妹几个的土地也该收归村里的,但是赶上了老家土地三十年不变化的政策,所以至今我们兄妹在老家还有各自的一亩三分地。

我们兄妹各自的一亩三分地是分散在村外庄稼地的,后来老家的土地进行了多次规划调整,加上修路,父亲种下的一百多棵泡桐树跟村里的大片大片的树一样,没成材就被便宜处理掉了,最后只剩下自留地里的两棵泡桐树。随着时间的流逝,老家的两棵泡桐树在我的记忆里逐渐变得模糊,可它们依旧在田间地头上默默地生长着,一转眼,就是三十多年。

弟弟通过微信发来几张照片,要我给父亲看看即将卖掉的大树。照片里是老家的那块自留地,地里的庄稼已经颗粒归仓,新翻过的土壤,竟然是那样的陌生。童年的甘蔗林、玉米地,还有我们兄弟撅着屁股在地里捉蛐蛐、逮蚂蚱、烤蝗虫,在大树下面捡泡桐花吃的情景,如走马灯一样一幕幕地出现在我的眼前。

父亲的一声咳嗽让我不再走神,母亲轻声说:"开水凉了管喝了。"父亲就扬起碗底几口喝了个精光,用手背擦了一下嘴角自言自语地说:"这两棵树应该是咱们村里最大的桐树了,两三个大人也合抱不住呢。给的钱是不少,可我怎么还是不舍得呢?"母亲在旁边回应说:"老头子你知足吧,那买咱家树的人啥活也不让咱们干,直接把万把块钱给咱了,还不知道他们怎样把这么大的树弄出去呢?"

父亲没搭腔,沉默了好长时间,客厅里安静得一根针掉地上都能听得见,甚至有几分尴尬。我连忙调侃父亲说:"爸,你当年的靠种树成万元户的理想成真了。"

"你知道个啥啊。"父亲端着空碗缓缓地说,"这两棵树卖掉后,我跟你妈就没啥值钱的东西能给你们兄妹几个了……"

我感觉到自己的鼻子,突然间,酸了。

121

老官路

三十年前,老家最宽敞的那条土路还没有铺柏油,那是从集上通往县城唯一的一条大马路。在我的记忆中,路上没有车水马龙的喧闹,有的是乡村的宁静,有的是乡土的气息。马车、平板车、架子车、自行车是路面上最主要的交通工具,道路两旁种着泡桐树、黑槐树,村西头不远的马路两旁,种着两行用来编篮子、编箩筐的白蜡杆。那时候,村里老老少少都称那条路叫"官路"。

官路,从字面上理解应该是官家修的路。究竟是哪朝哪代的"官家"修的路呢?我曾经问过学校里年纪最长的、给我理发的语文老师,问过村里种葡萄的地理老师,还问过大学毕业的历史老师,他们都没有给我一个满意的答复。

后来我在百度中查了一下"老官道",居然有专门的解释:老官道修于明朝成化年间,是北京通往河南省开封、商丘一带的交通要道。老家的那条官路,是不是就是这条老官道呢?虽然疑问并未得到证实,但它应该是村子里最古老的一条路了,老得只剩下一个有着唐宋遗风的名字——官路了。

那时候,官路上骑过一辆自行车都会让孩子们兴奋不已。我们经常赤着脚背着书包一窝蜂地撺在自行车的后面叫喊着,嘴里还喊着自编的顺口溜:"洋车子,走官路,见了小孩喊姨夫!""娘娘腔"还会扯着嗓子喊:"洋车子,掉链子,头上戴着尿罐子!"还有一句:"洋车子,轱辘轮……"后半句是骂人的话,很是不雅,我就不写了。

童年的我们跟一群野孩子差不多,简单而快乐,肆意而疯狂。上学放学的路上,我们推着铁环牵着狗,头上戴着自己编织的柳条帽,背着妈妈做的土布书包,书包里面掉瓷的破茶缸子跟汽水瓶一路上不停地咣咣当当响,官路上大家你追我赶打打闹闹,享受着无忧无虑的童年时光。常言道,秀才遇到兵有理说不清。骑车的大人们懒得跟我们一般见识,依旧骑着他们的自行车疾驰而去,官路上留下我们肆意的嬉闹、疯狂的快乐。

倘若村里有人传出"今晚大队放露天电影"的消息,就完全可以让整个乡村沸腾起来。大人小孩都难掩心中的激动和喜悦,所有的村民便会如约而至,在伸手不见五指的夜里,跌跌撞撞地结伴奔走于村里的官路上。记忆中夜色里的官路是白色的,那么宽敞,那么笔直,一路上承载着大人小孩们自由的脚步,一路上飘满简单的幸福、快乐。

那时候没有路灯,夜里走路靠月光、星星。没有星星的夜晚,我们打着手电筒走在伸手不见五指的官路上,没有丝毫的恐惧。当视力慢慢地适应了黑夜,哪怕是夜里骑自行车,我们也一样轻车熟路。官路上有多少个坑凹,有多少个拐弯,甚至官路两旁每一棵树的枝丫,我都清清楚楚。

鲁迅先生说,其实地上本没有路,走的人多了,也便成了路。关于官道我又了解到:官道就是国家修建的公路。道,可以并排走两辆马车的道路;路,只能走一辆马车的道路;径,一个人担担子能走的道路;蹊,只能走一个人,不能担担子的小路;阡,田间南北方向的小路;陌,田间东西方向的小路……不得不佩服祖国语言文字的博大精深。

老家的那条官路是村里老百姓赶集逢会的必经之路,也是孩子们上学放学的必走之路。无数个春夏秋冬,无数个来来回回,我们在官路上滚铁环、打碟溜,在官路上掏裆骑自行车,从一个村到另一个村,从村里到县城。官路无声地见证着老家的沧桑变迁,承载着村里所有的过往。

如今,当年的老官路已经铺上了柏油,也几乎没有人再称呼它官路了。路面坏了又补、补了又坏,早已经铺过了好几遍的柏油,甚至,每次回老家,我对那条曾经走了很多年的路有点陌生。

童年的那条老官路,一直铺在我的心里,又宽又长……

老汽灯

　　之所以想起汽灯，是因为昨天上午师范同学微信群里讨论的童年话题。大家讨论揉马泡、打洋牌、滚铁环、斗拐、倒骑自行车……男女同学各成一派，在谈论得热火朝天不分胜负的时候，一个叫秦霞的女同学突然间问了一句："大家谁给汽灯换过灯泡？"几个男同学居然支支吾吾回答不上来了。

　　啥是汽灯？估计现在的孩子压根就没有接触过这个东西。倘若说马灯，兴许还能从老电影里寻找到一两个镜头，汽灯在外形上和马灯有些相似，燃料用的是煤油，但是汽灯是没有灯芯的，汽灯里的煤油需要打气加压，从而把煤油雾化喷射而出，所以叫汽灯。

　　我跟秦霞不仅是师范同学，还是老乡，她在群里提到的汽灯我也一样熟悉。印象中点燃汽灯需要一个状若小气球的石棉网小袋子，倒挂在汽灯的上部，雾化的煤油正好喷射在石棉网上，使煤油燃烧得格外充分，发出的光雪亮雪亮的。煤油灯与之相比，亮度实在不在一个档次。

　　那时候用电紧张，村里抗旱浇地用电都需要村里的电工调配，村里停电跟家常便饭一样。我们披星戴月赶到学校里上早晚自习，教室里是没有电的，同学们需要自备煤油灯。家里条件好点的同学就点蜡烛，经常是两个人轮流提供一根蜡烛，前后桌四个人共用一根蜡烛也是常事。那时候女孩子的口袋里也会装着火柴盒，大家连一根火柴都不舍得浪费。星星之火可以燎原，通常是一根火柴就可以点燃整个教室的灯，有时候为了节约火柴，我们就从邻班借火，然后小心翼翼地捧着点燃的蜡烛回教室。每天放学回到家里第一件事就是洗脸，连鼻孔也要清理，因为满脸都是熏得黑乎乎的煤油。

后来生活条件好了,学校才买了发电机,按照规定时间统一给各班教室送电。夜自习的时候,除了琅琅的读书声,就是校门口传达室那台发电机工作时不停发出的嗡嗡声,我们却从来没把它当作噪声。

我印象最为深刻的,还是当年使用过的汽灯。

点汽灯是有一定危险的,不能笨手笨脚,也不能胆小怯懦。秦霞同学说的灯泡其实是石棉网,挺贵的,不会点的人即使浪费好几个石棉网也点不着。点汽灯绝对是个技巧活,并不是只凭一腔热情就能办好的事。没有使用过的石棉网,像棉线编织的一个小网兜,摸上去又滑又软,得小心地套在汽灯的喷嘴上,要套紧了,不偏不倚,正中间才好,然后再用指头弹一弹,不能粘连和折叠。

装好石棉网,拧开汽灯底座油箱上注油口的小盖子,将瓶装的煤油缓缓地倒进去。煤油不能倒得过满,需要留有一部分压缩空气的空间。跟庄稼地里喷洒农药的喷雾器差不多,里面的药水是不能注满的,预留有压缩气的空间,才能将煤油冲压出去。

填注适量的煤油后,用力旋紧油盖子,保证油盖不漏气就可以开始打气了。给汽灯打气也全凭经验,打少了,汽灯的点燃时间就短,打得太多,气压过大也不安全。所以点汽灯这活一般情况下是不会让小孩子操作的。

接下来就是进入点汽灯的关键环节了。打开汽灯开关,雾化的油喷出来了,观察一下雾化的情况,喷出的油雾要均匀地沾满石棉网。这时候教室里前后两扇门需要关闭,不能有较大的气流,同时让观望的同学远离汽灯,还需要找个同学维持好点灯秩序,防止突然从教室外闯进一个程咬金,让走动带来的"人来风"吹熄了汽灯,虽然一般吹不灭,但可以把燃烧后的石棉网吹落或者碰落,那就会前功尽弃。

万事俱备,就差火柴。选一根大头的火柴,用大拇指跟食指捏着,中指托着,斜着在火柴盒的黑色侧面上划过,同时打开汽灯的喷雾开关,用火柴的火点燃石棉网。"腾"的一下,原本松松垮垮的石棉网上就起了很大的火苗,石棉网上的火呈黄红色。渐渐地,石棉网开始收缩,最后收缩到一个乒乓球般大小,网眼也开始变得细密,随着火光渐渐收缩,不久就变成雪亮的白光。火苗消失后,石棉球变成了白亮的发光体,点汽灯的任务就大功告成了。

最后,班里个头最高的"娘娘腔"小心地提着汽灯,踩着课桌,用他的左手将汽灯悬挂在教室中间大梁上备好的挂钩上。

明亮的灯光下,同学们端坐在课桌前做笔记、练习题。窗外月朗星稀,教室里灯火辉煌,我们在汽灯的照耀下,畅游在知识的海洋里,奔走在求知的路途上。

电石灯

读初中二年级那一年,父亲骑着他的那辆除了铃不响其他哪里都响的破永久牌自行车从县酒厂下班,给我带回来一个奇怪的铜物件。

那是一个铜壳的圆柱体,有柄,像个茶缸子,上面焊接着一根细长的铜管,有点像电影里抽鸦片用的烟枪。看到我十分好奇的样子,父亲告诉我,这是电石灯,有了它,我晚上写作业就不会被煤油灯熏得两鼻孔子黑灰了。

父亲又神秘地从自行车大梁上挂着的帆布包里取出一个塑料袋,里面包着几大块石灰块,我还没凑近就闻到了一股子刺鼻的臭味,原来不是石灰块。父亲解释道,这是电石,一会儿演示给我看。

看着父亲小心地打开电石灯下面的盖筒,放进去几小块所谓的电石,然后加了一些水,不一会儿就有泡泡冒出来,我才看到圆筒上面有可以灌水的缝隙。

我按捺不住内心的好奇,捏着鼻子站在一旁看父亲操作,突然间听到了细铜管里发出哧哧的声音,父亲不紧不慢地划了一根火柴,点燃的火柴头刚凑到铁管的上端,一团大大的红色火苗突然间蹦了出来,吓了我一跳。没过几秒,火苗变成了细小的一团,在屋子里发着白色的光,的确比蜡烛亮堂多了。

后来我问三年级的化学老师,才知道有着臭味的石头块化学名称为碳化钙,是一种无机化学物,与水反应生成乙炔,点燃以后乙炔燃烧发光。过去的电石灯用生铁或纯铜铸成,不但重量大、价钱高,而且进水量不容易控制。如果进水门开大了,进水过多产生大量乙炔,气体会从进水门排出,产生冒泡现象。由于电石中往往含有杂质,导致产生的乙炔气体不纯,臭气难闻,有时甚至着火。后来有白铁皮做的电石灯,容易爆炸,所以很少有人敢使用。

我这才明白父亲给我的电石灯跟集上氧炔焊接的焊枪是一样的,后来我学会了自己操作安装电石灯,居然习惯了电石那怪怪的味道。

从麻油灯、煤油灯、汽灯、电石灯到各种电灯,灯的更替使用也记录了灯的发展,而童年时代的我,居然用过这么多的灯。

后来用了半年的光景,父亲隔三岔五地从县里给我带电石回来,但是那盏电石灯的接口腐蚀了好多,不像刚带回家那般容易操作了,而且电石灯的光过于刺眼,我又习惯于蜡烛下学习了,电石灯慢慢地被我遗忘在了写字台下面,还有一堆电石。

有一天,"娘娘腔"气鼓鼓地到家里找我,提出要借我几块电石。在我的再三追问下,"娘娘腔"才吞吞吐吐地说出了一个让我瞠目结舌的计划——他要报复经常动不动就揍他的亲爹,因为昨天夜里他爹喝多了又无缘无故地用皮带揍了他一顿。"娘娘腔"他爹是村里有名的酒晕子,我们每次在胡同里看到喝得醉醺醺的、东摇西晃的他,总得绕着弯躲着他走,要不然他就没完没了地耍酒疯。

那时候农村厕所的粪坑都是挖个大池子,隔上俩仨月才淘一次,因此大粪池里往往会发酵产生一种可燃气体甲烷。"娘娘腔"的计划是借我废弃不用的电石,利用化学老师讲授的基本常识,看能不能做一次"化学实验"。

村东头有个公共厕所,那天我跟"娘娘腔"刚把几大块电石扔进厕所藏起来不久,"娘娘腔"他爹就叼着烟卷哼着小调一摇一晃地上厕所,他抽完烟习惯性地顺手把带着明火的烟头扔到了粪坑里边。

结果可想而知,跟我们预期的化学反应差不多,乙炔和甲烷遇到烟头上的明火"轰"的一声在粪坑里燃烧起来。厕所里发生了一场意外的爆炸,粪坑边上的草都着了火。"娘娘腔"他爹吓得腰带也没有系,直接提着裤子冲了出来,溅了一身臭烘烘的屎,瞬间醒酒的"娘娘腔"他爹要多狼狈有多狼狈。

粪坑里剩余的电石最终暴露了始作俑者,村里有电石的除了集上的电焊工,就是我了。"娘娘腔"更逃脱不了干系,被他爹吊在堂屋的大梁上,一手拿酒瓶,一手抡皮带,揍了"娘娘腔"几十皮带。皮带是他爹新买的,原来那条皮带掉厕所里了。

我接受的惩罚跟皮肉无关,只是所有的电石全被父亲没收了。

煤油灯

　　煤油灯是电灯普及之前的主要照明灯具,尤其在农村,家家户户都有一两盏玻璃灯罩的煤油灯。顾名思义,煤油灯以煤油为燃料,灯座像个口朝下的喇叭,灯的上部是个形如张嘴蛤蟆的铜灯头,灯头边沿有一圈卡槽,四个爪子用来卡上面的玻璃灯罩,玻璃灯罩像一个大肚细腰葫芦,灯头一侧有个调整灯芯长短的旋钮,用以控制灯的亮度。那时候的煤油还靠进口,老家习惯称之为"洋油灯""罩子灯"。

　　20世纪六七十年代属于计划经济时期,一斤煤油三毛五,还需要拿有限的油票到集上的供销社购买,火柴二分钱一盒,鸡蛋三分钱一个,烧饼五分钱一个。物价虽然不高,但各家都不怎么富裕,为了省钱不浪费资源,到了晚上,家里通常几个房间只点一盏煤油灯。老家有句话叫"家有千斤油,不点双灯头"。做饭时煤油灯在厨屋,一家人便都围在厨屋,做好饭后,把饭端到堂屋,煤油灯便也跟着到了饭桌上,一直到睡觉,煤油灯就跟到里间床头边的长凳子上。

　　家里的大人会尽量地调低灯的亮度,只有孩子写作业的时候才把灯芯调长些、灯光调亮些。即便如此,在微风中忽明忽暗上下跳动的灯光依旧照不了多远,时间稍长就会两眼昏黑,抠抠发痒的鼻孔,都是煤油熏出来的黑烟灰。

　　那时候,勤俭的母亲也不会让灯光白白浪费掉,经常搬一个小木凳子,坐在我们身边,一边看着我们兄弟俩写作业,一边闲不住地纳鞋底,或给我们的衣物缝缝补补。

　　煤油灯用久了,原本透明的玻璃灯罩会熏上一层黑色的油渍,母亲经常用软布擦拭,保持玻璃灯罩光洁如新。有一次,我自告奋勇清理灯罩,疏忽了热胀冷缩的原理,没等玻璃灯罩的温度冷却下来,就别出心裁地用凉水清洗。脆弱的玻璃经不起这样的折腾,咔嚓一声,像琉璃蹦蹦一样碎掉了,幸亏我反应快,没被玻璃划破手。

后来我们学会了自己做简易的煤油灯,找来一个用过的墨水瓶或玻璃药瓶,先在盖上打一个圆孔,然后将牙膏皮或白铁皮制成的灯芯管插到圆孔里,再用棉花或布条做灯芯,往瓶内注入煤油,用火柴点上就可照明。那时候我们去学校上夜自习,通常会跟大家显摆自己做的煤油灯,满足自己童年的虚荣心。

半夜看书入迷的时候,火烧眉毛属于正常,头发就不用说了,烧头发时那股难闻的焦味跟烧指甲是一个味道的,头发烧焦后的灰色粉末仿佛又出现在眼前。屋外的风经常从门缝里吹进来,煤油灯如黄豆般的火苗就开始随风晃动,于是我就把煤油灯架在凳子上,在煤油灯的外侧竖一本打开的书挡风,然后继续捧着书夜读。我在摇摆的煤油灯下读完了《红日》《烈火金刚》《三国演义》《西游记》《平凡的世界》……那个学习的姿态保持了好多年,我盯着跳跃的火苗也思索了很多年。

还记得在煤油灯下边吃晚饭边听广播的情景,父母最爱听的节目是《杨家将》,我喜欢听《刑警803》。一边端着碗喝汤,一边沉醉在那富有磁性的声音里,关键时刻总是端着饭碗发呆,朴实感人的故事和煤油灯的光交织在一起,让乡村宁静的夜晚多了几分温馨和诗意。

小时候鬼狐精怪的电影看多了,夜里就怕黑,可又经常半夜里被尿憋醒,实在憋不住才肯钻出被窝。农村的屋里没有卫生间,厕所都是在院子的角落里。在那漆黑无边的夜里,窗外白灿灿的月色下,院子里柴火垛、大槐树以及鸡窝后面,仿佛隐藏着许多阴险恐怖的怪物,随时都会如僵尸般跳出来,墙脚下几只蛐蛐的叫声就像电影《画皮》里妖怪现身的前奏,我会不由自主地联想起看过的电影里最为惊悚的场面。于是强忍着小肚的鼓胀,也要欠身先摸到床头的火柴盒,然后取出一根火柴划着,把煤油灯点亮,才敢一手端着灯一手捂着煤油灯的火苗去厕所。

急匆匆地方便后回到屋里，疑神疑鬼的我端着煤油灯，又忐忑不安地借着灯光照看屋门、窗帘后面、自己的床底下，害怕黑暗里突然间藏有狡猾的特务或破坏分子，结果不小心碰翻了手中的煤油灯，煤油泼洒了一地，满屋子都是浓重的煤油味，家里人全部被熏醒了，爸妈起床忙着收拾，我老老实实地在鼻孔里塞了两团棉花，张着嘴呼气睡到天亮。

如今乡村与城市的夜晚早已经是灯火辉煌，可老家那盏煤油灯上红色的火苗发出的亮光，依然闪亮在我的记忆里，依然温暖地随风摆动着，灯光辉映下，是我永不褪色的童年。

气门芯

严格意义上讲，气门芯的主体是一小段上端中空、下端实心的金属柱体，在下端的侧面开有一个小孔与中空部分相连通，下面套上一段有弹性的橡胶软管，构成气门芯的总体。

气门芯其实就是一个单向阀门，原理跟篮球针差不多。当给自行车胎打气时，打气筒中的压缩空气由中空部分进入气门芯，把有弹性的橡胶管"顶"起，空气进入车胎；不打气时，弹性橡胶管收紧，盖住侧面的小孔，使空气不能从车胎中回流。

不少男孩子都有过拔自行车气门芯放气的经历，通常是偷偷地进行，环顾四周后蹑手蹑脚地蹲在自行车旁边，熟练地拧掉塑料的气门芯帽，手指头捏住金属的气门芯晃动几下，轻轻地往上一拔，听到轮胎吱吱的漏气音，拔腿就跑。弄得当年村子里的大人们骑自行车出门，兜里都得有俩备用的气门芯。

小时候我们最喜欢玩气门芯上面的那一部分橡胶制品，乳黄色，有弹性，是给自行车的两个轮胎充气的时候不可缺少的零件，却被我们别出心裁地当成了玩具。

那时候把气门芯的橡胶条也称作气门芯。我们利用橡胶的弹性，用整根的气门芯做弹弓，由于气门芯上的橡胶条比较细，不如集上卫生院穿白大褂的医生们用的听诊器上面的橡胶管粗，且弹力不够，我们会在一把弹弓上用四至六根气门芯，牢固地绑在弹弓架上，用一块剥好的大袋蛾的茧代替弹弓上用以包子弹的牛皮。子弹是水坑边挖来的胶泥自己团的泥蛋儿，晒干后去村后的小树林里打斑鸠、麻雀、马蜂窝，连树上的知了都不放过。

除了恶作剧时拔气门芯、打弹弓外，气门芯还被我们制作成了简易的气门芯水枪。为了迎合孩子们的需求，集上的小卖部就有成捆的橡胶气门芯卖。

　　两毛钱买一根一尺左右的气门芯，先在气门芯的一头打上死结，用暖壶的热水泡上，将橡胶泡软，橡胶更有弹性。找来一段用完的圆珠笔芯，把笔芯顶端的小钢珠磨掉，再把圆珠笔芯金属部分拔掉，塞进气门芯的另一端，然后笔尖插进用过的橡皮塞上，插在气门芯口上做"喷嘴"，就可以对着水龙头给气门芯充水了。由于气压的作用，水会从圆珠笔尖的小孔喷出来，可以用手指头捏住气门芯的一头，将气门芯没水的地方折一下，用以控制出水量，这就成了一个简易的滋水枪。

　　气门芯充水后如气球般鼓胀粗大了好几倍，变得透明且不会炸裂。土豪同学的气门芯很长，充水后往身上缠上几圈，搞得像终结者拿着重型机枪一样，手指头控制着气门芯的一头，松开就会有细长的水柱从没了钢珠的圆珠笔头里喷射出来，水柱能射三四米远。

　　夏天是玩水枪最过瘾的季节，哪里有水枪，哪里就有人遭殃。我们疯的时候都是一大群孩子一起玩，手里捏着、脖子上缠着，逮住谁就用水滋谁，滋得头发像个乱鸡窝，滋得眼睛睁不开，滋得脖子里、衣裳上都是水，往往不一会儿，参与活动的小伙伴统统湿身，人人都有滋水枪，遍地都是落汤鸡。

　　"娘娘腔"跟女人一样留着长长的指甲，每次都是战斗最为激烈的时候，格外投入的他掐着气门芯，嘴里哇哇叫着跟别人对着滋水，膨胀后的气门芯经不起"娘娘腔"那细长的指甲掐，突然间崩裂了，精心储备的水没有射到对方，反而尴尬地弄了自己一身。

　　很快，没有了进攻武器的"娘娘腔"被小伙伴们群起而攻之。"娘娘腔"捂着湿漉漉的脸，抱着杂乱的鸡窝头，老老实实地蹲在地上，龇着牙咧着嘴，浑身是水，要多狼狈有多狼狈。

掰棒子

秋天的早上天蒙蒙亮,猪圈里的大肥猪还在睡梦中流着口水,村里很多人已经开始在庄稼地里干活了。那时候我们学校的老师大部分是民办教师,家里都有庄稼地。教书育人固然重要,地里成熟的庄稼也不能耽搁。为了不耽误秋收,也让孩子们帮家里干一些力所能及的农活,县教育局就安排农村学校统一放假。所以除了暑假、寒假,我们比城里的孩子多了两个假期:一个叫"麦忙假",一个叫"秋忙假"。

秋收季节,庄稼地里的花生、大豆、玉米相继成熟,棉花、绿豆、芝麻也不甘落后,还有田边地头的南瓜、红薯,也都长得肥嘟嘟的……课堂上老师经常讲,一分耕耘一分收获,只有付出辛勤的汗水,才能收获累累的果实。而到庄稼地里亲自体验之后,才更能理解老师的苦口婆心。

在豫东平原,秋收最主要的农作物就是玉米,我们当地把收玉米叫作掰棒子。

跟着大人一头钻进高高的"青纱帐"里,我们才感觉到自己的渺小。秋风吹过,玉米地里的叶片哗啦啦作响,蛐蛐儿在土块间不停地蹦来蹦去,我们都是紧跟着大人们掰棒子的,你三垄我两垄的一起往前掰。大人们掰棒子的速度很快,看着大人们熟练地一手握着玉米棒的顶端,一手按住玉米秆儿,用力一拧,"咔嚓"一声,硕大的玉米棒就被掰了下来,掰掉的玉米棒子随手扔在地上的箩筐里。胆小的我们紧跟其后,却总是隔三岔五地漏掉玉米秆上没掰的玉米棒子。

掰玉米棒子是一项又脏又累的活儿。露水、汗水会把全身的衣服浸湿,夹着灰尘从脸颊上往下淌,头发上还会黏附着些许玉米缨子甚至各种小虫子。宽大肥厚的玉米叶子像刀刃一样划在脸上就是一道血印子，火辣辣地疼。

箩筐里的玉米棒子装满了，我们跟着大人挎着沉甸甸的箩筐钻出"青纱帐"，将掰好的玉米棒子集中起来，一堆堆地倒进架子车上，顺便喘息一下透透气。

当我自己亲身体验掰玉米棒子的辛苦后才发现，生活原来就像掰玉米棒子一样，看似简单，其实做好它并非易事。

为了方便运输，大家事先都会在玉米地里开辟出一条小路，通常是从庄稼的这头到另一头。将掰好的玉米棒子装满一架子车也是需要技巧的，在农活中举足轻重的木架子车结构比较简单：木车上只有两侧竖立有木板，构成一个所谓的车厢；一个车辕子带两个轱辘；木车厢两边的车辕较长，配一根结实的拉绳。为了能装更多的玉米棒子，木架子的车厢两头需要卡上两扇藤条编织的类似栅栏一样的农具。

装好车就得把玉米棒子运回家，父亲在前面探着身子弓着腰，迈着双腿用力地拉着沉重的架子车，母亲在前面车把旁边拉着车上的扁带绳，我跟弟弟则在后面帮忙推车。庄稼地里的土路高低不平、坑坑洼洼，调皮的弟弟还嚷着告状说我偷懒没用力，好不容易到了家里的小院，我跟弟弟像泄气的皮球一样，一屁股坐在院中休息，嘴里矫情地喊着："累死了！累死了！"真正劳累的父亲却一声不吭地打开车厢门，呼呼啦啦一阵子，玉米棒子就从车厢里滚了下来，母亲帮着将车厢里的玉米棒子清理干净。我跟弟弟还兴奋地坐在空架子车上，让任劳任怨的父亲拉到庄稼地里装玉米。就这样一趟又一趟，直至把地里的玉米全部拉回家。

接下来家家户户就要剥玉米了。剥玉米通常保留三四片玉米皮，然后将三三两两的玉米棒子打结辫好，有时候十来个玉米棒子绑在一起。剥好的玉米需要通风晾晒，父亲在庭院里找个通风敞亮的地方栽几根檩子搭成玉米棚，然后把辫好的玉米辫三个一把、五个一簇地挂起来，或者顺着棚子上的粗绳，一个挨着一个，一簇挤着一簇，挂得满院子都是剥好的玉米棒子。那时候村子里房前屋后、树上树下全都是金黄的玉米，煞是好看。

秋耕秋种忙不停,随后大人们用铁锹、镰刀等原生态的工具将密不透风的"青纱帐"全部砍倒,庄稼地里的视野瞬间变得辽阔起来。玉米秸铺在地面上,像绿色的地毯。玉米秸晾晒、风干后,父亲拿着榔头逐个把玉米秸根部的干泥土敲碎,接着用红薯秧把玉米秸一堆一堆地扎捆起来,装上架子车运回家,村里一般都把玉米秸堆在自家院墙外。

玉米秸可以用来烧火做饭,到了冬天可以用它来取暖。调皮的孩子们还经常钻到玉米秸后面玩捉迷藏。直到如今,我还能记起当年玉米地里掰玉米棒子时那份浓厚的乡土气息。

我明白,那个味道,叫故乡。

烧红薯

小时候,红薯是很多家庭饭桌上的主角。往往是早上红薯玉米粥,晌午馏红薯干,晚饭蒸红薯,偶尔改善一下生活,蒜蓉蒸红薯叶。"红薯汤,红薯馍,离开红薯不能活",这就是那年月乡村生活的真实写照。

小时候跟"娘娘腔"一块下地割草,大家说说笑笑打打闹闹地很快就割满一篮子草。后来几个人比着耍小聪明,先用小树枝在篮子里支好框架,上面敷上一层草,篮子看着就满当当的了。大人们都忙着秋收,也懒得揭穿我们的小把戏。

"娘娘腔"最喜欢到红薯地里玩,掐几根长长的红薯叶梗,用他长长的指甲把叶梗一节节地掐开做项链、手链。将掐好的假项链挂在耳朵上,系在手脖上,"娘娘腔"就开始翘着兰花指移着小碎步,学着戏剧电影里丫鬟小姐的动作,挤眉弄眼地逗大家乐。我们早已经习惯了他媚态百生的模样,实在看不下去就一哄而上,把他的道具扯个稀巴烂。

"娘娘腔"很少生气,随后会跟我们选一块有坡度的红薯地,大片的翠绿而蓬松的红薯秧像地毯一样舒服,几个伙伴把草篮子放在一边,在上坡横着躺下,扭着身子晃着胳膊摆着腿呼呼朝下方滚去,看谁滚得远、滚得快。折腾过的红薯秧隔夜就会恢复正常,一点也不影响收成。

沙土地里的红薯极易成活,只要按时种,不遇大旱,到了秋天就有好收成。不过也要赶在霜冻之前收完,免得红薯冻伤。收红薯时,先要割去红薯秧,然后挥动着抓钩,一垄一垄地把红薯刨出来。孩子们往往按捺不住,扛着比自己高好多的锄头去挖。

那时候我们力气小,往往挖不深,经常把埋在地里的红薯挖断,这可是要被大人骂的,因为被挖断的红薯不能保存,会坏掉。于是我们就趁大人不注意,偷偷地把挖断的红薯埋进土坑里。天知地知我知,大人却不能知。

把红薯拉到家以后,父母会挑选一部分好的红薯入地窖,老家俗称"红薯窖"。"红薯窖"通常在自家的院子一角,圆圆的洞口,有两三米深,"红薯窖"里的红薯可以安然过冬。其余一部分有伤痕的被切成红薯片,晾在屋瓦墙头上。另有一些红薯会被磨成淀粉,做成特地道的粉条,过年的时候做一盆香喷喷的猪肉炖粉条,饭量大的人能吃一小盆。

对于孩子们而言,偷红薯、烤红薯自然是必不可少的。经常是午后或傍晚,几个人贼手贼脚地溜到邻居家的红薯地边,寻找地面上裂缝最大的,那就意味着这里的红薯最大。翻开上面的土块,伸直手掌往沙土里一插就碰到里面的红薯了,或者索性连着红薯秧用力一拔,大大小小的红薯就露出了地面。刚从地里挖出来的红薯,带着潮湿的泥土,发出深黄或深红的光泽。我们挑选细长的红薯,这样的红薯便于烤熟,一般不要多,按人头偷,基本上一人一个,然后用土壤覆盖好偷过的红薯秧,基本上看不出来被偷过。

找一条隐蔽的垄沟,大家分工,我喜欢负责挖土坑,"娘娘腔"喜欢负责找柴火,还有人负责找大块的土坷垃,还有人提供火柴负责生火,然后就可以烧红薯窑了。

烧红薯窑也是有技巧的,土坑上面架上大块的土坷垃,一层层地将土坷垃垒在红薯窑的上方,类似福建的土楼结构。先用大火将挖好的土坑烧热,将偷来的红薯一块块地放进烧热的土坷垃堆里。

烤得差不多了,几个人开始你一脚我一脚的将土坑踩塌,将红薯闷在土坑里,我们叫"闷窑"。为了把热量封存好,还要把土坑封好,用手摸着哪儿热就往哪儿培土,直到周边的温度和常温差不多。火候不到是不能提前扒开的,不然里面的红薯会被"气死",烧得半生不熟的,无论怎么重新烧,"气死"的红薯都不能被烤熟了。大约二十分钟,就可以"扒窑"了。

"扒窑"的时候,几个小伙伴的脑袋挤在一起,几只小手忍着内心的急躁,暗暗地咽着口水,用小木棍慢慢扒开土与灰,耐心地扒出一块块外皮烤得发黑的红薯,香气扑鼻的烤红薯的味道让大家再也按捺不住了。

拿到热气腾腾的红薯后,每个人大口小口地冲着滚烫的红薯吹着热气,一边从左手换到右手,迫不及待地将烫手的红薯掰成两半。热气顿时冒出来,黑色的红薯皮里面裹着黄色或白色的红薯瓤,香气扑鼻,有的"干面",有的"软甜",那醇厚的滋味真让我们觉得是人间美味,幸福感和满足感溢满了整个心窝。

　　一阵狼吞虎咽后,我们把各自的红薯全部吃完,用带着黑灰的手掌顺手抹抹嘴,有时大家相互抹,你打我闹,瞬间都成了大花脸。

摘棉花

秋高气爽,胡同里的大黄狗懒洋洋地卧在墙边,眯着眼睛晒太阳。而庄稼地里这边玉米刚收完,那边棉花地里的棉花桃已经开得一片雪白了。

齐腰高的棉花秆上,灰褐色的棉桃壳均匀地四瓣分开,像四个洁白的舌头,雪白而蓬松的棉花团像一朵朵白云,温柔地绽放着。棉花带着太阳的温度,用手摸一下,软软的柔柔的,感觉很是舒服。

摘棉花和抢收小麦一样,打的是时间战。太阳越火辣越要抢摘棉花,这时候的棉花最干,也最纯白。对于棉农,他们摘的是生计,对于孩子,我们摘的则是快乐。

村里的妇女们是摘棉花的主力,头上裹一条花毛巾,腰里系上一个四角有小布条的布包,把布包捆在腰间,做成兜子状,就可以在自家的棉花地里一垄垄地摘棉花了。

摘棉花要仔细有耐心,不能图快讲速度,否则枝叶遮挡就会漏掉近在眼前的棉花桃。摘的时候左手按住棉花枝,右手用食指、大拇指和中指伸进棉花壳里,然后把整个棉花团一下子摘出来。棉花要摘干净,不能留下余絮,不能有叶屑,棉花上尽量不沾染庄稼地里的脏东西。有经验的村民在棉花丛中一声不吭地穿梭,一忙就是一整天,很少会有枯枝缠绕在雪白的棉花上面。

棉花地里的大蚂蚱更能引起孩子们的兴趣,逮住几只大蚂蚱在地头烤着吃,就是一顿再好不过的美味。有时也会听到蛐蛐儿悦耳的鸣叫声,绝对是大自然馈赠的天籁之音,让单调的摘棉花工作不再枯燥。

每年摘棉花的时候,母亲总是忙得中午也顾不上回家,小姨在家里做好饭,我就把饭给母亲送到地里。我端着饭走在庄稼地里的土埂上,老远就开始喊母亲,头裹方巾腰系布兜的母亲只顾埋头摘棉花,丝毫听不见我在喊她。

那个时候,母亲所有的心思都是棉花。蓝天白云下的棉花地里,母亲一会儿侧身,一会儿弯腰,神情专注,动作娴熟,腰间的布兜也越来越鼓,看上去宛若幸福的孕妇,洋溢着母性的光辉。

刚摘的棉花是潮湿的,还要在灿烂的晴天暴晒两日。把它们薄薄地摊开来晾晒,像天上的朵朵白云落到门前。有时候我也会帮忙翻晒,让每一丝棉絮都尽情吸收阳光的味道和温暖,棉花的清香也会混合着一股湿漉漉的水汽时不时地撩着鼻翼。我们还会把棉秧上没有开出来的棉桃揪下来,放在家里晒干。棉秧也一并被我们从地里拔下来,拉回家里晒干了当柴火烧。

棉花在我们的日常生活中有着很广泛的用途,盖的被子、穿的布鞋和衣服,甚者我们兄妹的书包,都是由棉花加工制成的。母亲姐妹几个都会织布,从纺花到染线,再到织布机前拿着梭子不停地穿梭,到后来织好一匹匹的土布。至今,我家的柜子里还存放着几块母亲当年用一根根棉线织出来的土布。

秋收以后,母亲不停地忙着弹棉花、套棉被、缝棉衣、做棉鞋,然后会选个温暖的时间,在院子里和三姨做好一床床的棉被,柔软的棉被裹着阳光的味道,母亲的手掖了又掖,拍了又拍。看着平坦厚实的棉被和胖嘟嘟的棉衣,孩子们有了冬天御寒的衣物,母亲的心里好像就有了着落。

母亲做的棉衣、棉鞋像是一堵厚实的墙,挡住了寒冷,留下了温暖。穿着母亲做的棉衣,哪怕是走在零下十几摄氏度的寒冬里,依然温暖而又幸福。

如今家里的羽绒被、蚕丝被也有不少,但我还是喜欢柜子里母亲给我做的那条棉被子。因为我感觉用棉花织成棉布再包裹着棉花,这样做出来的棉被最暖和。每次抚摸着那床棉被的时候,我就想起母亲当年在棉花地里摘棉花的情景,想起母亲看着孩子们那疼惜牵挂的眼神,感觉温暖就在身旁。

架子车

架子车曾经是中原农村的主要运输工具,我们老家人多叫它架车子。

在没有机动交通工具的年代,架子车是农事中举足轻重的运输工具,那时候豫东平原的农村几乎家家户户都会有一辆架子车。车身通常由村里的木工师傅用很结实的槐木、榆木料手工打做而成,有两根长而平直的车把,车厢材质通常是豫东地区特有的泡桐树板材,车把中间有一根扁带一样结实的襻绳,车身下部分是一套两头有橡胶车轮的车轴,我们俗称为架车轱辘。车架和架车轱辘可以分离,不用的时候可以将架车轱辘收到牛棚里面,车架则竖靠在自家房子前檐的墙壁上。

架子车使用的时候,如果车上装的东西较轻,可以轻松地推着走。拉重物的时候需要人站在车把中间,两手握住车把,还要套上襻绳,很吃力地往前拉,"弓腰、蹬地、身前倾"是主要的动作要领。

那时候农村人盖房子拉土、拉砖、拉水泥,干农活拉农具、运粪肥、拉庄稼,走亲戚拉礼品、拉大人小孩都用架子车,甚至有的人家娶新媳妇也用架子车。特别是到了庄稼收获的时节,村里的架子车就不会闲着,只要架子车能走的路都会有架子车出现。用麻包或化肥袋装好的小麦、玉米、花生、红薯,每袋粮食都有百余斤重,以及剩余的麦秸、玉米秸、花生秧、红薯秧都要用架子车一趟趟地装卸,一趟趟地从麦场拉到家里。

小时候下庄稼地,我跟弟弟都抢着坐在架子车的平板上,一路上也不嫌弃架子车在土路上的颠簸,有时躺在里面,跷着腿、眯着眼享受着一时的舒服,却体会不到父母的劳累辛苦,体会不到生活的艰辛。

至今记得每年麦收过后,父母满脸微笑地拉着满满一架子车粮食,我跟弟弟在车后面撅着腚推车,一起有说有笑地去集上粮店排队交公粮的场景;还记得大雪纷飞的春节,父亲在前面一步一个脚印,用力地拉着架子车,车厢里铺着麦秸跟厚厚的棉被,母亲在车上抱着弟弟,我在后面推车去姥姥家走亲戚的情景……架子车在许多农村见证与承载了一个家庭的艰辛、坎坷、无奈、劳苦,也有幸福的收获,以及原生态生活中的知足与欢乐。

架子车农忙的时候是大人们的生产工具,农闲的时候也可以成为孩子们玩耍的玩具,譬如玩"压压板儿"。

玩"压压板儿"跟玩跷跷板差不多,通常是两个体重基本相当的孩子,分别趴在架子车车厢的一头,通过底盘的支撑作用,落地的时候脚尖点地让架子车带着自己此起彼伏。有时候大人们来了情趣,就跟一群孩子玩,这时候孩子一般处于车把那边,两边的车把上骑了一堆孩子,而大人处于车尾,用脚一次次地将车厢的尾部压下再抬起,还会时不时地全力踩住车尾,把孩子们有惊无险地高高悬在半空,逗得孩子们骑在空中的车把上大呼小叫。

村里比较刺激的玩法是用两辆架子车玩"开汽车",先把一辆架子车的架车辘轳卸下来,架在另外一辆架子车的车把上,用绳子绑牢固,就成了一辆四轮的车子。然后由较大的孩子坐在架子车的前边"开车",胆大的孩子们就兴高采烈地坐在后面的车厢上,胆怯的孩子就在"汽车"旁边或者在车后用力地推。

因为这种"汽车"的方向难以控制,印象中前面的大孩子用双脚踩着架车辘轳控制方向,行驶过程中需用自己的鞋底去蹭两边的车胎当刹车。由于方向感不强,刹车也不灵,大人们一般不允许我们玩的。出于安全考虑,我们悄悄地将架子车推到空旷的场地,或者趁大人不在家,就在家门口的胡同里玩。

在大家的齐心协力下,简易的"汽车"就开起来了。大家边跑边推,边推边叫,速度越来越快,车上的孩子们就开始惊呼起来,推车的孩子们有的跑掉了鞋,有的累弯了腰,车上的孩子吓得简直要跳车。往往是"汽车"失控,前面驾车的技术好点的,会让"汽车"一头撞在路边的麦秸垛上,控制技术差的就不好说了,撞墙、撞树,甚至底盘悬空、车身散架的情况都会发生,开到路边的浅沟里翻车也是司空见惯。大人们经常说"小孩子破皮长得快",胳膊破皮鼻子冒血的事我们早已经不以为意了。

　　散架后的架子车狼狈地歪在路边,意犹未尽的我们还会推起剩下的架车轱辘,比赛看谁推得快、推得远。力气大的孩子学着举重运动员的动作,将架车轱辘高高地举过头顶,赢取大家羡慕的掌声。还可以把架子车推到枣树下,将车架竖起来当梯子上树,摘好多好多大枣吃。夏天的夜里,可以在自家的小院里,睡在架子车上看星星……

　　记忆中的木架子车,拉过生活的沉重,拉过日子的艰辛,拉过风霜雨雪,拉过日月星辰。虽然它已经渐渐退出了历史的舞台,但是拥有过架子车的人们,依然会记得那段时光。

碾麦场

　　早先，没有收割机、没有脱粒机，收割庄稼全靠人工。炎炎烈日下，能有一阵凉风就是老天爷的馈赠。村里的男女劳力们在熟透了的麦地里劳作，头上顶着草帽，脖子里缠着毛巾，弯着腰欠着身，左手扒着麦秆，右手挥着镰刀，一把把地将大片的小麦割掉。然后将带着麦穗的麦秆摊开在麦场上，用牲口拉着石磙来来回回地转着圈碾轧，使麦粒蹦出麦壳来，然后扬去麦粒中的麦芒和碎叶，将麦秸和麦粒分开。这就是繁忙而紧张的麦收。

　　碾场是麦收前必不可少的一道工序，先把麦场上的庄稼跟杂草彻底地除掉，包括破砖头烂瓦片都要清理出来。然后套上牲口，挂上铁犁，来来回回密密麻麻地将土壤翻耕一遍。大人们忙着翻地，孩子们则跟在后面挎着筐子拾草、捡瓦块。新翻的土壤温润潮湿，光着脚丫踩在松软的土壤上面，感觉特别舒服。

　　翻过土之后就是碾场，出力的主角依然是邻居家的牲口，有牛有马也有驴。老家有句话叫"借来的牲口不知道累"，村里面有牲口的人家虽然不多，但乡里乡亲的碍于情面又不好意思不借，牲口借出去不怕出力，就怕牲口吃不好还得挨鞭子打，所以村里面借牲口的时候往往把主家也一块借。

　　把铁犁卸下来，再挂上石碌碡，我们老家叫石磙。石磙是20世纪90年代以前乡下麦场上经常见到的一种石器农具，一般都是大青石做成的，有一两百斤重，呈圆柱体，一头大，一头小，两头有磙眼，使用时用特制的木架子套上用以碾轧庄稼进行脱粒。为了防止石磙上粘泥土，有经验的村民通常会在石磙后面拴上一把密密的柳树枝，柳树枝上放上两铁锨泥，石磙就像一只拖着尾巴的大公鸡。树枝的作用就是随着石磙的转动，有效地刷掉石磙上黏附的泥土。石磙一头粗一头细,这样便于在麦场上转圈。

赶牲口的人站在麦场中心一手牵着牲口的缰绳,一手拿着皮鞭,鞭子的作用更多的是在空中甩出清脆的响声吓唬想偷懒的牲口。碾场以赶牲口的人为圆心,缰绳为半径,牲口拉着石磙开始埋头转圈,通过收放缰绳赶着牲口转,不能原地打转,一遍遍,一圈圈,牲口不紧不慢地走着,石磙紧跟其后,吱吱扭扭以示自己的存在。只要赶牲口的人不停止扬鞭子,牲口就拉着石磙一直吱吱扭扭地转下去。就这样一点一点地赶,直到场地全部轧完,就可以去弄水了。

打场最重要的资源是水,麦收前几个月是一年当中最干旱的时节,而麦场多选在土壤相对不好的地段,很少有浇地的垄沟。可是要想把麦场碾结实、碾平整,水就必不可少。大家各尽其能,想方设法从家里挑水。从附近的水坑里挑水,从离麦场近的邻居家的压井里压水,还有的用架子车拉着各种盛水的盆盆罐罐。

我记得村里的"娘娘腔"他爹以前是赶脚的,家里有一个黑色的拉液体氨水的大橡胶水袋,一趟能拉几百斤水。氨水袋盛满水放在架子车上满满的,"娘娘腔"在后面一只手帮着推车的时候,总是满脸的骄傲。

弄到了足够用的水,均匀地洒到轧硬的地面上,等地面吃透了水,撒上往年的麦秸,再挂上石磙,经过两三遍均匀地碾轧,光秃秃、滑溜溜的麦场就算碾好成型,只等着收割下来的庄稼了。

割好的麦子被木架子车一趟趟地拉到麦场上,用三股的木杈摊开适当的厚度,又开始用石磙碾轧。中间还要翻几遍场,用木杈一遍遍地挑起麦秆翻场,翻过来的场,也要平铺起来,便于再次碾轧。经常是翻过一遍场,人已经气喘吁吁,不过这个时候,碾场的牲口就可以得到短暂的休息。

经过两三遍石磙的碾轧,麦粒基本上都会脱壳而出,村民们就用木杈挑起麦秸,使得夹裹在麦秸间的麦粒落在麦场上,然后将麦秸收集成堆,在麦场边堆成一个个高高的麦秸垛。

必不可少的扬场也是在麦场里进行的,打场、扬场都是技术活。一要借助自然风,二要借助巧劲儿。手腕要有力,木锨扬起碾好的、混杂着麦芒和麦秸的麦粒,用力往上散开一甩,三分扬七分落,空中便是一阵麦粒雨落下,随风斜着飘去的就是轻飘飘的麦壳与尘土,麦场上留下的是沉甸甸的金黄色的麦堆。

清扫麦堆上少许的麦壳也是个技术活,扫把一定要拿稳,腰一定猫下去,平平地扫过去,只带走麦壳,留下麦粒。

晒麦子的日子最怕老天变脸下雷阵雨。刚才还是蓝天碧空骄阳似火,转眼间乌云密布,雷声隆隆,豆大的雨点打在晒场上。晒场上的翻晒人员急忙采取应急措施来个"急救",手忙脚乱地又推又扫,实在不行,眼看大片晒干的麦子要被暴雨淋湿,就用大篷布遮盖。有时刚盖住麦堆雨却停了,太阳又调皮地从云缝中钻出来。那个时候,地头的收音机里大家最关注的自然是天气预报了。

这个时候麦场的功能就转为晒场了,如果天气一连几天晴好,新麦子经过几天翻晒,抓几粒麦子抛进嘴里一咬,如"啪"的一声脆响,说明麦子完全干燥,就可以装麻包进粮囤储存了。

除了晒麦外,麦场里还可以晒黄豆、晒棉花。把带着豆荚的黄豆秆摊晒在麦场上,暴晒后的豆荚就自动裂开,不断地发出"啪啪"的爆响声,豆子自动从豆荚中蹦跳出来,去除豆秆、豆荚壳,地面上剩下的就是颗粒饱满的黄豆子了。此外,玉米、辣椒等也会晒在麦场上。经过几天的暴晒,玉米变得金黄而富有光泽,颗粒坚硬并散发出淡淡的香气;而一串串辣椒脱水后则晒得红艳艳的,是家家户户炒菜时少不了的调味品。

在农闲时,麦场被扫得干干净净,孩子们经常在麦场上打闹。集上的流动电影队会定期到农村的晒场放露天电影,或在晒场上搭好简易的戏台,请附近的草台班子来演戏。夜晚还有大家都爱听的大鼓书,虽然唱大鼓书的只带了一面皮鼓、一块醒木,却吸引着十里八村的人们赶过来听,场场爆满。

那个时候,老家的麦场,绝对是村里最热闹的地方。

种麦

农谚云："白露早,寒露迟,秋分种麦正当时。"对从土里刨食的庄稼人而言,一年中最忙的就是"三秋"——秋收、秋耕、秋种。秋分过后,马不停蹄地收完地里的各种庄稼,紧接着就要犁地、施肥、种小麦了。

"庄稼一枝花,全靠肥当家。"种麦前首先要撒化肥,那时用的化肥是磷肥和碳铵,每亩地各一袋,还要撒上往年在地头里发酵过的麦秸。

犁地前,需要人工把带着气味的化肥均匀地撒在地表上。印象中村里犁地还是原生态的,赶牛的大人一边扬着鞭子,一边在后面扶着耕地的铁犁,我们端着盛满灰色碳铵的搪瓷盆,顺着犁好的沟垄丢碳铵,闻着刺鼻的碳铵味儿和潮湿的泥土味儿,把希望撒进深深的犁沟。一趟趟地奔走、一盆盆地挥撒,直到脚酸手麻胳膊疼。

那时候小孩子干庄稼活儿都是三分钟热度,偶尔发现深埋在泥土中的蛾蛹,或者逮几个蹦跶的蝗虫,便有了偷懒的理由。于是兴高采烈地跑到地头浇水的垄沟边,捡拾一小堆干燥的树枝或玉米秸,点燃后便开始做原生态的烧烤。那烤熟的蛾蛹、蝗虫散发出一股诱人的香味,惹得我们你争我抢地吃起来,吃得差不多了,才忽然想起给大人们送过去几只烤熟的蝗虫。而在庄稼地里任劳任怨的大人们总是乐呵呵地摇摇头,不舍得分享孩子们的美味。

犁地结束,跟两边的地邻共同确认好各自的地界,沿地边插上事先准备好的玉米秸秆,算作标记,就可以种麦了。

种麦的学问很大,既要看种、看地、看天,还要参考肥料、墒情等具体情况,来确定播种的时间,才能确保苗全、苗旺、丰产。那时候没有播种机,种麦也是靠人工，村里的种麦高手得排队等。因为种麦是个技术活，掌控不好，小麦出得不是稀就是稠，麦垄不是大就是小，还会歪歪扭扭的，不成行。麦种还需要先拌上农药"敌敌畏"，防止害虫"地蝼蛄"。

在豫东平原，有一种木质的传统耕具叫耧车。据传这是从西汉时期就有的一种畜力条播机，是中国农具史上了不起的发明之一。据东汉崔寔《政论》的记载，耧车由三只耧脚组成，即三脚耧。下有三个开沟器，播种时，用一头牛拉着耧车，耧脚在平整好的土地上开沟播种，同时进行覆盖和填压，一举多得，省时省力，故其效率可以达到"日种一顷"。

拌了农药的麦种晾干后，按分量倒入木耧车的斗内。木耧车前面有人牵牛，没有牛的就靠人力拉，负责摇耧的大人通过摇摆幅度的大小控制着麦种入地的深浅。随着沙沙的响声，小麦种子欢快地通过耧口均匀地钻入地中。耧车后面有一根横木棒，带动的土壤用以覆盖新播下的麦种。

剩下的工作就是孩子们比较喜爱的劳动了——踩麦垄，就是用脚一下下地将耧车播种划过的土痕踩结实。通常是大人们在前面播种，孩子们在后面欢快地挪着小碎步，一脚挨一脚地踩。后来我们学会了推自行车，在庄稼地里沿着播种的土痕，来来回回地推自行车，利用自行车的车轮将大人布置的农活干得又快又好。

进入 20 世纪 90 年代后，农村的生产力有了一定的发展，手扶拖拉机、小四轮拖拉机先后开进了田间地头，种麦已变得惬意而轻松。"点灯不用油，耕地不用牛"的理想得以实现，家乡的人们开始从繁重的体力劳动中解放了出来，拖拉机的突突声代替了黄牛的哞哞声，人们欢快的笑声代替了呵斥牲口的咒骂声，地头的三轮车、摩托车、电动车代替了架子车。

如今，已远离农村生活多年的我，依然记得藏在土坷垃后面的蛐蛐儿婉转悠扬的歌声，依旧记得庄稼地里耕作的喧闹，依旧怀念老家的秋高气爽。

逮蚂蚱

俗话说,"秋后的蚂蚱,蹦跶不了几天了",形容某些人的不良行为将要受到惩罚,对孩子们而言,最朴素的含义应该是秋后比较适合逮蚂蚱。蚂蚱也叫蝗虫,它的种类很多,在我们豫东平原,尖头长身的蝗虫叫"佬扁",不带尖头的蝗虫叫蚂蚱。为此我查阅了相关资料,严格从学名上讲,蝗虫指的是一大类,没有哪一种是直接叫蝗虫的。从科和属的名称上看,蝗虫是昆虫纲、直翅目、蝗总科昆虫的统称。全世界已知蝗虫在一万种以上,我国蝗总科知名蝗种一千种以上,它们全都叫某某蝗,所以我们还是按照习惯称之为蚂蚱吧。

蚂蚱是害虫,特别爱吃禾本科植物的茎叶,通常是傍晚时分进食,吃玉米叶、红薯叶、大豆秧、花生秧……它们一整夜都在不停地吃,小范围的蚂蚱出现在庄稼地里,村民们早已经习以为常。而成群的蚂蚱泛滥成灾时,天空中会黑压压一片,受侵害的庄稼地里最后只剩下光秃秃的秆,造成庄稼减产甚至绝收。这种状况属于暴发性、迁飞性和毁灭性的农业生物灾害,书面上叫蝗灾,与洪灾、旱灾并称为中国三大自然灾害。

最常见的那种能飞的蚂蚱应该是对农作物危害相当大的亚洲飞蝗,颜色有土褐色、褐绿相间、暗绿色等。成虫大约五厘米长,小拇指头粗细,两只强壮有力的后腿长有一排锯齿,细长平直的硬壳上有一对外翅,静止时并在左右两侧,很好地覆盖住身体,起到保护作用。一对内翅透明且有细小网格纹,像折扇一样叠缩在外翅下面,内翅展开飞翔时面积很大,呼啦啦带着风声,能够很轻松地飞出几十米远,续飞多次而力不竭。

不同的季节,蚂蚱的颜色也是不一样的,庄稼没有成熟的季节,绿色的蚂蚱居多，尤其是那种个头偏大尖头的"大佬扁"是孩子们的最爱。有时候为了追赶一只"大佬扁"，我们通常在庄稼地里撵半天。到了秋暮冬初，庄稼地里的绿丛少了，土褐色的蚂蚱就多了起来。蚂蚱并不会像变色龙一样随着周围的环境改变自己的颜色，而是不同的蚂蚱会出现在不同的季节，这使我们不得不佩服大自然的神奇。

秋后是逮蚂蚱最好的时节，这个时候的蚂蚱因为天气的原因最好逮，也最好吃。小时候每到秋季，我都和村子里的小伙伴们在田间地头拔几根狗尾巴草，一起去刚割完豆子的茬子地里逮蚂蚱。

蚂蚱都有喜欢太阳光的习性，所以，在上午、中午和下午处的方位就迥然不同。比如近午时分，阳光充足，各类蚂蚱会飞到朝阳的坡埂上，还有的群聚到草坪与深沟的接合部位。

我们基本上是徒手逮蚂蚱的，先是一群小伙伴在庄稼地里肆意地奔跑一阵子，使藏在庄稼地里的蚂蚱惊慌失措地四处跳跃。我们瞅准目标就开始围追堵截，用秫秸打，用土坷垃砸，甚至脱了布鞋砸蚂蚱，不管三七二十一，对准了蚂蚱一个猛砸过去，把蚂蚱砸晕，或者徒手去捂蚂蚱，然后将逮到的蚂蚱用一根狗尾巴草扎透蚂蚱的脖子穿起来，很快就能逮好多串。

逮蚂蚱也是有技巧的，不能把蚂蚱砸得血肉模糊惨不忍睹，得掌握好力度，瞅准目标要迅速出击，秫秸跟土坷垃砸到蚂蚱时的力量要刚刚好，使被打昏的蚂蚱不缺胳膊少腿不流黏水。大家掂着一串串的蚂蚱炫耀着，那个时候我们还不怎么理解"一根草绳上的蚂蚱"的含义，有了童年时的切身体验，后来接触到这句话，感觉自己的理解更生动具体了。

大家都气喘吁吁地提着用狗尾巴草穿起来的蚂蚱，围到一块来比谁逮的蚂蚱多，比谁逮的蚂蚱大，还会用秃头的蚂蚱交换尖头的"大佬扁"，兴高采烈地炫耀一阵后，大家就开始筹备吃蚂蚱了。

蚂蚱具有极高的药用价值，据《本草纲目》记载，蚂蚱单用或配合使用能治疗多种疾病，具有止咳平喘、解毒、透疹等作用。蚂蚱含有丰富的甲壳素，甲壳素被誉为继蛋白质、脂肪、碳水化合物、维生素、矿物质之后的人体第六大生命要素。

小时候我们是不懂得这些营养及药用价值的,对待庄稼地里的各种虫子、水坑里的鱼、树上的鸟类很少有怜悯之心,压根感觉不到它们也是生命,只是把它们当作我们的玩具和美味。

最直接的吃法是烤蚂蚱。垄沟边点起一堆柴火,伙伴们每人对一把干草。点燃火堆后先不忙着烤蚂蚱,大家先把蚂蚱的翅膀挨个摘掉,然后把蚂蚱的脖子折断,这时候会露出一条粗黑的类似于虾线的东西,这是蚂蚱的内脏。大家小心翼翼地把蚂蚱的黑内脏整条地摘出来,等到大火将尽之时把蚂蚱串丢进去,利用小火的热灰将蚂蚱烤熟、烤焦,这个时候的等待对我们来讲简直是一种煎熬。

烤熟的蚂蚱通体发红,早已经按捺不住的小伙伴们像捧着烫手的红薯一样,三下五除二地搓掉蚂蚱表面的灰烬,开始争先恐后地往自己的嘴里塞。小伙伴们打闹着,嬉戏着,满嘴都是蚂蚱焦香酥脆的味道。

回忆到这里,我真的咽了一下口水,小时候用土法烤熟的蚂蚱,真香!

斗蛐蛐

蛐蛐就是课本上说的蟋蟀,也是《聊斋志异》里蒲松龄老先生笔下的促织。蛐蛐头圆胸宽,有一对比躯体还长的丝状触角,身体呈黄褐色至黑褐色,有咀嚼式口器,有的大颚发达,强于咬斗。蛐蛐的前足和中足相似并同长,后足发达,善跳跃,尾须较长,雄性善鸣,经常被拿来放进罐子里相互搏斗的都是公蛐蛐。

古代汉语中,"秋"这个字正是蛐蛐的象形。蛐蛐通常生存在秋后,寿命仅为一百多日,所以斗蛐蛐的季节只好限定在秋季。白露、秋分、寒露,是斗蛐蛐的高潮期,"勇战三秋",指的就是这三个节气。

判断一只好蛐蛐的标准是"头圆、牙大、腿须长,颈粗、毛糙、势要强"。蛐蛐打斗交锋是用头撞头的方式进行的,因而,头是一个关键部位。头大的蟋蟀才能显示其雄健、剽悍、有力。所以行家挑选蛐蛐,总是先看头,其次是牙齿、大腿还有它们的颜色。

到了秋天,庄稼地里的蛐蛐遍地都是。蛐蛐的种类繁多,最常见的是较为普通的中华蟋蟀,体长约 20 毫米,黑色的居多,我们当地称之为"秃爪得"。

蛐蛐喜欢穴居,以善鸣好斗著称。它们经常栖息于地表、砖石下、土穴中、草丛间。通常夜间出来活动,吃各种粮食作物、树苗、菜果等。蛐蛐生性孤僻,一般情况下都是独立生活,很少能看到结伴而行的蛐蛐。所以它们彼此之间不能容忍,一旦碰到一起,就会像仇人一般咬斗起来。

玩蛐蛐的前提是自己得有一只好蛐蛐。秋收过后,正是蛐蛐生命力最旺盛的时候。每当夜幕降临,躲在老屋砖缝、泥墙根儿里或草丛、瓦砾中的蛐蛐，就开始"嘟嘟"地喧嚣，此起彼伏，远近呼应。如果叫声似金声玉振般悠扬悦耳、如筝箫奏鸣般动听者，定是一只体格健硕的大蛐蛐。相比之下，叫声若敝帚击破缶、凄厉如泣如诉者，则为瘦弱如柴的小蛐蛐，此谓听声定位抓蛐蛐。

蛐蛐优美动听的歌声并不是出自它的好嗓子，而是它的翅膀。后来我们通过仔细观察，发现蛐蛐右边的翅膀上，有一个像锉样的短刺，左边的翅膀上，长有像刀一样的硬棘。两翅一张一合，相互摩擦，蛐蛐就是这样发出各种悦耳的声音的。

在我们老家，天气冷了的时候，蛐蛐喜欢围着温暖的锅台，时不时地出现在我们的视野里。村里的老人一本正经地对我们讲，千万别伤着"秃爪得"，它们都是老灶爷的兵。

我们才不管蛐蛐是不是老灶爷的兵呢，经常放学后三五成群地约上自己的小伙伴，在庄稼地里、老房子的角落里，像寻找金矿似的翻着地面上的碎砖烂瓦逮蛐蛐，把充沛的精力，倾注于这希望的瓦砾。

"娘娘腔"翻砖掀瓦逮蛐蛐的时候，也是跟大家一样屏住呼吸、气沉丹田，只是他肺活量小，干瘦的脸一会儿就像要下蛋的母鸡一样憋得通红。笨手笨脚的"娘娘腔"经常是看见蛐蛐，又眼睁睁地看着蛐蛐蹦远了。有一次"娘娘腔"心急如焚没了耐心，好不容易看到一只个头大的蛐蛐，结果动作太快，手劲太足，一下子把手中的蛐蛐捻得粉碎。蛐蛐的大腿被弄断，长须被捂断，在大家的嘲弄声中，"娘娘腔"本来憋得通红的脸就更显尴尬了。

逮到了满意的蛐蛐，我们就找地方斗蛐蛐。找一个大小适中的瓦罐，放进去两只蛐蛐，用狗尾巴草的软毛刺激公蛐蛐的口须，会鼓舞它冲向敌手，敢于拼搏。如果触动它的尾毛，则会引起它的反感，用后足胫节向后猛踢，表示反抗。

两只蛐蛐甩开大牙，蹬腿鼓翼，战在一起，先是竖翅鸣叫一番，以声壮威，然后即头对头，各自张开钳子似的大口互相咬，也用足踢，常可进退滚打三五个回合。然后，败者无声地逃逸，胜者则高竖双翅，傲然地大声长鸣，显得十分得意，其激烈程度，绝不亚于古代两国交战时最惨烈的肉搏。

我们这些农村娃，一堆小脑袋挤在一起围着瓦罐盘坐在地上，兴致勃勃地斗蛐蛐，一边看一边不停地叫喊着。这时候被挤在外面的"娘娘腔"幽幽地来了一句："你们斗蛐蛐的瓦罐，是我家不用的尿罐子……"说完，"娘娘腔"拔腿就跑了。

　　村里的羊肠小道上，瞬间变得尘土飞扬，小伙伴们脚下生风般奋力追赶着"娘娘腔"。"娘娘腔"也甩着胳膊迈着大长腿撒着欢拼命地跑啊跑，一路上张着他的傻大嘴，满脸的欢笑。

挖田鼠

　　秋天是一个收获的季节,金灿灿的玉米棒子戴着红色的玉米缨子撑破了好几层浅黄色的棒子皮,熟透的甜瓜弥漫着香气鼓裂了黑花色的瓜皮,一簇簇白生生的花生颗粒饱满,一排排芝麻正在节节拔高,垄沟边挖个土窑就可以烤红薯。我们在大豆地里肆意地追赶着叫得正欢的蛐蛐,用狗尾巴草穿着秋后的蚂蚱,用手中的小树枝戏弄着有两条长臂的绿螳螂……庄稼地里不仅有好收成,对于庄稼地里滚爬起来的孩子们而言,除了有丰富多彩的游戏,还有一个既刺激又有劳动价值的体力活儿,就是挖田鼠。

　　在我们豫东平原,大豆地、花生地、玉米地里,一堆堆新鲜的小土山旁边就是幽深的田鼠洞。洞口有鸭蛋般大小,洞口因为田鼠来回穿梭磨得滑溜溜的。有些废弃的窝,或者外出猎食被长虫、猫头鹰俘获吃掉的田鼠的窝是没有爬行痕迹的。我们通过观察洞口是否光滑、有没有痕迹、周围的土壤是否新鲜,来判断是不是空巢。如果是空巢,费劲挖了也是徒劳,既逮不到田鼠,也不会有粮仓。

　　盗窃高手非田鼠莫属,田鼠不同于家鼠,它善挖洞,能藏粮,身材肥硕,尾巴较短,因为久居于庄稼地里,地下生活让它们的眼睛有些退化,小眼睛总是眯着。田鼠一年到头不停歇地跟庄稼人争粮食,它们特别喜欢黄豆、花生和玉米。老百姓种庄稼讲究墒情,往往是白天好不容易将黄豆、花生的种子种上,夜里田鼠就从土里挨个扒种子吃。地里刚种下庄稼的种子,就被它们"挖"出来吃了。种子刚长出芽,田鼠就过来啃食芽苗。等种子出了苗,它们又把庄稼苗连根咬断。等到庄稼地里的豆角刚有模样,豆荚正要鼓起,它们依旧先去尝鲜。等到秋天庄稼丰收了,老百姓抢着收粮食,田鼠也在日夜不停地争抢老百姓的劳动成果。

田鼠的搬运能力极强，它们把大豆、花生、玉米等便于冬藏的果实不停地偷运到它们的"地下粮仓"里，通常是一个鼠窝有多个粮仓。田鼠夜以继日地偷运着各种粮食，一直偷到冬天大雪纷飞，庄稼地里没有庄稼可偷了，它们才肯善罢甘休。

那时候，农村学校都有秋忙假，但大人们不舍得让我们干太重的农活，他们起早贪黑地在庄稼地里忙活，也懒得管我们。因此我们每天都能尽情地玩耍，玩腻了常玩的那些游戏，我们就跟着大一点的伙伴扛着铁锹去庄稼地里挖田鼠。名义上是挖田鼠除鼠害，其实更多的是为了满足我们强烈的好奇心。

挖田鼠的活儿两三个人正合适，需要准备的工具主要是铁锨、铁锹，锄头、抓钩也能派上用场，还需要准备一个化肥袋子，用来装鼠洞里的粮食，因为一个田鼠洞里往往就能挖出二三十斤粮食来。

对于十来岁的孩子而言，倘若是孤军作战，一个人在庄稼地里挖整个田鼠窝，工程量就有些偏大，体力也吃不消，还要对付随时仓皇而逃的田鼠，会有些危险和力不从心。

村里那些见到豆虫、听到"毛毛虫"就吓得花容失色的女孩子一般情况下是不会跟我们一块挖田鼠的。胆大一点儿的女孩子也是站在老远处，忐忑不安又充满好奇地瞅着，两只手时不时地捂住眼睛，倘若有调皮鬼突然间大嚷一声"老鼠窜出来了"，她们便立刻吓得哇哇直叫，抱头就跑，比老鼠跑得还快，身后则是男孩子们一阵大笑。

"娘娘腔"为了证明自己不是女生，经常打肿脸充胖子跟我们一起去找田鼠洞，不过，他大多是观望。我们几个人轮番上阵挖田鼠的时候，他蹲在旁边不停地碎碎念，提醒我们不要把新挖出的土壤掩埋了老鼠洞口，还殷勤地拿几根玉米秸插在洞里防止洞口掩埋。看到我们挖一段时间大汗淋漓了，"娘娘腔"便俯下身子，用双手把刨松的泥土向两边扒一扒，鼓励我们喘口气再接着干，实在不行他就不停地给我们扇着他手中的破蒲扇。

田鼠跟狡兔三窟的野兔一样是有多个洞口的。每当它们发现事情不妙时,就会从隐蔽性较好的一个洞口逃脱,有的疯狂地钻进棉花丛、地瓜蔓里躲起来,有的田鼠逃跑时还不忘嘴里鼓囊囊地含着粮食,真是贪吃至极。大家轮流奋战的时候,"娘娘腔"就自告奋勇地负责在洞口周围用土坷垃堵塞别的洞口。

"老鼠老鼠!"随着"娘娘腔"一声近乎崩溃的惊叫声,洞穷鼠现,一只体形硕大的田鼠从黑乎乎的洞里蹿了出来,困兽般地吱吱叫着,在土坑里来回跳窜,似乎想要跳起来啃咬我们的腿或脚。大多数田鼠被挖出来后就想方设法逃脱,很少遇到这样狗急跳墙般地跟我们负隅反抗的田鼠。大家稍作调整就开始挥着秫秸掂着土坷垃反击,秫秸噼里啪啦地摔在地上,土坷垃一块接一块地砸在田鼠身上。田鼠见势不妙,"三十六计走为上",试图从我们的腿间冲出包围圈。没想到一贯胆小的"娘娘腔"却提了一把铁镢头,手起镢落,一下子将田鼠的脑袋砸进了土坑里,田鼠伸着四条腿挣扎了几下,很快没了动静。"娘娘腔"也如同泄气的皮球一样,一屁股坐在了土坑边,不知道他从哪儿冒出来的英雄虎胆。

我们抱来一堆秫秸,从裤兜里摸出一盒"铁塔牌"火柴,捏出一根在火柴盒一侧的黑色"洋火腮"上划着,点燃秫秸堆,掂着田鼠的尾巴,毫不客气地将偷盗庄稼的可恶分子扔进了熊熊燃烧着的火堆里。

田鼠的地下粮仓往往有多个,各种粮食塞得满满的:发芽的黄豆,脱粒的玉米,带壳的花生,还有带荚的豌豆……应有尽有。掏田鼠的粮仓感觉跟挖金矿一样兴奋,从田鼠洞里挖出来的粮食,我们就装进化肥袋子里背回家喂猪,还会受到家长的表扬。

后来"娘娘腔"捧着课本摇头晃脑地念着"硕鼠硕鼠,无食我黍!三岁贯女,莫我肯顾"的句子时,我总是不由自主地回忆起我们曾经一块儿挖田鼠的童年时光。

卖货郎

20世纪八九十年代,我们豫东平原的乡村生活是宁静又安逸的。

村庄里炊烟袅袅、鸡犬相闻。男劳力们扛着农具日出而作,日落而息,年复一年地耕耘着土地,日复一日地侍弄着庄稼;女人们忙着洗衣做饭、纺花织布,一年到头不停地做着全家老少的土布鞋,饲养着院子里的芦花鸡,喂养着猪圈里的大肥猪;孩子们不用上幼儿园,没有太多的家庭作业,也没有补习班,日子就像流水一样舒缓而平淡。

每隔十天或半个月,我们就会听到一阵熟悉的拨浪鼓声,紧接着就会看到身穿粗衣短衫的卖货郎,稳健有力地挑着两筐杂货,一根黝黑的扁担,一头担着乡村的朴实,一头担着孩子们的欢笑,手里摇着红色的拨浪鼓,安静的村庄瞬间就沸腾起来了。

那个时候,村里的代销点提供的商品很少很少,用心的卖货郎根据大家的生活需要售卖各种小商品——女人们用的针头线脑、胭脂、香皂、牙膏、雪花膏,小孩子们喜欢的瓜子、糖豆、山楂糕、玉米棍、气球、口哨、摔炮、玻璃球、玩具手枪等等,卖货郎的货担简直就是魔术师的百宝箱。

小时候我们经常穿松紧带裤子,裤子穿久了松紧带就会松弛,不更换松紧带裤子就没法再穿了。卖货郎的货担里就有宽窄不一的各种松紧带。女孩子喜欢戴的黑发卡、扎头发的花皮筋,还有木梳子、小镜子,应有尽有。印象中还有给小孩头上捉虱子的竹篦子,如今真的很难再见到这些东西了。

听到卖货郎摇拨浪鼓的声音,伴着几声底气十足的倍感亲切的吆喝声,孩子们便如听到了集结号一般,开始在家中翻腾起来。破书本、旧报纸、破铜废铁、鸭毛橡胶之类的全被找了出来,还有牙膏皮,都可以跟卖货郎交换。

那时候的牙膏皮是用锡或铝做的,铝的价格要比铁贵好多。在那个物资匮乏的年代里,孩子们总会别出心裁地想着法子满足自己小小的愿望,一样拥有着色彩斑斓、快乐幸福的童年。

我们在家里用绳子绑着或是袋子装着收拾好的各种破烂,毕恭毕敬地送到卖货郎的手中,用期待的眼光望着他饱经沧桑的脸,仿佛自己的命运就被他主宰着。卖货郎也不多吱声,将手中的烟头一扔,歪着头,眯着眼把拿在手中的东西掂量两下,顺手就往一个大箩筐里一扔,就给我们估了一个基本公道的价钱:"三毛五。"我们就可以在这个价值范围内挑选自己喜爱的小商品了。

卖货郎童叟无欺,货真价实。村里很少有人去讨价还价,买好商品后并不急着回家,老年人喜欢抽着老烟袋跟卖货郎拉家常,女人们一边纳着鞋底一边打听城里的女人如何穿戴,嘴里啧啧赞叹,脸上却没有羡慕的表情。直到卖货郎挑着担子走出村口了,大家依然聚在一块儿家长里短地说个没完。有人夸起自家男人顾家,勤劳又能干;有人说起自家娃儿淘气,昨晚刚摘了邻居的老南瓜被找上门……此时的乡村变得跟过节日一样热闹,一派祥和。

我们最喜欢的还是打梨膏糖。卖货郎的担子上通常会有一个可以转动的木圆盘,类似于现在商场超市里用来转动抽奖的大圆盘。木盘上有刻度,标示着不同的奖项。转动木盘,然后随即扳动木盘旁边的机关,射出一枚带钢针的飞镖,扎在不同的刻度上,就可以领取数量不等的梨膏糖。

梨膏糖以雪梨和中草药为主要原料,添加冰糖、橘红粉、香橼粉等熬制而成,能够治疗咳嗽多痰、哮喘等症,味道甘甜清爽。梨膏糖的颜色各不相同,有黑色、棕色,还有白色,外形粗糙,没有包装,却是孩子们情有独钟的糖品。即使是现在,闭上眼睛我依然能感受到口中那股令人神清气爽的清凉薄荷味梨膏糖的味道。

梨膏糖不仅使人回味无穷,吃了还想再吃,而且在卖货郎的摊位上打梨膏糖也会上瘾。对于孩子们而言,转动木盘扳动飞镖的过程充满着激动和好奇。一堆小脑袋凑在卖货郎的木转盘前,大眼瞪小眼地盯着旋转的木盘,嘴里兴奋地嚷着,眼巴巴地期望着自己射出的飞镖扎在最大的奖项上……

卖货郎实在与否,通过木盘上奖项的设置就可以看出来。木盘上是没有空奖的,而且刻度线很细,除非手气太差,飞镖扎在了刻度线上。每当看到孩子们扎空飞镖沮丧叹气的时候,卖货郎就会憨厚地笑着打赏一两块梨膏糖作为安慰。

大家正在兴致勃勃地围着卖货郎的摊子转动木盘打梨膏糖的时候,"娘娘腔"他爹突然从旁边掂着秫秸一边叫骂着一边冲着我们奔了过来,嘴里叫嚷着:"你个败家子,刚买的牙膏还有一大半呢,就都给老子挤出来换糖豆了,看我今儿个不打毁你!"

"娘娘腔"他爹看样又喝了不少老白干酒,满脸通红,两眼发直,手中的秫秸也随着他的一摇三晃而前后抖动着,看样子"娘娘腔"又要挨揍了。

早有防备的"娘娘腔"嘴里含着梨膏糖,反应比兔子还快,顺着大路一溜烟跑远了。

看着"娘娘腔"他爹无奈地掂着秫秸困得睁不开眼的窘态,我们都肆意地大笑起来。谁知一回头,我们看到在不远处的墙角边,"娘娘腔"正猫着腰踮着脚,贼眉鼠眼地扮着鬼脸向这边张望呢。

大家一致认为,"娘娘腔"的大门牙,真白!

飞翔的苍耳

苍耳可不是"苍山洱海"的简称，它为一年生草本植物，其果实呈纺锤形或卵圆形，大小跟葡萄干差不多，表面黄棕色或黄绿色，全体有钩刺，顶端有两枚较粗的刺，质硬而韧。

西晋张华编著的《博物志》称，中原地区本无苍耳，因有人赶着羊群由蜀地而来，苍耳的果实粘在羊毛上，被带进了中原，因此苍耳又叫"羊负来"。这些刺球为了传播后代，不但粘在羊毛上，还喜爱随人类的衣襟远行。苍耳成熟的季节，人们在庄稼地里行走时，裤腿上总会粘上好多带刺的苍耳，无意中就帮助苍耳完成了种子的迁移。自然界中的动物和植物在长期生存与发展的过程中，形成了相互适应、相互依存的关系。

大诗人李白也曾经有过跟苍耳亲密接触的经历：有一次他去拜会城外一名范姓居士，阴差阳错地迷了路，误入一片荒草丛中，结果扎了一身的苍耳，几经周折才来到范居士家中。李白一边饮酒，一边从衣服上往下摘苍耳，兴致盎然，吟诗称自己"不惜翠云裘，遂为苍耳欺"。

村里人说小时候喜欢玩苍耳的孩子都是小脑发育不完全，我有幸是这大军中的一员。苍耳成熟的季节，我们经常约伴去庄稼地里摘苍耳，被苍耳的小刺扎着手指头肚的时候，感觉痒痒的，但不会扎破手。一大把苍耳团在一起就像一只毛茸茸的大刺猬，我们如获至宝般把苍耳藏在宽大的裤兜里或装进土布书包，带进学校，趁别人不注意，偷偷地抛在别人头上或身上，然后看着对方一脸的尴尬或茫然，享受着自己肆意的快乐。

小学四年级的时候，有一次上地理课。张老师穿了一件笔挺的毛料西服，每次他转身板书的时候，教室里就会有几粒苍耳画着弧线飞到讲台上，无声无息地粘在老师的毛料西服上。一粒,两粒,最后老师的毛料西服后背上粘了十几粒黄绿色的苍耳,好像一只怪异的瓢虫,看得讲台下的同学们大眼瞪小眼,感觉空气凝固了一般。胆小的女生紧张得捂住嘴巴,胆大的男生幸灾乐祸地等着事态的发展,而忙着板书授课的张老师怎么也料想不到自己后背的衣服上竟然粘了那么多苍耳,继续热情洋溢地给大家讲着课。顺着苍耳的抛物线,我们都心照不宣地知道恶作剧的就是"娘娘腔"。

"娘娘腔"不当演员实在可惜,只见他若无其事地趴在课桌上,还装模作样地一手扶着课本,另一只手搭在课桌下面,手里面揉搓着的东西肯定是被他当飞镖戏弄老师的苍耳。

当张老师需要画一个费时的地形图再次转身板书时,教室里发生了爆炸性的一幕:最后一排那个爱照镜子的大脸女同学径直奔到"娘娘腔"面前,面如冷霜地用两只手用力掰着"娘娘腔"紧握着苍耳的手,弄得"娘娘腔"大气不敢出地挣扎着。无声而无济于事的挣扎后,调皮却瘦弱的"娘娘腔"很快被女同学掰开了紧攥着的鸡爪一样的手,手中的苍耳被女同学全部缴获。女同学将抢过来的苍耳顺手就往"娘娘腔"头上搓,两只手毫不客气地使劲地来来回回搓了好几次,搓得"娘娘腔"的头发都打结了,毛烘烘的像个乱鸡窝,里面粘了好多粒苍耳,一时半会儿都揪不干净。"娘娘腔"自知理亏甘拜下风,狼狈不堪地趴在课桌上,彻底老实了。

讲台下所有的动作就像一场精彩激烈的哑剧,火山般爆发,又在众目睽睽下戛然而止了。地理老师画好地形图,转过身,毫不知情地捧着书继续给大家上课。

下课铃终于响了,大家看着老师身上的苍耳不知如何收场的时候,大脸女同学像可爱的小白兔一样蹦跶到讲台上,左手拽着地理老师的胳膊,右手轻轻地把毛料西服上的苍耳一粒粒揪掉,悄悄地扔在了讲台的地板上。

"爸,给我两块钱,我想买个新文具盒。"女同学不动声色地揪完苍耳,开始笑嘻嘻地望着地理老师的脸,忽闪着单眼皮小眼睛撒着娇说。

这个时刻,站在地理老师面前的大脸女生,跟刚才与"娘娘腔"奋力厮打的彪悍女同学,判如两人。

狗尾巴草

　　当我知道狗尾巴草的花语是"坚忍、暗恋"的时候,已经是不惑之年了。就像自己第一次知道格桑花的花语是"怜取眼前人"一样,心突然间就疼了。

　　狗尾巴草没有荷花的清香,没有曼殊沙华的妖娆,也没有牡丹的富贵,更没有兰花的娇羞。总是默默地随风生长着,在秋风中摇曳着一簇簇浅月般的茸毛,绽放着毫不起眼的碎花。那是它在漫漫坚守里盛开的梦,虚虚实实,亦真亦幻。

　　貌不惊人的狗尾巴草随处可见,于庄稼地里、垄沟边、墙头根、柳树下、水坑旁。没有人会在意它如何从地缝里钻出来,也没有人愿意采一把狗尾巴草插在精致的花瓶里,甚至没有人想过它为什么被叫作"狗尾巴草",这样貌不惊人的一种小草,仿佛它天生就该叫这样俗气的名字。

　　狗尾巴草的适生性极强,耐旱耐贫瘠,酸性、碱性土壤里都可生长。村民们把它当作杂草,经常将它们连根拔掉。然而只需要一场微雨,便足以让它生出新芽或者复活,其生命力之强,真让人惊叹不已。待到秋天,它们便拔节生出一根根细长的毛茸茸的穗来,继而结满千百颗籽粒,随风摇摆着,仿佛一群调皮的小狗在抖动着各自的小尾巴。

　　老家有个关于狗尾巴草的传说:天上一位仙女在人间和一个书生相恋,但遭到了王母娘娘的百般阻挠。为了能够在一起,仙女和书生不惜反抗王母娘娘。对抗到最后的时刻,仙女和书生便化作了阴阳两块玉佩,而仙女的爱犬化作了狗尾巴草,世世代代传承着对爱情的见证。

　　据说在过去,把三根狗尾巴草编成一条"麻花辫",根据手指的粗细弯个圈打成结,戴到手指上,就代表私订终身。最经典的狗尾巴草形象要数琼瑶小说里的那一对草戒指了,那句经典的语言至今我记忆犹新:狗尾巴草的戒指,你一个,我一个。无限浓情蜜意蕴藏其中,叫人想到浪漫,想到天荒地老的誓言。

狗尾巴草是村里牲口们爱吃的植物,尤其是村里羊群的最爱。秋季的干狗尾巴草可以作燃料,生火、烧水、做饭、取暖、铺床,更具有艺术性的是狗尾巴草还会出现在诗人的诗句间、作家的文章中、画家的作品上、摄影家的镜头里。

对狗尾巴草的认识是从小就开始的,那时田埂地头到处都生长着茂盛葱郁的狗尾巴草。上学、放学的路上,随手扯两根稍长的狗尾巴草,一路上逮着蚂蚱,用狗尾巴草把蚂蚱穿成串烧着吃。村里手巧的孩子,摘一把狗尾巴草,一边走路一边玩,能扎出蓬松的大松鼠、可爱的小狗、毛茸茸的小兔子,女孩子们还会用狗尾巴草编戒指、编手镯……虽然这些玩具无法和现在孩子们的玩具媲美,但那种童年的快乐和幸福是现在的孩子们永远也体会不到的。我最喜欢的还是用手背蹭着毛茸茸的狗尾巴草,或者用它毛茸茸的穗儿挠挠脸颊、挠挠脖子,那种细微的刺痒酥麻感特别舒服。

狗尾巴草也是会开花的,花有红、黄、白多种颜色,深深浅浅,缀在纤细的草芒上,悬铃般轻盈。狗尾巴草开花的同时结籽,籽就在花的下面,一粒挨一粒,饱满结实。尤其在傍晚日落西山的时刻,在晚霞的映衬下,狗尾巴草的茸毛闪着亮光,如梦若幻,让人痴迷、陶醉。

狗尾巴草是一年生草本植物,属于禾本科。相传,我们食用的小米,最初就是从狗尾巴草选育来的,是中国北方最早栽培的作物之一。真没有想到小米和狗尾巴草居然有这样的关联。

回首自己几十年来走过的路,倒和狗尾巴草有些相似,没有华丽的外表,没有骄人的业绩,没有希求所谓的额外关照。望岁月悠悠,叹似水流年,几十年的匆匆岁月,弹指一笑间。或许我们的一生就是在平平淡淡之中默默地守望着、坚持着、生活着。我们在茫茫人海中不过是尘世间的匆匆过客,道路是自己选择的,幸福是自己感悟的。当一个人走过了繁花似锦,才会懂得平淡无奇最真。

唯愿,多年以后,千帆过尽日子依然清淡如水,时光无心,流年无羔,足矣。

老冰棍

小时候,总感觉夏天是那样炎热。临近中午,当大家正躺在树荫下乘凉打盹的时候,听到村口有人拖着长长的尾音由远及近地吆喝:"冰棍,凉甜的冰棍,香蕉、橘子、白糖味嘞——"熟悉的叫卖声划破闷热的长空,空气中便有了很多梦想与清爽的成分,仿佛像一根无形的绳索,将我和小伙伴们的耳朵扯得老长老长。

卖冰棍的都是流动摊贩,经常扣着草帽戴着墨镜推着车子,一边吆喝一边穿行在大街小巷或田间小道上。老式的"永久""凤凰"大梁自行车后面结结实实地拴着一个木箱子,大小跟母亲出嫁时姥姥陪送的小衣柜差不多,外面裹着厚厚的棉被,里面是用白色塑料泡沫做成的隔热箱子,算是当时的移动冰箱吧。没有包装纸的老冰棍整整齐齐地码在里面,卖冰棍的每次取冰棍总是快速地打开箱子取出冰棍又麻利地盖上。之所以"快速",一来是怕箱子掀开久了,里面的冰棍会融化;二来箱子里只有一两种冰棍,也没有更多的花样能够选择。

老冰棍早上买五分钱一根,中午买一毛钱三根,下午冰棍快融化的时候一毛钱能买四五根。那时候确确实实是"冰"棍,一块成型的冰块,融了糖精、香精在里面,吃起来甜丝丝的,除了冰凉就是糖精的甜味。孩子们经过撒娇、耍赖、保证、发誓一整套程序后,总会如愿以偿地从大人手里接过买冰棍的零钱。

有一年夏天,因为下雨,我接连三天没吃一口老冰棍。听到巴望已久的吆喝声,我攥着零钱几乎是利箭一般冲出了院子,瞬间把母亲"慢点跑"的叮嘱抛在了脑后,一口气跑出长长的胡同,一心一意地冲着卖冰棍的自行车奔跑,结果到了跟前刹不住车,过于心急的我狠狠地摔倒在冰棍车的前面,膝盖顿时流了血,要多狼狈有多狼狈。心急如焚的我顾不得流血的膝盖,急切地递出手中的毛票,喘着气说:"给我来根冰糕。"卖冰棍的人麻利地掀开箱子居然给我了两根冰棍,笑眯眯地说是送我一个,或许他是在安慰我吧。于是,我不顾膝盖上还流着血,高兴地一手举着一根冰棍,两根冰棍轮着吃,奢侈地想吃哪根吃哪根,觉得自己就是世界上最幸福的人。

我有个妹妹,因为身体原因从小不能吃凉东西,家里人看到卖冰棍的如兵临城下一般,死活都不让她吃冰棍。压根不知道冰棍是什么滋味的妹妹心里就像长了草一样难受,后来她想方设法偷偷地买了一根冰棍,又不舍得吃,放在碗里眼睁睁地看着冰棍慢慢地融化成水,后来才一口气把冰棍水喝了个精光。

也许现在的孩子无法理解那时候一根冰棍对于童年的我们来说有多珍贵,一根冰棍大家你吃一口、我嘣一下的场景真的司空见惯。"脸皮厚吃个够,脸皮薄吃不着",尤其是厚脸皮的男孩子,不管三七二十一,照准别人手中的冰棍一口咬下去,总是差点咬到对方的手指头。那时候我们就多了一个心眼,拿着冰棍让别人吃的时候,把自己的大拇指往外贴着冰棍,只给他们留一小口的空间,要不然几口就报销了。

如果是一个人吃冰棍,我们就不舍得大口地吃了,而是先用舌头慢慢地舔着,再把冰棍放在口中慢慢地含着,细细品味。那时候的冰棍不像现在的冰棍含糖量高,奶油多,除了糖精跟香精,就是一块冰疙瘩,却又那么清凉解渴,百吃不厌。

"娘娘腔"就是个有名的"肯吃头",他更狡猾也更有效的是厚着脸皮吃女同学的冰棍,咔嚓一口半根冰棍就咬到自己嘴里了。女孩子就带着嗔怪的口吻说:"给,都给你了!""娘娘腔"就咧着大嘴、厚着脸皮,毫不客气地接过来恬不知耻地吃起来,他还真好意思。后来大家吃冰棍的时候,只要看见"娘娘腔"老远走过来,就赶紧三下五除二地把剩下的冰棍大咬几口吃个精光,然后把冰糕棍子嘣干净,等"娘娘腔"跑到跟前时只剩下一根光溜溜的竹棍子,他只能"望棍兴叹"了。

那时，我最喜欢的是五分钱一根的"香蕉"冰棍。弯弯长长的奶黄色冰棍酷似香蕉，舔上一口，淡淡的香甜立刻在舌尖绽放，凉凉的汁水像一条小蛇，从喉咙直钻到心底，只留下满腹的清凉和甜蜜。慢慢地吃上几口，燥热便立刻消散，整个人神清气爽。后来条件好了，又有了一毛钱一根的绿豆雪糕和两毛钱一根的奶油雪糕。在最炎热的傍晚，大人们从庄稼地里干完农活回来，常常会塞给我一块钱，打发我去村口的小卖部买雪糕。六毛钱能买三根奶油的，剩下的四毛钱再买四根绿豆的。提着家里的塑料小桶，拧紧盖子，从村口的小卖部一路蹦跶着回到家，这也是我童年里开心幸福的记忆。

如今大街上卖的冰棍已无关季节和温度，包装精美、品种繁多、琳琅满目、应有尽有，无论是品种还是味道较之从前都有了翻天覆地的改变，还有各种口味的冰激凌、炒冰、雪花酪以及高档的哈根达斯，可我总是一成不变地喜欢吃五毛钱一根的老冰棍。

上个周末，带着四岁多的外甥女吃冰激凌，看着满脸幸福的外甥女捧着手里精致的冰激凌盒，还懂事地挖了一小勺冰激凌放进我的嘴里。我放慢速度细细品味着，仿佛这几十年的匆忙都轻轻融化在了嘴里。但童年时代那种冰爽凉甜的感觉却怎么也找不到了，不知道这是一种遗憾，还是一种幸运……

看不够的画书

　　父亲当年去新疆参军当的是汽车兵，部队转业后去了县酒厂上班，再后来自己跑运输，开着那种老式的解放牌卡车，拉沙子、装水泥、运粮食、卖木材，还经常去山西拉煤炭。农村的孩子都不上幼儿园，在我五六岁的时候，父亲就用卡车带着我，起早贪黑地跑运输。

　　到了矿区，就会有跟煤炭打交道的民工在途中蹭车，他们扛着大号的铁锹，戴着红色、白色、蓝色的安全帽，脸上、脖子上、手上但凡皮肤裸露的地方都沾满了黑乎乎的煤灰，就像多年不曾清洗的样子。但我一点儿也不害怕他们，每次都巴望着有更多的人搭顺风车。因为他们总会拿出皱巴巴的两元五角的纸币作为报酬，而这些报酬统统归我支配。我就是父亲随身的现金会计，一路上除了买西瓜、买汽水之外，简单的吃饭都归我管账，余下的钱总会有个七八块，回家后足够我买好多连环画了，当时在集上小学当民办教师的母亲每个月的工资也就八块钱。

　　在那个黑白电视都不曾普及的年代，一本本连环画能让一本砖头厚的名著缩减成图文并茂、精彩迭起的便携本。甚至能在若干年后，偶然触及泛黄的小人书时，记忆的阀门瞬间被打开。小时候除了课本，能供课外阅读的书少得可怜。而连环画的种类就很多很多了，那时候的连环画有巴掌大小，有棱有角，里面大部分是手工绘制的黑白画，只在最下方留一指宽的地方写着配图的文字。这种连环画一般是一个独立完整的故事，也有分册分集的，也许是画多字少的缘故，我们那时都把这种书叫"小人书"，又叫"画书"。

　　像《西游记》《水浒传》《三国演义》《红楼梦》这些连环画虽然是成套的，而且有多家出版社多个版本，但是上市的时候经常是一集一集的；还有《霍元甲》《陈真》《呼家将》《岳飞传》《聊斋》并不能一下子买齐全。为了买齐全整套的连环画，我一有空就往集上的新华书店跑，县城的书店，省城的书店，甚至外省市的书店，都是我最喜欢逛的场所。还有单本的《鸡毛信》《渡江侦察记》《激战腊子口》《地道战》《地雷战》《三毛流浪记》《铁道游击队》《平原枪声》《黑猫警长》《恐龙特急克塞号》，到后来的《灌篮高手》等，印刷质量不像现在的书籍，纸张豪华，色彩艳丽。那时的连环画纸质粗糙，色彩单一，只有封面是彩色的，里面多是白描手法的手工绘画，后来有了影印，但我还是喜欢手工绘制的小画书。

虽然一本连环画通常只一两毛钱一本，甚至几分钱一本，但孩子们兜里很少有零花钱，都要央求大人好几天才能如愿以偿。而我跟大家就不同了，有着父亲强有力的后台支撑，口袋里经常装着充足的钱。每次集上的新华书店到了新的连环画，我就毫不吝啬地买回家，后来家里的连环画有好几千本，被我按类型分装了七八个大箱子，同学们谁也没有我的画书多。但我除了书，很少买零食和玩具。

再后来电影比较普及了，就有了用电影画面印出来的像照片一样的连环画，像《少林寺》《上海滩》《射雕英雄传》，这些画书看得多了，对于想象能力、概括能力的提高，都是很有好处的。因为一个故事或一部电影，要想用一本薄薄的画书的几十个画面完整地表达出来，没有很强的概括性和简洁的语言表达能力，是无法做到的。想想自己真是从这些画书中受益匪浅，至今我还念念不忘那些简洁素净的画面和引人入胜的情节。

对于每一本连环画，我都呵护有加。用心翻看的时候从来不舍得折叠任何一页，不仅记得每本连环画的内容，甚至能够如数家珍地记得每本书的价格。每次有了新的连环画，村里的小伙伴就经常跟在我屁股后面，尤其是"娘娘腔"，整天左右不离、穷追不舍，说尽了好话，软磨硬泡好久，我才磨磨蹭蹭地把连环画借给他，再三嘱咐他千万不要损坏，不许折页，并赌咒发誓，规定好归还日期。看着"娘娘腔"抱着我心爱的连环画像抱着宝贝一样一溜烟儿跑远了，我还恋恋不舍地远望着，生怕他不还。

后来我带着"娘娘腔"一块儿偷偷地背着一书包连环画到集上摆摊。这边我找一块干净的水泥地,铺上一块塑料布,整整齐齐地把连环画摆开,那边"娘娘腔"已经开始吆喝着给我招揽生意了,很快就会吸引一群大人小孩。看一本连环画二分钱,有的小朋友没钱,就从家里翻腾来那种外圆内方的古钱币代替,看书的时间不限,可以一直看到我们收摊。

如今家里的几大串古钱币就是那时候我摆地摊赚来的,古玩市场这么火爆,说不定当初摆地摊收取的古钱币里会有价值不菲的呢,那我就发财喽。

等大家安静下来看书后,"娘娘腔"瞅准时机开始给我献殷勤,我就会默许他拿着零钱去买两根老冰棍。他一根我一根,津津有味地吃着,感觉自己挣钱买到的老冰棍更甜。有时候,大家蹲在旁边看我的连环画,我也忍不住翻着看,结果自己被故事里的情节吸引入迷,不自觉的借阅者就会偷偷地带着我的连环画溜走。不过,虽然我人小,但记忆力超强,哪怕过去好多天,我都会清清楚楚地记得谁谁谁哪天拿走了我一本什么名称的连环画,连价格多少我都记得,也总会想方设法找到他们。有时候他们会装模作样地说连环画是他们的,我就会毫不客气的当着大家的面翻到我在连环画里做暗记的地方,让他羞愧得当场就想找个老鼠洞钻进去。

上小学三年级的时候,班里要办图书角,我抱了一整箱连环画去,老师和同学们都夸我,让我得意了好几天。后来发现自己的连环画被借走后就很少有人还了,有的好不容易要回来也已经破烂不堪,气得我在回家的路上大哭一场,再也不愿意把书借给别人了。

直到现在,别人借我的书,比借钱还难。

皮钱子

在我们豫东，"皮钱子"就是古代的铜钱，泛指秦汉以后的各类外圆内方的铜质古币，铸期一直延伸到清末民初的铜板，应该是历朝历代黄金、白银的辅币。书本上的孔方兄代指的就是"钱"，为什么称"钱"为"孔方兄"而不称"孔方弟"或"孔方叔"呢？

据说宋朝大诗人黄庭坚因得罪了朝廷被降职，他的亲友们便渐渐与他疏远起来，他很伤心，便写了一首诗，诗中有这样一句"管城子无食肉相，孔方兄有绝交书"，"孔方兄"就这样成了"钱"的代名词。

在我刚记事的时候，在亲戚邻居家好多老家具上都能看到铜质的物件，尤其是堂屋的三斗桌的抽屉上、老衣柜两侧的把手上，都有一枚枚铜钱嵌在上面，我还见过两扇钉满铜钱的木门。那时候农村没有文玩这个概念，古币基本上是没有价值的，村里的木匠们就把铜币用到了各式家具上当了装饰品。

收集皮钱子，是因为老家有句骂人的话叫"半吊子"。那时候虽然我年龄不大，对"半吊子"这个词却很感兴趣。问了语文老师才知道古代一吊钱是五百个铜钱，而"半吊"就是二百五十枚，骂人"半吊子"的时候其实就是说这个人缺心眼儿、二百五。

不知道我哪根筋被别住了，开始对祖辈流传下来的古币有着浓厚的兴趣，虽然好多铜钱锈迹斑驳，甚至看不清上面的字。我通过摆摊收集了好多枚铜钱，还对它们根据大小、年代进行了分类，收集最多的是清代的铜钱，从顺治通宝、康熙通宝、雍正通宝、乾隆通宝、道光通宝，到光绪通宝，还有二十个省局铸造的各种大清铜币，背面大蟠龙、小蟠龙、水龙、坐龙、珠圈水龙、珠圈坐龙等多种背龙图案曾经让我爱不释手。最有意思的是康熙通宝的铜钱，我真的凑够了二百五十枚，特意穿了一串"半吊子"，开玩笑说跟"娘娘腔"一样值钱。

那时候女孩子踢的鸡毛毽子上也用铜钱。父亲的卡车经常维修，我发现修理厂有很多跟铜钱大小差不多的金属垫片，大概是螺丝下面的配件，直径、厚度都跟铜钱差不多，只不过是表面没字，中间的孔洞也是圆形的。我就央求父亲给了我一包不值钱的垫片，然后我厚着脸皮用垫片跟女生们换铜钱，还告诉她们说自己的垫片不仅比锈迹斑驳的铜钱干净，还可以插更多的鸡毛。女生们居然更喜欢我手中没有污渍的工业垫片，她们都乐意用准备做鸡毛毽子的铜钱换我的垫片，还为我的善举连连道谢，只是她们长大后回忆起来，肯定会埋怨我当年用小伎俩哄骗了她们呢。

就这样我通过摆画书摊、用工业垫片跟女生交换，甚至把家里的老家具上所有的铜钱都想方设法撬了下来，收集到了战国的刀币、秦代的半两钱、汉代的五铢钱、康熙年间的罗汉钱以及民国的开国纪念币铜板、银圆袁大头等好多枚钱币。

通过收集整理，我不仅进一步了解了古代的历史发展顺序，还慢慢了解到中国是世界上最早使用铸币的国家。古币并不是年代越早越值钱，要看现有的存量、当时的发行量、品相、艺术价值等。譬如北宋时代的钱币流传下来的虽然比较多，但并不贵重。南宋晚于北宋，但南宋的钱币一般比北宋的要珍贵，是因为南宋的钱币流传于世的少于北宋的钱币。清朝咸丰年间，因为政治腐败、通货膨胀而经济危困，就发行了面值当十、当百的铜钱，而且铜钱的块头也越来越大，俗称咸丰大钱，大小轻重、铸造材质、铸造工艺差异很大。古钱币除了清代的背部多为光面外，也有少数有星纹、月纹、祥云纹、瑞雀纹等特殊的标记表示铸造的年代，而适当的铜锈不但能够增添铜钱的观赏价值，还是鉴别真伪的重要依据……

每一种钱币都是一段历史，每一枚钱币都有一段故事。只是，因为这些年数次搬家，三十年前我费心搜集来的铜钱，基本上所剩无几了。每次看到市面上一枚枚拍出天价的铜钱，我都会确定自己失去了靠铜钱而身价倍增的机会，肠子都悔青了。

一声叹息，不写了。

炸鱼

　　村里有婚丧嫁娶的时候,我们总是想着去凑热闹,不仅为了能够在老院子里吃上一次大桌饭,还为了捡拾没有爆炸的鞭炮,给我们自制的链条枪提供火药。尤其是大盘鞭炮后面的十来个红色的"大雷子",那里面裹着的炮药还能够用来炸鱼。

　　记得有一年冬天,胡同里有家邻居办喜事,噼里啪啦的鞭炮声过后,地面上有七八个没有炸响的"大雷子"。硝烟弥漫中,有个敏捷的身影迅速麻利地打着滚冲了进去,先是接连打几个滚,然后顺手抓到了两个"大雷子",紧接着就满脸骄傲地爬了起来,大家这才看清楚那个身影是"娘娘腔"。

　　满脸污垢的"娘娘腔"两手举着红色的"大雷子",咧着大嘴眯着一对小眼睛兴奋地炫耀着,围观的人群却炸了窝一般哄笑起来。原来"娘娘腔"打滚去捡炮的时候,地面上几个"落捻"炮又死灰复燃爆炸了,把"娘娘腔"身上的黑棉袄炸出了几个窟窿,白色的棉花套子都炸出来了,"娘娘腔"的头发还扑棱得跟鸡窝一样。那时候的衣裳都很金贵,"娘娘腔"回到家肯定得挨揍。看着"娘娘腔"沮丧的狼狈相,好多人笑得肚子疼,泪花子都出来了。

　　捡到大大小小的鞭炮后,我们小心翼翼地把外面的纸皮一层层地剥掉,将黑色的炮药装进塑料瓶里藏起来,只要能攒到足够的火药,我们就可以去村后的水坑里炸鱼了。

　　我们发现单单依靠鞭炮里的炸药量去炸鱼还是远远不够的,突然想到历史课本上介绍有中国的四大发明,于是就想方设法地找老师了解如何用木炭、硫黄、火硝混合在一起做火药。经过自己的软磨硬泡居然从老师那里搞到了制作火药熬硝、配比的数据,老师却把我当作了热爱学习,喜欢打破砂锅问到底的好学生。

后来我跟"娘娘腔"一有空就到学校的大厕所里用铅笔刀刮硝土。另外，家门口有座砖混结构的大桥，下面的桥洞里虽然潮湿，却会滋生出白色的硝。我跟"娘娘腔"偷偷地刮了好多的硝，然后放在铁文具盒里加水熬，等到结晶成灰白色的硝面后，再按比例把木炭、硫黄均匀地掺在一起，居然就自制出了简单的火药。

事实上我们自己捣鼓出来的火药，用火柴点都要费半天劲，即使点着了也只是放出刺刺的火花，真的没啥威力可言。后来听说用硝铵化肥炒后能当火硝，比土制的火硝好得多，我们就趁大人不在家里时偷偷地弄出一些硝铵化肥来，生好地锅在铁锅里炒，然后再按掌握的比例配火药。配好火药再次实验一下，火焰果然比以前强多了。都说初生牛犊不怕虎，那时候我们根本就没有考虑到自己干的事有多危险。

一个晴朗的午后，我跟"娘娘腔"一块溜到了村后的水坑边，严格意义上讲应该是张家的鱼塘了。自从那家张姓的邻居在水坑里养了好多条鱼秧后，水坑就好像成了他家的私人财产一样，不允许我们去水坑里洗澡，更别说拿着鱼竿钓鱼了。

阴天的时候气压低，总是能看到成群的大鱼张着大嘴出来透气，看着喜欢人。

与其说是我们蓄谋已久炸张家的大鱼，其实是我们想宣泄自己内心的不满。凭啥好端端的水坑就成了他家的呢？以前这水坑可是我们洗澡钓鱼的乐园。

那天，我跟"娘娘腔"把配好的火药电雷管放在一个玻璃瓶子里，接上几十米的细电线，小心地把自制的雷管抛到一棵歪脖子的大柳树下面，然后往水面上撒下拌了香油的馒头块，诱惑坑里的鱼来觅食，我跟"娘娘腔"顺着电线安静地隐蔽在歪脖子大柳树后面。

耐心等待了十分钟左右，我跟"娘娘腔"四目相望，我充满信心地盯着"娘娘腔"点了一次下巴，"娘娘腔"立刻意会了我的动作。只见他麻利地把连接电雷管的两根线在干电池的两极上一对，水坑里轰隆一声闷响，水面翻腾出好大一片水花,就像一发炮弹在水底爆炸了一般,随即浮出了一片翻着白肚皮的大鱼。

我们匆匆地瞅了两眼,大概有十来条大鱼被炸翻了,岸边还有几条被炸出来的大鱼甩着尾巴翻腾挣扎着,我跟"娘娘腔"赶紧揣了两条大鱼,脚下生风一般,迅速地逃离了我们制造的"犯罪现场"。

那天我跟"娘娘腔"家里的晚饭都是大葱炖大鱼,还统一了口径,一本正经地骗家里大人说,鱼是俺俩一块用鱼竿钓出来的。

甜蜜的麦乳精

    小时候的我面黄肌瘦，老不见长个头，也不见长肉，除了扁平足、鸡胸，还经常闹头晕。农村没有幼儿园，我五岁就上了一年级，班主任是我的母亲，可她要求我在学校只能喊"刘老师"，倘若在喉咙里支支吾吾喊声"妈妈"，她往往会视而不见，继续上她的语文课。跟班里的大孩子相比，我是标准的小不点。

    家里人看着我的小个头也着急，变着花样去县城买营养品回来给我吃，买宝塔糖给我驱虫，买炼乳、葡萄糖等给我增加营养，但我最爱吃的还是麦乳精。

    在当时，倘若能够搂着一罐子麦乳精大嚼一顿，真要比现在喝瓶芝华士、品杯蓝山咖啡时髦多了。对当时的我们来说，一年中极少有机会能见到它。小时候能够吃到的甜品除了白糖，就是糖精，干吃糖精后嘴里还会有一种苦味，一直淌口水，而麦乳精简直是世间的美味珍品，既有营养又味道甜美。

    上海电视台名嘴周立波除了曾经嘲笑郭德纲吃大蒜以外，也嘲笑过上海人吃麦乳精："那时候到同学家去，同学妈妈竟然给我泡一杯麦乳精，不得了！透过杯子一看，对面的人都看得到的。她不是放麦乳精，好像是放鸡精，五六粒这样放的。本来还蛮浑的，结果变得清澈见底了。"

    那时候常见的麦乳精都很金贵，通常是给病人吃的，包装就像婴幼儿的铁罐奶粉。为了防潮，打开之后就倒进一个玻璃瓶里，把塑料盖子拧得紧紧的，因为麦乳精受潮了就会结块。

    大人们怕麦乳精受潮，我却求之不得，因为结了块的麦乳精颗粒反而更加好吃。

麦乳精是一种黄色颗粒状营养冲剂,冲泡出来的麦乳精有一股浓浓的乳香,趁热喝上一口,更是唇齿留香。但我还是喜欢干吃麦乳精,放久了的麦乳精才是干吃的极品,放进嘴里"嘎吱"一咬,抿住嘴唇,全是奶香,那种满足感,远远超过"大白兔"和"五香豆"。等结块的麦乳精慢慢地在嘴里融化,最后浓缩成千丝万缕的甜蜜,一直流进心里,整个人像泡在糖罐里一样,那种感觉好幸福好过瘾。

麦乳精珍贵又好吃,但吃多了会坏牙,大人们不允许我们吃太多,所以偷吃麦乳精就成了孩子们既刺激又甜蜜的日常活动之一。刚买来的新鲜麦乳精,大人们让孩子们冲泡一碗过把嘴瘾后,就会放在五斗橱的高处或者藏在某个隐秘的地方,还再三告诫我们不许偷吃,小孩子吃多了会胀肚子,还会长一嘴蛀牙。

为了满足自己的馋嘴,我们经常把大人们的告诫当成耳旁风,趁他们不注意,我们就偷吃麦乳精。抓一把麦乳精馕进嘴里,嘎吱嘎吱地干嚼着吃,味道比用开水泡的强多了,这是我最喜欢的吃法。有时我会倒一些麦乳精到碗里,就加几滴开水,搅拌一下,浸湿麦乳精,又刚好不化开的状态,也是一种美味。

有一回,我忍不住嘴馋又去偷吃麦乳精,谁知那天瓶盖拧得特别紧,拧了几次都没打开。我只好把瓶子放在桌上,学着大人的动作,用一条毛巾捂住瓶口防滑,一只手扶着瓶身,另一只手按着瓶盖,咬着牙用力一拧,终于拧开了瓶盖。谁知道用力过大,虽然没有把瓶子摔到地板上,但麦乳精撒出来不少。家里的地面是用蓝色的砖块铺就的,因为经常打扫,地面也很干净,我赶紧将撒在地上的麦乳精用双手捧着一下一下地撮进瓶子里,可是地面上还是有一层黄色的麦乳精小颗粒,于是我就索性趴在地板砖上伸着舌头舔起来。

小姨恰好经过窗外,目睹了屋里发生的一幕,她眉飞色舞地跑到厨房跟我妈说:"二姐,看你家大儿该有多饿啊,正在屋里趴着舔地板呢……"

手工印刷出来的试卷

　　每当期中和期末考试临近,学校的老师们就要开始忙碌着准备出各种试卷了。

　　那时候我们用的试卷都是纯手工油印出来的,一支刻笔,一块刻板,一张蜡纸,一架手工油印机,便是制作试卷的全套用具。

　　蜡纸是一种表面上涂了蜡的特殊纸,大小跟试卷差不多,上面有着不同的横纹或田字格。刻蜡纸利用的是孔板印刷原理,通过刻字把涂蜡去掉,渗透油墨进行油印。在蜡纸上刻字不仅需要事先规划好试卷的整体布局,还要掌握好力度,力量小了刻不透蜡纸,刷油墨的时候油墨渗不透试卷就印不清晰,力量大了就会把蜡纸划破前功尽弃。

　　为了赶时间,又不耽误白天的课程,母亲会在家里刻试卷。给我们兄妹做好晚饭,母亲顾不得自己吃,就开始坐在木桌前攥着刻笔在蜡纸上刻制试卷了,我也好奇地端着饭碗凑过去围观。

　　刻写蜡纸需要一笔一画地写,字体大小适中,行距疏密有致,印出来的字迹才会美观大方。母亲教的是低年级语文课,刻出来的试卷除了精心设计的文字试题,有时候还会有各种可爱的图案。

　　有一天晚上,母亲熬夜刻印试卷,快要完工时,我在旁边撒娇闹人,母亲刚一走神,刻笔的铁尖划破了蜡纸,一张蜡纸就报废了,我赶紧灰溜溜地躲到了一边。等到母亲重新刻完一张蜡纸的时候,夜色已经很深很深了。

　　蜡纸刻好了,接下来便是手工印刷,老式的手工油印机就派上用场了。打开油印机的盒盖会看到一块玻璃,尺寸跟试卷大小差不多。先将纱框擦干净,然后把刻好的蜡纸蒙到纱幕下面,蜡纸必须铺平整,不能有一点儿褶皱。油印机的底板上铺好印试卷的白纸,再往玻璃板上倒上适当的油墨。油墨过多,印出的字迹又黑又粗,还会好长时间不干。油墨也不宜过少,过少了试卷上的字迹就会发浅甚至看不清楚。

推油印机的滚筒更是一门技术,不能用力过猛,也不能力度太小。油印时按着滚筒力度均匀地从这头滚到那头,要求一次性印好试卷而不能回滚,尤其是推动滚筒和翻拉成品时,都须认真细心,否则就可能撕坏蜡纸,导致前功尽弃。可以说每次制作试卷,都是体力与脑力的双重挑战。我曾经尝试着帮母亲推油印机,母亲总会笑眯眯地给我鼓励,后来我推得满头大汗还不愿意停下来。

老式油印机让我有了切身的体会,感谢母亲对我的信任与鼓励,让我明白世上无难事,只要自己用心去学习,多实践,就可以越做越好。这也是一种收获,一种在艰苦的条件下新的能力锻炼。

试卷印好晾干,检验大家学习程度的时候就到了。"娘娘腔"同学除了喜欢闻汽油味,还喜欢闻试卷上的油墨味,每次卷子一发下来,他也不怕把手弄黑,也不管考试时间紧迫,先闭上眼睛可劲儿地闻,陶醉在那股特别的油墨香里。后来有一回,他居然在考场上趴在试卷上睡着了,监考老师走到他桌子前他也浑然不知。

那天老师生气地伸着并拢在一起的食指与中指连续敲了几下桌子的木板面厉声训斥道:"'娘娘腔',你还考试不?不想考就拿着卷子到厕所里闻着睡觉去!"我们才惊讶地发现老师居然也知道"娘娘腔"的绰号了。而"娘娘腔"抬起头时,一脸迷茫的脸上居然反印着几行试题,同桌的我也忍不住笑出声来,前后桌同学也扭着脖子笑。后来同学们无论谁看到"娘娘腔"的脸都止不住地笑,教室里像炸了窝一般。

如今,真的很难再见到手工油印的试卷了。科技的进步,电脑、打印机和无纸化办公的普及,已经让油印时代成为一种记忆,但是试卷上那股淡淡的油墨香至今还深深地留在我的记忆里。

马老师

　　小学四年级的时候，教我们语文课的是一位姓马的女老师，刚师范学校毕业，皮肤白皙，穿着讲究，她有着很深的双眼皮，一对黑白分明的眼珠显得灵动俏媚。马老师非常时髦地烫了一头波浪卷，经常穿着粉色的圆角上衣，下面衬着一条质感很好的黑色裙子，红色的高跟鞋锃亮得一尘不染，冬天里还会围上一条长围巾。在我们心目中，马老师代表着青春靓丽、博学文雅、漂亮时尚，班里的男女生都以遇到这样的老师感到骄傲。

　　自从马老师开始教我们班的语文课后，教室后排那几个不爱学习的捣蛋鬼也开始在课堂上捧着练习册一本正经地询问习题了。其实他们就是想近距离地闻闻老师身上的香水味而已。

　　每当上课铃响过，任课老师夹着教案、课本迈进教室时，班长大声喊"起立"，同学们都要起立，然后大家齐声高喊"老师好"。老师站在讲台上说完"同学们好，坐下"之后同学们才能坐下。对于这个礼节，有的老师直接略过，但新来的马老师却很重视。

　　那时候的"娘娘腔"是我们班里个头最低的，教室里的桌子、板凳都比较高，"娘娘腔"坐到高板凳上是要费一番力气的，每次他都要抬着屁股用力地蹦到凳子上，所以他站在教室里看上去还没坐在板凳上高。那天马老师走进教室后，班长喊"起立"，我们"哗"的一声全站了起来，奇怪的是马老师好长一会儿也没说"坐下"，大家都感觉很奇怪。教室里安静了好久，大家你看看我，我看看你，讲台上的马老师还是没让大家坐下。

　　僵持了一会儿，马老师对前排的"娘娘腔"说："这位同学，你怎么还不起立啊？大家都等你呢。"

"娘娘腔"很是委屈的小声说："老师，我一直站着呢。"

马老师惊讶地说："不可能，以前你不是站得挺高吗？"

"娘娘腔"哼哼唧唧地说："马老师，我以前都是站在桌子下面的两块板砖上的，今天不知道被谁把砖给我搬走了。"瞬间，同学们笑作一团。

马老师费了好大的劲儿才维持住教室里的秩序，然后板着脸开始审问大家，说找不到搬砖的人就不上课了。看到大家都不吱声，爱出风头的我就义不容辞地站了出来，马老师也毫不犹豫地用教鞭指了指门口，我就像英雄去刑场就义一般大义凛然地走出了教室。啊，外面的空气好清新，太阳照在身上好温暖呢。

大约在教室门口站了十分钟，马老师停止讲课，冲着门口对我说："回来吧，进来关好门。"晒够太阳的我站在门外轻轻地推了一下门准备进屋，没想到那一刻教室后面突然旋过来一阵风，门就"砰"的一声又关上了，跟生气摔门似的。马老师一看这阵势，以为我丝毫没有悔改的意思，板着脸又严肃地喝了一声："不服气是吧？出去，接着站！"于是，我在教室外面靠着墙根接着晒太阳，硬是晒到了下课铃响。

我们班有一个同学的脑袋比一般孩子的脑袋大很多，大家给他起了个外号叫"大头"。"大头"虽然脑袋大，可是他并不怎么聪明，不仅理解能力差，而且记性差。有一天马老师上课提问"大头"早自习背诵的内容，他傻乎乎地站了几分钟才嘟囔了一句："老师，我又忘完了……"

马老师站在讲台上生气的样子也是那样好看，她的声音明显高了几度："你怎么老背不下来，那么大个脑袋吃什么长的？"

"大头"因为心虚紧张也没听清，还以为老师问他早饭吃什么呢，立刻大声答："报告老师，今天早上俺家吃得可好了，俺妈给做的热包子，熬的红薯汤，我又趁热吃了一个好面馍，蘸的猪油跟芝麻盐，还吃了一个咸鸭蛋！"

"大头"流畅而精彩的回答一下子把全班同学给笑翻了，马老师也笑得说不出话来，一只手捧着书另一只手挥着示意"大头"坐下。"大头"松了一口气，一屁股坐到板凳上，还茫然地认为自己回答正确了呢。

还有一次作文课，我写的是语文老师带病坚持给我们上课的事，结构完美、语言流畅，还用了不少的修饰词语，我满怀信心的把作文本交了上去，心想这次班里的模范作文肯定是我的了。没想到下午我正在桌子下面偷看连环画，母亲突然间出现在我面前，不动声色地说："跟我去一趟办公室。"结果刚出教室门，母亲就揪着我的耳朵，径直揪到了学校的大办公室里。

原来我的作文本上把"语文老师有病了"这句话少写了一个"病"，中间居然还没有空格，就成了"语文老师有了"。在我们老家说"有了"就是"怀孕了"的意思，那时候马老师还没有对象呢，平时我就是班里捣蛋鬼中的一员，马老师就认定我是故意逞能的，加上对教师子女的爱护，马老师就找我母亲告了状，还把自己的眼睛都哭红了，真矫情。

母亲不容我解释，让我去给马老师认错。起初我不肯，结果耳朵又被拧了几圈，我看拗不过母亲，只好不服气地走到马老师面前。我看到马老师的眼神已经开始原谅我了，但是一向倔强的我当着办公室里十几个正在改作业、写教案的老师，大声地高喊了一声："马老师，我没错！我就是故意的！"顾不上再去看马老师和办公室里的其他老师是如何凌乱的，我拔腿就跑了……

老风琴

　　当年，我们周堂村小学最宝贵的财产应该是那台老式的脚踏风琴了。暗红色的木箱体，外形跟钢琴差不多。打开上面的盖板，是一排黑白相间、错落有致的琴键。风琴下部有风箱，靠近风箱的底部有两个已经磨出了鞋印轮廓的脚踏板，记录着岁月的沧桑。虽然连接脚踏板与风箱的人造皮带早已褪了颜色，边沿甚至还有些毛糙，但连接的力量却丝毫没有减弱。弹奏风琴时，一边用双脚不停地踩着踏板给风箱充气，一边按照乐谱用双手弹奏琴键。听到那时而动听悠扬时而铿锵嘹亮的旋律，我们很快就陶醉在美妙的音乐世界里。

　　由于师资力量薄弱，很多农村学校是只上文化课的，只有条件好的学校才开设音乐课、美术课。当年，我们周堂村小学应该算是全乡条件最好的一所学校吧。邻村的好几所小学里都没有风琴，听说也只是有一把二胡而已。不知道那些学校的学生是怎么上音乐课的，或许，也只有跟着老师"清唱"吧。

　　相比邻村学校的学生，我们倒是感觉幸福了很多。每星期只能上一节音乐课，因此大家都格外地珍惜。每当要轮到上音乐课时，大家都表现出极大的热情，盼望着自己能亲自把那架宝贵的风琴抬到教室里。不过，只有表现好、体力大、责任心强的同学才被老师允许去学校的大办公室里抬风琴，大家甚至把能去抬风琴当作一种荣耀。三四个学生神情严肃地迈进办公室，声音响亮地喊报告，向老师说明情况后，便心有灵犀地分工，好像浑身有使不完的劲儿。大家非常默契地将风琴小心翼翼地抬到自己教室前面的讲台上，就像抬着一位娇贵的新媳妇一样，勤快的同学还会用自己的袖子把风琴盖板上的灰尘擦个干干净净。

同学们没有谁敢胡乱动风琴的,都知道风琴金贵,万一弄坏了赔不起。大家自觉而兴奋地守着风琴,一直等到上课铃响,音乐老师带着写好的音乐挂图健步走进教室,大家才放心地回到自己的座位上。

教我们音乐的是王西民老师,当年四十岁左右,中等身材,体态微胖,大眼睛、大奔儿头,经常穿着有四个口袋的中山装,脖子处的纽扣向来扣得紧紧的。虽然他平时教四年级的数学课,可他又主动担任了全校音乐课的任务。那时候,学校里没有音乐课本,王老师就把乐谱与歌词用毛笔写在一张大大的的白纸上,上课前将写好的白纸用图钉钉到黑板的上沿,然后在风琴前坐下,我们的音乐课就开始了,动听的风琴声很快传遍整个校园。

自从王老师教我们音乐后,我们才知道阿拉伯数字"1、2、3、4、5、6、7"在音乐课上叫"do、re、mi、fa、sol、la、si",我们还学会了识别节拍、节奏和简单的乐谱。王老师虽然是一个外表粗犷的男性老师,可是他手指灵巧,耐心细致,教会了我们不少歌曲,有《读书郎》《让我们荡起双桨》《听妈妈讲那过去的事情》《军港之夜》,还有《一剪梅》《牧羊曲》《红星照我去战斗》等影视歌曲,这些不同年代的歌曲陪伴我们度过了简单而快乐的童年时光。

王老师的声音非常洪亮,他总是意气风发地踩着踏板弹着琴键教我们唱歌,还时不时地抬起头来望望我们,我曾特别注意到,王老师的声音往往会压倒全班同学的合唱。虽然我不善于歌唱,也缺少那种敏感和丰富的想象力,但也不能否认,那动听的风琴声和整齐的合唱声,确实为我沉睡和懵懂的心灵打开了一扇透亮的窗户。歌声和斜阳,琴声和草地,还有白云、羊群、远山……这一切增添了我对音乐的热爱、对生活的遐想,也濡染着我对世界最初的理解和感受。

音乐课上,王老师有时候会让某个学生站起来独唱,不一定是把整首歌唱全,多半会让唱几个音节,通过纠正大家的唱法,来教大家把歌唱好。

记得有一节课,王老师教我们唱《二月里来》,那是一首很好听的歌曲:"二月里来呀好春光,家家户户种田忙,指望着今年的收成好,多捐些五谷充公粮……"估计大家学得差不多了,王老师点名让班里的"娘娘腔"站起来给大家汇报演唱。结果"娘娘腔"站在座位上红着脸,哼哼唧唧了半天,唱了两句也是老不着调,后来他厚着脸皮说:"王老师,我给大家学个驴叫唤吧?"王老师板着脸没表态,后排的捣蛋鬼却开始起哄了。

没想到"娘娘腔"干咳了一声,伸直脖子张开大嘴深吸了一口气,脖子上的青筋都绷出来了,然后闭上眼睛挤着鼻子就学起了驴叫唤,学得抑扬顿挫、惟妙惟肖。先是一阵急促高昂的撒欢驴,然后是几声拉着长调带着怨气的拉磨驴,最后"娘娘腔"还搞怪地学了几个驴弹蹄的动作,不少同学笑得泪花子都出来了。

大家肆意的笑声把隔壁正在办公的老校长惊动了,老校长戴着老花镜纳闷地推开教室的前门,满脸疑惑地收着下巴,眼睛从老花镜的镜框上面瞅着乱作一团的课堂,他真以为我们教室里跑进来一头驴在撒欢呢,然后又恨铁不成钢般长叹了一口气。大家看到老校长滑稽可爱的表情,更是哄堂大笑了。

如今,三十多年转眼而逝。虽然经过了岁月的流转和沉淀,但当年的那架老风琴和教我们音乐课的王老师依然是我珍贵的童年记忆。那美妙动听的风琴声,那难以忘怀的童年时代,依旧披着金色的阳光在脑海里闪耀,依旧挥着欢快的翅膀在记忆中飞翔……

自制的墨水

上小学的时候我依仗着母亲在村小学教书,经常大摇大摆地出入学校老师集体办公的那三间大办公室,收集老师们备课、改作业用剩下的墨水瓶。当年用的墨水牌子不是"英雄"就是"鸵鸟",蓝黑色墨水居多,三年级以上的学生才允许使用钢笔跟蓝黑墨水,红色墨水则是老师们的专利。

我国古代的墨水都是用粮食做的,喝下去对身体没有什么害处,因此教书先生常用罚喝墨水惩罚那些不好好学习的学生。根据史料记载,北齐时期,朝廷曾经下旨对考试时"成绩滥劣者"罚喝墨水。所以村里赞扬一个人才高八斗、学识渊博用谁谁谁喝的墨水多,形容留学生就用喝过"洋墨水"。

墨水不能放置太久,尤其是经常敞着瓶口插着蘸水笔的墨水瓶,水分就会慢慢地蒸发,剩下胶状甚至是块状的墨渣。看着瓶子里黑乎乎脏兮兮的,大人们就放弃不用了,对我而言却是可以再次加工成墨水的最好材料。

我把收集来的墨水瓶按颜色分类,黑色的、蓝色的、蓝黑色的,还有红色的,然后加入适量的温水,拧上瓶盖握在手中用力地摇,将瓶子里的墨渣溶化均匀,再小心翼翼地将冲好的墨水灌装到一个墨水瓶子里。经过我的废物改造,一瓶自制的墨水就可以重新使用了。

那时候,老师们通常用蘸水笔蘸着红色墨水给我们改作业,打对钩或红叉叉。说起当年老师们用过的蘸水笔,如今真的很少见了。蘸水笔是一种书写或绘画专用的勾线笔,是用笔尖蘸上墨水然后书写或绘画。因为比钢笔制造成本低,学校的老师们就选择蘸水笔书写教案、批改作业。蘸水笔在书写过程中需要频繁地蘸墨水,所以不是非常方便。但是蘸水笔写出来的线条能根据力度、角度与所蘸墨水的量的不同产生灵活的粗细变化,据说日本漫画创作的基本工具就是蘸水笔。

后来有外地的小商贩到学校里推销自制墨水的粉片,包装大小就像父亲用过的老式刮胡刀片,五分钱一包,有红、黄、蓝、绿、黑好多种颜色,一小包墨水粉可以冲一小瓶墨水,很受大家的欢迎。我们经常冲好多种颜色的墨水,在自己喜欢的歌曲本上连写带画,花花绿绿的各显其能,仿佛从黑白空间进入了五彩缤纷的世界,弥补了当年学校里没有开美术课的缺憾。

有一段时间我特别喜欢用绿色的墨水粉,别人一小包墨水粉冲一小瓶,我却冲一大瓶。记得有一次数学老师下课后把我请到办公室,当着我母亲的面告状,说我贪玩没有写练习册。母亲拿着我的练习册翻了翻,严肃地问我怎么回事。我故作委屈地接过自己的练习册,还振振有词满脸委屈地说老师冤枉我了,我的作业按时完成了。

母亲有些生气,厉声责问我写哪里了。我拿着练习册走到窗台下,借着明亮的光线一页页地翻着:"妈,您仔细看看,每一道题我都做出来了。"在阳光的照耀下,练习册上的字迹隐约可见。

我正翻着练习册炫耀,趴在窗外看热闹的几个同学急促地用手拍着玻璃冲我喊:"赶紧跑啊,小心屁股挨笤帚疙瘩啊!"他们的鼻子和小脸紧贴在窗玻璃上面,全都挤压变形了。

我抬头一看,发现母亲正掂着办公室后面的笤帚生气地冲着我奔走过来。我见势不妙,拔腿就跑出了大办公室,其实我知道,母亲不会真的追过来当众揍我的,若想真的揍我,肯定是回家后的事情了。

长期使用浓度高的自制墨水容易造成钢笔堵塞,于是我们就锻炼出了拆卸、清洗钢笔的娴熟手艺。手巧心细的"娘娘腔"同学则是拆卸钢笔的专家,三下五除二就把一杆钢笔拆卸完毕,放进盛有温水的搪瓷茶缸里浸泡,然后一遍遍地换水清洗干净。他甚至能把好几杆不同型号的钢笔拆卸一堆,然后再一杆杆组装出来,且不会有任何偏差。

我喘着气跑回教室,看到"娘娘腔"正在一丝不苟地帮大家清洗钢笔。趁他不注意,我开着玩笑做着假动作偷偷地往一堆零件里塞了一个多余的笔舌头,然后观望着"娘娘腔"同学手忙脚乱地把几杆钢笔组装完毕,"娘娘腔"百思不得其解地看着剩下的笔舌头发了怵。

　　"娘娘腔"同学真的好有耐心，只见他不露声色、一声不吭地把组装好的钢笔一杆杆地拧掉钢笔帽摆放好，埋着头研究半天才恍然大悟，故作气愤地捏着多余的笔舌头亮着嗓门喊着："这是谁干的好事？不带这样玩的啊！"

　　那个时候，学校已经放学好久，同学们差不多已经步行到家了，空荡荡的教室里就剩下我跟"娘娘腔"两个人了。

龙虾糖

　　过了腊八就是年，大年三十越来越近，家家户户已经开始张罗各种各样的年货了，杀猪宰羊、买菜备糖。虽然从 2017 年 1 月 1 日开始全市禁止燃放烟花爆竹，但是依然影响不了大人小孩们期盼过年的热情。看到超市里琳琅满目的各种糖果，我突然间想起了小时候吃过的龙虾糖。

　　龙虾糖是在花生糕的基础上，经潜心研究改良配料，继承传统制糖工艺，精选上等花生、芝麻、砂糖细作而成的一种酥心糖。龙虾糖如同山东的高粱饴、海南的椰子糖、上海的大白兔奶糖一样，在我们当地颇受欢迎，尤其是 20 世纪八九十年代，龙虾糖是我们记忆中不可或缺的一份甜蜜。

　　记忆中的龙虾糖有着土黄色的包装糖纸，上面画着一只赭黄色的龙虾，用隶书写着"龙虾糖"三个繁体字，纸质糖纸呈半透明状，紧紧地包裹着细长而饱满的龙虾糖。

　　剥开糖纸，就能看到带着金色线条的白色糖果，甚至能够闻到一股花生酥特有的香甜。轻轻咬开龙虾糖，薄薄的白色糖果层里面裹着精心熬制的花生酱，咬在嘴里又酥又软，慢慢咀嚼几口，绵、甜、香，花生和芝麻的清香开始在齿舌间弥漫开来，原来幸福可以这样甜美。

　　龙虾糖口味纯正、香酥可口，入口酥爽，老少皆宜，既可作茶食点心，也可作礼品赠送亲友。小时候能够吃上一口龙虾糖，感觉自己整个人都酥醉了。

　　据说制作龙虾糖的工序很多，先要把花生做成花生酱，加上芝麻、砂糖、麦芽以及多种糖浆，包最外面的一层皮儿时要有相当熟练的工艺，才能做出来美丽的花纹，整块儿糖才有"龙虾"的神韵。

　　孩子们吃糖上瘾，总是抵挡不住各种糖的诱惑，尤其是龙虾糖。刚开始剥开一块龙虾糖含在嘴里不舍得嚼,等到表层薄薄的糖浆融化,里面酥脆的糖心就撑架不住瞬间在嘴里酥碎了,香甜而不腻,回味悠长。小时候只有过年家里才会有成包的龙虾糖,都是父亲从集上的供销社或县城里买回来的,价格也不算贵,几块钱一袋。有时候去学校,我跟弟弟会在衣兜里装一大把龙虾糖,计划着上学的路上吃两颗,每节课的课堂上偷吃一颗,放学路上吃两颗……可是计划赶不上变化,一旦吃起来就一发不可收,不到放学就只剩下一张张糖纸了。

我们连糖纸都舍不得扔弃,每次吃完糖,大家都喜欢认真地把各种糖纸碾平,分别夹在课本和练习册里。闲下来的时候,打开书本跟练习册,翻看那一张张花花绿绿、五彩斑斓的糖纸,还有龙虾糖的味道,感觉是那样甜蜜。

有时候龙虾糖放在口袋里的时间长了就会融化,糖纸就会发黏不好剥,我们只好把龙虾糖放进文具盒里进行冷却,或者夜里放到窗台上,等到温度降低了,再一点点地揭开跟糖浆粘在一起的糖纸,那个过程虽然漫长却是甜蜜美好的。小时候的我手脚笨拙,经常把糖纸撕烂,还好有热心的"娘娘腔"帮忙揭糖纸。

"娘娘腔"的手指甲盖跟女孩子一样长,每次给我帮忙揭糖纸,他都将雷锋精神发扬光大,三下五除二就把一颗龙虾糖剥得精光。可是我却几次瞅见他偷偷地把粘了糖果的手指头放进嘴里吮吸,表情总是那样陶醉。于是我就把龙虾糖咬掉半截递给他,他总是毫不客气地塞进了嘴里,瞬间就咽肚里去了,然后再吧唧着嘴看着我不紧不慢地吃。

后来,我们变着法子吃,将剥好的龙虾糖放进盛着开水的搪瓷缸里泡着吃。先用干净的柳树枝搅拌均匀,还美其名曰"自制龙虾汤",然后几个人捧着搪瓷缸子轮流着喝,假装干净的小伙伴还会装模作样地转一下搪瓷缸子,小嘴不接触上一个人喝过的缸沿。喝到最后我们再兑两遍水继续喝,喝到滴水不剩。

等大家都消停了,"娘娘腔"突然忍俊不禁地在后面幽幽地冒了一句:"今天的龙虾汤好喝吧?我刚才喝的时候,偷偷地往缸里吐了一口!"

等大家反应过来,"娘娘腔"早已经逃之夭夭了。

麻雀

    提起麻雀,很多人就会想起课本上鲁迅先生捉麻雀的场景:在雪地里扫出一大片空地,用短棒支起一个大竹匾,撒下秕谷,看鸟雀来吃时,远远地将缚在棒上的绳子只一拉,那鸟雀就罩在竹匾下了。

    在我们豫东平原麻雀随处可见,它们通常在屋檐下,或者在草垛里、树洞中做窝。窝里是它们不辞劳苦衔来的草茎、羽毛,每个窝里通常有一对麻雀筑巢、产卵、孵化幼鸟,等到小麻雀嗷嗷待哺的时候,麻雀就开始叽叽喳喳地叫个不停,成为一道不可或缺的风景。

    夏季的傍晚,天气往往燥热难耐,麻雀便溜出窝来,蹲在屋檐下觅食纳凉,这便是我和小伙伴们捉麻雀的绝好时候。我们紧握着老式的手电筒,猫着腰蹑手蹑脚地悄悄走近低矮的屋檐下,突然打亮手电,对准黑暗里的麻雀猛地一照,这时候麻雀会有短暂的眼盲,只能一动不动地坐以待毙,束手就擒。于是我们蜂拥而上,麻雀就手到擒来了。运气好的话,个把小时我们就能抓到十几只麻雀。

    当时我们村生产队有个牲口棚,就在我家胡同的不远处。每年打完秋场后,长长的牲口棚里便堆满了麦秸和秫秸,因为四周的窗户没有玻璃,于是这里便成了麻雀的天堂,多的时候就有几百只麻雀在里面筑巢。当然,牲口棚里也成了我们捉麻雀的最佳场所。

    在牲口棚里捉麻雀是一场声势浩大的集体行动,不仅需要好多个小伙伴合作,还要有统一的指挥。我和小伙伴们准备好几张透明的逮小鱼的粘网,悄悄地溜到事先分配好的窗户下潜伏好,把粘网挂在窗户的出口区,等到设置完毕,我们一齐跃起开始在牲口棚里折腾。于是受惊的麻雀就开始叽叽喳喳地如同无头苍蝇一样狂飞乱撞了。小伙伴们兴奋不已地喊叫着，奔跑着，有的挥舞着扫帚拍麻雀，有的则撑着口袋等麻雀自投罗网。有许多麻雀忙乱中撞到墙上和棚上，粘在渔网上，有的飞累了晕落在地上，小伙伴们连忙撅着腚把麻雀捡起来扔到口袋里，牲口棚瞬间成了热闹非凡的欢乐海洋。

那个时候麻雀属于四害之一。一般我们会将逮到的麻雀玩一阵子。麻雀的脾气很大，通常会不吃不喝自己气死。等我们玩腻了麻雀，就像杀鸡宰鹅一样把它们开膛破肚，清除内脏，白酒腌制一下，或煎或炸或炖。在那个清贫时期，这可是难得的一顿能够解馋的美味。

到了冬天，北方的庄稼早已经收拾干净了，麻雀却是田野里的精灵。我们便如鲁迅笔下的闰土一样，在院子里雪地上扫出一小块空地来，支上筛子或者笰筐，在下面撒上一捧小麦，在支棍上系一根细绳，演习几遍，确定绳子拉出木棍筛子恰好扣在地面上。然后把绳子扯到屋门后安静地躲藏起来，眼睛透过门板上的破洞，专等麻雀来吃筛子底下的粮食，此时我们激动又紧张，小心脏怦怦直跳，好像即将自投罗网的是我们。

总感觉时间太慢，麻雀来得太迟。麻雀的警惕性很高，看见馋嘴的粮食，即使饿着肚子也是小心地在周围雀跃，不停地观察着周围的动静。最后总会有胆大的麻雀，先是试探着钻到筛子底下，麻利地啄起一粒粮食，然后马上跳出来抬起头看看，警惕地左右观望，小尾巴一翘一翘的，接着迅速吃一口粮食后就叽叽喳喳叫了几声，貌似告诉同伴们情况安全没有危险，可以组团来饱餐一顿了。门板后的我们眼睛一眨不眨地紧盯着外面的动静，心都提到嗓子眼了，紧握的绳子感觉就像拉地雷炸日本鬼子一样，大冬天手心里都出汗了。

这个时候不能心急，虽然这个麻雀进进出出地吃了许多粮食，但它就像日本鬼子派出的尖兵，是来试探虚实的，必须耐心等待。这样，三五成群的麻雀才会陆续钻到筛子底下抢食。这个时候必须瞅准时机，用尽全身的力量奋力拉绳，被拽回来的木棍"砰"的一声甩到门板上，差点砸着我们，即使砸在脑袋上也毫不在意，那一刻，我们满门子心思都在筛子底下那群奋力挣扎的麻雀身上了。

　　麻雀在筛子底下有限的空间里惊魂未定地来回扑腾，最终还是无济于事。我们几个蹲下来围着扣在地面上的筛子，小心翼翼地掀起一角，把小胳膊伸进去，将麻雀一只只地掏出来，用纳鞋底的线绳子拴住小麻雀的腿，就像押运俘虏一样，一根绳上拴了一串麻雀，即使它们再挥动翅膀挣扎，也休想飞走了。

　　那天我逮到了一只特殊的麻雀，它的小嘴居然断掉了，只剩下小半截，看样子应该是被气枪的铅弹打伤的。这小东西没有了嘴巴怎么吃粮食活下去呢？怜悯之心突然冒了出来，我捧着那只可怜的小东西，看着它的小黑眼睛无助而恐惧地看着我，我决定给它做一个嘴巴。

　　我翻箱倒柜地找来白铁皮、锤子、钳子和剪刀，先把小麻雀拴在板凳腿上，用剪刀剪下两小块三角形白铁皮，用钳子把三角形的铁皮两边折叠修整，再用锤子轻轻地敲打成型，一端尖角另一端留有卡槽，来回比试着小麻雀残缺的断嘴。然后找来"娘娘腔"帮忙，让他一手捏着小麻雀的脑袋，另一只手掰着小麻雀的小嘴，我小心翼翼地把做好的铁皮嘴分别卡在小麻雀断了一半的嘴上，用小镊子夹紧，再用给自行车补胎用的黏胶填缝，钢锉磨掉毛刺，经过几番调试，麻雀的小嘴就做好了。

　　起初，受了惊吓的小麻雀戴着铁皮小嘴有些不适应，茫然而不安地站在我捧着的手心里，脚上已经没有了绳索的束缚。后来它试探性地挥了挥翅膀，两只小眼睛滴溜溜地看着我和"娘娘腔"，还在我的手心里试着啄了几颗麦粒，很快就把麦粒咽进了肚子里。

　　我轻轻地把双手举过肩膀，掌心轻轻地做了一个外推的动作，小麻雀就在我手心里挥着翅膀飞了起来。只见它轻松地张了张嘴，然后叽叽喳喳地叫了几声，随即飞出了庭院，飞越了柳树梢，慢慢地消失在了我们的视野中。

　　那天夜里我做了一个梦，梦见小麻雀带着我们亲手给它做的假嘴兴奋地吃着黄灿灿的粮食。小麻雀黑色的小眼睛，白色的铁皮嘴，在温暖的阳光下，闪闪发亮。

杀年猪

"小孩小孩你别哭,进了腊月就杀猪。小孩小孩你别馋,过了腊月就是年。"这两句童谣从一定程度上反映了人们盼望杀年猪吃肉的心情。

杀猪过年是很多地方的一种风俗,进了腊月,大部分人家都要杀猪,为过年包饺子、做肘子、做扣碗准备肉料,民间谓之"杀年猪"。

猪虽然很普通,但是在过去,农村家庭一年到头却难得吃几回猪肉,因为猪养多了就是搞资本主义,家里能养两头猪就不错了。散养或圈养的猪生长慢,没有饲料,家中的剩饭泔水、麸子、糠、酒糟,地里的野菜,都是喂猪的食物。那个时候没有饲料添加剂,通常需要养个一年半载才能长成大猪,勉强符合"出栏"的要求,这样喂养出来的猪屠宰后,做出来的猪肉特别解馋。

俗话说:年猪叫,年快到。可见,很多农家都会把杀年猪看作年末最后要做的一件大事。由于汉族民间有正月初一到初五不能使用刀具的讲究,尤其是刀剪,历来被视为凶器。因此在过年的时候,初一到初五只能热饭来吃,不能动菜刀的。除夕前就把这几天要用的肉料按用途切好、剁好,放在大大小小的盆碗里,用时拿出来就可以加工了。精打细算的人家会把这些肉按"计划"使用,"过年"的整个正月里,都不断肉吃。

年猪的选择是有讲究的,如年猪不能带任何残疾和缺陷,不用老母猪,不要尾巴短小的猪,总之要形象完美无缺,没有其他异兆。杀猪忌说"杀"字,老家称"出栏"。"出栏"要祭拜猪栏神,祝其今世为猪,下世做人,早早超生。

杀年猪特别隆重,一般是腊月二十五前停止,腊月二十六为封刀日。杀年猪的场面很热闹，听说谁家要杀猪了，村里的小伙伴们就组团去围观。往往是在胡同口就能听到嗷嗷的猪叫声。老家有句话形容哭叫："跟杀猪的一样。"

杀年猪有很多讲究，杀年猪前，杀猪的人要先喝"杀猪酒"，每个帮忙参加杀年猪的村民都得喝上一口。然后用烧红了的石块、清水同放于木瓢中，以纯洁的蒸汽进行净化，以除去年猪身上的所有邪气，这表示对祖先神灵的诚心敬奉。

通常是在院中横放着一条杀猪板凳，一个人拧猪耳朵，一个人抓猪身毛，用膝盖抵住，还有一个人负责捉尾巴，把猪横着压在板凳上，用布揩净四蹄，称为"洗脚"。迷信的人认为这样做后，猪好超生走路，家中喂养的猪不会生病。掌刀的人多用双手将猪按住，一般支使小朋友将刀递来，可以免去杀猪人的罪孽，而小孩子也因年幼无知，不犯递刀之罪。还有些地方，年猪杀完后，会把猪头猪尾摆放在一起，寓意有头有尾，更多的是寄望生活衣食无忧。

选择杀口时，按"大杀腿，小杀嘴"原则。杀口一定要选好，否则猪会不死。按理要一刀将猪杀死，诸事顺遂。手艺不好，不能一刀杀死，则不能马上抽刀，要在杀口内改换方向，多杀两刀，共三刀，意为"连升三级"。若抽刀后，猪仍未死，则改用木棍从原刀路使劲捅至死。杀猪放出之血，称为"二刀菜"。主家焚烧蘸少许杀猪刀口的血的纸钱，称为"送猪买路钱"。

我印象较深的是吹猪。待猪脖子处被放血后，在猪后腿处用刀割个小口，用一根长铁钎捅进去，经腹部、背部、两侧等一直捅到猪耳处，这是为便于吹气。随后杀猪人在开口处用嘴吹气，把猪身吹胀，扎紧开口，再拿木棒在猪周身敲打，主要是为了胀气均匀，直到膨胀，这样做是为了好将猪身上的毛刮净。

将猪吹胀后，用开水浇烫，开始刮毛。猪头上要留手掌大的一块猪毛，尾巴尖上也要留三寸左右的猪毛，意为有头有尾。然后将全猪放在四尺凳上，先是猪头朝外，养主烧了谢天地的香纸后，再将猪掉头，刮去头尾留下的猪毛。有的还要在猪头前供上酒饭，请祖先享用，再开膛破肚，将猪肉分割成若干块。我们当地比较有名的菜品是梅菜扣肉、糖醋里脊、红烧肘子，当然，最常见的就是剁成饺子馅，加大葱、生姜、白菜，全家齐上阵，和面、擀皮、包饺子，俗称"扁食"。大年初一的早上就是放鞭炮、下饺子、吃扁食。

年猪代表着团圆，杀年猪的第一顿饭就是宴请乡邻，年猪代表了邻里和睦。年猪宰杀完毕后，对猪肉进行妥善的腌制储存，也体现了最为传统的秋收冬藏的农耕思想。

那时候我们看杀猪还有一个企图：讨要猪尿脬。魏巍在《东方》第一部第八章有这么一句："大妈也不说话……搬开砖，还有一张猪尿泡在坛子口上紧紧地扎着，好容易才解开……"文中的猪尿泡即猪尿脬，尿读作 suī，在我不认得字的时候，就知道猪尿脬。

我们软磨硬泡拿到猪尿脬后，先把里头剩余的猪尿倒干净，然后慢慢地翻过里子，用瓦片将里头粘着的一层绿绿的水泥状的脏东西刮掉，用灶灰搓揉几遍，直到尿臊味去净后，才能用来玩。

玩之前，我们还得将猪尿脬吹大。吹猪尿脬可是个力气与技巧兼具的活儿。先鼓足腮帮子吹一会儿，眼珠子恨不得都要鼓出来。然后停下来揉一揉，再接着吹。吹累了，就换人吹。如此一来，往往要换好几个小伙伴吹过后，猪尿脬才会被吹成足球大小的圆球。

猪尿脬可以当足球踢，当排球打，孩子们玩得不亦乐乎。一个猪尿脬，能让村里大大小小的孩子们玩上一整天。我们还会在猪尿脬里装满清水，一只手托着鼓囊囊的猪尿脬，另一只手捏着一端的细管，大家拿猪尿脬当作水枪喷洒，打闹着玩。

但猪尿脬不怎么耐玩，若我们一脚踢重了，猪尿脬就会漏气或爆开。趁着大家不注意的时候，谁家的狗冷不丁冲了上去，就将猪尿脬叼走了，于是，大家的娱乐节目就变成了撵狗。

啄木鸟

在乡下,似乎一年四季都能够听到啄木鸟啄树逮虫子吃的声音。尤其是在冬天,啄木鸟"咚咚咚"啄木头的声音,就像老家推着车子四处游走卖香油的货郎敲木梆子的声音,悠长的声音飘荡在浩瀚的时空里,思绪就像雪后的晴空,清澈而又遥远。

中国古称啄木鸟为鴷(liè),别名"断木"。传说它会画咒符,可以找到并吃掉树干里面的蛀虫。在我儿时的记忆中,啄木鸟还叫"千千木""苍老木"。

啄木鸟有着强如钢凿的长嘴,舌头细长且前端带钩,能伸进被凿开的树干里,灵巧地把虫子钩出来。被吃的基本上都是危害树木的害虫,比如蚂蚁、毛虫、天牛、螟蛾等。那些藏在树皮和树干里的害虫,对树木危害最大,往往会造成树木枯死。一般的鸟类无法吃到树干里的害虫,但是啄木鸟就会毫不客气地顺着虫蛀的地方,把树干凿开一个洞,吃掉害虫。所以课本上又称啄木鸟为"森林医生"。

啄木鸟很少在地面活动,经常在树干和树枝间,以惊人的速度敏捷地跳跃,也能够牢牢地站立在垂直的树干上,很快地向上爬、向下退,还能轻松地左右爬,而且上下爬比左右爬更自如,这与啄木鸟的足结构有关。啄木鸟的足很特别,有两个趾朝前,一个朝向一侧,一个朝后,趾尖有锋利的爪子。啄木鸟尾部的羽毛坚硬,可以支在树干上,为身体提供额外的支撑。它们通常用喙飞快地在树干上敲击,以寻找隐藏在树皮内的害虫,确定位置之后,就用坚硬的喙飞速在树皮上啄出一个深深的小洞,并闪电般伸出长长的舌头迅速地将捕捉到的害虫卷入腹中。

雄啄木鸟在求偶的时候,用自己坚硬的嘴在空心树干上有节奏地敲打,发出清脆的"笃笃"声，像是发电报，也像卖油郎敲梆子，是乡村记忆里不可或缺的音符。

啄木鸟每天敲击树木五六百次，而且频率极高，力量也大，这样它的头部则不可避免地要受到非常剧烈的震动，但是它既不会得脑震荡，也不会头痛。原来啄木鸟的头骨结构疏松而且充满空气，头骨的内部还有一层坚韧的外脑膜，在外脑膜和脑髓之间有一条狭窄的空隙，里面含有液体，降低了震波的流体传动，起到了消震的作用。由于突然旋转的运动比直线的水平运动更容易造成脑损伤，所以在它的头的两侧都生有发达而强有力的肌肉，可以起到防震、消震的作用。

这种天然而精妙的防震设置原理，给防震工程学提供了安全运动防护帽和防震盔的正确设计方案。建筑工地上的防护帽、摩托车手的头盔都具有一个坚硬的外壳，里面为一个松软的套具，它们之间留有一定的空隙，帽中再加上一个防护领圈，以防止在突然碰撞时造成旋转运动。

啄木鸟是我接触的鸟类中最有脾气的，性格刚烈得简直无法驯服。我曾经逮到过一只啄木鸟，放进鸟笼里试着喂养，它却是不吃不喝，直到最后气死。我终于明白了为什么很少有人饲养啄木鸟。

小时候我体弱多病，经常头晕。父亲不知道从哪里听到的偏方，说啄木鸟治头晕，农闲的时候就扛着木柄钢管的铅弹气枪在地里转悠，给我打了好多只啄木鸟。

写到这里，内心真的很愧疚。小时候为了治疗头晕病，我曾吃过很多只啄木鸟，还有斑鸠、鸽子、戴胜鸟。母亲清水煮的啄木鸟是那种连肉带汤的，一粒盐一滴油都没有，味道腥气苦涩。我实在经不起三天两顿地吃这种味道怪怪的偏方药，后来都吃怕了，每次吃啄木鸟的时候我都是愁眉苦脸的。母亲煮好汤总是在旁边监督着，最后还要看着我把汤喝个干干净净，倘若端着碗挨磨时间把汤放凉了，母亲会毫不犹豫地托起碗底扣在我脸上，碗沿卡在嘴里，一滴汤水也不会让我浪费。

后来，我忍着头晕给父母说了瞎话："我的头晕病，好了。"

打那以后，母亲再也不强迫我喝啄木鸟炖的汤了。

傻斑鸠

斑鸠的个头比鸽子稍微小一点，身上的羽毛通常以褐色为主，头颈灰褐色，大多数的斑鸠颈部有黑白交替的环，鸣声为单调的"咕咕"声，在豫东平原的田间地头属于一种常见的野生鸟。

尽管我知道《诗经》中"关关雎鸠，在河之洲。窈窕淑女，君子好逑"中的雎鸠并不是现在的斑鸠，但我一直认为既然都有"鸠"字，它们之间或多或少该有点联系。后来通过观察，我发现斑鸠总是成双成对地在一起，一对斑鸠如果其中一只死掉，另一只绝不会另觅新欢，不会飞远，不会逃走，继续在它们的巢穴附近生活，直到最后郁郁寡欢而死去。

斑鸠反应迟钝，样子还有点憨，不像麻雀、乌鸦、喜鹊那般机警，稍微有点风吹草动很快就飞得无影无踪，而是傻乎乎地不知道及时躲避身边潜在的危险，村里人都叫它们"傻斑鸠"。据说傻斑鸠从来不在树枝上吃东西，经常看见它们在地面上蹦跶着觅食，吃各种粮食，也吃各种草籽。即使看见有人过来，它们也依旧憨大胆一样在大路上不慌不忙地踱着步觅着食，等我们走近了，它才极不情愿地扑棱着翅膀飞起来，飞到庄稼地头不远处的泡桐树上停下了。

傻斑鸠既肯吃又懒惰。听大人们讲它们不会留隔夜粮，更不会像老鼠一样储存粮食，经常是有一顿吃一顿，吃了上顿没下顿。到了冬天，田里庄稼都收完了，斑鸠找不到吃的，饿得发慌，它们竟然敢大着胆子到农家庭院里寻觅吃的。傻斑鸠大模大样地在墙角的麦秸垛下这里刨刨，那里啄啄，碰碰运气看能不能找几粒遗落了的粮食粒，但总是被村里的狗撵得满天飞，就连村里的大鹅也伸着长脖子赶它们。

小时候我们玩弹弓,除了打公社的玻璃就是到庄稼地里打鸟,目标主要是麻雀、啄木鸟、斑鸠。

冬天的早晨天蒙蒙亮或者傍晚太阳快落山时,斑鸠会处于半昏睡状态,此时较能接近斑鸠,也是打斑鸠的最佳时机。在打斑鸠的过程中,我发现斑鸠回林之前都是先到旁边其他林子待一会儿,而不是直接回到它要停留的巢穴,从这点来说斑鸠也不算傻。

如果是几棵树连在一起,斑鸠往往喜欢停在地势较高的树上。如果几棵树互相交错,斑鸠们喜欢停在两棵树的树枝互相交错的位置。同一棵树,斑鸠会比较喜欢停在视线开阔的方向。斑鸠有归巢的习惯,而且有歇在同一棵树上的习惯,这可能是斑鸠的天性。

斑鸠搭窝很简单,就是在高高的树杈上用几根衔来的小树枝随意地搭建而成,只要在产卵孵蛋的时候,鸟蛋不漏下来就行。它们的窝多藏在枝繁叶茂的树枝里,一般不容易暴露。

打斑鸠前找鸟屎是关键,斑鸠的粪便和其他鸟的不一样,非常好区别。只要找到新鲜的斑鸠鸟屎就可以确定斑鸠近几天是停留在这里的。如果看到斑鸠的鸟屎是干的,可以断定斑鸠飞到其他地方歇去了。

斑鸠通常是两只或几只住在一棵树上。夜里我们用弹弓打斑鸠需要借用手电筒,最好是那种红光光源的手电筒。夜色中住在树上的斑鸠跟家里的老母鸡一样,灯光下的它们居然都不会四处逃窜,依旧一动不动地守在原地,只是小眼睛里满是迷茫不安。即使有斑鸠被我们打下树枝在地面上扑腾,歇在旁边的斑鸠也不会跑,说它们是傻斑鸠,一点儿也不亏啊。

有一年冬天,我带着"娘娘腔"一块在雪后的庄稼地里用筛子捕捉到一对野斑鸠,逮回家放在鸽子笼里养了不到一周,结果它们相继绝食而死。村里的小伙伴再也没人养斑鸠了,我也曾经为自己的好奇无知懊悔了一段时间,但很快就再无愧疚感了。

有一次,"娘娘腔"像个猴子一样从树上出溜下来,怀里居然揣着一个斑鸠窝,里面还有两枚闪亮的鸟蛋。"娘娘腔"龇着牙咧着嘴说要把鸟窝放家里的鸡窝里,让孵窝的老母鸡顺便孵两只小斑鸠出来。正在我们俩憧憬着如何把鸟蛋放进鸡窝里的老母鸡的屁股下面时，归巢回来的两只斑鸠突然发了疯一般冲着"娘娘腔"飞了过来，它们的嘴里焦躁急促地"咕咕"叫着，像小日本的飞机一样在空中轮番俯冲，翅膀挥起来一阵阵风声在我们耳边不断地扫过。"娘娘腔"的脸瞬间变了色，我拽着"娘娘腔"的袖子，"娘娘腔"怀里紧揣着鸟窝，一只手捂着鸟蛋绕着树跑，我们从来没有见过又憨又傻的斑鸠会如此怒气冲冲，更没有想到会被发疯的斑鸠撵得无处可逃。

后来等斑鸠飞累了，我俩狼狈不堪地一屁股坐在一堵土墙根下喘了会儿气，缓了会儿神，经过再三商议，"娘娘腔"又揣着鸟窝，踩着我的肩膀重新爬上那棵树，把鸟窝跟鸟蛋小心地放回原处，我俩才灰溜溜地回家了。

走在路上，我们听到身后的树枝上传来了几声熟悉的鸟叫，两只斑鸠的咕咕声，叫声好欢快。我跟"娘娘腔"耷拉着脑袋一声不吭地走着，谁也没有回头。

麦罢上供

芒种前后,庄稼地里的麦子渐次黄梢的时候,村头上空便听到一种神秘的鸟开始鸣叫,每一次鸣叫都有四声,前三声较高,第四声较低,不断地重复,浑厚悠长,给宁静的乡村增添一段动听的旋律,却没有人知道这种鸟到底长什么样儿。都说神龙见首不见尾,而这神奇的鸟除了悠长的叫声,很多人连它的影子都不曾看到。

母亲一边在煤油灯下一针一线地纳着布鞋底,一边不紧不慢地给我们兄妹讲,这种叫声好听的鸟,在催庄稼人麦收后别忘了给老天爷上供,所以村里人称它"麦罢上供"。

不得不佩服纯朴的村民们原生态的想象力,也佩服大自然的神奇。每年到了麦收季节,我都会欣喜地聆听那一声声洪亮的鸟叫——"嘎嘎嘎——够",就像一个神秘人在云朵里给村民们歌唱。它发出的声音还真的像在一句句叨念着"麦罢上供、麦罢上供",提醒庄稼人麦收以后,打下新麦交公粮。村民们拉着满架子车粮食去集上换钱,称几斤白糖,买些瓜果,及时给老天爷上供,来年就会有更大的丰收。

"好奇怪的鸟啊。"我就纳闷,它怎么知道麦子快熟了?怎么知道收了麦子还要给老天爷上供呢?它怎么会有这么神奇的歌喉呢?

好奇心像煤火炉上的开水壶一样滚烫,我下决心要看一看它的庐山真面目。那天清早我约了"娘娘腔",背着掉漆的军用水壶,拿着玩具望远镜,我们俩顺着那一声声悠长神奇的鸟叫声,开始去寻觅那神秘的影踪。

听声可以定位的,小孩子的听觉更加敏锐。一路上我们听着浑厚悠长的声音判断着神秘鸟的位置,感觉它就在不远处警惕地瞅着我俩的一举一动,它好像在和我们捉迷藏,不断地故意逗我们走近,然后又不远不近地躲开了。等我们捧着玩具望远镜迷失方向满脸困惑的时候,不远处又传出了它动听的歌唱——"嘎嘎嘎——够",浑厚悠长的声音,周围几个村子都能听到。

耐心地等待了几个时辰,我们终于看见一只褐色的鸟,比麻雀大,比斑鸠小,身子像一条梭子鱼,翅膀细长,在低空迅速地飞翔。翅膀扇动很快,飞得更快,像一条鱼迅速地游过,很快就消失在远处的树林中了。随即又"嘎嘎嘎——够"一声接一声地叫起来,"娘娘腔"站在垄沟上激动地"哇"了一声,看傻了。

多年以后,为了这篇文字我查询了很多资料,征求了当地爱鸟协会权威人士的意见,我才知道,老家的"麦罢上供"就是书本上的杜鹃鸟,又名"四声杜鹃",也是传说中的"啼血杜鹃"。

古语中有"子规啼血"之说,子规就是杜鹃。传说此鸟喜欢不停地高歌长鸣,直到耗尽它最后一滴血为止,寓意着一种勇于牺牲的奉献精神。诗人陆游有诗曰:"时令过清明,朝朝布谷鸣。但令春促驾,那为国催耕。红紫花枝尽,青黄麦穗成。从今可无语,倾耳舜弦声。"由此看来,杜鹃鸟真是一种催促农事的候鸟。

近代革命家秋瑾诗云:"杜鹃花发杜鹃啼,似血如朱一抹齐。应是留春留不住,夜深风露也寒凄。"但我个人感觉杜鹃鸟的叫声并没有那么凄凉,而是自然美妙的天籁之声,这叫声陪伴着庄稼地里热烈的阳光,悠长地飘荡在我五彩缤纷的记忆里。

我还了解到杜鹃鸟的种类繁多,叫声也各有不同。大杜鹃的叫声类似"布谷布谷",所以叫布谷鸟。而我们老家的杜鹃鸟应该就是四声杜鹃,虽然它的数量不多,很少有人见过它的影踪,但是那浑厚悠长的叫声始终陪伴着繁忙的丰收季节。

多年以后,我带着自己的童年记忆进了城,也不断回老家走走看看。老家的一草一木依然那么亲切,很多鸟儿的叫声依然能听到,"叽叽喳喳"的麻雀,"咕咕"叫的斑鸠,可是我再也没遇到过童年记忆中那种叫"麦罢上供"的杜鹃鸟。

地牦牛

　　夏天的午后总是那样的闷热，在地里忙碌半天的庄稼人放下手中的农具，用毛巾擦着额头上的汗水来到垄沟边的泡桐树下，铺开凉席躺下，跷着腿摇着蒲扇，一边抽袋烟缓缓神，一边拉着呱乘凉。如果老天爷快要下雨的话，经常能听到不远处传来一种像牛一样"哞哞叫"的吼声，声音深沉而雄厚，且不断反复，方圆几里都能够听到。

　　村里上了年纪的老人说，"哞哞叫"的是一种鸟，叫地牦牛，快下大雨的时候才出来叫唤，一般人是看不到的。还有人说地牦牛不存在，是天气闷热时，地下的水分因受热而变成气体上升，当气流聚集通过地表的孔穴时便发出此声音，因此称之为"地气"，各说不一。

　　在我的豫东老家，的的确确是有这种鸟的。

　　我从小就知道老家的庄稼地里有这么一种神秘的鸟，我不止一次听过它的叫声，还不止一次地追踪过它。

　　地牦牛虽然是鸟，可是它们不喜欢生活在树枝上，而是喜欢在草丛里。往往只闻其声难觅其形，令人称奇的是它发出的声音很大，就像一头低吼的牛，又如古战场上牛角的奏鸣，音质深沉，简直气壮山河，可传几里开外。不少在田地里耕作的村民便朝着发出声音的方向寻找去，可是当靠近的时候，声音便出现在了另外的位置，且听起来总是感觉距离较远。村里很多人都听过它的叫声，却很少有人见过它的模样。

　　我一直认为地牦牛喜欢生活在杂草丛生的坟地里，因为那里很少有人去打扰，既安全又隐蔽。小时候的我调皮却胆小，不敢轻易一个人去坟地里看地牦牛究竟长什么模样。老家有句话叫："远了怕水，近了怕鬼。"小孩子们都害怕死人,害怕一座座小土堆一样的坟头。每次听见地牦牛叫,我都会惴惴不安地往远处的坟堆上瞅,看见坟堆上的狗尾巴草在随声摇摆,心里一阵发怵,感觉头皮都发麻。

在我儿时的记忆里,地牦牛的声音极深沉,"哞——"拉得很长,就像一头吃饱的老牛在一声接一声地"哞哞"叫,声音浑厚有力,方圆几里的人都能听到。我也曾经用激将法领着村里的小伙伴们像鬼子进雷区一样去坟地里寻找地牦牛的影踪。

畅想哥给我讲了一个关于地牦牛的故事,说有一个穷苦人家的孩子给地主放牛,结果有一天把牛给放丢了一头,怎么办呢?这孩子聪明,逮了一只地牦牛放在山的夹缝里。地主一听相信了他的话,相信牛就是吃草不小心掉崖壁下面了,并且饶恕了放牛娃。

地牦牛的声音在我记忆里依然是清晰的,只是外形模糊,我不能确定它真实的模样,愈是模糊愈是好奇。于是,我一直不厌其烦地寻找关于地牦牛的信息,问父母,问老同学,问朋友圈,问百度,问当地的鸟类专家。在我的心目中,地牦牛就像一种销声匿迹很久的神鸟,我得把它写出来,让大家知道豫东平原有这么一种奇特的鸟。

功夫不负有心人,一天,我终于在网上找到一小段关于地牦牛的描述:牛鹌,是一种飞禽。以食蚂蚁为生,傍晚时分,用它的喙堵在蚂蚁窝上,发出像牛叫的声响,把蚂蚁震上来,吃掉。体形15厘米左右,喙长1寸左右,黑色。只有傍晚时分才叫,白天不叫。

从字面上理解,既然它叫牛鹌,那么应该是属于鹌鹑的种类,可我又不能这么断章取义。鹌鹑鸟我见过不少,村里有几个老头经常养鹌鹑、斗鹌鹑,还有人大早上去庄稼地里用网逮鹌鹑,一逮就是半麻袋。

鹌鹑体小而滚圆,有着褐色带明显的草黄色矛状条纹及不规则斑纹,经常活动在茂密的野草或矮树丛里,有时也到耕地附近活动。主要吃杂草种子、豆类、谷物及浆果、嫩叶、嫩芽,吃大量的昆虫。我小时候在村里看过不少场斗鹌鹑,它们奋力搏斗时的叫声也不大,跟地牦牛的吼叫简直是天壤之别。

吃早饭的时候,我问母亲:"妈,咱们老家的地牦牛到底是什么鸟?"母亲停下手中的竹筷,迟疑了一下说:"你说的是秃尾巴鹌鹑吧?问你老爹,他知道。"父亲正好从院子里收拾青菜回来,听见我跟母亲讨论,连说带比画地接过话题:"地牦牛秃尾巴,跟鹌鹑差不多,是不是鹌鹑不好说。嘴巴比鹌鹑的长,叫的时候把长嘴扎进土里,叫得可有劲了,别看它个头小,叫声跟牛一样大,震得庄稼地里的小土坷垃都摇晃。"接着父亲兴致勃勃地给我讲起了他小时候跟着爷爷大半夜在棉花地里逮鹌鹑的场景,还曾经捡过一窝地牦牛的蛋,大小跟鹌鹑蛋差不多,没敢拿回家煮了吃,硌硬。

关于地牦牛除了这些描述,似乎便没有其他的了,网上的介绍也寥寥无几,甚至很少人知道它的存在。是我们离开乡村疏远了它们,还是乡下越来越少的原生态环境不再适合它们的生存?

这些年由于生态环境的严重破坏,物种灭绝的情况达到了前所未有的严重程度。据说地球上的生物正以每日减少 160 种的速度消失,每年都有 1 万—2 万个物种灭绝。科学家预测,如不采取保护措施,地球上的全部生物中,将有四分之一在未来的 20—30 年里灭绝。污染是野生动物面临的最严重的问题,不仅破坏了水、空气等生物赖以生存的环境,还造成全球性的气候变化,改变了动物的原有生存环境。最让我心疼的字眼就是"绝迹",很多记忆最终成了回忆。

夏天就要到了,我真心希望,不久以后的午后,能够脚步轻松地漫步在空旷的原野里,心旷神怡地看着蔚蓝的天空,尽情地呼吸着新鲜的空气,到处是鸟语花香、蛙鸣虫啾,然后意外地遇到久违的地牦牛,哪怕,只是听到它那像古战场上号角一般浑厚雄壮的一声长哞……

黑子

黑子是我小的时候家里喂养过的一条狗。

它既不是德国黑贝,也不是日本狼青,更不是东欧牧羊犬,而是一条普普通通的中华田园犬。

但在我的心里,黑子一点儿也不普通。

它四肢内侧是黄白相间的绒毛,通身则黑得像缎面一样发亮。我总认为那是世界上最美的黑色,全家人都亲昵地喊它"黑子"。

那时候我还在乡下读小学,学校离家大约有两里路,没有家长接送,从小上学放学就靠自己的两条腿。我入学的年龄偏小,胆子也不大,吃过饭我挎着小书包,它就在我身后紧跟着,时不时地摇着毛茸茸的尾巴晃着脑袋往我小腿上来回蹭,逗我开心,一直把我送到校门口,它又欢快地摇着尾巴回家去了。

到了放学的时间,黑子总是静悄悄地伏在村口那棵老槐树下,老远看见我就会一跃而起,撒开四肢冲刺到我面前,前肢搭在我肩膀上,甚至会伸出猩红的舌头要舔我的脸。我会伸出胳膊用小手分别握住它的前肢,友好地摇晃几下,算是我的答谢礼。然后摘下书包挎在它头上,它就会一路领先撒着欢儿往家跑,把我撇开一段距离后再拐回来冲着我汪汪乱叫,似乎向我挑衅,我就解下红领巾做鞭子,朝它那黑黝黝的脊梁上抽几下,它就重新掉头回家,在乡间小路上踏出一溜轻尘,一路上洒满我开心的笑声。

黑子很通人性,不仅听话还能识别我的动作。有时候上学路上发觉忘戴红领巾,只要我指着脖子戳两下,它就会扭头往家里跑,到我床头上一口衔住红领巾,又"狗不停蹄"地返回学校。看着我把红领巾系好,黑子围着我来回地跳圈。

黑子不咬人，遇见生人最多虚张声势地叫几声，但这并不能说明它是一个懦夫。有一次我调皮，惹急了一条大黄狗，大黄狗龇牙咧嘴地要咬我，我正不知所措，黑子箭一般地冲了过来，尽管它与那大黄狗相比显得又瘦又弱，但它毫不迟疑地把我挡在了它身后，用它矫健灵活的身手跟大黄狗周旋，瞅准机会就狠咬上两口，最终打败了大黄狗。但我发觉它屁股上少了几撮毛，嘴角也渗了血后，心疼地用小手帕给它擦拭，黑子却一反常态地冲着我叫，炫耀它的勇敢，我不禁破涕为笑了。

到了星期天，我做完家庭作业就带着黑子到田地里捉野兔，跟村里的好朋友们玩"捉特务"。黑子像警犬般机灵，总是很快把"小特务"提住，开玩笑般将大家轻而易举地扑倒。童年时期，黑子给我们带来无限的乐趣。

就这样，黑子陪我度过了四年光景。

九岁那年，农村上上下下刮起了"打狗风"，宣传说疯狗咬伤了人传染"狂犬病"，要把村里的狗统统杀掉！

谁也不忍心向黑子下毒手，白天我们把黑子严严实实地关在了屋里，晚上再放到院子里，因为狗总得看家守户，但大家总是感觉如履薄冰。

村里的狗愈来愈少了，听说乡里组织的"打狗队"都是外地人，不留一点情面的。夜里我总是梦见黑洞洞的枪口到处乱瞄，打狗棍四处挥舞，我的心愈加不安起来。

终于有一天夜里，黑子失踪了。

家里人四处寻找，活不见狗，死不见尸。

每天放学我都蹲在堂屋门槛上，呆呆地望着黑子的空窝，默默地流泪。黑子，你到哪里避难去了呢？

两个多月以后的一个黄昏，我正在庭院里发呆，忽然噗的一声，一个熟悉的黑影从墙头上跌下来。我眼睛一亮，这不正是我朝思暮想的黑子吗？尽管它声音嘶哑、疲惫不堪，我的黑子还是回来了啊！

我惊喜地跳了起来，一把搂住了黑子的头。

只见它比往日瘦了很多，皮毛早失去了以往的光泽，疲倦的眼睛里布满了红血丝,四只蹄子磨得血迹斑斑。可想而知,这么多天它东躲西藏,四处漂流,忍受饥渴苦累,还惦记着曾经跟它朝夕相处的家人,冒着生命危险回家来了。

我心疼地去抚摸它蓬乱不堪的毛,它似乎没有了温度,我的手指忽然触到了一些黏糊糊的东西,啊,这不是血吗?它身上脖子上都在流血,原来它受伤了,黑子最终还是没有摆脱那黑洞洞的枪口啊!

忽然间,黑子浑身抽搐起来,歪倒在地,我看见黑子那疲惫不堪的眼睛里也噙满着泪水一般的液体。哦,它也在哭泣,一双黑黝黝的眼睛似乎在向我倾诉着它的情感,绝望、痛苦、眷恋、憎恨还是见了我最后一面的欣慰?

黑子头一歪,再也不动了,我眼睁睁地看见它慢慢地闭上了眼睛,从眼角流下几颗晶莹的泪珠。

打那以后,我再不养狗。

马蜂窝

　　村里的大人们经常告诫我们："马蜂窝捅不得。"可大人们越是劝阻,我们越是好奇,想方设法偷偷地去村前村后捅马蜂窝。村里没勇气捅马蜂窝的小伙伴会被大家嘲笑和排斥,要想跟大家一起愉快地玩耍,就得跟大家一块去捅马蜂窝。

　　马蜂搭窝很随意,房檐下、茅厕上、枝杈间、窗台旁……都是马蜂安营扎寨的地方,它们毫无顾忌地筑巢。蜂窝的出口一般都建在窝顶,通常还在窝口布置十几个嗡嗡响的卫兵。按说寄人篱下的马蜂理当本本分分地避开人类的活动,可是它们却经常蜂拥而出,如同一架架战斗机在空中呼啸盘旋,有时还会旁若无人地从我们脸前俯冲掠过。村里的女孩子听到"马蜂来了"就会心惊胆战、花容失色,一边尖叫着一边捂着头四处躲藏。

　　如果男孩子想在女孩子面前展示自己的勇敢,捅马蜂窝绝对是最佳选择。

　　马蜂蜇人比蜜蜂厉害多了,被蜇后的皮肤很快就发热发肿,钻心地痛。最怕被马蜂的毒针蜇到脸部,脸部被蜇后会在极短时间内肿得变形,眼睛变成一条细缝,皮肤肿得看上去一碰就破。而我们被蜇后的处理方法也越来越娴熟:先挤出马蜂的毒刺,再用力地挤被叮的伤口处,挤出带着毒液的血水,然后用肥皂水清洗后再敷上清凉油就算处理好了。

　　尽管被马蜂蜇相当危险,淘气的我们并未被吓住,而是把大人的告诫当作耳旁风,经常是轻伤不下火线。被马蜂刚蜇过的同伴报复心更重,无论谁发现了马蜂窝,马上会得到一群孩子的响应,并立刻摩拳擦掌想方设法去捅掉。虽然在捅马蜂窝时不断有小伙伴被马蜂蜇到,甚至蜇一头疙瘩,昏昏涨涨好几天,但我们却是好了伤疤忘了疼,越蜇越勇。

如果说马蜂群是"建筑队",我们就相当于"拆迁队",它们垒得快,我们就捅得快。因为捅下来的马蜂窝还可以到集上的药材店里卖钱,卖了钱我们可以买糖豆、买瓜子、买老冰棍。这也是我们乐此不疲地捅马蜂窝的一个原因吧。

我那个时候就是个憨大胆,曾经在一个大早上,穿着大号的雨衣,用红领巾蒙着脸,戴着爸爸的墨镜,头上裹着毛巾,提着一壶开水爬上一棵大槐树,将滚烫的开水浇在了挂在树杈间的马蜂窝上。马蜂窝瞬间就开始冒烟,窝内的马蜂被烫死无数,侥幸躲过一劫的马蜂四处逃散。而我为了不被发现随即扔了水壶,抱着脑袋在树上待了大半天,家里烧水的铝壶被我摔凹陷好几个窝,母亲审问了几次都无疾而终。

村里的大部分马蜂窝都被我们一个个捅掉了,后来我们就到邻村去捅。捅马蜂窝前不仅要做好自身的保护,还要选择正确的时机。最好选择在晚上或清晨捅马蜂窝,因为那时候气温低,蜂群的攻击力较弱。还要选择好撤退路线和躲藏地点,竹竿尽量长,捅的时候要安静,不能打草惊蛇,要瞅得准、捅得狠。捅掉马蜂窝后要迅速扔掉手中的竹竿,尽快地撤离。因为马蜂窝被捅了以后,马蜂很快就会蜂拥而出,发疯一样寻找目标发动自杀式攻击。倘若跑不快或藏不严实就会被马蜂撵上,头上、脸上、胳膊上甚至大腿都会成为马蜂攻击的目标,一蜇就是一个肿疙瘩。最危险的是眼睛,而马蜂蜇人最多的就是这个部位,有时眼皮被蜇得肿起来看东西都困难,一肿就是好多天。

有的马蜂窝离地面较高,用竹竿捅不着,我们就用弹弓来打,感觉比打麻雀刺激多了。这种办法危险性较小,我们也很少被马蜂蜇住。

记得有一次,我们在路边的一棵树洞里发现了一个马蜂窝,有葵花头那么大。于是我们选择好适当的距离,趴在路边拿起弹弓,包上自己做的胶泥蛋对准那个大蜂窝开始群射。很快,成千上万的马蜂就像炸了营似的四处狂飞乱舞。恰巧这时有两个骑自行车的人路过,马蜂错把路人当成了凶手,一窝蜂地向骑车人追去。我们从来没有见过自行车骑那么快的,也没见过骑自行车骑那么狼狈的,拿着手中的弹弓幸灾乐祸地看了一场热闹。

开水浇、竹竿捅、弹弓射……无辜的马蜂窝成了我们挑战自己勇气的道具。随着时间的推移,感觉各种方法不再刺激过瘾后,我们决意尝试一下火烧马蜂窝。

当年父亲部队转业后跑运输,家里有卡车自然也有柴油。那天放学后,我跟"娘娘腔"在家里偷偷地灌了一小玻璃瓶柴油,揪了一团棉花,带着火柴,扛着长竹竿,就兴冲冲地来到了提前找好的马蜂窝附近。

我们在不惊扰马蜂的位置处不慌不忙地藏好,麻利地将棉花团缠在长竹竿较细的那头,浇上充足的柴油,还悄悄地在马蜂窝下铺上一层易燃的秫秸。然后"娘娘腔"负责迅速点火,我双手握着燃烧着的长竹竿准确、快速地把火伸在了马蜂窝下端,倒霉的马蜂窝顿时成了一片火海。

熊熊燃烧的火焰中,马蜂乱作一团,烧着的翅膀发出噼里啪啦的声音,还有马蜂奋力在火海中挣扎发出的嗡嗡声,很少有马蜂能够活着飞出来。马蜂像中弹了的小鬼子一样纷纷落地,失去翅膀的马蜂在地上乱爬,最后又被地面上引燃的秫秸烧死了。空气中弥漫着一股马蜂烧焦的刺鼻味道,毫无同情心的我们却陶醉在"为民除害"的骄傲里。

还有一次我跟"娘娘腔"去捅一个很大的马蜂窝,捅了几次都没成功。马蜂窝里的马蜂已经涌出来进攻了,我慌忙扔掉竹竿,"娘娘腔"紧跟在后面随我落荒而逃。不远处,有个邻居的破小子正光着屁股蛋儿在路边屙屎屎,我跟"娘娘腔"慌不择路把一群马蜂引到了正蹲在路边的破小子附近。谁也没想到,破小子裸露的小鸡鸡被一只急于攻击的马蜂当作目标狠狠地蜇了一下,疼得他"哇"的一声张嘴大哭,顾不得拿土坷垃擦屁股,也没来得及提好裤子,捂着他的小鸡鸡撕心裂肺地往家里跑。等找到他家大人后,小鸡鸡已经肿胀得透明发亮了。

后来,听说他穿了好多天开裆裤,每次尿尿的时候,他都会哭得眼泪哗哗的。

看瓜园

我的老家方圆百里没有山，村里都是地道的农民，以种小麦、玉米、花生为主，还种有大豆、红薯、芝麻、甘蔗……在我的记忆中，农村联产承包到户以后，家中的馍筐里开始有了白面馍，交公粮后粮囤里还有一年到头吃不完的粮食。到了夏天，家家户户大多会种上一小块地的西瓜、甜瓜。

懂行的人应该知道，种西瓜最好是沙地，不能"重茬"——就是不能连续两年在同一块地里种，否则瓜就种不好，收成也不会好。瓜园里一般是以西瓜为主，甜瓜、面瓜、天鹅蛋瓜为辅，还会种一些萝卜、白菜。西瓜主要是用来卖钱或换粮食，甜瓜、青菜就留着自家吃。

每年到了暑假，地里的瓜果长到一定个头，就需要看瓜园了。父亲就会忙着去瓜园里扎瓜棚，先在地头埋下四个大木桩子，桩子上面架一个弧形棚顶，覆盖上几张草栅子，草栅上盖一层塑料布，上面再覆盖一层秫秸，用草绳从顶上绕过棚顶绑结实，木桩接头处均用铁丝、铁钉固定。然后从家里抬过来一张简易的木床，正好放进瓜棚里。床头部朝外，随时可以看到瓜园里的动静，铺上被褥，扯上蚊帐，就可以入住了。由于大人们整天是干不完的农活，看瓜园的任务就交给了孩子们。

看瓜园的时光是很幸福的，每天早早吃过饭，我就主动拿着自己喜欢看的书去瓜园了，有连环画，有《故事会》，还有一个深绿色的军用水壶。

趁着太阳还不够火辣，我会握着小铁铲蹲在瓜地里剜一会儿杂草，累了就惬意地躺在瓜棚里，跷着二郎腿，捧着自己心爱的书开始看，《穆斯林的葬礼》《悲惨世界》《巴黎圣母院》等都是我在瓜棚里看的。我一看书就入迷，经常忘了看瓜的任务，深深地陶醉在书本的故事情节里。

看书看累了，感觉口渴，我就会放下书本走到瓜棚外，伸几个懒腰，顺着瓜秧摘个小西瓜或甜瓜，兴奋地回到瓜棚里，用瓜秧或树叶三下五除二地擦掉小铁铲上的泥土，用小铁铲切瓜，然后盘着腿坐在瓜棚里，美滋滋地一边吃瓜，一边欣赏瓜棚外的风景。

天空总是那么蓝，云朵总是那么白。蓝天，白云，绿草，瓜园，还有草丛里的虫鸣，时光是那样安逸，让我情不自禁产生无数的遐想。我会一声不响地仰望着蓝天，嘴里嚼着草根，看着一片又一片随风飘过而不断变化的白云，有的像万里奔腾的骏马，有的像裙带飘逸的仙女，有的像变化多端的神仙鬼怪，而我最希望那些白云是能吃的棉花糖。

东边隔两块麦地就是"娘娘腔"家的瓜园，他家的瓜棚是一间小地屋，用泥土、麦秸和泥打墙，草栅子和塑料布做顶，室内挖地半米深，搭上两张门板当床。这种瓜棚因为在半地下，里面就比较凉爽。"娘娘腔"总是不断地显摆，说他家的瓜棚接地气、荫凉，埋汰我家的瓜棚闷热又漏风。

我至今清楚地记得那个暴风骤雨的下午，肆虐的大风几乎要把瓜棚吹零散，暴雨倾盆一样泼洒在棚顶上，风声雨声，电闪雷鸣，瓜棚吱吱呀呀作响。我心惊肉跳地蜷缩在小木床上裹着棉布床单，看着浑浊的雨水在床下哗哗地流淌，眼看就要淹没我的床。当时的我只有看着地面上被雨点砸起来的水泡，祈求瓜棚千万不能散，祈愿狂风大雨早点停歇。

正当我焦灼不安的时候，瓜棚里突然钻进来一个人影，等我缓过神才看清楚是"娘娘腔"。只见他像落汤鸡一样狼狈不堪地站在我面前，浑身湿漉漉地颤抖着说："坏事了，俺家的瓜棚被水泡起来了！"

那时我突然想起了一个词叫"收容"，看着"娘娘腔"惊魂未定地脱掉他湿透的小背心，笨手笨脚地用力地拧出了水，然后简单地擦了几下湿漉漉的身子就一屁股上了我的床。我们俩傻乎乎地靠在一起，眼巴巴地看着瓜棚外的狂风暴雨，度日如年地祈愿着早点风停雨住。

幸亏父亲的瓜棚经受住了那场风雨的考验，大雨很快就停了。我们俩跳下床，光着脚踩着地面上的泥水走到外面，瓜秧已经浸泡在雨水中了，我家的瓜棚已经歪扭变形，但铁丝固定处却安然无恙。再去看"娘娘腔"家的瓜棚,外面看着没事,里面却是一片汪洋,门板床连同被褥都给泡起来了,瓜棚里一片狼藉。打那以后,"娘娘腔"再也不显摆他家的瓜棚荫凉了。

看瓜园的主要目的自然是防偷防盗,但实际上防君子不防小人,就像庄稼地里的稻草人,警告功能大于实际意义。那时候偷瓜的多是邻村的那些半大小子,他们知道看瓜园的我们年龄也不大,因此偷瓜的时候十分嚣张。

有一次在距离我家瓜棚不到十米的垄沟旁,我看到一片刚吃过的瓜皮,从痕迹上来看,是几个人大模大样地坐着吃的,西瓜是被摔开的,啃剩的瓜皮还带着好多西瓜瓤。看着地上的瓜皮,我非常窝火生气,心想要是有条狗就好了,哪怕养只大白鹅也会叫唤几声,它们警惕性很高,肯定能帮我看好瓜,早晚我得抓住这些偷瓜贼。

没多久,我就发现偷瓜的是邻村的几个小破孩。悄悄盯上他们以后,我便约起几个伙伴,埋伏好后从几个方向包抄,结果有个小破孩没来得及跑掉,真让我们捉住了。"娘娘腔"学着电影里抓特务的动作,反扭着小破孩的胳膊,一本正经地问我怎么处置。

开始还为我们的包抄谋略得意,但没想到真逮住小偷瓜贼后却不知道如何处置了。打他一顿吧,感觉他太小,不打吧,一次次糟蹋瓜园着实可恨。怎么办呢?我紧握着小铁铲忽地冒出一句:"叫我爷爷,我就放了你。"没想到那个小破孩像捡了一根救命草一样,居然冲着我大声喊了几声爷爷,然后挣脱发蒙的"娘娘腔",拔腿就跑了。

紧接着,"娘娘腔"突然撒吆挣一样大笑起来,我们看见地面上有一片水渍,原来是那小破孩刚才吓尿裤子了。

豌豆馅

北方的农村人好赶集，相邻几个村之间两天一逢集，十天一逢会，卖菜买菜，购买各种生活用品。大家通常把逢集赶会的那几条街道称为集上。

赶集要赶早，天蒙蒙亮集上已经开始热闹了。那时候很少有菜贩子，卖的菜都是自家庄稼地里种出来的。卖菜的老早就摆上地摊不断地吆喝着。买菜的挎着竹篮子走走停停，讨价还价。还有卖鸡鸭鱼的，卖编篮筐的，卖水煎包的……赶集的时间不长，通常七八点集市就散了。

赶会就不同了，时间充足，从早上热闹到下午。打铁的、卖布的、算卦的，牛马骡市、土特产品、瓜果蔬菜、鸡鸭鱼肉、南北干货、百货五金、布帽鞋袜，几乎只要可以买卖交换的在这里都能找到……用人山人海、熙熙攘攘、摩肩接踵这些成语来形容一点都不为过。

小时候到集上赶会，孩子们最喜欢吃的食物除了老冰棍就是糖葫芦和豌豆馅。如今老冰棍风采依旧，糖葫芦遍及各地，但是豌豆馅却很少见了。

豌豆馅是我们河南的一种传统风味小吃，以豌豆、柿饼等为原料制成，色泽黄绿，滋味香甜，是健脾胃、解热毒的美味食品。卖豌豆馅的通常没有固定摊点，大多是推车、挑担沿街叫卖。木板上倒扣着脸盆形的豌豆馅，用一块干净的白布罩着，掀起一角露着里面诱人的豌豆馅，然后切成一块块的开始叫卖。

"娘娘腔"家隔墙的张大爷就是做豌豆馅的，没作业写的时候我们经常去他家看如何做豌豆馅：先把豌豆、柿饼、白矾清洗干净，晒干磨成豆瓣，然后把柿饼洗净切成柳叶片状，沥干水分。锅内加清水烧沸，投入豆瓣、白矾、枳实水，沸后把上面的浮沫舀出去。等豆瓣煮得差不多熟透后，改用小火，用特制的木杆搅拌成粥状，然后盛入盆中。每盛一层豆粥，就均匀地撒上一层柿饼，直到将盆盛满，晾凉后把盆里的豌豆馅倒扣出来就做好了，所以我们在集市上看到的没用刀切的豌豆馅就是脸盆状。

我们经常在胡同里遇到张大爷推着他的老独轮车去集上卖豌豆馅，独轮车一般人推不走，推不好就会歪倒在地。不过吸引小孩子们眼球的还是那黄灿灿的豌豆馅，尤其是中间夹着酱红色的柿饼，散发着一种诱人的香甜味道，简直就是无上的美味。递上三五毛钱，张大爷就熟练地用大片刀斜切一方，用双头竹签插上，合不拢嘴地递给我们这些踮着脚盯着豌豆馅的"小馋猫"。轻轻咬上一口，松软沙甜，香糯可口，尤其是里面的碎柿子饼，嚼在嘴里是那么筋道好吃。每次我都是狼吞虎咽地吃完，才后悔自己吃得太快了。

有一天集上逢会，中午放学后我跟"娘娘腔"故意绕道到集上凑热闹，看见张大爷把豌豆馅卖得差不多了，正站在路边用毛巾擦汗，独轮车就在他的身后。调皮的"娘娘腔"蹑手蹑脚地溜到张大爷身后，两手架起独轮车的车把，居然摇摇晃晃地把独轮车推了起来。等到张大爷发现，独轮车已经被"娘娘腔"推出十几米远了。

独轮车需要平衡，一般人根本推不稳，加上张大爷在后面的几声吼叫，"娘娘腔"一摇一摆地迈着小碎步推着独轮车，眼睁睁地看着独轮车摇晃得愈加严重，然后一下子歪倒在了大街上。车上的盆、切刀还有卖剩下的豌豆馅稀里哗啦、叮叮当当地掉在了地上，独轮车歪倒在地，木轱辘却像看笑话一样不紧不慢地一圈又一圈地空转着。

"娘娘腔"见自己闯了祸，扔了独轮车拔腿就跑，跑了几步想想不对劲又折了回来。只见他耷拉着脑袋走到张大爷面前，沮丧地央求道："三爷，我想推你的独轮车好多天了，就想试试能推多远。你别给俺娘告状，要不然我头上该挨笤帚疙瘩了。你要是不解气，就罚我把掉在地上的豌豆馅吃了吧！"

张大爷一听这话，"扑哧"一下笑出声来，气也消了大半。他扶起了倒在地上的独轮车，我们也慌忙把掉地上的东西捡起来。没有卖完的豌豆馅，成了我跟"娘娘腔"的一顿美餐，那一次可真过了一把嘴瘾。

洋槐花

"槐林五月漾琼花,郁郁芬芳醉万家。春水碧波飘落处,浮香一路到天涯。"每年到了谷雨,豫东平原老家的洋槐树就开始开花了。

很多人是闻到花香才看到满树的槐花的。微风拂过,村子里到处弥漫着洋槐花特有的清香,香气中还有一丝丝的甜意,吸一口就让人感觉神清气爽,花的香甜便会沁人心脾。

槐花有很多种,就槐树品种而言,有紫花槐、香花槐、刺槐、龙爪槐等等,开出的花瓣颜色也各有不同。

在我们豫东平原常见的洋槐花只是其中的一种。有洋槐就有国槐,洋槐只开花不结角,国槐既开花也结角;洋槐花花开如蝶,闻起来清香扑鼻,吃起来稍有清甜;国槐花花开如豆,香淡,吃起来有苦味。记忆中每年槐树花开,村里常常吃蒸洋槐花,煎槐花饼,熬槐花粥,泡槐花茶,包槐花饺子……

村里的洋槐树很多,在我老家西面的土岗上还有成片的槐树林。洋槐花虽然花瓣很小,没有泡桐花大,没有桃花鲜艳,也没有梨花娇嫩,但它乳白色的花瓣、淡黄色的花蕊,也别有一番魅力。一簇簇、一串串槐花在枝头绽放,远远望去,白茫茫一片,仿佛槐树上落了一层皑皑白雪。

洋槐花于我,是一缕扯不断的情思,是一条永远牢固的根。树上摘槐花时的惬意,树下游戏时的兴奋,还有那槐花糕香甜的滋味,常常让我魂牵梦绕。

每年槐花盛开的时节,满院子都弥漫着浓浓的槐花香。成群的蜜蜂在槐花间来回忙碌,采花酿蜜,据说槐花蜜是上等的蜂蜜。槐花也引诱得我仰头观望,口水直流。如果不吃上一次蒸洋槐花,就好像少了些什么,似乎整个春天也变得索然无味了。

我仿佛看到童年时代的自己,腰上系着绳子,绳子的另一头系在一只竹篮子上,脱下布鞋,踩着"娘娘腔"的肩膀,双手抱住树干,噌噌几下就爬上了树。然后小心地找一个适合站脚又方便捋槐花的位置,拽住绳子把树下的篮子提上来。接着便迫不及待地先将一把槐花放进嘴里咀嚼,满嘴香甜,急忙咽进肚里。树下的"娘娘腔"扯着嗓子喊:"别在树上磨蹭啦,也让我捋一把槐花尝尝味!"我匆忙往嘴里又塞了一把香甜的槐花,避让着枝条上的小刺,折下一小枝满是槐花的树枝抛给树下的"娘娘腔",接着又继续站在树杈间一嘟噜一嘟噜地捋槐花。

篮子里的槐花很快就装满了,我用绳子把装满槐花的篮子徐徐送到树下,"娘娘腔"把槐花倒出来装进化肥袋子里,我再把空篮子重新提上去继续捋槐花。

我站在槐树上不停地换着位置,伸手就能捋到的槐花很快就被捋完了,只剩下高处不易捋的槐花了。这时树下的"娘娘腔"便会把一根长竹竿递给我,竹竿的一头上绑着一个用钢筋弯成的钩。有了这个长钩,再高、再难捋的槐花也会乖乖地进到篮子里,化肥袋子很快就装满了捋好的槐花。

我们把化肥袋里的槐花各分一半,一路唱着小曲送回家里。槐花可以蒸着吃、煎着吃,还可以炸丸子,也可拌些调料当包子馅用。或者干脆在槐花里拌些葱花、蒜苗、芫荽之类,再放些调料,搅拌均匀即可食用,调好的槐花清脆、香甜、耐嚼。

但我最喜欢吃的还是槐花饼。母亲在压水井旁将槐花一遍遍地淘洗干净,然后将淘洗干净的槐花在开水里焯熟,捞出沥干水分,与玉米面或白面拌在一起,再加上几个鸡蛋搅拌均匀。母亲用手把这些面团拍成一个个小圆饼,放进铁锅里用油煎。一会儿,香喷喷的槐花饼就可以吃了。

记得有一年春天,村口放电影《自古英雄出少年》,看完电影时间还早,我就跟"娘娘腔"一道去了他家寻摸吃的。因为看电影的时候就感觉饿了,肚子一直咕咕响。

那天早上,"娘娘腔"他妈做的煎槐花饼,馍筐里剩下不少。我毫不客气地把十几张槐花饼统统抓到他家的地锅里,放上铁箅子,添上柴火开始加热。他家地锅旁边的风箱特别好使,我卖力地拉了一阵风箱,就急不可耐地掀开锅盖,用筷子夹出一张槐花饼开吃了。

"娘娘腔"神秘兮兮地偷来半瓶汾酒,应该是他那个酒晕子爹的好酒。我们俩关上厨屋门,拿出两个小黑瓦片碗,剥了几根大葱,就着地锅里的火光,学着电影里绿林好汉大口吃肉、大碗喝酒的样子,坐在厨屋的硬土地上啃一大口槐花饼,咬一截大葱,再美滋滋地抿两口小酒,犹如在享受一顿山珍海味一样兴奋无比。火光弱了,我们俩就随手抓一把柴火塞进地锅下面的炉灶里,他家的柴火有麦秸也有秫秸,烧火特别方便。

为了采光照明,我们俩一个劲儿地往地锅里添柴火,慢慢地把锅里的水熬干了居然毫无察觉。再后来,十几张槐花饼、半斤汾酒都进了肚。小孩子毕竟不胜酒力,最后我们俩便晕晕乎乎地在厨屋的地上睡着了,而"娘娘腔"家的那口大铁锅居然被我们俩小酒晕子给烧出裂纹了。

那是我第一次喝酒,还吃着美味无比的槐花饼。

饭场

在我们农村老家,熟人见面要打招呼,通常就是:"吃饭了吗?""吃嘞啥?"女人们见面会问:"馏馍了没?""烧汤了吗?"男人们见面会摸着口袋说:"来弄根烟抽抽。"

"娘娘腔"有个酒晕子爹,经常骑着他家的永久牌大梁自行车,半路上遇到熟人,赶紧闸几下车闸让车子速度慢下来,左手扶着车把,右手摸着蓝布中山装的上口袋,一条腿踩着自行车脚蹬子,另一条腿从车座上斜挎过来,嘴里热情地说:"抽根烟,抽根烟。"那时候的香烟很少带过滤嘴,有散花、大前门、莲花女、彩蝶,对了,还有商丘烟。对方通常会摆着手说:"别掏啦,有,有,俺兜里有。"寒暄客套的工夫,自行车带着人就溜过去了,"娘娘腔"他爹的右手又回到了自行车的车把上,继续骑车赶路。

"娘娘腔"偷偷地告诉我,他爹的口袋里压根就没有烟,别说烟盒子,烟屁股都没有。

那个年代,村里人的伙食大同小异,家常便饭很简单,早、晚饭以馍、菜、汤为主,午饭大多吃面条,只有过年才能吃两顿猪肉水饺,而且饺子馅里有一多半粉条、白菜。我们把早饭叫"清早饭",午饭叫"晌午饭",晚饭一直称为"喝汤",经常喝的有红薯汤、萝卜汤、疙瘩汤、丸子汤、小鱼汤、鸡蛋汤……村里人一天三顿饭很少是在自己家吃,而是在饭场吃的。尤其到了夏天,一到饭点,老老少少的饭碗盛上饭,菜碗盛上菜,馍往菜碗里一放,或者扎到筷子上,端着饭碗和菜碗,饭量大的端着馍筐子,不约而同地赶饭场去了。

有这么一句老话:"东家短,西家长,端起碗,赶饭场。"说的就是村里人聚在饭场吃饭的习俗。一般来讲,一个村子会有好多个饭场,赶饭场的人,基本上都是左邻右舍的几十号人。

小时候我们几家邻居的饭场就在胡同口,一小块硬地,干净敞亮,有几棵大槐树,不远处是一个大水坑。大家三五成群地在树荫下围着,找几块砖头瓦片,把自己的菜碗凑在一起,放在上面开始相互品尝,没有桌椅板凳,照样吃得津津有味。比较讲究的蹲在地上,不讲究的就席地而坐,甚至脱下一只鞋一屁股坐在上面。手中的馍不小心掉地上了,捡起来吹一吹,接着吃。筷子掉地上了,拾起来往碗沿儿上敲两下,或者掀起衣裳襟子蹭一蹭,继续使用。有时候微风吹过,碗里会吹进来一片树叶或两段草根,随即用筷子往外一挑就妥了,根本不耽误吃饭聊天。

大家吃着饭,喷着空,闲聊着东家长、西家短:谁家的媳妇儿孝顺又勤快,谁家的婆婆爱装糊涂常找事,谁家的小姑子跟大嫂子撅脸子了,谁家的男人夜里赌博被派出所抓走罚款了……上下五千年,纵横几万里,国际形势、国家大事、家长里短、见闻传说,小孩子少的时候,偶尔来两句荤段子。饭场上不断地发出一阵阵爆笑。

饭场里最高兴的是大大小小的孩子们。隔锅的饭香,自家的饭不好吃,哪怕是一模一样的饭菜,孩子们偏偏爱吃别家的。这边跑跑——"大娘我吃面条。"那边溜溜——"三婶我喝稀饭。"于是他大娘、他三婶就慌着把碗里的饭菜分享给孩子们,吃饱了就看他们在饭场里斗拐、摔骨碌,看着精力充沛的孩子们,大人们总是笑得合不拢嘴。

过去饭菜油水少,庄稼活儿重,人们吃得多,尤其是村里的棒劳力,一碗饭往往不够吃,吃完了就得再回家盛饭。有些人图省事,干脆用大碗盛饭,那种粗瓷大碗的口径有七八寸,抵现在家里的米饭碗好几个大,倘若还不够吃,索性就用瓦盆吃了。

"娘娘腔"他爹的饭量就很大,一顿饭能吃四五个大馍、一碗菜、半盆汤,还经常厚着脸皮夹别人碗里的菜,嘴里嘟囔着说人家炒的菜香。谁家如果改善生活,做了顿好吃的肉菜到饭场里炫耀,"娘娘腔"他爹还会从旁边的代销点里赊一毛钱一小黑碗的散酒,眯着眼扬着脖,脖子上的喉结上下跳几次,白酒就下了肚。每次喝到最后,嘴巴里还会发出喷喷的吮吸声,真的是难舍最后一滴。而地面上的硬菜通常是这个一筷子,那个一筷子,转眼之间就"尝"完了。

有的男人为了显摆自己在家里有地位、够爷们儿,吃完一碗饭,便大模大样地吩咐老婆回去给他盛饭。贤惠聪明的老婆二话不说,把自己的碗筷就地一放,就挪着小碎步回家去盛二回饭了,给自家男人足够的面子。村里有怕老婆的,偏偏还想在饭场里挣面子,东施效颦,结果,老婆不但不给他盛饭,还会臭骂奚落他一顿,大家便跟着起哄,看笑话总是嫌事小,尴尬者恨不得钻老鼠窟窿里躲避了。

村里的鸡鸭鹅猪多是散养的。有时候大家蹲在饭场里正吃得有滋有味,突然一头不识趣的猪哼哼叫着闯了进来,饭场便马上热闹起来,你踢一脚,我踹两下,直到把猪赶出场外为止。鸡鸭则显得比较聪明,经常在饭场外面候着,偶尔还会得到一点小小的赏赐。有谁吃得差不多了,就揪下来一小口馍头喂鸡。但也有不懂规矩的鸡,趁人不备看到地上掉的饭粒就拼命地往饭场里钻,大家便用筷子的另一头一阵乱敲,打得它晕头转向连飞带跑。有时,慌不择路的鸡还会把旁边的饭碗蹬翻,惹得大伙笑好大一阵子。

农村人爱热闹,经常跟叫嫂子的胡乱开玩笑,尤其是那些远门的弟嫂之间,见了面不开几句玩笑似乎说不过去,饭场便成了他们之间斗嘴的最佳场所。饭场里关注的人越多,他们斗嘴的积极性越高,谁骂得鲜、说得巧,便显示出谁的能耐大。苦了那些平时少言寡语的老实人,往往成为大家逗乐的对象。村里还有一些辈分低的人,只要辈分长,不管年龄大小,见面都可以骂他们几句——孩子乖、大侄子、兔崽子、日怎大娘……这些骂并不是恶意的辱骂,而是骂着玩儿,老家俗称"打渣子",骂人者跟挨骂者都知道分寸,从来不会生气。

最精彩的场面还是"抬杠",饭场上吃着吃着"抬杠"就开始了。双方一边吃一边抬,各执一词,争论不休。爱抬杠的人经常钻牛角尖,不管占不占理,只要抓住一点,强词夺理死不低头,譬如,"娘娘腔"那个酒晕子爹,就是我们村有名的"杠子头"。

"杠子头"抬起杠来不达目的不罢休,如果争论不过对方,就要无赖,公说公有理，婆说婆有理，你说蝙蝠是老鼠偷吃盐变的，他非说鸭子的嘴是尖的。"理不正气死旁人"，围观者看不下去，就变成了群抬，你一言我一语，争论得脸红脖子粗，不知不觉由蹲着争辩到站着争论，吵急了还跟妇女一样咬牙跺脚拍大腿，跟吵架一般。

都说结巴嘴巧说话，酒晕子抬杠更热闹。有一回，"杠子头"在饭场上喝晕了又跟人抬杠，抬到最后实在是理屈词穷，便狗急跳墙恼羞成怒，饭碗一摔，悻悻而去。没热闹看了，大家伙才端着空碗掂着筷子意犹未尽地各回各家了。

后来听说，"娘娘腔"在家莫名其妙挨了他爹一顿暴打，憋屈毁了。

柳笛

豫东平原常见的树木除了泡桐、杨树、槐树,还有柳树。

在古人的意念里,"柳"字谐音"留",因而古人有折柳赠别的习俗。跟柳树有关的诗句可真不少:"渭城朝雨浥轻尘,客舍青青柳色新""今宵酒醒何处,杨柳岸,晓风残月""杨柳枝,芳菲节,苦恨年年赠离别""笛中闻折柳,春色未曾看""此夜曲中闻折柳,何人不起故园情""扬子江头杨柳春,杨花愁杀渡江人""染柳烟浓,吹梅笛怨,春意知几许"……古往今来多少文人墨客,对柳树都是这样的情有独钟。

每年春风吹来时,校园里最先绿的就是操场上的几棵大柳树。千万条随风飘舞的垂柳枝,满树繁星一样多的嫩绿柳树芽,向我们报告着春天到来的消息。

当柳絮飘飞的时候,田地里杏粉桃红,油菜飘香,麦苗翠绿。柳树上就会生出新的枝条,柔软、修长而又光滑,孩子们就欣喜地奔走相告:"可以拧笛扭吹着玩啦。"我们老家称柳笛为"笛扭",相比之下,我还是感觉"笛扭"这个名字比较亲切。

在上学放学的路上,我们遇到合适的柳树,就怂恿胆大的小伙伴去爬树折柳笛。他们二话不说,往手心里吐上两口唾沫,紧紧裤腰带,噌噌地就爬了上去,折下许多柳条抛下来。我们就一起尖叫着围上去抢,那真叫一个热闹。大家先用柳条编各自的柳条帽,扣在头上感觉就像电影里行军打仗的解放军战士。然后选好做柳笛的枝条,去掉尚为锥形的小叶,从这一端扭到那一端,一遍遍地捻搓表皮,等到表皮松动,小心地从柳条较粗的一端把里面雪白的筋骨慢慢地抽出来。白色的柳条略带甜味,每次我都要把白色的柳枝噙到嘴里嗍两口,嗍到无味才舍得扔掉,那个味道真的好极了。

　　抽出筋骨的柳筒可以做好几个柳笛。先将柳筒轻轻地折出需要的长短,用铅笔刀小心地切割,然后在稍粗的顶端处,用指甲或小刀轻轻地刮掉表层绿色的外皮,露出略带淡黄的内皮。内皮的长度很有讲究,留短了吹不出声,留长了吹出的声音就会发闷,而且很费力气。经过我们不断地调试,再用铅笔刀将吹口割整齐,稍稍地用力捏扁,柳笛就可以吹了。

　　因为柳笛的长短粗细不同,吹出的音调也就不同。纤细的柳笛,声调高亢、婉转,如戏中青衣的低吟;粗壮的柳笛,声调浑厚,音域宽广,如舞台上忠臣良将的长啸;三两支柳笛同时吹响,如交响乐般激昂、雄壮,令人热血沸腾……我跟"娘娘腔"还尝试过在柳笛上打洞,就像长笛那样的小洞,吹的时候用手指肚压着柳笛上的小孔,不按谱法随意抬动手指,吹出来的声音居然可以多变动听,大家很快就效仿起来。

　　捉迷藏的时候,柳笛也可以派上用场。通常是参与游戏的一个小伙伴被红领巾蒙着眼睛,小心地抬着腿,伸着双手去抓四处躲藏的小伙伴。躲藏的小伙伴看着自己安全,故意吹响柳笛,引诱蒙眼的小伙伴顺着笛音寻找自己。等蒙着眼睛的小伙伴走到跟前时又迅速地转换了位置,继续不远不近地吹着嘴边的柳笛,挑逗蒙着眼睛的小伙伴四处摸索。

　　有时候我们举行吹柳笛比赛,找一块空旷的场地,鼓着腮帮子使劲吹,看谁吹得最响,吹得最好听。好多柳笛一起吹,音调音色各异,柳笛声此起彼伏,给单调的乡村生活增添了最原始、最质朴的曲调。

　　大伙儿一直吹到两个腮帮子酸疼,满嘴都是柳汁的苦涩。

练习本

记得上小学的时候，我们使用的练习本大多是自己装订的，真可谓五花八门，应有尽有。

男孩子喜欢用香烟盒装订成练习本。那时候的香烟没有过滤嘴，很少有硬盒的香烟。香烟的品牌极其丰富，商丘本地的有莲花女、巨龙、商丘、黄河、联欢、陇海，外地的大前门、彩蝶、团结、前进、红梅、卫星，还有金丝猴、红双喜、大重九、万宝路……大人们抽完烟随手就把烟盒扔掉了，我们就把花花绿绿的香烟盒收集起来，叠三角牌打着玩，赢的三角牌多了，就把品相好的三角牌拆开，将纸张铺平，想方设法装订起来，就是一个很好用的练习本。

班里也有同学用老日历当练习本的，三百多页的日历有点厚，大家就把厚厚的日历拆开，装订成若干本。那时候作为学生，我们没有订书机，装订练习本就自食其力、各显神通。心灵手巧的女孩子会用塑料皮筋、红头绳装订，装订出来的练习本美观大方。男孩子则用铁钉在厚厚的一叠纸上钻孔，找两套螺丝螺帽，用钳子拧紧，或者用细铁丝挨着练习本上端打好的洞孔一下下地将练习本捆扎在一起。还有更省事的，直接用一个大铁夹子，夹住厚厚的作业纸。每次班长收发作业，抱着一摞各种各样的练习本，大家从装订处就能分辨出自己的练习本来。

当年的稿纸是相当金贵的，谁若有一本印着某某乡人民公社或什么单位的稿纸，则代表着自己是跟稿纸上的工作单位有关系，即家里有人领着国家工资。那时候教师子女参加考试享有加十分的照顾，而工人家的孩子是可以接班的。即使不努力学习，考不上高中也可以接班到工厂上班。当年我们班就有一个同学，他父亲在县化肥厂上班，他经常在班里给我们讲化肥厂的烟囱有多高,化肥厂的卡车有多大,化肥厂的化肥有多白,讲得最多的就是化肥厂的孩子能接班。后来老师就告诫我们,不要跟着工人家的孩子混,他们不好好学习,毕业后还能去工厂,而我们不好好学就只能老老实实地回家种地打坷垃。

因为我的母亲在学校当老师,那些考试后用过的试卷就被我废物利用当练习本了。一张试卷用剪刀裁四份,然后挑选好反正面,在地面上摆开铺好,我就端来母亲的针线筐,一本正经地盘坐在地上,开始一针一线地缝练习本。别看我是个男孩子,做针线活还行,不仅会缝练习本,而且还会缝沙包、缝鸡毛毽,"娘娘腔"在这方面比我做得还好呢。那时候的试卷都是学校油印的,即使放置的时间长了,试卷上的油墨遇到水分还是会融化的。每次我缝好十来本练习本,就得对着镜子洗手洗脸,因为手上脸上早已经沾满了黑乎乎的油墨。这种练习本我做了很多,自己也用不完,就送给班里的同学们。

班里同学还有用草纸当练习本的,就是给死人烧的那种纸。那种草纸只能用光滑的那一面,因为另一面很粗糙,没法在上面写字。我有个同学,他父亲在村里负责红白事,家里就不断有红纸和草纸,他的练习本也是红色的一本,黄色的一本。班里的同学有时候会借他的红纸当练习本,黄色的草纸却从来没有人借过。

比较讲究的同学就去集上的新华书店买大张的白纸,回家自己裁剪装订。装订好的练习本前后用糨糊粘上牛皮纸,用剪刀裁剪整齐,再拿来塑料尺和铅笔,一页页地在上面画标线。田字格用来写语文,横格用来写数学,还有人很有耐心的下功夫画作文本。现在回想起来,那么枯燥耗时的事情,当年我们居然做得津津有味。

后来学校门口的小卖部有了一种高科技的练习本,上面是一张薄薄的塑料纸,揭开塑料纸是一层黄油。写字的时候就在塑料纸上写,写满了字以后,揭一下塑料纸,用手掌在上面抹两遍,上面的字痕就不见了,我们就可以重新在上面练习写字了。

到了小学三四年级的时候,老师开始要求我们用圆珠笔、钢笔写字。可是"娘娘腔"依旧坚持用铅笔做练习、写作业,因为舍不得扔掉练习本。即使是废物利用的练习本写满了,他也会趴在课桌前用橡皮将写过的铅笔字全部擦掉,有时候因用力过度,便会把废纸擦破一个洞,这时"娘娘腔"绝对是满脸惋惜的表情。

那个时候我们并不是买不起新的练习本,谁也不会笑话谁的窘迫。只是在那个物资匮乏的年代,那淳朴的乡土民风,又给我们留下了一份美好的回忆。

怀念，新麦子的醇香

　　端午节越来越近，布谷鸟在村头上空不停地啼叫，街上的水果店里开始有黄杏卖了。庄稼地里的麦穗开始由绿泛黄，气温也越来越高，仿佛一夜之间，绿油油的麦田就会变成一片金黄色的海洋。

　　"麦到小满日夜黄"，二十四节气中的小满是跟小麦有关系的。小满时节，正是小麦灌浆时期，麦粒看起来好像饱满了，其实只是灌了个"半饱"，故称"小满"。

　　对于孩子们而言，我们不希望麦子熟得太快，也不关心一亩地能打多少斤粮食。好不容易等到了吃新麦的季节，大家就巴望着赶在麦子成熟以前，掐几回麦穗，喝两碗麦仁汤，偷偷地在垄沟边、桐树下、墙垛旁吃几顿烧麦子，过一过嘴瘾。

　　吃新麦一定要等到麦穗开始泛黄的时候。时间太早，麦粒刚刚灌浆，果实还没有长硬，没啥吃头；时间太晚，揉出来的麦粒发硬就没法吃了。所以麦穗长得差不多的时候我们就开始揉着吃，生怕错过了季节。那个时候麦穗里的麦仁还是青色的，含水量也高，揉轻了外壳不会脱落，揉重了会把麦仁揉烂，但也不耽误吃。胆大的同学上课也弄一把麦穗，趁老师看不见，揪着麦仁一粒粒地吃，还不忘给前后桌分享。那种带着麦香的新麦，不仅有股淡淡的甜味，而且口感也特别好。

　　将掐下来的新鲜麦穗放在掌心里反复地揉搓着，麦芒的小刺会弄得掌心痒痒的，怪怪的。我们忍俊不禁地享受着手心里的刺痒，用适当的力度来回地揉，将籽粒饱满的麦仁与外壳脱离，然后双手合拢，将嘴巴凑到两个大拇指中间，用力一吹，麦芒与外壳就被吹了出去。继续揉几下，接着再捧着手心吹气,剩下顽固的、带着茸皮的麦仁,我们就用手指一点点地剥掉。直到手心里全是一粒粒绿色的麦粒,又软又黏,吃起来特别香。

女孩子们的吃法就比较矜持,总是一小撮一小撮地往嘴里送,甚至一粒一粒地捂着嘴吃。贪吃的男孩子们则经常揉了一大把麦仁,一下子全镶到嘴里大口地嚼着,全然不顾自己的吃相。新鲜的麦仁不仅有嚼头,还特别香甜。

"娘娘腔"不仅贪吃而且性子急。有一次他在课堂上偷吃新麦,碰巧数学老师提问,偏偏点名让他到讲台上做演算。"娘娘腔"顿时手忙脚乱起来,居然把没揉干净的麦仁塞进了嘴里。只见他硬着头皮走上讲台,捏着粉笔头好不容易才把那道数学题做完,原以为他做完数学题就可以回到座位上了,没想到慌乱中又把习题做错了。

数学老师板着脸让他给大家分析错误的原因。我们眼睁睁地看见"娘娘腔"费力地把嘴里的麦仁全咽了下去,没想到他却被麦芒卡了喉咙,想咳又不敢出声,难受得脸红脖子粗,眼泪似乎都快要出来了。被麦芒卡喉咙不是一般的难受,最后"娘娘腔"忍无可忍,喘着粗气猛咳了几口,我壮着胆子端着半茶缸子凉水跑到讲台上喂他,老师这才明白是怎么回事。

用新鲜的麦仁熬出来的麦仁汤,那才叫好喝,一点也不比八宝粥的味道差。再说,那个时候我们压根也不知道世上有八宝粥、莲子羹、冰糖水果粥,能喝碗麦仁汤就已经很不错了。每次母亲在家熬麦仁汤,我都会先把稀汤喝光,等到瓷碗里剩下的全是筋道又好吃的麦仁,我便用筷子三下五除二地将麦仁吃个干干净净,吧唧着嘴巴,一不小心就吃成了肚儿圆。

老家还有一种食物叫"碾碾转子",就是用筛干净的新麦在地锅里焖烧后,摊在石磨上挤出来的条状物。"碾碾转子"又软又黏,用香油跟蒜汁凉拌,筋道美味,散发着一股麦子特有的清香。"碾碾转子"只有新麦下来的时候才有的吃,相传还是清宫的贡品呢。

与麦仁、麦仁汤、"碾碾转子"相比,烧出来的麦子更有味道。那时候我们通常是放学后喊一声:"掐麦烧着吃,一路去不?""中!"大家就心领神会了,背着书包,放学不回家,而是去了离学校不远的庄稼地。

掐自己家麦穗的都是傻瓜,为了不做傻瓜,为了不被大人们发现,我们就会选择比较偏僻的麦地。约上三五个发小,有负责到麦地里掐麦穗的,有负责在路口放风的,有负责捡拾柴火的。大家分工明确,心照不宣,倘若看到大人们路过,我们就紧握着掐好的麦穗拔腿就跑。

将掐好的麦穗头朝上紧紧地捆好,阳光照耀下,细细的麦芒是那样好看,而捆好的麦穗像是一束绿色的花朵,拿在手里沉甸甸的。麦穗掐得差不多了,我们就拿着一束束捆扎结实的麦穗找地方开始烧麦子了。

村里每年都有麦田失火,一把火就会将一年的收成给毁掉,所以大人们经常告诫我们不要玩火,而且告诉我们白天玩火夜里会尿床。可是大人们越是禁止,我们越是好奇,一有合适的机会就想方设法去烧麦子吃。

烧麦子需要一定的技巧,通常需要找一处背风的地方,最好是一堵土墙。裤兜里拿出从自家厨房里偷出来的火柴,一个人捧着成捆的麦穗,另一个人小心翼翼地划着火柴杆,其余的人围着挡住风。当火焰刚刚接触到麦穗,周围的麦芒就会轰的一下着完,只剩下麦穗,这个时候便可以开始在柴火堆上面烧麦穗了。烧麦穗还需要有耐心,要将成捆的麦穗不断地翻转,使其均匀受热,不然有的麦穗就烧不熟,有的麦穗就会烧焦。如果麦穗放进火焰里太多,那么秸秆就会被烧断,麦穗就会掉进火里变成灰烬。

当一股麦香味散发出来的时候,烧的麦子就可以揉着吃了。吃的时候一定将手中的麦穗揉好,用嘴把外壳吹干净。烧熟的麦粒焦中带甜,散发出来特有的醇香,浓郁而筋道,吃起来是满嘴的麦香。

大家兴高采烈地揉着烧好的麦穗,手忙嘴乱地吹着气,将黑色的外壳揉掉吹走,剩下热乎乎的麦仁。吃的时候谁也顾不得嘲笑谁,手上和嘴角都会沾满黑色的草木灰。我们狼吞虎咽地嚼着,等到把烧的麦子吃完了,才抬头看见对方的黑嘴唇和黑乎乎的脸蛋,于是大家你看看我,我看看你,笑得拍手跺脚、前仰后合。笑够了,大家就开始拿黑手涂抹对方,脸上、衣服上,逮到哪里抹哪里,大家打打闹闹的,追逐嬉戏在田间地头,直到太阳落山,才依依不舍地背着书包各回各家。

随着年龄的增长,我离开老家已有很多年了,一转眼十几年没有吃过烧的麦子了。如今,我生活在高楼林立的城市里,安静地坐在电脑前,无心浏览让人眼花缭乱、应接不暇的网络世界,突然间,好怀念新麦子那股无法替代的醇香味道,怀念那些一去不复返的童年时光……

游戏机

　　小霸王学习机有着类似于电脑键盘的键盘,可以练习五笔打字,进行简单的词霸学习。在电脑尚不普及的 20 世纪八九十年代,它成为孩子们理想的电子玩具,不,应该说是梦寐以求的学习机。

　　小霸王学习机的键盘与电脑键盘不同之处是键盘中间靠上的地方有一个插槽,用来插换各种游戏的游戏卡,通常是黄色的塑料外壳,贴有不同游戏画面的彩纸。游戏有《魂斗罗》《赤色要塞》《小蜜蜂》《越野机车》《超级玛丽》《坦克大战》《中东战争 1942》《绿色军团》《双截龙》《忍者神龟》《冒险岛》……尽管这些都是最简单的游戏,但手柄上面记录着无数的汗水和快乐,简单的游戏画面见证着激情与友情。写到这里,当年激情澎湃的感觉又满血复活了,我好歹也算是个玩家之一吧。

　　学习用的键盘通常很干净,而外接的两个手柄经常是老早就用坏了。手柄上的"选择"和"开始"按钮经常没有了弹性,甚至需要用螺丝刀撬起来,自己用酒精擦洗按键上面的污垢。那个时候不少小伙伴的两个大拇指经常磨得起泡,原因大家都懂的。

　　附带的两个手柄其实就是游戏控制器,主手柄可以选游戏关卡、单人游戏、双人游戏。主机背面有电源接口、射频输出接口、图像输出接口、音频输出接口,还配有不同颜色的数据线。前面还有一个扩展端口,用于连接光线枪的外部设备。

　　提到光线枪,我想当年很多人都会问同样一个问题:老电视机没有感应器,是如何接受光线枪的信号进行游戏的呢?这个问题也曾经困扰着我,不久前我从一本杂志里看到了光线枪的原理,才恍然大悟。原来接收信号的是枪不是电视,在光线枪里有个感应器,这个感应器能够接收特定频率的光线,当光线枪对准电视机上的游戏目标时,特殊频率的光通过感应器收到信号,计时器就把时间记下来。而利用这种特性,光线枪就能知道我们射击目标的坐标值,所以只要枪口指着荧幕,游戏机就知道准确的坐标了。虽然当年的射击类游戏不多,画面也简单,可是我们依然打得热火朝天。

那个时候的男孩子都会自己动手连接数据线,连接到家里的黑白电视机上。爸妈在家的时候,我们装模作样地用键盘练习打字,五笔输入法老是记不住,如坐针毡。等到爸妈不在家的时候,感觉整个时空都瞬间改变了,麻利地关上门,换上游戏卡,跟弟弟一人一个游戏手柄,各种游戏打得昏天黑地。游戏机经常打着打着就卡机了,我们就迫不及待地重启,重启不成就直接拔卡。拔卡容易损害游戏卡,我曾经弄毁过几个游戏卡,心疼之余,偷偷地攒下零花钱,再到县城里购买新的游戏卡。

其实爸妈也知道我们兄弟俩在家里打游戏,只不过睁只眼闭只眼而已。担心我们兄弟俩打游戏上瘾,爸妈就吓唬我们——玩多了容易患近视眼,时间久了电视机容易爆炸。所以我们就不敢在家玩太长时间,害怕电视机有一天真的会突然爆炸了。

那时候街上还没有游戏厅,倒是有家修电视机的维修点偷偷地给小学生提供游戏机,那大概就是游戏厅、网吧的雏形吧。

我弟弟绝对是打游戏的高手,那些游戏我还在打前面几关,他已经通关了。譬如当年的《魂斗罗》,一红一蓝两个小人开枪闯关,开始玩的时候只有三条命,我前两关没打到,就在游戏里死掉了。我弟弟每个关卡都打得得心应手,躲闪跳跃、射击、投弹,面对眼花缭乱的场面如入无人之境,旁边的我看得摩拳擦掌、热血沸腾,却只有羡慕的份儿。老板收大家五毛钱一局,打挂了重新交钱,生意火爆。而我弟弟一旦出现,两手捏着手柄一鼓作气打到通关,旁边围着一大帮孩子,眼睁睁地看着弟弟越打越兴奋,直到后来老板把弟弟拉进了黑名单,给多少钱一局也不让弟弟玩他家的游戏了。

老板说,弟弟耽误他的生意,五毛钱打一上午,不够他缴电费的。

喝上瘾的止咳糖浆

　　小时候的冬天特别冷,那时候的我体质很差,动不动就咳嗽,咳得眼冒金星,嗓子生疼。像很多小伙伴一样,我也害怕吃药打针。大家就喝止咳糖浆,深褐色的细口玻璃瓶,包装像泰国进口的小瓶红牛饮料。止咳糖浆的浓度比蜂蜜低,味道怪怪的,甘甜中带着一股中药的味道,喝到嗓子眼又甜又黏,感觉特舒服,喝了一口还想再喝。这么多年过去,很多止咳糖浆的牌子我都记不清楚了,只记得有川贝枇杷露,反正别的药于我都不大见效,我就喜欢喝这种止咳糖浆。

　　后来发现村里的小孩子都喜欢喝止咳糖浆。止咳糖浆不像其他的药片、药丸,很少有人排斥。刚开始喝止咳糖浆的时候,大人还鼓励我们说,喝吧,跟饮料一样好喝。没想到我们居然喝上瘾了,嗓子明明好好的,喉咙中也没痰,胸口也不发闷,却故意在大人面前装咳嗽,猛咳一阵子,假装嗓子里有东西吐不出来,喘着气往地面上吐几口吐沫。大人们信以为真,就赶紧抽空给我们买整瓶的止咳糖浆。

　　那时候的村卫生所、乡医院、医药公司都卖止咳糖浆,不需要处方,甚至也不用医生诊断,给钱就卖。再后来小孩子自己去医药公司,不说话他们就知道是来买止咳糖浆的,大家都习以为常了。

　　我们把止咳糖浆当作饮料喝。村里的赤脚医生告诫我们,喝过糖浆不要急着喝水,不能讲话不能笑,让糖浆在喉咙处慢慢浸润,咳嗽很快就好了。可是我们还是喜欢弄一茶缸子凉开水兑着喝,喝的人越来越多,喝的量越来越大。大人们慢慢发现了问题,就开始阻止、监督我们,不让我们多喝,于是我们就想方设法偷偷地买,悄悄地喝。

买不到止咳糖浆,我们就用甘草片代替,一片甘草片含在嘴里嚼大半天,直到索然无味像甘蔗渣一样才舍得吐出来。

"娘娘腔"真有才,他每次偷喝弟弟的止咳糖浆,就往瓶子里兑凉水。直到有一天,他弟弟嘟囔着说糖浆坏了,"娘娘腔"他爹尝了一口,还没等他爹开口说话,站在一旁的"娘娘腔"心虚了,拔腿就往胡同外面跑,被他爹掂着笤帚疙瘩撵了老远。

后来我参加工作后才知道止咳糖浆属于中枢性止咳药,主要成分是氯化铵、苯巴比妥和桔梗流浸膏等。这类药是直接作用于中枢神经系统的咳嗽中枢,包含吗啡、可待因、氢溴酸右美沙芬等。可待因是鸦片里所含有的一种生物碱,与吗啡和海洛因具有相似的化学结构,作用强度是吗啡的四分之一,属于阿片类毒品之一,而麻黄碱是生产冰毒的原料。在很多警匪剧中都会出现一些人喝咳嗽水被警察警告的场景,而且被告知喝咳嗽水后果很严重,过量服用就等于吸食了软性毒品,并产生失忆、神志不清、脑部受损等危害。

怪不得小时候我们那么喜欢喝止咳糖浆,类似于吸毒上瘾啊!

酸梅粉

在我童年的记忆里,酸梅粉应该是当时最时髦、最便宜的零食了。

小时候,袋装的酸梅粉比糖果纸稍微大一些,包装简陋,用现在的食品卫生标准看,绝对是典型的"三无"产品。可是当年谁也没这个概念,好吃又便宜就是硬道理。

校门口小卖铺的酸梅粉有两种口味,一种是白色的牛奶味,一种是褐色的酸味。酸味的那种酸梅粉最畅销,简直供不应求。上学前、放学后,甚至课间十分钟,小卖铺的货摊前经常挤满买零食吃的孩子们。大家紧握着皱巴巴的毛票,或者是攥着几枚二分、五分的硬币,像一群叽叽喳喳的麻雀,你喊着,他嚷着,争先恐后地挤到摊主面前,先把酸梅粉抓到手然后再给钱,一毛钱两小包,算清账后背着书包挣扎着挤出人群,走不两步就迫不及待地开始吃了。

酸梅粉的吃法也很特别。每个小袋里都有配套的,带着神秘感的塑料小勺子,每个包装里的塑料小勺子是各不相同的,只有拆开包装才知道里面配的是哪款。小勺子很特别,不仅颜色不同,有红、黄、蓝、绿、白,而且另一端的兵器也各有不同,刀、枪、剑、戟不胜枚举。

小心翼翼地将软绵绵的塑料包装撕个小口,找出藏在里面的小勺子,用手指捏着欣赏一会儿,看看是不是新款的兵器,然后就开始吃。吃的时候用小勺子挖着里面的酸梅粉,一小勺一小勺地往嘴里送,酸梅粉含到嘴里,口腔里很快涌出大量的唾液,混合着酸梅粉慢慢地融化,味道又甜又酸,酸得牙齿甚至连舌根都会打战,那种感觉真的妙不可言,让人意犹未尽。剩下的酸梅粉用小勺子挖不到的时候,就把包装袋撕开,舔一舔袋子里面剩下的残渣,再伸出舌头舔两圈自己的嘴角,味道真的好极了。

有的小伙伴心急,嫌用小勺不过瘾,就把整袋的酸梅粉撕个大口,把小勺取出来,心急如焚地扬起脖子,一下子就把一包酸梅粉倒进嘴里,然后端着茶缸子灌两口凉水。三下五除二地吃完之后,眼睁睁地看着其他小伙伴不紧不慢地拿着小勺子有滋有味地吃着,自己只有偷偷咽口水的份儿了。

说到酸梅粉里的小勺子,又不由自主地想起我的同学"娘娘腔"。据我观察,"娘娘腔"并不怎么喜欢吃怪味的酸梅粉,却不断地买了好多,他总是慷慨大方地把撕开口的酸梅粉送给我吃,却把里面的小勺子留下了。他的文具盒里放满了各种各样的小勺子,十八般兵器样样齐全:刀、枪、剑、戟、斧、钺、钩、叉、鞭、锏、锤、棍、镗……不仅有我叫不上名字的兵器,还有手枪、大炮、机关枪、芭蕉扇,龙、马、虎、豹也层出不穷。原来,那个时候"娘娘腔"已经开始收藏了,没事的时候就在课桌上一溜摆开他积攒的各种小勺子,按类别显摆,他还经常拿自己多余的勺子跟同学们交换。

记得有一段时间,酸梅粉里搭配的小勺是神话剧里的八仙。跟家里要不到零花钱的"娘娘腔"为了收集一套八仙过海人物,就偷自己家里的鸡蛋到集市上换钱,买了几十包酸梅粉,拆开后不是汉钟离就是吕洞宾,不是何仙姑就是韩湘子,最多的是蓝采和,就是没有骑驴看唱本的张果老。

而我却意外地在酸梅粉里吃到一个张果老,感觉像中了大奖一般。

那几天,"娘娘腔"天天跟在我屁股后面,商量着用他的一套唐僧师徒勺子换我的张果老。其实我真不稀罕那个张果老,就因为他需要,故意逗他急。最后,"娘娘腔"忍气吞声给我买了六包没拆包装的酸梅粉,我才把张果老给了他。没想到,我当着"娘娘腔"的面,居然在他送我的酸梅粉里,接连拆出来两个张果老!

当时,"娘娘腔"的鼻子都气歪了。

济公丹

心理学研究表明，我们从出生到长大，最先形成的也最牢固的记忆就是嗅觉与味觉。这些滋味代表着一段独特的生活，伴随着我们从小到大，蕴藏着属于我们自己的喜与悲，和只有经历过才懂得的酸与甜。

譬如，小时候吃过的济公丹。

不知道谁还记得当年吃过的"济公开胃丹"，一种黑褐色的小颗粒，塑料袋包装，每个小袋里有几十粒，原料是陈皮、甘草、山楂、薄荷，味道酸甜，有股中药的味道。

当年电视上正热播《济公》，经常看到鞋儿破、帽儿破、身上的袈裟破的活佛济公摇着破蒲扇，从身上搓泥丸来救治病人，而这泥丸就是济公丹了。有的地方称陈皮丹，还有的地方称之为老鼠屎，简直再形象不过了。

后来才知道济公丹其实是一种药品，能消食开胃，提神醒脑，当年却被我们当作了黑暗料理。也因为济公丹是中药，才能够让大人们对它认可，看着我们把它当作零食吃，大人们也很少过问。

跟吃其他零食相比，吃济公丹这件事情充满着挑战性，尤其是班里的女生，看到有人捏着一小粒济公丹毫不含糊地填进嘴里，还故意说老鼠屎真好吃，经常会花容失色，甚至露出满脸的鄙夷。其实山楂、薄荷、陈皮都是货真价实的药材，做出来的济公丹样子看着有些恶心，吃起来却是清凉爽口，有点上瘾的感觉，根本停不下来。

印象中济公丹后来还有了高档一些的包装，透明塑料的硬盒，还有葫芦瓶，无一例外地印着济公的图案。当一粒粒济公丹从小葫芦形的瓶子里倒出来的时候，觉得自己和《西游记》里的神仙一样，倒出来吃到嘴里的可是仙丹啊。如果轻易将它吞进肚里是一种极不负责的行为,必须一粒一粒地仔细品尝,慢慢咀嚼,方才对得起仙丹美名。

我们还经常在课堂上偷偷地吃,然后通过桌面上的小洞,嘀着细皮筋喝着自制的汽水,那种感觉真的妙不可言。

后来看电影《唐伯虎点秋香》,周星驰饰演的唐伯虎有这么一段台词:而吃了"含笑半步癫"的朋友,顾名思义,绝不能走半步路,或是面露笑容,否则也会全身爆炸而死。实在是居家旅行、杀人灭口必备良药!"娘娘腔"每次吃济公丹,都会装模作样地先把这段台词演示一遍,然后手抓一把济公丹塞进嘴里,大嚼几口后假装中毒而死,还会痛苦地挣扎着伸着胳膊来一句"屎里有毒"……这四个字一个接一个地从"娘娘腔"嘴里蹦出来,煞是好玩。

那天"娘娘腔"吃过济公丹,假装中毒身亡刚刚倒地,班主任老师夹着课本走了进来。"娘娘腔"太入戏,老师用脚轻轻地踢了他几次,他依旧闭着眼睛在地上装死不肯起来,嘴角还挂着唾沫星子,惹得大家哄堂大笑。

一向严肃的班主任老师居然把眼泪都笑出来了。

吃肉

　　小时候，村里穿着开裆裤撒欢的孩子们有三盼：一盼过年，二盼村子里有人婚嫁，三盼村子里有老人去世。因为只有这些日子我们才能改善生活吃到肉。过年有饺子吃，有新衣服穿；婚嫁有大桌吃；谁家有老人过世，就要杀头大肥猪，让村子里的乡亲们放开肚皮吃个够。

　　那年秋天，村里人好长时间不知道肉是啥味道了，大伙把所有的希望都寄托在了已经躺在床上哼哼多天的"娘娘腔"他爷身上。据"娘娘腔"汇报，他爷没几天活头了。

　　所以，我们每天挎着竹篮子去庄稼地里薅草的时候，大家见面的第一件事就是问"娘娘腔"："恁爷死了吗？"

　　"没，还没呢。""娘娘腔"摇着头说，一副很对不起我们的样子。大家就很失望地叹息着。

　　看见大家闷不作声地薅草，"娘娘腔"伸着他那瘦鸡爪一样的手用力地拍着我们的肩膀，满脸肯定地安慰我们："放心吧，俺爷也没几天活头了，这几天躺床上干喘气，连话都说不了，我保证他撑不过月底。"于是，我们仿佛看见了大铁锅里冒着热气的大块大块油得发亮、煮得喷香的肘子肉……

　　一个阳光明媚的上午，我们正在庄稼地里偷红薯烤着吃，只见张二愣屁颠屁颠地跑过来，一边跑一边扯着嗓子喊："好消息，好消息啊，'娘娘腔'他爷终于断气了！"可能是太激动了，张二愣是抄近路来给大家报告好消息的，所以露在开裆裤外的小鸡鸡被茅草划得血痕斑斑，就像村里小学老师上体育课时吹的那个红哨子。

　　"太好了。昨天晚上俺家屋顶上十来只老鸹叫个不停，我就知道'娘娘

244

腔'他爷该蹬腿儿了。"王富贵站在塌了一半的土墙头上，像打了胜仗占领敌人阵地一般，神采飞扬地挥着胳膊。看见我还拿着手里的红薯啃，王富贵就大声冲我嚷："马上就有肉吃了，你还抱着红薯啃个球哎！"于是我们慷慨地扔掉没烤熟的红薯，挎着一篮子青草欢呼着向"娘娘腔"家雀跃而去。

"娘娘腔"他爷真的死了，一声不吭地躺在堂屋里那口早就准备好的红漆大棺材里。棺材还没上盖，"娘娘腔"他爷的脸用白纸蒙着，老人家死得很安详，还被换上了新衣服。棺材两旁则跪着"娘娘腔"的家人，神情严肃而悲伤，戴着白色的孝帽，穿着白色的孝服，白布条绑着裤腿，鞋面上也缝上了白布，"娘娘腔"他爹手里还拄着一根缠着白纸条的柳树橛儿，据说那就是哭丧棒。

在"娘娘腔"家院子的西南角，宰猪的工作已经如火如荼地拉开了序幕。肥猪已经被煺了毛，和"娘娘腔"他爷一样十分真实地死去了，死得我们心花怒放，死得我们蠢蠢欲动，死得我们摩拳擦掌，死得我们群情激昂。

"娘娘腔"一家跪在灵棚里，有人进来烧纸，负责问事的人一嗓子高喊："外面来客啦，里面的孝子烧纸谢客啦！""娘娘腔"的家人就开始埋头痛哭。墙根处还有人负责放鞭炮，小盘的鞭炮，噼里啪啦一阵子冒烟。我们则兴奋不已地在院子里一会儿看看开膛破肚的猪，一会儿看看死去的老人，生怕这已经死去的两者中有一位会冷不丁翘起来。但是直到大肥猪完全被肢解，我们害怕的两件事件都没有发生，大家这才长长地舒了口气。

那个时候，我们一年到头能吃肉的机会不多，除了过年吃饺子、吃大肉，就是八月十五啃月饼、吃烧鸡。别的季节如果赶上有人去世能吃上肉，无疑属于意外的惊喜。"娘娘腔"他爷的去世带给孩子们的感觉似乎跟悲伤毫无牵扯，反倒像是给我们带来一场期待已久的惊喜。所以当王富贵领着我们到老人的灵堂前，对着供桌上的画像，给老人家恭恭敬敬地磕三个响头的时候，"娘娘腔"在灵棚下面跪着干哭，还偷偷地瞄了我们几个一眼。

吃饭的时候，"娘娘腔"家很是热闹，完全不像是在办丧事。村里人能来的都来了，光孩子们就有好几桌。院子里摆不下，胡同里摆的都是吃饭的木桌长凳。大家都围坐在桌子旁，手里捏着筷子屏声静气地等待着肉的到来。

等到香喷喷的菜盘子端上来的那一瞬间，无数双筷子似离弦之箭，向着目标呼啸而去。就一眨眼的工夫，盘子里就只剩下几段苍白的大葱、几瓣黑乎乎的八角，孩子们则抹着嘴角的残留物，抖擞着精神等待下一个目标的出现。

肘子肉终于出蒸笼了，当冒着热气的肘子肉端到桌子上空还未落地的一瞬间，诡计多端的王富贵居然伸头就往盘子里吐了口唾沫，那些向盘子进发的筷子刹那间在半空中凝固，姓王的就端着满满一盘肘子肉扬长而去了，然后准备找个安静的地方独自享受。愤怒到极点的我们决定采取以恶制恶、以暴制暴的方式对这家伙进行无情的打击。看着他神采飞扬地端着一大盘肉蹲在墙脚准备开始吃的时候，伙伴们蜂拥而至朝着盘子上的肉群起而吐之……王富贵吓得面如死灰，然后哇哇大哭，远比"娘娘腔"悲伤。

狼吞虎咽地饱吃一顿后，我带着一身的肉香味道无限满足地打着嗝躺在家里的木板床上休息时，忽然听见父母在隔壁议论。父亲咳嗽了两声，开始责怪母亲："你看你家大儿，坐桌吃饭就像饿死鬼托生，跟几辈子没吃过肉一样，不知道丢人多少钱一斤。"母亲则轻声说："别埋怨了，村里的大人看见肉也是走不动，只是不好意思可劲吃罢了！"

然后，隔壁传来一声长长的叹息……

理想

我们周堂小学的老师大多是民办教师，包括我的妈妈。从师范毕业的张老师分配到我们学校后，他不仅成了全校学历最高的人，还成了我们的班主任。

专业的老师水平就是高，那一天上课，张老师站在讲台上拧着身子在黑板上写了两个大大的粉笔字"理想"，然后两手扶着讲桌声音洪亮地说："这节课咱们不学新课文，讨论一下大家的理想。"大家一下子就蒙了，开始抓耳挠腮、左顾右盼，看见班长举手提问，大家也跟着举手，傻乎乎地问老师什么是理想。张老师绷着嘴、鼓着腮帮子，眼睛忽闪了两下说："理想，就是你们长大后想干什么！"教室里一下子热闹起来了。

大家热情高涨地讨论起自己的理想。王富贵态度坚定地表示，将来自己一定要去电影院卖冰棍儿。地理老师家的女儿很明确地申明自己长大后要整一个水果摊儿。李保良说他力气大，要做集上的打铁匠。还有张二愣对粮店门口负责验收公粮的工作很向往……

张老师显然对我们的理想很不满意，于是他点名王富贵同学站起来，问王富贵的理想。王富贵很自豪地重申了自己卖冰棍儿的理想，于是我们的张老师开始了启发式教育，他微笑着鼓励王富贵："王富贵同学，你能不能把理想放得更长远、更宽广一些？"王富贵挠着头想了好半天，终于一副恍然大悟的样子兴奋地说出了自己更加远大的理想："除了卖冰棍儿，我还要卖汽水、卖麻糖棍、卖糖葫芦。老师跟校长吃，我不要钱！"教室里一阵哄堂大笑。

接着是点名张二愣谈自己的理想，只见张二愣不慌不忙地从座位上站起来的时候，已经是眉飞色舞了，眼睛里还绽放着光芒。张二愣咽了一口唾沫说："村里人每年收罢麦交公粮的时候，粮店门口装满粮食的架子车排着长长的队，验收公粮的人手中拿着一根空心的铁锥子，想扎哪袋粮食就扎哪袋粮食，然后抽出铁锥子，往手心里倒出来一小撮麦子，放进嘴里嚼两下就知道麦子有没有晒干，有没有发霉，还能弄盒彩蝶烟抽抽。更主要的是在粮店上班，有工资，吃公粮，是公家的人……"张二愣口若悬河、滔滔不绝，一口气说完，没等老师表态，他就一屁股坐下了。

轮到"娘娘腔"站起来谈论自己的理想了，大家把眼光都集中到了"娘娘腔"像根麻秆一样的身材上。只见"娘娘腔"慢吞吞地站起来，咽了一口唾沫，然后指着坐在我旁边的马爱花说："我长大后的理想是娶她做媳妇。"张老师当时就火了，他板着脸把马爱花叫起来愤怒地问："'娘娘腔'的话你听见了吗？"马爱花站起来低着头很羞涩地表示："嫁不嫁我得回家问问俺娘……"虽然马爱花的声音小得像蚊子哼哼，但教室里的同学们还是听得清清楚楚，好多人兴奋地拍着桌子起哄，还有人吹口哨、扔帽子，教室里彻底炸了窝。张老师脸上的青春痘因为面部的痉挛而互相挤压，部分痘痘似乎到了爆炸的边缘。

第二天，张老师在黑板上写了一溜职业，有科学家、航海家、天文学家、画家、记者、作家……张老师逐一解释了这些职业的优越性后，然后要同学们自己选一个。张二愣第一个站起来反对："大家都当这些家了，那谁种庄稼、交公粮啊？到时候，这些家还不得活活饿死啊？是不是，同学们？"然后态度坚决地继续坚持他长大后要去粮店收公粮的理想。王富贵也表态说："小本生意不能随便白吃，要不然肯定亏本。""娘娘腔"偷偷地瞄了一眼我旁边的马爱花，马爱花故意头也不扭地直盯着黑板，两只手在课桌下面不知所措地来回搓着。我就胡乱猜测：是不是马爱花她娘对"娘娘腔"意见很大？

张老师一直把我们带到小学四年级，再也没有跟我们这些榆木疙瘩讨论过"理想"这个话题。由于张老师教学出众，他被调到县城实验小学去了。临走的那天，大家竟然哭得很伤心，女生们更是哭得一塌糊涂。

突然间，王富贵鼓足勇气站到了老师的面前："张老师，有句话我早就想告诉你了，今天再不说就没有机会了。"张老师红着眼圈摸着王富贵的头深情地说："你说吧。"只见王富贵夺拉着脑袋,嘴里半截肚里半截、哼哼唧唧地对张老师说："张老师,冰棍儿我不卖了,长大后我也要成为像你一样的老师。另外,你自行车的气门芯老是被拔,导致你经常推着自行车回去。其实,有好多次,都是我跟马爱花一块干的……"

廖老师

廖老师是我们周堂初中唯一的音乐老师。

当时五十多岁的廖老师个头很高，有一米八左右，一年四季经常戴着一顶深褐色的毡绒鸭舌帽，还喜欢穿风衣、戴墨镜，一天到晚皮鞋擦得锃亮，就像谍战电影里的老特务。在农村，很少有人是这样的穿着打扮。后来才知道，廖老师是从县城里来给我们教课的。

廖老师肤色虽然有些黯淡，但是很洁净。脸庞有些长，没有多余的赘肉，岁月的沧桑还是显现在他脸上深深浅浅的"沟壑"里。冲着他那稀罕的姓，我们给他起了个绰号——料豆，就是喂牲口的黄豆。廖老师也知道大家给他起的绰号，虽然气得脸通红、直跺脚，但是从来没有真的发过火。

当年农村的条件真的很简陋，村里连正常的照明用电都不能保证，学校只好自备了一台发电机，只有早晚自习的时候才往每个教室里的两盏灯泡里送电，大家去早了就自带蜡烛或煤油灯。没有录音机，更别说什么多媒体了。但荣幸的是即使在那样艰苦的环境下，我们竟然还能上到音乐课，接受"艺术"熏陶，着实不易了。

所以，当每学期的课程表贴出来以后，大家最关心的就是我们每周能上几节音乐课，并且把课程表认真地抄一份贴在自己的文具盒里，或者贴在课桌的一角。当然，课程表里"音乐"两字都是用红笔写的，唯恐把上课的时间忘了。

音乐课经常是两个班挨着上的，如果我们的音乐课排在第四节，那么第三节的课堂上大家就几乎没有心思听讲了。我们竖起耳朵倾听隔壁班的歌声，猜测该学哪首新歌了。等到下课铃声一响，班里的几个男同学飞一样地冲出来直奔隔壁教室，七八个人一拥而上，抬起还没有来得及盖好的风琴，像抬花轿似的唱着、叫着、喊着涌向自己的教室。班里的其他同学带着羡慕的眼光，像迎接凯旋英雄一样拍着桌子、抛着书本、吹着口哨，欢呼着庆祝一周最美好时光的到来。

跟小学的音乐老师不同，廖老师上课前第一个动作就是从上衣口袋里摸出一个短笛，"嘟嘟"地吹两下，大概是在校对音准。然后在讲桌上摊开折叠好的白纸，用几枚图钉将白纸钉在黑板中间。细心的同学都能观察到，廖老师用的图钉居然是彩色的钉帽，粉、绿、蓝、黄都有。白纸上面是他用毛笔写的乐谱、歌词，一个学期下来，就是厚厚的一叠歌谱。然后廖老师就一屁股坐在了脚踏风琴前面的木板凳上，打开老风琴的琴盖，这才环顾一下教室里的学生，冷不丁地来一句："开始上课啦！"

廖老师上课没有多余的话，给大家三言两语地介绍一下新歌的节拍，自己先给大家清唱一遍，然后脚踏风琴伴奏着再唱一遍，就开始一句一句地教我们唱歌。

廖老师坐在老风琴前面弹奏的时候很是投入，双脚在下面一左一右地踩着踏板，双手的手指头在黑白色的琴键间像鸡叨食一样不停地敲击着。廖老师是男高音，音域浑厚而宽广，唱歌的时候仿佛整个教室就他一个人在，不管下面的同学们有多少小动作，他都熟视无睹。

记得当年廖老师教过我们的歌曲有《歌唱二小放牛郎》《听妈妈讲那过去的故事》《军港之夜》《大海啊，故乡》……那时候大家的声带还在发育期，那些优美、凄婉的旋律在纯净童声的演绎下更令人神往、令人回味、令人陶醉……

男孩子们开窍晚，只知道让自己开心，让老师疯狂。女孩子们则留意到廖老师是单身，因为我们从来没有见过廖老师的家属。学校里还有传闻说廖老师是因为犯了错误，才来我们学校教课的，还有说是感情受创才一直不结婚的。不管怎样说，我总感觉，廖老师的单身一直是个谜，单身的廖老师有时候真的很可怜。

自从考上师范离开老家那年起，我再也没见过廖老师。

这么些年过去了，我回老家的次数寥寥无几，同学聚会我也很少参加，大家聚在一起更多的话题还是当年的校园、当年的老师、当年的同学。我还是希望有同学能透露一下廖老师的消息，也许，他还是喜欢戴着深褐色的鸭舌帽，穿着风衣，戴着墨镜，皮鞋依然那样锃亮，还有，他应该已经结婚有自己的家了吧？

但愿。

姥爷

姥爷是村里面的扎纸匠,说通俗点就是扎纸活儿的手艺人。扎纸这门手艺应该是古时"五花八门"中的老行业了,"八门"即指一门巾、二门皮、三门彩、四门挂、五门平、六门团、七门调、八门聊,其中"七门调"说的就是搭棚扎纸的人,如今基本上已经失传了。

扎纸融剪纸、绘画、草编、竹扎和裱糊于一体,所扎之物大多是一些烧给死者用的童男童女、灵屋纸马之类的陪葬品,平时也扎制花灯之类的喜庆娱乐用品。

小时候过春节,父母骑自行车带着我跟弟弟去姥姥家走亲戚,邻居家贴的对联都用红纸,姥姥家的对联却是暗绿色的纸,字是姥爷写的,貌似僵尸电影里林正英画的驱鬼符,还有很多漂亮的剪纸窗花,也是姥爷的手艺。按照豫东老家的规矩,家中有长辈在当年过世,为了尊重长辈,不能用大红纸装饰,但为了春节能贴上对联,所以用绿纸。但我的记忆中姥爷一直坚持用绿色的对联,大约是跟他做的行当有关系吧。

姥爷经常坐在院子里的马扎上,耐心地用高粱秆绑扎各种各样的骨架,有摇钱树、纸马、马车、花轿,还有招魂幡。招魂幡一般都是死者家里的长子长孙举着,从招魂幡的白条的多少上就可以看出死者年龄的大小,招魂幡上面挂的白纸条下端呈尖角状为丧男,呈燕尾状表示丧女。如果死者是淹死的,家属都会要求扎一条纸船。窗台上经常晾晒着好多模具做的白色石膏小人头,那是用来扎童男童女的。上述物品最后都要在坟地里焚烧掉,表示对死者的尊重。这些都是我小时候在旁边看姥爷忙活,耳濡目染了解到的。

扎纸难度最大的当数扎制高大的门楼子跟盖棺材的纸罩子。那种门楼子一般高 2 米左右,宽约 1.5 米,为二层或三层的古式建筑,楼内上下隔成若干房间,然后以白纸裱糊,最后加彩绘。姥爷喜欢扎戏台,戏台上有门有窗有梁柱,还有穿着戏服的小人。看着姥爷一声不响地把一堆高粱秆通过捆扎、裱糊变成花花绿绿的各种造型,我很少打扰姥爷。

看到姥爷在院子里干活,联想到那些所扎之物毕竟是烧给死人用的,自己心里面多多少少还是有些怯劲儿。纸桥可引魂过关,躲阴差拘魂,纸马与童男童女可阴间引路,防止孤魂野鬼侵扰。一般情况下就扎一对童男童女,但是这童男童女的颜色却大有讲究,童男得用红色,童女得用绿色,这就是所谓的红男绿女。姥爷说纸人扎好,是不能画眼睛的,因为画了眼睛,它便会活过来。听了姥爷的话,我吓得毛骨悚然。

姥爷家经常很安静,现在想起来应该是阴气很重。但姥爷是一个很慈祥的老头,我从来没有见过姥爷发过脾气。

小时候我在姥爷家住过一段时间,那时候我刚学会骑那种老式的横梁自行车。由于自己个子低,坐在自行车座上就够不着脚蹬子,只好掏着腿握着车把骑车。有一回姥爷居然坐在自行车后面让我带他去看戏,我卖力地带着姥爷骑了好几个村庄,回来后才知道大舅二舅紧张坏了,担心我骑车摔着姥爷了,幸亏没有出大碍,那一年,我七岁。

有一年正月十五,姥爷给我扎了一个走马灯,灯内点上蜡烛,蜡烛产生的热力造成气流,令轮轴转动。轮轴上有剪纸,烛光将剪纸的影投射在屏上,图像便不断走动。走马灯有半米来高,大小跟家里的铁皮水桶差不多,点亮以后唐僧师徒四人的剪影就会在火光的映衬下出现。随着灯里的温度升高,气流旋转,唐僧骑着白龙马、孙悟空舞着金箍棒、猪八戒扛着钉耙、沙和尚挑着行李,开始在灯纸上一圈圈地走动。村里的大人小孩都挤过来看稀罕,大家那羡慕的表情,满足了我孩童时代的骄傲。

后来,那个走马灯被我不小心给烧掉了,为此,我大哭了一场。

如今,姥爷已经离开我们二十多年了。很多个夜晚,我望着点点繁星,经常会痴痴地想:是否有一颗闪亮的星星,就是姥爷给我扎的走马灯?

哑巴

哑巴是我们老家十里八村有名的民间艺人,我穿着开裆裤满大街跑着玩的时候,他已经是一个干巴的乡村老头了。

虽然是一个乡村老头,可他的脸上却没有太多的沧桑,干瘦硬朗又精明能干。哑巴平日里的穿着很扎眼,经常是一身花花绿绿的打扮。裤子是红的,褂子是花的,头上戴着的帽子很像电影里卖烧饼的武大郎的布帽子,只不过帽子的颜色是绿的。哑巴的这身穿着打扮,经常出现在熙熙攘攘的集会上,就像马戏团里的小丑。

我们老家周堂集是每月的农历初五、十五、二十五逢会。那个时候大家掰着手指头眼巴巴地等到赶会的日子,在学校里如坐针毡,好不容易熬到中午放学,大家便一窝蜂涌出校园。尤其是男孩子们,即使绕个弯也要去赶会。挤在热闹的人群中,除了对各种零食感兴趣外,我也在寻找哑巴的摊位。他经常在集市上赶会摆摊儿,卖他自己做的手工玩具,也卖他自己画的画儿。每次看到哑巴,他总是在摊位后面的小马扎上笑呵呵地端坐着,手中拿着一串彩色的木质小方块,随着他手腕的抖动,小方块哗啦啦地依次从上而下翻转,颜色也随着变化,围观的小朋友经常看得发呆。后来外出旅游,在一些景区看到类似的纪念品,我就不由自主地想起老家的哑巴。

哑巴画的一手好画,画得较多的就是猛虎下山和钟馗捉鬼。即使是同一题材的画,图案也多少会有些差别,不像机器印刷出来的产品那样千篇一律。小时候我的房间里挂着一幅钟馗捉鬼的画,就是哑巴的作品。豹头环眼、铁面虬髯、相貌奇丑的钟馗在哑巴的画中并不可怕,我是通过哑巴的画知道了钟馗,知道他曾经是一个状元,却因相貌丑陋而落选,愤而撞死殿阶,后来专门捉鬼，民间就用钟馗捉鬼的画辟邪。春节时钟馗是门神，端午时钟馗是斩五毒的天师。而如今闭上眼睛，我依然记得当年哑巴画中的钟馗模样。

不赶会卖东西的时候，哑巴就推着一辆小木车在村里晃悠，给村里人磨剪子、磨菜刀，而且从来不收费。哑巴磨剪子或菜刀的时候不让人围观，倘若有人观看，他会撂下剪子或菜刀，扭头就走。哑巴向来不跟村里的女人沟通，哪怕是简单的比画。哑巴见到熟人就递烟，不管会不会抽烟，对方必须接住他的烟，要不然他会真的生气。

村里人说，哑巴虽然老虎、钟馗画得好，精神却不正常。我一直不肯相信。

多年以后，我才听说哑巴年轻的时候曾经在乡合作社上班，还娶过一个有高中文化的媳妇。1958 年的高中生还是挺厉害的，在那个时候的农村，一般人还真娶不到这么有文化的媳妇。可是由于各种原因，哑巴的娘和媳妇老是相处不好，婆媳关系不是一般的紧张，在哑巴他娘的逼迫下，哑巴不得不跟他媳妇离了婚。

后来，哑巴他老娘去世了，哑巴也不再赶会卖画了，就在村头拾破烂，家里还是那几间破房子。好心人帮哑巴办理了低保手续，哑巴还是在村头捡破烂。

有一年，也已经是很多年前的事情了，村里有热心人张罗着要给哑巴介绍对象，可哑巴摇头摆手又跺脚，说啥也不要。后来媒人催急了，哑巴竟然开口说话骂人了，骂得媒人目瞪口呆、无地自容，最后尴尬万分地在众人的围观下落荒而逃。

村里的知情人说，哑巴是从他媳妇被撵走的那天，才开始不说话的。

大伙儿这才知道：原来，哑巴一点儿也不哑。

婆婆丁

我们豫东平原四季分明。每年春天，万物复苏，"杨花榆荚无才思，惟解漫天作雪飞"，庄稼地里的麦苗开始返青，随风生长的还有各种各样的野菜：马蜂菜、灰灰菜、银银菜、荠菜、菠菜，还有婆婆丁……

那时候村里人家大多生活条件不好，粮食经常不够吃，种菜的也不多。每逢星期天，小伙伴们经常约伴挎着柳条筐，带着小铁铲子去地里挖各种野菜，嬉戏打闹之余，不耽误把各自的筐装满野菜。回到家里把带着泥土气息的野菜洗干净后，交给大人或蒸或炒，还可以生吃、凉拌，甚至有的野菜还可以包饺子。各种野菜端到饭桌上，也是对当年清贫生活的一种改善。

以前总是听村里的老辈人说，吃婆婆丁能够去火。婆婆丁的叶子狭长，呈锯齿状，味道微苦，苦过后却有着一种淡淡的青草味道。村里的老中医讲：婆婆丁具有清热解毒、消肿散结、利尿通淋的功效。在那个年代，它曾经救过很多穷人的命，直到现在婆婆丁依然是防病治病的一味中草药。

小满时节，地里的庄稼长到了半尺高。麻雀、喜鹊、布谷鸟在树林里欢快地鸣叫，白云在蓝天下悠然地变换着各种形状。那时候我喜欢和"娘娘腔"结伴去挖婆婆丁，挖累了就停下来，单腿站立着脱下鞋，倒掉鞋里的泥土，心旷神怡地呼吸着新鲜的空气。我喜欢躺在垄沟边，枕着我的布鞋，嘴里嚼着茅根，听"娘娘腔"站在高大的泡桐树下大声地唱歌。"娘娘腔"喜欢唱《信天游》《黄土高坡》《篱笆墙的影子》……那个年代的歌曲有着难得的清纯和悠远，常常让我悠然神飞。

太阳像个圆圆的大饼一样慢慢地从树梢滚到了西边的土墙上，泡桐树枝杈交错的影子长长地投到了地面上，村口几家住户烟囱里的炊烟开始缥缈地溜过房顶。小伙伴们挎着满满的一筐婆婆丁一路打闹着，如归巢小鸟般叽叽喳喳地回来了，大家爽朗的笑声很快让小胡同里热闹了起来。

夏天将尽时，婆婆丁也在不知不觉中默默开花了。婆婆丁是种向阳的花，短短半天的阳光就能让它抽茎拔叶，开出明丽的花朵。这边一朵，那边三两株一簇，它们顽强地成长着，默默地等待着，等待着不久以后的成熟。

婆婆丁的花朵呈淡黄色，不鲜艳也不芬芳，可是成片开着的时候，却能给人一种心灵上的震撼。等到婆婆丁上面结着一团团毛茸茸的小伞，白色的绒球在长长的茎上轻摇着，煞是好看。

我和"娘娘腔"在田野里轻轻地掐了一把婆婆丁，嘟起嘴鼓足气儿，对着白色的绒球猛地一吹，那些小伞便瞬间纷乱飞扬，像一把把细绒小伞飘上了天空，慢慢地飘向了远方……蓦然间我才惊觉，这不就是自然课本上说的蒲公英吗？心里顿时涌起一种惊喜和自豪，那么多作家诗人赞美的东西，原来在我的家乡遍地都是。

书上说蒲公英的花语是"开朗"，而紫色蒲公英的花语是"停不了的爱、无法停留的爱"。传说谁能找到紫色的蒲公英，谁就能得到完美的爱情。这些花语是我多年以后才知道的，而我的童年跟爱情毫无瓜葛。现在想来，那些简单的快乐是贫困岁月里一份温柔的馈赠。

那一年夏天，"娘娘腔"他娘生了一场奇怪的病，吃了不少药也不见好，便不得不在家里躺着。后来村里的老中医说，婆婆丁清热散火，可以试试缓解病症。那些日子，"娘娘腔"有空就钻到庄稼地里撅着屁股挖婆婆丁，回去认真地把婆婆丁洗干净给他娘蘸酱吃、熬茶水喝。他娘不知吃了多少婆婆丁，最后病情竟真的慢慢好转了，村里人都相信那是婆婆丁的神奇功效。

如今，我和村里的小伙伴们天各一方，就像蒲公英一样随风飘散。曾经的生活就像那些婆婆丁，虽然有着微微的苦，可是还有一份淡淡的甜，在不知不觉中淡去我们对清贫生活的畏惧，让我们的童年充满快乐与希望。

记忆中的那些野菜，依然让我们不断地怀念，怀念那遍野的黄花，怀念挖野菜时的欢声笑语，怀念蓝天白云下随风飞扬的蒲公英，还有我们那一去不复返的童年。

火柴

在农村,火柴曾经是每个家庭的必备之物。开门七件事,"柴、米、油、盐、酱、醋、茶",柴是被放在了第一位,而这里的"柴",显然也包括火柴。那时候的火柴几乎是村里人唯一的取火之物,生火做饭、抽烟、点蜡烛、点油灯,都离不开火柴。

为了防潮,老百姓家的火柴大多被放在柴灶一侧的"壁洞"里,这样火柴就会保持干燥。用的时候取出一根火柴,捏住火柴杆,用火柴头在盒侧面的黑色磷纸上轻轻一擦,"哧"的一声响,爆出一朵火花,火柴杆便燃烧起来。空气中随即弥漫着一股特好闻的硫黄味儿,那种味道,至今难以忘却。

当年我们把火柴叫"洋火",就像"洋钉""洋油""洋车""洋布""洋灰"一样,认为它是从洋鬼子那里进口的外来之物。其实,根据资料记载,最早的火柴是由中国人在公元577年发明的。那时是战事四起的南北朝时期,北齐腹背受敌,物资短缺,尤其是缺少火种,烧饭都成问题,后妃和一班宫女神奇地发明了火柴。后来在元朝时经马可·波罗传入欧洲,欧洲人就在这个基础上才发明出一度被中国人称为"洋火"的现代火柴。

在我的记忆中,我们豫东这一带常用的是开封生产的"铁塔牌"火柴,包装很朴素,通常用一张薄薄的牛皮纸包着,价格也很便宜,十盒火柴一封才两毛钱。火柴盒的内盒是用极薄的木片糊上粗纸制成,像一个个小抽屉。火柴盒的外侧带有黑色的磷纸。火柴杆是木制的,火柴头的颜色多是红色、黑色,也有黄色和绿色。有个谜语是:"满屋娃娃,圆圆脑瓜。出门一滑,开朵红花。"谜底就是火柴。

火柴盒两侧的磷纸我们叫"洋火腮"。小时候手指头出血,撕下一块"洋火腮"，迅速地贴在伤口上，很快就能止血，比现在的创可贴还管用呢。

村里有怕媳妇的烟民，家里的火柴经常被媳妇藏起来。犯烟瘾的时候，手里拿着香烟干着急，翻箱倒柜到处翻找火柴，急不可耐的样子就像热锅上的蚂蚁。好不容易找到火柴，赶紧把烟噙在嘴边，谨慎地背着风，有时还猫着腰，双手一擦火柴，马上拢起来，动作娴熟得胜过魔术师，然后眯着眼睛深抽一大口，脸上瞬间溢出陶醉的表情。在村里经常看到几个烟民凑拢起来，靠着一根火柴就能轮流点上好几支烟，我们老家叫"兑火"，场景总是那样热闹。

最需要提防的不是烟民，而是我们这些毛孩子。虽然两分钱一盒的火柴不算贵，可对于勤俭持家的农村主妇们而言，也是需好好看管的。做饭生火、夜里点灯之后就顺手将火柴收起来，要不然，眨眼间就可能被孩子们偷去玩火了。

玩火是很刺激的事情。在田间地头找一片枯草，火柴头一划，轰的一声就着一大片。我们烧过各种东西：红薯熟了我们烧红薯，花生熟了我们烧花生，我们还烧过蚂蚱、豆虫、老鼠、青蛙……大人们担心我们弄出火灾就经常吓唬我们："小孩子玩火会尿床。"我们才不管呢，即使尿了床，晒被子也是大人们的事。

除了玩火，我们还能用火柴整出多种玩法。

我们把香烟盒内层的锡纸点着，只留下一层薄薄的像金属片的纸，冷却后将两根火柴头对头紧挨着摆放其上，紧紧地卷起，只露出火柴杆。然后捏住一根杆，再划着一根火柴去烧卷上的两个火柴头部位，片刻之后，嗖的一下，外面那根火柴杆便飞射出去。我们称之为"火箭"。

我们还会将一溜火柴杆像多米诺骨牌一样挨个排起来，然后点燃其中一根。看着依次点燃的火柴头冒着烟，大家会兴奋不已地大声欢呼，大人们不舍得用的火柴在我们手中一转眼就败坏个精光。

当年还有一种玩法，我把它叫作"弹射火柴杆"。在地面上吐一口唾液，取出一根火柴，用火柴杆不带火柴的一头搅拌唾液和地面上的泥土，让火柴杆粘上一点泥。然后把火柴杆竖在火柴盒的磷纸上，左手食指按着火柴头，

260

右手食指对准火柴杆用力一弹，燃烧的火柴杆就迅速地被弹了出去。因为另一头有泥，正好粘在对面的墙上、树上，慢慢地燃烧，变成一根扭曲的灰烬。其实那样玩很危险的，好在我没有对准村口随处可见麦秸垛玩过我的"弹射火柴杆"，要不然就是一场火灾。

那时候我们都有寒暑假作业，其中的题目也有许多和火柴有关的，例如用火柴摆成某种图形，或者是摆成算式让移动一根火柴使等式成立等。于是，火柴又成了我们学习的道具。

后来市面上出现的火柴盒包装有所改进，不仅颜色鲜艳，而且火柴盒上印有各种图案，就连侧面的磷纸都变成了许多小小的点。我记得火柴盒上的图案除了开封铁塔，还有红楼十二金钗、水浒一百单八将、唐僧师徒……等火柴用完了，我们扔掉里面的小抽屉，撕掉两边的黑磷纸，就可以得到两张火柴皮。带有图画的火柴皮就成了我们竞相收藏的东西，就像当时积攒烟盒、糖纸一样，夹在书本里，大家都攒了不少。

据说做过外交官的胡适，当年就喜欢去偏僻处的小饭馆，饱餐后必带一盒火柴留作纪念。餐馆服务员怀疑他是小偷，当场将其抓获。恰巧火柴厂老板也在这家小饭馆用餐，见胡适收藏的是自己厂生产的火柴，于是喜出望外，这无疑是极好的免费广告。于是不仅及时给胡适解围，事后还寄赠了两箱火柴给他。

如今，火柴再也不是家中必备之物，有了各种打火机后，火柴慢慢地从生活中消失。偶尔在一些宾馆、酒店还能看到改进后的火柴。虽然我不会抽烟，但每次看到火柴盒，还是会推开它的小抽屉取出一根火柴杆，听着轻擦火柴时那一声轻响，看着摇摆不定的火苗，闻着房间里那一缕久违的硫黄味儿，仿佛回到了遥远的童年。

那一刻，四周是那样安静，火柴在风中飘摇的火苗，就像一朵温暖的花朵，柔和地照亮着我的脸颊，温柔地绽放在我记忆的深处。

家蛇

谈到蛇,不少人会不寒而栗。在我们豫东平原,村里人称蛇为"长虫"。大多数长虫是野生的,生活在湿润有水的地方,比如树荫下、菜地里。虽然长虫的样子很可怕,但是我们这一带的长虫很少有毒。还有一种长虫就生活在村民的老宅子里,经常在土墙缝、瓦楞间、老墙根游走,我们叫它家蛇。

传说中家蛇是很有灵性的,村里人都有约定俗成的习惯:只要看到家蛇从房中跑出,就要转过头去,不可心存邪念,不可口出污言秽语,然后焚香叩拜,以答谢它多年来护宅之情。

村里人认为家蛇会保护人,家中发现蛇,千万不能打死它。倘若打了蛇却没有打死,蛇就会采取报复行动,于家人不利。若是不喜欢家中有蛇,就得挑个好日子,托人将其捉入罐中或挑在长杆上,然后念念有词地送到庄稼地里。

老人们常说,家蛇盘福聚财。家蛇去则家败,家蛇留则家兴。孩子们在路上看到蛇,就会远远地围观,看着蛇吐着恐怖的芯子,惊恐而好奇。大家说蛇在数小孩子的头发,到了晚上就会按照白天数的头发根数找我们算账。所以,每次围观蛇以后,我都会偷偷地薅掉自己几根头发,这样,蛇就不会找我的事了。

农村的老鼠特别多,猫根本抓不干净,而蛇抓老鼠的本领十分高超,远远超过了猫。因为老鼠会钻洞、爬墙,爬上房梁后,猫就没办法了。蛇却可以跟着老鼠爬墙,跟着老鼠上梁,老鼠钻洞,蛇也钻洞,直捣鼠穴。总之,只要老鼠被蛇发现,那老鼠就绝对没的活了。所以那些年,好多地方都是鼠患连连,而有家蛇的村民家里基本没有老鼠,甚至把周围田野里的老鼠都吃光了。

我家的老宅子里就有一条家蛇，经常出现在老家东屋墙根的一个鸡蛋大小的窟窿处。那条家蛇一米多长，浑身有着褐色的鳞片，细看还有不同的花纹，一对小眼睛像黑琉璃球一样亮。据说家蛇的尾巴都是秃的，我家的那条家蛇也不例外。

蛇会蜕皮，每年都会蜕几次。不然的话，外面的老皮变硬后，阻碍它的生长发育。蛇蜕皮时，先用嘴在坚硬的物体上来回地摩擦，把嘴边的皮擦破，然后整个身体从破裂处慢慢爬出来。蛇每次蜕去一层老皮就露出一层新皮，而且每次蜕皮身体就会长大，但是它的花纹不会改变。所以，我们都认得胡同里爬行的哪条蛇是自己家的。

那一年夏天，我们家里盖房子，盖的是偏房，就一间。砖墙很快就砌好了，屋顶上面是木梁、芦苇席，最外面是灰色的小瓦，铺得整整齐齐。按照老家的风俗，盖房子上大梁的时候，需要放一盘鞭炮图个吉利的。因为就一间房子，或许是省吃俭用的父亲不舍得浪费，就没有放鞭炮。

房子盖好了，就需要拆卸旁边的脚手架，看到大人们忙活着，我扯着三岁的弟弟好奇地走进新盖好的房子。

进了屋我就感到了房间里的荫凉，连脖子里都凉飕飕的。房间的墙壁是白色的石灰墙，地面是新抹的水泥地，大梁上还贴着写着字的红纸，就像过年时贴的对联。突然间，我看到那条暗红色的家蛇顺着墙角冲着我们弟兄俩爬了过来，还吐着吓人的芯子，它似乎受了惊吓。我从来没有见过它那样的状态，好像电影里发怒的蛇精，爬过来就要咬我们一口。

我大惊失色，赶紧拉着弟弟的胳膊往院子里跑，弟弟吓得哇哇大哭。

就在我扯着弟弟刚刚跑到院子里的时候，身后传来一阵巨响，新盖好的房子轰然倒塌了。外边正在收拾脚手架的大人们吓得乱作一团，等缓过神来才发现没有人受伤。

我蹲在胡同里惊魂未定地哄着哭成花瓜的弟弟，脑海里那条家蛇依然冲我吐着猩红的芯子。后来我把这事讲给村里的小伙伴听，居然没人相信。

那一年，我六岁。

后来,倒塌的那间房子重新盖了起来,大梁上依旧贴着写有毛笔字的红纸。我跟弟弟在院子里捂着耳朵,看着父亲神情严肃地弯着腰点燃了地面上好大一盘红色的鞭炮,然后麻利地退到了院门口。院子里硝烟弥漫,鞭炮噼里啪啦地响着,后面的几个大雷子争气地挨个炸了,轰隆几声,震耳欲聋。

第二年春天,我在老屋后面的大柳树桩旁边,发现了一团新蜕下的蛇皮,蛇皮的花纹,是那样的熟悉。

拔牙

"八岁八,掉狗牙。九岁九,豁牙狗。"不知道是不是因为粗茶淡饭营养不够,还是因为身体发育晚,当年村里的孩子们通常是到了七八岁才开始换牙。最先掉的往往是两颗门牙,说话漏风,一笑就是豁牙齿。

村里的大人们说,小孩子的牙是父母给的,不能随便乱扔。掉下来的每一颗乳牙,我们都要妥善地处理。如果掉的是下面的乳牙,我们就会使劲把它扔到房顶上,房顶越高,长出来的牙就越白越大;如果是上面的乳牙掉了,我们会把它塞到墙缝里,扔到床底下,埋到树根旁,或者扔进黑乎乎的老鼠窟窿里,这样新牙齿就会顺利地不疼不痒地拱出来。上下牙齿千万不能扔反了,否则长出来的新牙不是大龅牙就是"地包天"。

母亲坐在煤油灯前耐心地纳着鞋底儿,慢条斯理地告诫我:"牙齿掉了不许用舌头舔牙根,否则牙就长不出来。即使长出来新牙,不是歪就是斜,长大后在村里就找不着对象、娶不上媳妇儿。"本来我还想不起来舔牙根这档子事儿,母亲的告诫反倒提醒了我,我抿着嘴如鸡叨食一般点着头,舌头尖却偷偷地舔着刚掉牙的牙根,那种感觉酸酸的、痒痒的,特好玩。

骑狗烂裤裆、白天玩火夜里尿床、吃鸡爪子写字潦草、屋里打伞长不高、踩门槛子不长个儿、吃耳屎会变哑巴、吃麻雀蛋脸上会长雀斑、吃葫芦子会长龅牙……小时候,大人们为了对付调皮捣蛋的孩子们,让我们养成良好的生活习惯,经常费尽心机用一些善意的谎言来影响和纠正我们的不良行为,真可谓用心良苦。

可惜我不是个听话的好孩子,胡同里的每一条狗都被我骑过,尤其是"娘娘腔"家的那条黑狗,看见我就夹尾巴。村口张二愣家的麦秸垛我也点过。王富贵家卖烧鸡,他家的鸡爪子我也没少吃,写字照样工整。麻雀蛋也煮过,也没长一脸雀斑。那时候的雨伞是那种传统的油布木伞,虽然很沉重,撑开很费事,我照样在屋里撑开蹲在下面玩。不是我不怕长不高,而是家里的门槛子早被我踩破了,却没停止长个儿。葫芦子我也吃过,就是不知道耳屎的味道,因为实在是没那个勇气吃,我真怕自己变成一个比比画画的哑巴,肯定找不到媳妇儿了。

牙齿松动的时候,不能吃硬东西,要掉不掉的感觉特难受,尤其是看到小伙伴们大口二口地吃东西的时候,只能干着急。"娘娘腔"的大门牙松动好多天了,却死皮赖脸地不肯掉下来。我们开玩笑吓唬他说夜里睡觉千万得捏着门牙睡,要不然牙齿掉了咽进肚子里,那就麻烦了。

煎熬了一周后,"娘娘腔"终于没有了耐心。那天在胡同里他一本正经地拦住我,不容推辞地跟我说:"我准备把牙拔了,你回家帮我去。"我纳闷不解地问他:"我帮你? 怎么帮?""娘娘腔"胸有成竹地拍着胸脯说:"我都准备好了,跟我走。"

于是我跟着"娘娘腔"去了他家。只见他家院子里水泥桌前摆着一张小板凳,一个红色的塑料开水瓶,一个搪瓷大碗。"娘娘腔"他爹娘都下地干活去了,只有他家的黑狗卧在墙根打盹儿,看见我进院子,不由自主地把狗尾巴夹了起来。

"娘娘腔"从他娘做鞋的竹筐里抽出一根纳鞋底的细绳子,神情严肃地把细绳放进搪瓷碗里,倒了半碗开水,撒了几粒粗盐疙瘩,用筷子胡乱地搅拌了几下,嘴里嘟囔着说消消毒。然后他把一面小镜子竖在开水瓶前,捏着所谓的消了毒的细绳,对着镜子龇着牙咧着嘴,三下五除二地用细绳把那颗顽固不化的门牙给绑上了。看见我还在愣神,"娘娘腔"咧着嘴吐字不清地说了句:"你帮我拽,使劲拽啊。"说着就把绑着门牙的细绳递给了我。

"我拽?"我迟疑不决地望着"娘娘腔"变形的脸。"嗯嗯,你拽。我下不去手,你有劲!"原来他要用土法拔牙,自己不敢下手,让我动手拽绳子呢。

说实话我真的有些怯,可是"娘娘腔"的眼神中流露出对我满满的信任。于是,我学着电影里拉地雷的动作,两只手紧握着那根白色的细绳,闭着眼往地面上猛地一拉。只听见"娘娘腔""啊"的一声，双手马上捂住了自己的嘴，等我睁开眼看时，"娘娘腔"的手缝间已经渗出了血，嘴角也有血丝。我手里提溜着拴着门牙的细绳，担心地问他："你没事吧?"

"娘娘腔"两手捂着嘴摇着头，嗓子眼里哼了两声，我猜测他说的应该是"没事"。我赶紧跑进"娘娘腔"家的厨屋里，给他舀了一瓢凉水漱口止血，顺手把那根拴着门牙的绳子扔了出去，没想到居然扔进了他家的粪坑里。

那时候家家户户院子里会挖个大坑，日常用的垃圾都倒在里面，捡的树叶、拾的猪粪也倒里面，村里人都叫它"粪坑"。时间久了粪坑里的垃圾就会发酵变成肥料，然后用木架子车拉到庄稼地里施肥用。

那两天刚下过雨，粪坑里有好多积水，"娘娘腔"的那颗门牙在粪坑里冒着气泡，拖着绳子沉了下去。"娘娘腔"生气地用眼睛瞪我，捂着嘴直跺脚。

再后来，"娘娘腔"的门牙侧着身子慢慢地长了出来，不是一般的难看。为此，"娘娘腔"埋怨我了好多年，说都怪我当年拽绳子的时候，劲儿使偏了。

路边的茶水摊

在我懵懵懂懂刚记事的 20 世纪 80 年代，每年初夏，柳絮刚开始飞扬，路边的树荫下就有勤快的村里人摆起茶水摊了。

说是茶水摊，其实就是一张破旧但干净的红漆小木桌，几个小马扎或小板凳，桌面上铺一张塑料布，摆放几个印花的玻璃杯或者洗掉标签的罐头瓶。暖瓶盛满开水，往玻璃杯或罐头瓶里灌上泡了普通茶叶的温开水，瓶口上盖上玻璃片，茶水摊就开始经营了。条件虽然简陋，也算得上个小买卖。

村子里懒惰的、家境条件好的、好面子的人是不会抛头露面摆茶水摊的。摆茶水摊的人大多是村里比较勤快的老人或妇女，没有固定的职业，摆个茶水摊不用什么本钱，做家务事的同时赚点小钱以贴补家用。

茶水摊常摆在路边的阴凉处，茶水摊主还会撑上一把很大的油布伞，给过路的自行车提供打气筒。等晒到火辣的太阳时，茶水摊就会搬到路对面，反正就那么一点家当，来回搬起来倒也方便。

尤其是夏天的正午，天热得人们口干舌燥，嗓子眼直冒烟。径直来到茶水摊前，放下架子车，一边用搭在脖子上的毛巾擦汗，一边打着招呼从衣兜里摸出几枚硬币或几张皱巴巴的毛票，往茶水摊上一放，端起一杯凉茶水咕噜咕噜一饮而光。一杯茶水几分钱，温度适中，不像冷饮那般清凉，但能生津止渴、解暑降温。然后端坐在小马扎上摇着大蒲扇缓缓神，跟茶水摊的老板喷一会儿空，拉几段呱，也算得上是件快事。

茶水摊虽小，但摊主大都待人客气和蔼，也注重条件卫生。茶桌有小方桌，也有长条桌，即使桌子再破旧，也擦拭得干干净净。讲究的摊主还会特意在桌面上铺一张花花绿绿的厚塑料布，摆上七八杯茶水，茶叶通常是普通

268

的信阳毛尖或茉莉花茶。那个年代，村里人还不怎么分辨红茶、绿茶、花茶、乌龙茶，也很少有人知道龙井、普洱、铁观音、碧螺春，能有点茶叶泡着喝已经很讲究了。记得村口有家茶水摊用洗净的薄荷叶浸泡茶水，那清凉的薄荷味儿，还真的沁人心脾。

有的茶水摊上也会捎带卖些茶叶蛋、老冰棍儿。那时候没有冰箱、冰柜，储藏老冰棍儿就用大口径的保温瓶，或者长方形的木箱，里面用小棉被一层层地裹着，打开箱子取出冰棍马上就盖好，防止冰棍融化。会来事的摊主看见行人就会主动热情地吆喝两嗓子："来吧，来吧，坐下来歇一会儿，有茶有冰糕，便宜降温又解渴哈。"

阴凉好的茶摊经常会聚集一些喝茶的常客，一边乘凉一边聊天。什么家长里短、花边新闻都会在这里交流发布。比如谁家的羊啃邻居家的麦苗了，谁家的肥猪该出栏了，谁家的鱼塘翻坑了，谁家的小媳妇撂挑子了，谁家的小鸡淹死了……

那时候我们学校门口就有一个茶水摊，摊主是一个姓蒋的老太太，我们都喊她"蒋老婆"。卖茶水的"蒋老婆"虽然不像《沙家浜》里面的阿庆嫂一样能说会道、八面玲珑，但也是慈眉善目、和蔼可亲，童叟无欺。她摊位上的茶水是用普通的印花玻璃杯盛着，每只茶杯上面都有一小块方形的玻璃盖着，用来挡灰尘和苍蝇。

为了吸引孩子们的眼球，"蒋老婆"在茶水中掺了各种颜色的色素，还添加有糖精，泡出来的茶水有红、有绿还有黄，喝在嘴里甜甜的、凉凉的。再后来卖橘子粉冲出来的橘子汁，阳光照耀下，玻璃杯里的橙色液体特别诱人，还有着一股香甜的橘子味，二分钱一杯，比瓶装的汽水便宜多了，很受孩子们的欢迎。

卫生方面，"蒋老婆"家的茶水摊卫生还是很讲究的。大家喝过的茶杯都放进旁边的洗脸盆里，用干净的清水浸泡着，"蒋老婆"总是在茶水摊前喝水的人多的时候刷茶杯。大家付钱的方式也很人性化，总是自觉地将零钱放进一个透明的塑料盒里，自己找零。每到放学或者课间十分钟，茶水摊前的一堆孩子像一群麻雀扎堆抢食一样，叽叽喳喳地热闹起来。

这么多年过去,每当回忆起路边的茶水摊,我的脑海里就会浮现出油画般的场景:温暖的阳光透过树枝斜射过来,光线是那样柔美,满脸知足的"蒋老婆"十分慈祥和蔼,她古铜色的脸上虽然布满岁月的痕迹,满头银发却是那样的晶莹发亮。她一声不吭地探着身子坐在旁边的小板凳上,左手握着水盆里的茶杯,右手的几个手指头用力地擦着锃亮的玻璃杯口,不断发出的摩擦声,居然那么美妙动听。

罐头

小时候，只有逢年过节，或者生病住院，我们才能混到罐头吃。

常见的罐头有两种包装：一种是铁皮包装，一种是玻璃瓶包装。按照罐藏原料还可以分为肉类罐头、禽类罐头、水产品罐头、水果罐头和蔬菜罐头。

铁皮包装的罐头通常是肉类，有午餐肉、牛肉、凤尾鱼、沙丁鱼等。肉类罐头很解馋，味道浓重，只是那层铁皮很难打开。有的铁皮罐头自带钥匙，开口处有多出来的一点铁片，像是没有开封的香烟。顺着漏出的小铁片对准铁钥匙洞，就像打开香烟的包装膜一样，然后慢慢地拧动钥匙，沿着预留的印痕将一长条铁皮在钥匙上缠绕整整一大圈，铁皮罐头就打开了。

心急吃不了热豆腐，罐头的铁皮本来就薄，手笨的人经常把铁皮拧断。于是就用菜刀使劲儿在罐头上面砍个十字印，然后粗暴地用钳子撕开铁皮，再借用竹筷子拨拉两下，罐头里的食品就可以倒出来食用了。

没有工具的时候，我曾经把铁皮罐头的底面在水泥地上反复地打磨，忍着口水耐心地磨得铁皮发烫，等到把翻边的折口磨掉，罐头就能打开了。父亲经常开着玩笑奚落我，说我这种方法是孬吃。

记得当年好吃又常见的午餐肉罐头是上海"梅林"牌，后来使用了有拉环的易拉盖。小心地打开外边的铁皮，就有一阵香味扑鼻，粉色的午餐肉就露了出来，还拌着一点点半透明的肉冻。有时候来不及将里面的午餐肉倒出来，就咽着口水用勺子掘，掘出满满一勺子午餐肉送进嘴里，柔软中带着嚼劲儿，伴着一股清甜的津液吞下喉咙，那种美妙的感觉，至今难以忘怀。

"梅林"牌罐头除了午餐肉，还有红烧肉、牛肉等，味道醇美可口。记得还有凤尾鱼罐头、沙丁鱼罐头，闻着腥咸又带着番茄酱的味道，吃到嘴里连鱼骨头都是酥软可口的。

玻璃瓶包装的一般是白糖水浸泡的各种水果。有橘子罐头、黄桃罐头、苹果罐头、荸荠罐头、海棠罐头……对了，还有鹌鹑蛋罐头，也是玻璃瓶包装的。

记得有一年我假装生病，母亲给我买了瓶橘子罐头。我一只手扶着玻璃瓶，另一只手握着螺丝刀将密封的圆头盖沿着螺丝口撬开，放进去一些空气，凹陷的瓶盖"砰"的一声微微弹起，然后就很轻松地拧开玻璃瓶上的铁盖。那次我用带着铁锈味的勺子一勺接一勺地掺着吃，头都不抬一下，直到将瓶中所有的橘子瓣全部吃光为止。吃完橘子瓣，我就喝剩下的罐头水，甜甜的酸酸的，凉得冰牙，虽然还有一股浓浓的香精味，但我感觉很爽口过瘾。

因为我经常吃甜食，每次都喝光罐头里的糖水，几个牙都被虫蛀了。

那个年月，吃过的罐头瓶是不会轻易扔掉的。罐头的铁皮可以攒着卖钱，玻璃瓶的用途就多了，父亲会拿去当茶杯，母亲会拿去存放调料或者咸菜，而我会拿去当笔筒，还用来去水坑里捉鱼。

甚至院子里的窗台上摆放十来只空罐头瓶，也是一种无声的炫耀。

当年父亲在县城东关一家工厂上班，记得那家工厂开始是加工沙发的，后来开始生产橘子罐头、番茄罐头。父亲下班回来，经常给我带回成沓的罐头包装纸，都是打错生产日期作废的。作废的罐头包装纸在我手里居然成了宝贝，我还用它当过写字本，当年班里的同学们是那样地羡慕我。

有一回，"娘娘腔"真病了，不是装病。

那是秋天刚到的时候，天气已经微凉。那天下午放学后，"娘娘腔"偷偷地在村后的水坑里洗澡着了凉，回到家夜里发高烧，到天明的时候家里的大人才发现，"娘娘腔"已经烧得开始嘟嘟囔囔地说胡话了。

"娘娘腔"他爹气得直跺脚，急匆匆地拉出架子车，要拉着"娘娘腔"去集上的诊所打针。"娘娘腔"额头上敷着湿毛巾，虽然他蜷着身子烧迷糊了，可是听到他爹嚷嚷，却撕着床单挥着胳膊蹬着腿，又哭又闹。他娘贴着"娘娘腔"的耳朵听了几遍才弄明白，那货嘴里叨念着他不去打针，要吃黄桃罐头！

于是，"娘娘腔"他娘大步流星地跑到集上买了一瓶黄桃罐头，还有一个烧饼夹肉。只见"娘娘腔"躺在床上啃着烧饼发着抖,居然越吃越精神,黄桃罐头的水也被他喝光了。到了下午,"娘娘腔"竟然完全退烧了,满血复活一般,在院子里撵着他家的狗,欢蹦乱跳地转圈。

后来我才了解到:我国早期生产的水果罐头中含有山梨酸钾。山梨酸钾是一种常用的食品防腐剂,能够有效地抑制霉菌、酵母菌和好氧性细菌的活性,还能防止肉毒杆菌、葡萄球菌、沙门氏菌等有害微生物的生长和繁殖。因此,对于感冒初期的病菌和并发症状具有一定的抑制作用。

怪不得当年很多人感冒生病,吃瓶罐头就好了。

玉米棍

小时候家里穷,穷得叮当响。大人们恨不得一分钱掰成两半花,而孩子们能够接触的零食更是寥寥无几。

当年,我们所谓的零食,不过是在庄稼地的垄沟旁烤的红薯、蚂蚱,偶尔也会有炒花生、梨膏糖、葵花子、老冰棍、糖葫芦、爆米花,而玉米棍则是我们经常能吃到的一种零食。

玉米棍是一种膨化食品,跟小甘蔗一般粗细,像水管子一样中空,长短约两尺,颜色鲜亮,有黄的、白的、红的,看着就惹人直流口水。

为了防潮,玉米棍需要装在洗干净的化肥袋子里,再套上一层透明的塑料布。玉米棍吃起来容易上瘾,咬的时候脆脆的,含在嘴里甜甜的,嚼的时候黏黏的,还可以掰断了戴在手指上咬着吃,一根一根吃不够。大概因为玉米棍口感又酥又焦,我们又亲切地称之为"焦米棍儿"。

20世纪70年代,家里的粮食、鸡蛋、塑料布、破鞋底儿都可以拿来换西瓜,换刚孵出来的小鸡娃,还可以换针头线脑。村子里经常有挑着担子的货郎,摇着拨浪鼓一边走着一边吆喝着。胡同里打闹的孩子们听到声响就一窝蜂般拥过来,很快就把挑担的货郎围得里三层外三层。

大家一个个伸着捏着零钱的脏兮兮的小手,你推我挤,咋咋呼呼地挑选自己喜欢的东西:各种颜色的糖豆、玻璃球……好吃又实惠的还是玉米棍,大概一分钱一根吧,一毛钱就能买十根。我们用两只小手掐着买到手的玉米棍,兴奋不已地扭着身子撅着屁股使劲往外拱,钻出被孩子们围得水泄不通的货郎摊儿。

玉米棍不仅用来吃,还可以用来打着玩。有时候我们挥舞着玉米棍,感觉自己就是手拿如意金箍棒的齐天大圣孙悟空,不,更像真假美猴王。大家嘴里一边念念有词,一边互相追打,往往是玉米棍越打越短,掉在地上的小截玉米棍被我们捡起来往裤腿上蹭蹭,捏着吹两口气,随即就塞进了嘴巴里。

大家打闹累了,村里马路边被锯倒的泡桐树,就成了我们临时的座椅。一帮小孩子骑在粗大的树干上,有滋有味地大口嚼着玉米棍,还有厚着脸皮跟在人家屁股后面蹭吃的。大家一边吃,一边做着鬼脸相互嬉闹着:"脸皮厚,吃个够;脸皮薄,吃不着……"

玉米棍吃多了就会口干,我们就把玉米棍一口口咬断,再吐到自己的搪瓷茶缸里,用水泡着喝,顺便再漱漱口,伸出舌头舔舔嘴角,吃得干干净净。

有一天,我正在自己家鸡窝里挎着篮子拾鸡蛋,"娘娘腔"连蹦带跳地跑进来,眉飞色舞地问我:"你知道玉米棍咋做出来的吗?"

看着"娘娘腔"像鸡窝一样乱糟糟的头发,满脸脏得没个孩子形,我就问他:"你几天没洗脸了?""娘娘腔"没回答我,大声嚷嚷道:"玉米棍是玉米棍机加工出来的!"停顿了一下,"娘娘腔"接着说:"我刚知道咱村后头就有加工玉米棍的,生意很好,每次去都得排队。一瓢玉米子就能加工出来一袋子玉米棍,咱俩也去加工一袋子呗?"

听"娘娘腔"这么一说,我眼前立马浮现出了满满一袋子香甜酥脆的玉米棍,那样吃起来该有多过瘾啊。于是,我放下拾鸡蛋的篮子直奔存放粮食的偏房,"娘娘腔"像跟屁虫一样进了屋。

我站在粮囤前还不知道如何下手,"娘娘腔"手中已经拿到了簸箕跟葫芦瓢,这家伙在俺家摸得居然比我还清楚。二话不说,我接过葫芦瓢,跳进粮食囤里挖了两瓢玉米子,"娘娘腔"在外面踮着脚捧着簸箕把两瓢玉米子接住。只见他端着簸箕走到屋门口,熟练地颠了几下,就将灰尘和碎须清理了出去。

等我跳出粮囤,"娘娘腔"才从裤腰里摸出两个叠好的化肥袋子,看样子也算干净,原来这家伙早就蓄谋好偷俺家的粮食换玉米棍了。我也懒得跟他计较,装好粮食就跟"娘娘腔"偷偷地溜了出去。

刚走近现场,就听见机器轰鸣。那户人家的院子里都弥漫着浓浓的玉米味。我们有些心惊胆战地进了屋,这是我第一次看到加工玉米棍的机器,跟打猪饲料的机器差不多。一台柴油机当动力,带动着旁边一台机器,把玉米颗粒捣碎成玉米面,然后经过一系列处理,就加工成类似膨化食品的玉米棍了。

玉米棍虽然有甜味,但是添加的不是白糖而是糖精。那时候我们压根不懂糖精不可以食用,学校门口就有卖糖精的,二分钱一包,大小像父亲用的老式刮胡子刀片,白纸里包着几十粒糖精,平时喝白开水我们也会撒进去几粒。如果干吃,糖精含在嘴里是苦的,刺激得嘴巴里很快就淌满口水,不过先苦后甜。在那个物资匮乏的年代,糖精居然是孩子们稀罕的零食之一。

我和"娘娘腔"两眼直勾勾地看着加工机,看着源源不断地蹦出香酥脆甜的玉米棍,而且还冒着热腾腾的烟气,却没看清楚玉米棍是如何被齐刷刷地切断的。老板熟练地掂着一杆老秤,先称我们带来的玉米子,然后再给我们称量冷却好的玉米棍。看着秤杆高高地翘了起来,大方的老板随机又抓了两根放进盛满玉米棍的秤盘里,嘴里说着:"小孩子也不能哄,玉米棍多给着你们呢。"

我两手撑着化肥袋,"娘娘腔"忙着往里面装玉米棍。当玉米棍塞满袋子时,我们俩笑得合不拢嘴,心里美滋滋的。

出了门,我们俩各自搂着装满玉米棍的化肥袋子狂吃了一阵子,一会儿就感到吃撑了。

剩下的玉米棍怎么处理?我跟"娘娘腔"一嘀咕,很快就掂着玉米棍直奔电影院,我俩合计着把玉米棍卖了换钱。

到了电影院门口,我们俩又有些怯劲儿了,毕竟第一次舰着脸去卖东西。两个人各自抱着一袋玉米棍,不知所措地坐在电影院门口的台阶上,等了半天都无人问津。

直到遇见一个熟人,我才厚着脸皮半卖半送开了张。"娘娘腔"也害羞地跟着卖出去几根。没多久,我们俩的脸皮不再发烫,胆子也大了起来。趁电影还没开始,我们俩厚着脸皮在水泥墩座位的空隙中来回穿梭,把袋子里的玉米棍揪出来一大截,一手抱一手托,嘴里有模有样地吆喝着。两个人一唱一和地叫卖起来:"谁吃焦米棍儿,酥焦嘞焦米棍儿!"貌似"娘娘腔"比我还会吆喝。

等到电影院的灯光熄灭,银幕上开始投放电影时,我跟"娘娘腔"的玉米棍已经全部卖光了。

那次我共有五毛七分钱的收入,"娘娘腔"也卖了四毛八,算是我们俩掘到的"人生第一桶金"。看着几十枚硬币,单个面额虽然没有一个超过一毛的,我们俩照样兴奋得眉开眼笑。

冬至

民以食为天，各地风俗不同，饮食文化也不同。冬至这天，有的地方吃馄饨，有的地方吃汤圆，有的地方吃赤豆粥，也有的地方吃黍米糕等。在我们豫东平原，到了冬至，家家户户都要吃饺子。

我们老家有句俗话讲："冬至不端饺子碗，冻掉耳朵没人管。"说的是冬至这天，家里再急，也一定得吃顿饺子，要不然，耳朵就会被冻掉。

小时候过冬至，大家穿着厚厚的棉袄、棉裤，踩着黑条绒棉鞋，男孩子戴着"火车头""雷锋帽"，女孩子裹着花花绿绿的手工围巾。大家见了面，嘴里一说话就冒寒气。揣着手跺着脚，你一句我一句地寒暄着："今清早吃的饺子啥馅儿嘞？""赶紧摸摸，耳朵冻掉了没？""走，墙根上挤尿床去！"……

从冬至这天起，"数九寒天"就开始了。据史料记载，冬至习俗源于汉代，盛于唐宋，相沿至今。冬至不但是二十四节气中的一个重要节气，也是中华民族的一个传统节日。"数九"的意思是从冬至这一天开始，数上九天是一九，再数九天是二九，以此类推。我们当地是这样"数九"的："一九二九伸不出手，三九四九冰上走，五九六九抬头望柳，七九河开，八九雁来，九九加一九，耕牛遍地走。"貌似数到"五九六九抬头看柳"的时候，就是春暖花开了。

在过去，村里的孩子出生后，为了顺利长大成人，长辈们就随便起个乳名，越土越贱越好。比如石磙、淘气、结实、箩斗、扎根、狗剩……据说狗名最泼，我家大外甥小名就叫狗蛋儿。等到上学了，大家才开始一本正经地使用户口本上的名字。我们吃的饺子，在老家也有一个俗名，叫扁食。

扁食还是肉馅的好吃。有时候家里也包素馅的饺子，有韭菜馅、槐花馅,但总感觉不如肉馅的饺子吃着过瘾。"昼短摒弃烦忧事,夜常相伴欢乐声。小饺暖尽心头寒,更胜金银百十千。"从我小时候围着锅台转的时候,母亲就教我"冬吃萝卜夏吃姜,不劳医生开药方"的俗语。而小时候吃的饺子,基本上是猪肉白菜大葱馅儿的,里面总少不了姜末儿。

小时候村里冒烟的地方不多,除了家家户户厨屋外面的土烟筒,就是大人们嘴里噙的烟头儿。那时候的冬天,气温要比现在冷很多,尤其是小孩子,经常有冻疮,手指头冻,脚后跟冻,耳朵也冻得结痂又流水,可是,村里面穿着开裆棉裤的小孩子,经常露着光屁股,屁股蛋一点没事。父亲开玩笑给我讲:"大人的脸,小孩儿的腚,一个比一个挨冻。"尽管寒风呼啸中,我们冻得缩手又缩脚,还是眼巴巴地盼着冬至这天早点到来。因为冬至这天,我们能吃上热乎乎的饺子。

做饺子得准备饺子馅,天不明父亲就挎着竹篮子去赶集割肉,母亲在家里准备好面团、大白菜、葱段、姜丝、大盐疙瘩,还有擀饺子皮的两头尖的小擀杖,摆放饺子的高粱秆做的锅箅子……厨房里很快就开始热闹起来。

包饺子通常是全家齐上阵。我们家经常是父亲挽着袖子在不停地和着瓦盆里的面团,母亲握着菜刀在案板上哚哚哚地剁着饺子馅,三姨在地锅前准备柴火,我和弟弟就围着锅台转。等母亲剁好饺子馅,瓦盆里的面也被父亲和好了。父亲喊着腰疼去院子里晒太阳了,母亲就开始在面板上将面团搓成条,切成梨膏糖似的饺子剂。我跟表姐就忙着擀饺子皮,母亲跟三姨开始包饺子,弟弟在外面骑着板凳撵大鹅……大家有说有笑,好不温馨,厨屋里一会儿就馅香弥漫。

那时候我总爱逞能,饺子皮还擀不好,就想学包饺子。然而不是笨手笨脚地把饺子皮撑破了,就是捏不住口,饺子馅儿冒出来,包的饺子惨不忍睹。表姐在旁边起哄:"谁包的饺子谁吃哈!"我抬头看看大人们包的饺子,个头均匀,摆成一轮一轮的环形状,玲珑而精致,鼓着肚子规规矩矩地在箅子上排着队。为了防止饺子粘到一起,母亲还会往饺子上撒上一层面粉。父亲晒够了太阳,抱着一捆秫秸进了厨屋,一屁股坐在锅台前的马扎上,准备生火了。

饺子包到最后，往往不是饺子皮少就是饺子馅少。如果是饺子馅不多了，母亲就用两个皮一合，转着圈捏上许多皱褶，还给这种圆饺子起个富足的名字——元宝。如果剩下的面多了，就擀成面条，与饺子一起煮到锅里，这叫"金丝儿缠元宝"，反正金和银都是贵重的东西。

饺子包齐了，地锅里的水也被父亲不断地塞着柴火烧得咕嘟咕嘟响开了，灶台前雾气腾腾，母亲就提醒我们："锅滚了。"

"从南边来了一群鹅，扑通扑通跳下河。"母亲经常在这个时候，不失时宜地打这个谜语给我们。在给我讲如何煮饺子的时候，妈妈说看见锅里的饺子漂上来，就赶紧浇上半碗凉水，反复三次，这样煮出的饺子外筋里熟，饺子也不破。她还给我耐心地解释什么是"吃了冬至饭，每天长一线"，原来过去没有表，"一线"就是村里妇女们用一根线做针线活儿需要的时间。

母亲还不厌其烦地告诫我："破小子也要学会做饭，万一将来娶个懒媳妇，天天吃不上饭。"我似懂非懂地如鸡叨食般点着头。有时候母亲还轻声地教我哼唱《谁说女子不如男》。我才懵懵懂懂地知道，替父从军的女英雄花木兰的老家就是俺商丘这一片儿的。

冬至饺子煮熟后，怎么吃还是很有讲究的。相传，古代女子在冬至日，要向公婆敬献鞋袜。后唐《中华古今注》称："汉有绣鸳鸯履，昭帝令冬至日上舅姑。"此后妇女在冬至日向公婆敬献鞋袜，便相沿成习。在我们当地，冬至第一碗饺子要孝敬给家里的老人。

倘若分了家，跟老人不住一个院子，就得把热腾腾的饺子盛到搪瓷大碗里，盖上个盘子，双手稳稳地端着，隔街绕道也得趁热给老人送去。

送饺子的多为家中的媳妇。弟兄们多，妯娌也多，更要拣家里的大碗，再把饺子堆成冒尖，比着孝顺。婆媳之间平时难免有个一言半语的差错，窝在心里不舒服，而端一碗冬至饺子，能把短暂的过节儿融化得烟消云散。

到了饭时，老人们在院子里晒着太阳等饺子，看到媳妇推门进院，老公公捋着山羊胡子乐得合不拢嘴，老婆婆端过热腾腾的饺子碗，脸笑得如菊花瓣。轮到孩子们吃了，我们双手搂着已被磕碰得斑驳不堪的黄色搪瓷大碗，在寒冷的冬天里一边吹凉，一边用筷子夹着饺子，蘸着调好的蒜汁往嘴里塞。厨屋里弥漫着温暖的热气,大家在欢声笑语中打着饱嗝儿,早已经忘却了屋外的寒冷。

吃饱了饺子,还要再喝半碗热乎乎的饺子汤。看着搪瓷大碗上升腾着姿态曼妙的水汽,是那样飘逸,我居然不知不觉地愣了神。母亲就会在旁边连声说:"赶紧喝,饺子汤快凉了。"于是我就听话地端着瓷碗将饺子汤一饮而尽。母亲又会嗔怪地说:"慢点喝,锅里还有呢!"母亲无尽的关爱,带着饺子的味道,已然成为我童年记忆里最为温馨的一幕画面。

只是,至今还让我耿耿于怀的是,小时候每年冬至,我都吃了热乎乎的饺子,可是自己的耳朵,为啥依然被冻得稀巴烂呢?

骑秋

突然间想起"骑秋"这个词，民间有谚语："骑秋一场雨，遍地出黄金。"指立秋时节的雨水，可确保庄稼丰收。清代潘荣陛在《帝京岁时纪胜》里记载："秋前五日为大雨时行之候，若立秋之日得雨，则秋日畅茂，岁书大有。谚云：'骑秋一场雨，遍地出黄金。'"从字面上理解，"骑秋"的意思为"跨入秋季"。

而在我们豫东的方言里，"骑秋"指的却是"荡秋千"。

秋千的起源，可追溯到上古时代。我们的祖先为了谋生，需要上树采摘野果或猎取野兽。在攀缘和奔跑中，他们需要抓住粗壮的蔓生植物，依靠藤条的摇荡摆动，上树或跨越沟涧，这是秋千的雏形。至于后来绳索悬挂于木架、下拴踏板的秋千，在春秋时期我国北方就有了。古书中就有"北方山戎，寒食日用秋千为戏"的记载。当时拴秋千的绳索为结实起见，通常多以兽皮制成，故"秋千"两字繁写均以"革"字为偏旁。

在我们豫东平原，在村里的开阔处，或在自家院子里，在一棵大树上或两树之间系上一条结实的绳子并留一定的松弛度，绳子中间绑上一块木板或小板凳。做好后仔细检查一遍，确保绳子不会脱落，人站上去后木板离地面还有一段距离，就可以玩荡秋千了。

一个人玩荡秋千的时候，需要一定的技巧。应在双手抓紧两侧绳子的前提下，等秋千摆动到最低点时迅速站起，然后慢慢下蹲，当秋千荡到最高点时，再猛然站起，过了最高点后再慢慢下蹲，到了最低点时再猛地站起。一直重复上面的动作，秋千就越荡越高，荡起来衣袂飘飘，那种时高时低的感觉如同在飞……

那时候我们玩的秋千都不算很高，通常是一个人双手抓着两边的绳子坐在秋千的木板上,另一个人站在旁边握着绳子使劲摆,使的劲儿越大,秋千就荡得越高。秋千带着人一会儿腾空而起,一会儿俯冲而下,那种感觉刺激又过瘾。胆子大的小伙伴为了显示自己的勇气,经常满不在乎地站在秋千上,两手紧抓着绳子,咧着嘴,甚至松开一只手振臂高呼。围观的人们越多,逞能装英雄的孩子就越多。大家就开始比赛,看谁荡的秋千摆幅大,荡得远。

高度越高,距离越远,难度和危险性就越大。在荡秋千的过程中,有时身子出去太远了,或者手没抓住绳子,就会从秋千上掉下来,摔得鼻青脸肿的。但是我们从来都没当回事,所谓无知者不畏,真是摔下来,哪怕是摔得屁股生疼,只要摔不到脸,摔不烂衣裳,就拍拍屁股上的灰尘,毫不在乎地等待游戏重新开始。因为身上的轻伤可以慢慢恢复,衣裳烂了回家保不准就得挨打。

这时候,从围观人群中站立的位置,基本上就能判断出各自勇气的大小。俗话说"人善被人欺,马善被人骑",爱出风头的小伙伴偏偏要把躲在人群后面的"娘娘腔"揪出来,哄着骗着,承诺着,信誓旦旦地保证荡秋千的时候,自己在旁边不使多大的劲儿,把"娘娘腔"哄到秋千上。

"娘娘腔"哭丧着脸挣扎了一会儿,看势头摆脱不掉,只好勉强地走到秋千跟前,迟疑不决地坐下时,又麻溜地把身上的褂子脱掉甩给了我,还冲我挤眉弄眼。我明白这货宁愿自己摔疼,也不敢把褂子摔烂。大家刚开始还算遵守诺言,轻轻地晃几下秋千,随着大家的起哄,秋千的摆幅越来越大,被赶鸭子上架的"娘娘腔"坐在秋千上紧张地抓着两旁的绳子吓得哇哇大叫。"娘娘腔"叫声惨烈,和村里的屠宰场过年杀猪一样,看得抱着他褂子的我都不忍心了。

等到秋千慢慢地稳定下来,"娘娘腔"已经脸色发白,鼻涕、眼泪都荡了出来。我上前搀扶着"娘娘腔"从秋千上下来时,感觉他像瘫倒了一般,呼吸短促,两腿不由自主地发抖。

突然间,围观的小伙伴又是一阵哄堂大笑。"娘娘腔"的脸色虽然从苍白慢慢泛红,可是他的脚下却湿了一片,原来他吓得尿了一裤子,把自己的鞋都尿湿了。

小纸条

　　一缕温暖的阳光透过教室门框上面的白玻璃斜射过来，戴着黑框老花镜的语文老师正站在讲台上滔滔不绝地给大家讲《从百草园到三味书屋》。有学生却开了小差，把课本分开支在桌面上，偷偷摸摸地写着小纸条。

　　纸条的内容不拘一格，可以说是包罗万象。有调侃老师家的驴大早上跑丢的，有讨论女班长脸上的雪花膏没抹均匀的，有借墨水、借《故事会》的，有打小抄的，有怂恿别人趁下课起立的时候抽前边同学屁股下面板凳的，还有给老师画漫画像的。本来就不怎么会画，再加上对老师的个人情感，画出来的老师像自然是要多难看就有多难看。甚至还有下课约伴一路去厕所，让对方多带两张手纸的……

　　构思好内容，撕好空白的小纸条，趁别人在作业本上写字的时候浑水摸鱼写自己的小纸条。写好或画好小纸条，眼睛盯着黑板，双手在课桌下面熟练地对折，叠成小纸片或者团成小纸团，再瞅机会写上"收件人"的名字，就可以等待时机传递了。

　　传递纸条的方式大概有这么几种：一是写条人与收件人之间直接传递，这种"一对一"的传递方式稳妥、隐蔽，内容不会外泄，缺点是传递受空间限制。

　　我们常用的纸条传递方式是"抛物线传递法"，这种传递法就是把写好的纸条揉成纸团儿，瞅准时机准确地扔给收件人。优点是可以进行长距离投送，但是倘若偏离了目标，纸条被其他同学捡到截留，再被故意公开，那就有热闹看了。

　　还有一种很为隐蔽的传递纸条方式叫"中转式"，顾名思义，就是传递人与接收人并不直接接触,而是通过第三方甚至多方进行中转。在老师眼皮底下传递小纸条的感觉,犹如电影里新中国成立以前地下党在白色恐怖下搞情报工作。无论老师如何眼观六路、耳通八方,我们都会不动声色地坐在课桌前,眼睛炯炯有神,装模作样地立着课本,完全一副勤奋好学的状态,殊不知早已经开了小差。

大家如坐针毡般地观察着讲台上的老师,如果传递条件允许,就开始用手肘捅同桌,以迅雷不及掩耳的速度把小纸条塞过去。同桌瞄了一眼纸条上的名字,上身保持纹丝不动,下面的脚开始连续地踢前桌的椅子腿,前桌并不转头,右手却努力地往后伸,默契地接过小纸条继续传递……一张小纸条就这样在老师的眼皮底下经过不同的小手,甚至跨越整个教室的距离完成了秘密传递。每一个参与传递的同学,都感觉自己就像地下交通员。

上课传纸条是一项综合了书法、绘画、文学、侦察、观测、躲避、投掷、抛甩、传递、隐藏等的技术活儿,有过相同经历的小伙伴们一定还记得当年在课堂上传递小纸条的一幕幕。

随着年级的升高,同学们传递纸条开始使用"暗语"和"密码"。纸条上的内容,即使在传递过程中被截留,内容也无法轻易被破解。以前的纸条都是藏着掖着,唯恐被他人看见内容,纸条阅毕后,赶忙将其碎尸万段,不留蛛丝马迹。使用了"暗语"和"密码"的纸条就可以大模大样地进行传递,甚至有恃无恐地直接放在课桌上。

我曾借着做值日的机会,仔细研究过"高手们"互递的纸条,发现男同学善用数理化的公式来编辑暗语,女同学则喜欢把文言文和古典诗词进行拆分、组合,鼓捣出一些常人根本没法解读的语句来表达心意。

一张张小纸条虽然再简单不过,却在课堂上传递出了无穷无尽的趣味。用眉飞色舞、眉目传情、心有灵犀、手到擒来、沾沾自喜、喜形于色等词都难以形容当年传递小纸条时的感觉。

尤其是扔纸条这个环节技术含量高,不仅要确保小纸条扔得准确,还要有强大的心理素质,即使与老师四目相对也得正义凛然、面不改色。

当年我扔纸条就总感觉心虚,写好小纸条藏着掖着,还得瞄半天准,结果不是扔远了小声求人捡过来，就是扔近了趁老师转身在黑板上板书的片刻，蹑手蹑脚地离开座位，猫着腰挪着脚紧张万分地再捡起来。说实话，我跟大家一样，作为纸条中转员之一，一直具有强烈的好奇心，想看看纸条上的内容，但最后都忍住了。

有时候老师也会察觉同学们有小动作，捏着粉笔头板着脸清了一下嗓子，一声不吭地开始如探照灯一样审视着每一张脸。教室里的气氛一下子就紧张起来，传到半途的小纸条就被攥在手心里，时间久了会被汗水浸透，字迹就变得模糊，甚至都不知道下一个该传给谁了。

我们班外号"大头"的同学就因为传递小纸条成为大家的公敌，因为他就喜欢拦截别人的纸条，然后偷看别人的悄悄话。别看"大头"平时考试总是不及格，可是对小纸条却情有独钟，下课后"大头"居然能够一字不差地大声背诵出纸条上的内容。

有好多次，大家眼睁睁地看着小纸条被"大头"幸灾乐祸地截留、拆开，干着急却不能吱声。于是，我们商议着得想法捉弄一下"大头"。

有一次，班长故意把小纸条丢给"大头"，"大头"眉开眼笑地打开小纸条，上面写着四个字：拆开是狗。"大头"咧咧嘴，毫不犹豫地就在字条上加了一行字：谁写谁是狗。小纸条又被传到"娘娘腔"那儿，"娘娘腔"埋头捯饬了一会儿，又团好小纸条抛给了"大头"。

"大头"不服气地打开小纸条，没想到里面居然是"娘娘腔"抹的稀鼻涕，弄了"大头"一手，气得他又吹胡子又瞪眼睛，生气地搓着手上的黏鼻涕，恨不得就地找个老鼠窟窿一下子钻进去。

从那以后，"大头"再也不截留我们的小纸条了。

"气 球"

在我读小学二年级的时候,有一天,我正趴在院子里的小木板凳上写暑假作业,"娘娘腔"兴高采烈地跑过来,手里握着一个透明的"气球",比我们过年当球玩的猪尿脬精致多了。

"娘娘腔"握着"气球"照着我的脑袋碰了几下,"气球"嘭嘭直响,吓得我摆着手说:"别弄炸了,瘆人!""娘娘腔"龇着大门牙说:"这个'气球'结实得很,再吹大些也不会炸!"

我接过"娘娘腔"手中的透明"气球"端详。"气球"很薄,富有弹性,手感特好,跟货郎卖的彩色气球差别很大,形状也很奇怪,放了气后的"气球"就像一个剥光籽的玉米棒子,一端是乳头大小的凸起,另一端边缘还裹着一圈橡皮筋。我好奇地问"娘娘腔":"这'气球'你从哪里弄的?"

"娘娘腔"把食指放在自己嘴边嘘了一声,神秘兮兮地说是在他家里屋的抽屉里翻出来的,一盒有十来个,抽屉里好几盒呢。说着,"娘娘腔"从裤袋里又摸出来一个扁扁的、四方形的塑料包,就像方便面的调料。

撕开塑料包,"娘娘腔"麻溜地把里面的"气球"取出来,像剥豆虫一样把原本卷得好好的"气球"伸展开,嘟着嘴对准橡皮筋"呼呼"几口,就把"气球"吹了起来,还用手指头在"气球"上抓了几下,然后神气活现地对我说:"咋样?这'气球'结实吧!送给你玩了。"

我感激涕零地一只手接过"气球",另一只手拍着"娘娘腔"的肩膀说:"过两天,俺家的糖蒜跟酱豆就腌好了,我一定给你掚一碗。"

后来,我们发现村里的好多孩子都在玩同样的"气球",胡同口的小卖部也在卖,一毛钱一个。大家吐字不清地说是"彬彬套",把前端凸起的地方叫作"妈疙瘩"。没事的时候,大家聚在一起,鼓着腮帮子比谁吹的"气球"大。有时候"气球"被吹到极限,像半拉面布袋一般大,一不小心,"气球"就炸成了许多碎片。

碎掉的"气球"我们也不舍得扔掉。我们挑选出较大的碎片,放在嘴边吸泡泡,把小碎片吸出大大小小的气泡,打上结,继续摆置着玩。细心的女孩子还把橡皮筋剥出来,耐心地给橡皮筋缠上彩色的细线,用来扎小辫子。

精力充沛的我们总是创意无限,大家兴致勃勃地变着花样玩"气球"。"娘娘腔"的发明创造就很有特色:他把平时玩的竹哨子绑在"气球"的皮筋处,把"气球"吹得如篮球一般大,然后举在手中松开,"气球"一边吹着竹哨子一边在空中打着转呼啸而去。大家纷纷效仿,看谁的"气球"吹的哨子响,看谁的"气球"飞得远。

下课的时候,我们挤在校园的老压井旁,往"气球"里面灌水,然后滴进去彩色墨水,用手指头把"气球"的"妈疙瘩"按下去,从橡皮筋中间拉出来,"气球"就成了一个苹果的形状,再用纳鞋底的绳子系好,我们就提溜着各种颜色的"水苹果"跑着玩。玩腻了,大家就用"水苹果"砸着玩。"水苹果"砸到身上、头上就会破碎,里面的水瞬间就流了出来,有人狼狈有人乐,大家总是玩得气喘吁吁、兴致勃勃。

再后来,我们又有了新的玩法,同样是往"气球"里灌上半碗染了颜色的水,橡皮筋处打结,然后找来一根细线,用小嘴对着装有水的"气球"吸出一个玻璃球大小的水泡,用细绳在水泡根部缠绕结实,然后再接着用嘴吸水泡,用细线缠绕隔离,最后做成一串色彩形状都很逼真的葡萄。有绿色的,有红色的,还有紫色的,阳光照耀下,一粒粒"葡萄"晶莹剔透。大家在一起炫耀欣赏,看谁吸的葡萄串匀称,看谁的葡萄串颜色好看。

我们兴高采烈地掂着做好的各色葡萄串去学校,没想到语文老师看着我们的劳动成果,却语重心长、满脸严肃地给我们说:"小孩子们不要玩这个!"

我们都感到纳闷,平时语文老师总是鼓励我们动手动脑,这么好玩的"气球",为啥不让我们玩呢?

而且,当我们在大街小巷肆无忌惮地玩"气球"时,村里大人们脸上的表情,总是那样的怪异。

拾 炮

俗话说,小闺女戴花,破小子拾炮。

所谓拾炮,就是等一大挂鞭炮噼里啪啦地燃放完毕后,大家争先恐后地在一大片碎纸屑中寻找没有爆炸的鞭炮。我们管这种鞭炮叫落捻炮。

小时候,除了村里有人家娶媳妇放鞭炮,孩子们能够有机会很过瘾地拾一些落捻炮的时候就是过年。

进入腊月,大人们忙着杀年猪、蒸大馍、炸麻叶、蒸扣碗、备糖果、晒鞭炮、贴对联。过年除了新衣服、新鞋袜,还有女孩子喜欢戴的头花,男孩子喜欢点的鞭炮,家里都会一一备齐。干爹给干儿送年夜饭时,一定会送上两小捆"啄木鸟"或"勒头炮"。

于是,孩子们就开始掰着手指头,眼巴巴地盼过年。

土里刨食的村民,即使生活条件窘迫,也会在春节到来时,奢侈地买上一挂二百头或三百头的小盘鞭炮,过年的时候释放一年来的喜庆。生活条件富裕的家庭,则会慷慨大方地买上一挂五千头甚至是一万头的大盘鞭炮,还有震天响的大雷子。

年三十守夜,孩子们为了第二天一早能拾到更多落捻炮,往往会在睡觉前一次又一次地叮嘱着自己的父母,让他们在大年初一一定早点喊醒自己,免得起床晚了拾不到落捻炮。大人们通常熬到后半夜,睡觉前要放"关门炮",天明起床还要放"开门炮"。

大年初一的早饭就是饺子。下饺子的时候,家家户户就会燃放提前准备的最长、最好的鞭炮。由于家家户户下饺子的时间差不多,村里的鞭炮声就此起彼伏。我们守在家里就能判断出谁家的鞭炮响,谁家的鞭炮响得时间长，谁家的大雷子多。

下饺子放鞭炮的仪式感总是很隆重。母亲在厨房里烧开水，端着包好的饺子，冲着外面长喊一声："点炮！"外面的父亲就像听到部队首长的命令一样，马上分秒不差地捏着点燃的烟头，把地面上铺好的鞭炮点燃。平时父亲不抽烟，过年时为了放鞭炮，会破例点一根香烟。

为了防潮，鞭炮都是提前晒好的。打开像锅盖一样的红色包装纸，长长的鞭炮由树上垂到树下，像巨蛇一样折了几个来回。炮捻点燃后，噼里啪啦的鞭炮声中，还不时夹杂着几个大雷子，发出沉闷的"嗵嗵嗵"声。

我们在旁边捂着耳朵，眯着眼睛看着噼里啪啦燃放的鞭炮，闻着弥漫的烟火味，心里盘算着会剩下多少没爆炸的鞭炮，最好留几个大雷子。

我们狼吞虎咽地吃过饺子饭，开始换新衣服。那时候为了避免弄脏过年的新衣服，孩子们吃过早饭才能换上新衣服、新鞋子，女孩子们头上还会扎两串五颜六色的头花。我们不顾父母的反复叮嘱，在胡同里喊叫着自己的小伙伴，兴高采烈地径直冲上大街。

由于不知道哪家先放哪家后放，大家就侧着耳朵细心地听着鞭炮声从哪个方向传来，听到哪儿响就向哪个方向冲。往往是鞭炮还没响完，就有大胆的孩子们憋着气冲进弥漫的硝烟里，蹲在地上捡拾着没有炸的鞭炮。

我们当地经常用"慌得跟拾落捻炮一样"来形容一个人慌里慌张的状态。拾落捻炮也是个技术活，不仅得抢占时机、勇敢果断，还要判断准确、行动迅速。有时候点子背，抓到手中的落捻炮会死灰复燃冷不丁地炸了，这是大家既惧怕又觉得刺激的意外。经常有小伙伴的手指头被鞭炮炸得发黑，龇牙咧嘴地忍着眼泪，装作毫不在乎地说："幸亏不是大雷子，小麦芒炮，一点儿也不疼。"而被鞭炮炸得麻木发疼的小手，却不由自主地来回甩动着。

如果我们在一户人家拾到了许多落捻炮，大家就会咋咋呼呼地说："这家的多，这家有。"大人们就会喜得合不拢嘴。因为他们相信小孩子的话是灵验的，大年初一的早上能得到这样的话，真的很是吉利。

等到村里的鞭炮燃放得差不多后，大家聚在一起，炫耀谁拾到的大雷子多，谁点的大雷子响。我们将落捻的鞭炮外面裹的纸皮一点点拆开，把黑色的炮药均匀地倒在地上，再摆放上一溜小鞭炮，炮捻子放在零碎的炮药上，点燃炮药，小鞭炮就挨个炸响了。或者将炮药装进小玻璃瓶，用作链条枪的炸药。

如今，年味越来越淡。很多人归咎于物质的发展、城乡的转变和洋节的挤对。其实，节日和人一样是有灵魂的。过去是"穷讲究"，敬神、拜祭祖、拜年，尊老爱幼，一个都不能少。而如今，生活节奏越来越快，物质需求越来越容易满足，灵魂越来越缺乏依附的载体，节日就越来越没有意思。

比如，市区早已经禁止燃放烟花爆竹，没有人再讲究"关门炮""开门炮"，下饺子的时候也没有了噼里啪啦的鞭炮响，我们也再难看到孩子们穿梭在弥漫的硝烟中争先恐后地抢着拾落捻炮的场景了。

泥哨子

　　小时候玩过一种胶泥烧制的哨子,个头儿比糖块大一些,外形粗糙而质朴,有公鸡、小鱼、靴子、猴子、人物等造型,外面包着一层深色的釉,质感跟色泽就像老家厨房里的瓦盆、瓦罐,时间越久越乌黑发亮。泥哨子虽然音色单一,却是孩子们当年能接触到的为数不多的乐器。我们豫东当地称它为"泥叫吹儿"。

　　泥哨子的构造类似于埙,通常有两个孔。入气孔多开在人物的头部或动物的尾部,回音孔多开在腹部或中部。吹出来的声音不像埙那样的苍凉而幽远,而是清脆柔和的,随着气流的大小缓急,吹出来的声音就像鸟鸣一样婉转悦耳。

　　泥哨子是用一种红胶泥捏制而成的。这种胶泥比一般泥土黏而有韧性,土质细腻,颜色暗红,经过反复摔打后可塑性很强,跟面筋一样好玩。孩子们摔凹窝、做弹弓子弹也是用这种胶泥。

　　别看泥哨子个头儿小,但制作起来相当繁杂,摔泥、塑形、钻孔、晾晒、上釉、烧制等工序一个都不能少。

　　我们村最会做泥哨子的是"娘娘腔"他爹,别看"娘娘腔"他爹平时少言寡语,还是个酒晕子,可是干农活毫不含糊,做泥哨子的时候,更是干净利索,活脱脱的一个民间艺人。

　　通常是我跟"娘娘腔"主动请缨,拿着小铁铲子到水坑边挖来品相较好的红胶泥,然后撅起屁股在"娘娘腔"家的院子里开始摔胶泥。剔除里面的杂质,胶泥硬的话再添加少许水,使劲地摔出胶泥里的气泡。胶泥这东西,越摔越结实,越摔黏性越好,手感特舒服,以至于我们摔胶泥时感觉不到时间的流逝。

我们俩卖力地反复地摔着胶泥，"娘娘腔"他爹不紧不慢地从柜子里取出包着几层布的模具，等我们俩气喘吁吁地把胶泥摔好，"娘娘腔"他爹才挽起袖子，如戏台上的名角出场一般，铺好模具开始做哨坯了。

只见"娘娘腔"他爹把一小团胶泥往模具里用力一夹，剔除多余的胶泥，泥哨子就现雏形了。不同的模具做出来的泥哨子造型不一样，"娘娘腔"他爹的模具不多，有时候他兴致来临，索性不用模具，随心所欲地直接给我们手工捏各种造型。

制作泥哨子的关键还是打孔、挖空，不然泥哨子就不会出声，或者吹出来的声音发闷难听。看着一大块胶泥慢慢地被做成一个可爱的泥哨坯子，我们的脸上洋溢着兴奋的笑容。

制作完成后，把这些哨坯子放到房顶或某个隐蔽而朝阳的地方晾晒。几天过后，湿软的哨子就变得干硬了，随手拿起一个吹吹，那泥疙瘩就嘟嘟出声。

"娘娘腔"他爹用当年土法烧制瓦罐、瓦盆的工艺，抽空就给一个个泥哨子上釉，我跟"娘娘腔"就眼巴巴地等最后一道工序——烧窑了。

那个时候，我们村南头有很多用来烧土砖、小瓦的土窑。到了夏天，在土窑干活的村民常常赤裸着上身，脖子上搭着一条毛巾，浑身晒得乌黑。后来看电视剧《辘轳女人和井》，听到主题曲里"黑油油的铁脊梁，汗珠子滚太阳"，我就会不由自主地想起烧窑的场景。

等到村民们将晾晒干的土砖坯或土瓦坯往土窑里烧制时，"娘娘腔"他爹就会利用在土窑里堆放砖瓦的空当，捎带着把一堆土哨子小心地埋进砖窑里。熊熊大火烧上几天几夜，砖瓦就完成烧制可以出窑盖房子了，泥哨子也跟着摇身一变，就像孙悟空在炼丹炉里炼出火眼金睛一样，在孩子们的牵挂围观中，闪亮出窑了。

经过土窑烧制的泥哨子变得跟砖琉璃一样结实光滑，外面涂抹的釉层也变得像瓦罐一样锃亮。其实，这个时候的泥哨子应该算是陶瓷哨子。

于是，不论白天晚上，孩子们都把泥哨子衔在嘴边，鼓着腮帮子看谁吹得欢、吹得响。

我跟"娘娘腔"用泥哨子训练家里的狗、吓唬胡同里的鸡。薅草的时候吹哨子,喂猪的时候吹哨子,捉迷藏的时候吹哨子,还试着嘴里噙着水吹哨子……一个小小的泥哨子,被我们视如珍宝,爱不释手,玩得淋漓尽致,玩得花样百出。

哨声此起彼伏,婉转悠长,于是我们的童年时光有了音乐的装点。

如今,村里的土窑早就被拆除得无影无踪了,"娘娘腔"他爹因为长期喝酒,俩手经常不由自主地抖,估计是得了帕金森,早就不能做泥哨子了。

春节前,"娘娘腔"打电话给我,突然间谈起泥哨子,他说他把他爹家里翻了个底朝天,也没找到当年做泥哨子的模具。

"娘娘腔"还不甘心地说,那模具说不定是紫檀木或者黄花梨木的,要是放到现在,肯定可值钱了。

偷偷摸摸看电视

小时候,我家里的那台"飞跃"牌电视机只有十四英寸,而且是黑白的,虽然没几个频道,画面也不清晰,却像潘多拉盒子一样充满魔力,时时刻刻勾着我们的魂儿。

那时候,电视接收信号不稳定,我们经常摆弄电视机上面的两根天线。实在不行,就需要一个人跑到院子里调整拴在树上的室外天线,直到屋子里的人一边弯着腰、撅着屁股乐呵呵地咧着嘴笑着,一边兴奋地冲外面喊着说:"好了,好了,差不多了,赶紧回屋里凑合看吧。"

20世纪80年代,家具、电器可都是大物件儿,需要靠节衣缩食卖粮食才能买得起。相比而言,我们家的生活条件还算宽裕。家里的自行车大梁用黑胶布和废电影胶片缠着,皮革沙发用白色的沙发巾罩着,台式收音机用一块小布盖着,那台黑白电视机平时也有一块防尘罩,而且罩子特别厚实,不掀开根本没法看。

每到周二下午,全国电视都没有信号,所有的频道显示的都是一个圆圆的测试图伴随着一个很刺耳的声音。听说是检测设备,后来才知道那画面是彩色的。

当年,电视连续剧《射雕英雄传》正在热播,还有《西游记》《霍元甲》《上海滩》《一剪梅》《凯旋在子夜》《篱笆女人和狗》《乌龙山剿匪记》《血疑》《警犬卡尔》……这些电视剧每天只播放两三集,每一部电视剧都让村里的大人小孩们着迷。

到了农忙季节,为了保障庄稼地里抗旱用电,经常需要把村里各家各户的电停掉。没有电,大家就没法看电视。为了不耽误追剧,爸爸给电视机弄来一块汽车电瓶当电源。吃过晚饭,把电视机抱到院子里的小方桌上,备好电源,还没等到电视剧开播,院子里就坐满了来看电视的村民。大家带着马扎、板凳,摇着蒲扇,在院子里兴致勃勃地嗑着瓜子,看着电视,讨论着剧情。那场面就像看露天电影一般,真的热闹非凡。

很多时候,我跟弟弟却挨不着看电视,只能悻悻地待在自家的偏房里,一边自言自语地发着牢骚,一边心不在焉地写作业。

那时候我们心里对电视机有着莫名的渴望,但是大人们总是不让我们看,怕影响我们的学习,还说为了保护我们的视力。于是,我们总是以上厕所或者喝茶水为借口,故意路过电视机赶紧瞄上几眼,往往是还没看两眼,就被爸妈轰走了。

我们慢慢地开始跟大人们斗智斗勇,想方设法看电视。趁大人们全神贯注地看电视的时候,我跟弟弟就趴在门缝里偷看,被对方踩疼了脚也不吭声。爸妈即使察觉,也会装作不知道,直到突然间幽幽地来一句:"该播广告了,别再偷看啦。"我们只好老老实实地继续写作业。

我们经常巴望着爸妈下地干活,或者去赶集买菜、去县城办事。每次爸妈推着自行车出门前,我跟弟弟就趴在桌子上装作很用功地写着作业,瞅准机会随意地问他们去哪里,心里盘算着他们外出的时间。等他们前脚刚出门,我跟弟弟这边就箭一般地跑到了电视机前。

为了不露馅儿,千万不能急着揭开盖着电视机的布罩子,而是要先记住电视机布罩的褶皱,电视机旋钮的频道、音量的具体位置,然后才可以兴致勃勃地看电视。为此,我还画过电视机布罩的褶皱图。另外,茶几上一定要放好课本和作业,最好是做了一半,书是一定要画些道道,圆珠笔要随意搁着,随时做好准备。外面稍有动静,我们就会吓出一身冷汗。

虽然我们的听觉比胡同里的狗都灵敏、准确,可是"常在河边走,早晚得湿鞋",意外还是发生了。

那一次,我正在专心致志地偷看电视,突然听到院子里老爸的自行车铃声,赶紧手忙脚乱关电视,没想到把音量的旋钮拧错了方向。结果,老爸重新打开电视机的那一刻,里面正播放着一部战争片,好像是飞机在低空盘旋。电视机的音量大得不能再大了,简直是震耳欲聋,桌子上的茶杯不停地抖动,屋顶上哗哗掉土,吓得我大惊失色。真没想到那小小的电视机居然能发出那么大的声音,我见势不妙,拔腿就跑,最后还是挨了一顿笤帚疙瘩。

不让看电视我们就听电视。我们手里捏着圆珠笔,毫无兴趣地看着书本,身在曹营心在汉,我们在隔壁房间竖着耳朵听电视,无形中练就了一对"顺风耳",就像听广播剧《刑警803》,一样有画面感。

第二天,大家在教室里聚在一起,叽叽喳喳地谈论电视里的剧情,就像真的看完了整集电视节目。

偷看过电视的朋友都知道,等到家长回来前,电视机必须按照原样复位,最容易露馅儿的就是电视播放产生的热量。家长回到家,只要摸一摸电视机外壳,就知道我们是否在家偷看了。为此,大家各显神通,绞尽脑汁给电视机降温。

为了给电视机降温,我们在夏天偷看电视的时候,即使自己满头大汗,也要把电风扇对着电视机后壳可劲儿地吹,或者用蒲扇对着电视机不停地扇。最好用的方式还是给电视机敷冷毛巾降温,掐着表,每隔半个小时,就换一次凉毛巾。或者忍痛割爱,把电视机暂时关闭几分钟,自己脑补剧情,然后再接着看。总而言之,不能让电视机外壳发热,不能露馅儿,不能被爸妈发现。

最刺激的还是半夜三更偷看电视。等到爸妈都睡了,屏着呼吸披上衣服,为了动静小,我经常光着脚。小心翼翼地溜到堂屋,轻轻地用左手将电视的防尘罩推至荧屏上方,右手放在音量旋钮上。那时候的电视机开关跟音量开关是同一个旋钮,往外拉旋钮就接通了电源。迅速地把电视调整到静音,千万不能拧错方向。再根据老爸的呼噜声,将音量调到合适的状态,然后再轻轻地旋转黑白电视机上面那个最大的选台开关,千万不能发出声音,其实也没多少节目可以选择。右手时刻放在电视的开关上,以防不测发生。最紧张的时刻莫过于爸妈的房门一响,就得立刻关电视,然后赶紧将防尘罩往下一放,麻溜地光着脚回到房间,当时心跳绝对在每分钟一百六以上。

躺在床上蒙着被子确认危险过去之后，再溜出去继续站着看电视。直到最后荧屏上跳出"再见"两个字，然后是雪花一片，才老老实实地回被窝睡觉。

　　"娘娘腔"他爹更绝，为了不让"娘娘腔"偷看电视，居然把他家的电视机插头给剪掉了。没想到"娘娘腔"为了能看电视，居然学会了把电线分开，趁他爹不在家，用铅笔刀剥掉两截绝缘电线皮，然后直接将两根电线插进插座。插座上经常刺刺地冒火花，吓得我都转身想跑，而"娘娘腔"却泰然自若地给我讲什么"兵来将挡，水来土掩"。

　　后来有一天上午，"娘娘腔"一个人在家捯饬电视，家里墙壁上的电线突然间起火，烧了好长一大截。等我听到喊声跑过去看的时候，只见黑烟未散，满屋子都是呛鼻子的焦煳味儿。幸亏电路及时跳闸，"娘娘腔"用门后边的扫帚把电线上的火苗给拍灭了，他家里才幸免一难。"娘娘腔"心有余悸地挠着头，牙齿不由自主地打着战跟我说："再也不摆置电路了，刚才我吓得差点用洗脸盆的水灭火。"

　　直到今天，我依然能够回想起"娘娘腔"当时惊慌失措、呆若木鸡的模样。因为偷看电视而导致电路起火，他没有被电死，也真是命大啊。

学骑自行车

小时候跟着父亲进城，我就一屁股坐在老式自行车的横梁上。双手扶着车把，没多少姿势可换，时间长了不仅硌腚，而且手脚都会发麻。最可怕的是在父亲刹车的时候，自己经常被车把中间弹起的车闸铁片夹住手，甚至被夹流血，疼得我哇哇叫地哭半天。

为了不再被夹手，我就要求坐在后座。没想到，刚到县城，父亲下自行车的时候居然把我给忘了，一条大腿在空中绕出一条美妙的弧线，自行车后座上的我就毫无防备地被父亲的"扫腿杠"一下子横扫了下去。

我坐在地上抹着眼泪，膝盖和胳膊肘都蹭破了皮，哭得鼻涕一把泪一把，心想再也不坐父亲的自行车了，我得自己学骑。

当时的自行车都是二八的大梁自行车，车架很大，坐在后面容易被自行车条绞伤脚后跟。当年的"凤凰"和"永久"牌自行车就像现在的奔驰、宝马车，买的时候需要凭票托关系。《孔雀》中骑着自行车的少女身后带着一个降落伞，满脸都是幸福的笑容。而在《站台》里，那个坐在自行车后架上的青年伸开双臂做飞翔状，给人的印象深刻程度不亚于《泰坦尼克号》里男女主角在船头的飞翔姿势。

小孩子学骑自行车的确不容易，我们的腿短胳膊也不够长，只能从自行车大梁下面把右腿"掏裆"伸过去。骑车的时候只能蹬半圈，一旦掌握不好平衡，立马连人带车一块儿摔跤。可是一旦学会了骑自行车，就可以在村里的大街小巷上肆意地穿行，感觉风光无限。

当父亲听说我要练习骑车的时候，毫不犹豫地就把自行车推了出来。

在村口的麦场上，我第一次推着高大的自行车，亲自握着自行车把，心里面直发怵，两腿还有些颤抖，不知道该怎么把眼前两个轮的大自行车平稳地骑出去。

父亲看出了我心里的忐忑，耐心地给我讲："手要抓紧把手，脚下要踩半圈，迅速地倒回来再继续蹬，两脚不能停，眼睛要看着前面的路，还要掌握好方向，千万不能慌。"

父亲两手扶着自行车后座，鼓励我大胆地骑上去，还非常自信地安慰我说，有他在后面扶着，保证我跟自行车都不会摔。

我紧张地握着车把，手心里直沁汗。先把左脚踩在自行车左侧的脚蹬上，然后右腿从自行车大梁下面探过去，脚蹬子往后倒了一点，双脚一前一后踩在脚蹬子上。由于心里老担心掌握不好平衡，脚上居然不知道如何使劲儿，一时间手忙脚乱。

随着父亲在后面轻轻地助推，我就开始手忙脚乱地学骑车。而自行车好像在故意跟我作对一般，我拧着身子想要向左，车子偏偏就往右走，我想往右，车子偏偏往左走。在麦场里骑出的轨迹弯弯曲曲，自行车左摇右晃，就像喝醉了酒一般。

我的心里开始有个声音冒出来：练自行车果然很难啊，算了吧，别再摔毁了，不学了，大不了以后走路算了。

父亲似乎看出我要打退堂鼓，就不断地鼓励着我："再坚持一下，熟能生巧。大家第一次学骑车都这样，别紧张，多练几回你就能自己骑车了。"

父亲一直在后面扶着车座，跟着车子跑。即使我从自行车上跳下来，车子也不会歪倒。于是，我慢慢地有了信心，在父亲的帮扶鼓励下，在麦场里骑了一圈又一圈。回到家，母亲还特意给我做了好吃的，作为奖励。

这样持续练习了一星期，我感觉自己不再紧张了，终于能够平稳地将自行车蹬出十来米远了。

有一天，我在麦场里专注地骑着自行车，自行车比以往更容易掌控了，心里面美滋滋的。突然听见父亲在后面喊："海涛，你已经学会了！"

我回头一看，妈呀，才发现父亲并没有跟着我，而且他早已经放手了……"啪"的一声，我连车带人摔在了地上。

我埋怨着父亲:"你怎么能松手呢?我要是摔断了腿,你直接给我买轮椅吧。"父亲笑呵呵地说:"傻孩子,前两天你骑车,我都松了好几次手,只是你不知道罢了。其实,你已经会骑自行车了。"

不久以后,我就能一个人骑着自行车在麦场里兜小圈了。虽然还不敢到大马路上去骑行,但是基本上能把车子骑走而且不摔了,心里有着莫名的骄傲与兴奋。

"娘娘腔"看我学骑车,他也跟着凑热闹。这家伙又瘦又麻溜,自行车快控制不住的时候,他就往麦秸垛上骑,没有麦秸垛,他就靠树倒,自行车怎么摔,他都毫发未损,这家伙会得真不少。

再后来,"娘娘腔"逞能,晃晃悠悠地骑着自行车刚到大马路上,没想到正好遇见他爹下地回来,正扛着镢头往家走。"娘娘腔"手忙脚乱找不到刹车,感觉要撞上,就开始大叫:"别动,别动,碰上了!"

他那个亲爹果真站在那里,扛着镢头一动也没动。我眼睁睁地看着"娘娘腔"惊慌失措地叫喊着,骑着自行车拐来拐去,最后还是一下子把他爹撞歪了。

只见他爹扶着镢头站起来,拍了几下屁股上的土,故作生气地说:"你这货瞄得怪准嘞,摔坏了自行车看我咋揍你!杵在这里愣啥神儿?还不赶紧回家烧锅去!"

我第一次看见"娘娘腔"他爹板着脸,又转眼间笑逐颜开,两只眼角如霜打菊花一般的皱纹瞬间绽放了。

干儿

　　我虽然从小学习成绩好,但是养了一身的坏毛病。整天领着一大帮破小子在村里疯,偷瓜摘枣、逮鱼摸虾……干尽调皮捣蛋之事。其中就有个小屁孩跟我关系特殊,不仅是走哪儿跟哪儿,寸步不离,而且他还规规矩矩地喊我"爹"。虽然我只比他大几岁,可是从他喊我"爹"的那一天开始,他就是我的干儿了。

　　在我们老家,认干儿子的程序很简单,只要是双方父母关系不错,辈分不差,愿意认亲戚,两家在一起吃个饭,村里有人做证就可以了。逢年过节,干儿子要挎着篮子带着礼物去干爹家戴锁子、走亲戚。干爹要请客吃饭,还得回礼,一直到干儿十二岁,再整一场开锁子仪式。

　　说到走亲戚,我与干儿之间就省事多了。我们两家离得很近,一条胡同十来户人家,他家在胡同西头,我家就在胡同中间,直线距离不超过两百米。

　　五岁那年,记得是大年初一,天不明,伴随着一阵鞭炮声,家里就煮好了饺子。母亲说:"去把恁干儿抱过来吃饭。"于是,我就穿着新衣服出了门。

　　母亲在家左等右等,饺子汤都凉了,也不见我领着干儿回来。那段时间,邻居们家家户户都在煮饺子、轮番放鞭炮,胡同里烟雾弥漫,鞭炮声接连不断。母亲只好到胡同里去接,出门就看见我正在胡同里压着干儿在地上哭。原来我抱干儿回来的路上,被一条树根绊倒了。由于穿的棉袄、棉裤厚,并且胡同里遍地都是积雪融化后被冻成的冰,我怎么也爬不起来。于是,我就压着干儿哭,干儿被我压得嗷嗷叫。

　　我生气地说:"这个干儿我不要了!"母亲连忙捂住我的嘴说:"大过年嘞,不能瞎胡说。"于是,我只好学着大人的样,给干儿洗洗脸。水凉,干儿摇

302

头又摆脑,我用手指头照着他脑门轻戳了两下,他立马就老实了。我领着干儿狼吞虎咽地吃了几个饺子,就去胡同里捡落捻炮玩了。

那时候,俺家那条胡同一般人不敢通过,因为家家户户都养着狗,有十来条狗。"鸡犬相闻"形容的是田园生活,而我们家那条胡同却是"鹅犬争鸣"。只要有生人路过,十来条狗就开始虚张声势地轮番咆哮,院子里的大鹅也跟着叫唤。胆小的人保准得吓个半死,下次绕远道也不会从胡同里路过了。

不过,我们胡同里的狗,从来都没有咬伤过人。秋收的时候,我们领着狗去庄稼地里逮野兔,兔子没命地跑,狗可劲儿地追,我们在后面肆意地闹。

有一回,胡同口来了一个算卦的老先生,很快就围了一群看热闹的大人和小孩。老先生一本正经地坐在马扎上给人看手相、面相,看一回三五毛钱,掠几斤粮食给他也行。狗通人性,就趴在各自家门口打盹儿。

说到面相,我得描述一下俺干儿。倘若说他其貌不扬都有些"谦虚",怎么形容呢?黄头发、大脑袋、小眼睛、赤红脸,还有些驼背,猛一看挺丑,仔细一看更丑。他不仅长一对大龅牙,而且爱说话,大概是鸡下巴吃多了的缘故。老先生刚刚有板有眼地说了一大堆恭维话,干儿就龇着他的大龅牙在旁边冒了一句:"胡屌扯,说得一点都不准,净在俺庄骗人!"

老先生戴着老花镜用冰冷的眼神端详了干儿几秒钟,严肃地说了一句:"你这家伙是个祸害,可得严加管教啊,不然将来不杀人就放火。"随即,围观看热闹的人一阵哈哈大笑,把干儿气得脸红脖子粗,而老先生继续口若悬河地给人看相。

干儿憋着一肚子的气无处发泄,握着拳头直跺脚,就像热锅上的蚂蚁。大家都在听老先生胡侃,都没有注意到干儿转身回了家,他端出一脸盆凉水,趁老先生不注意,一下子倒在了他头上,嘴里还嘟囔着:"叫你胡说八道,叫你说我坏话,今天就叫你尝尝我的厉害!"然后,干儿端着脸盆拔腿就跑了。

看热闹的人总是嫌事小,几个人咋咋呼呼地对老先生说:"跑得了和尚跑不了庙,他干爹还在这儿呢,跟他干爹算账。"大家的眼睛一下子都盯到了我脸上。

老先生抹了几把脸上的水，狼狈不堪又满脸疑惑地打量着我，连声说："不瓤，不瓤，真不瓤，他爹得比他儿强。干儿杀人又放火，干爹上山当大王！"周围的人又是一阵大笑。

干儿的学习成绩差得一塌糊涂，小学一年级居然接连上了三年，地地道道的"留级娃子"。第四年，他还想厚着脸皮在一年级混，我母亲说啥也不同意教这个学生混子了。

母亲说，班里有他这样的学生，把其他的孩子都带坏了。打架、迟到、开小差、课堂上吃东西，尤其是上课的时候，全班学生都得跟着他喊母亲奶奶。

村里的老年人经常说，三岁看小，七岁看老。看一个孩子有没有福气，用一根火柴杆放在耳垂下面，耳朵能夹住火柴杆的孩子就有福气，夹不住的孩子就是薄命鬼。

干儿长着一对招风耳，一点儿耳垂都没有。看见大家用耳垂夹火柴杆，他就偷偷地用唾液把火柴杆弄湿，然后煞有其事地贴在耳朵下面。很快，他的小把戏就被大家揭穿了。

从天明到天黑，干儿就跟在我屁股后面。给我背书包，跟着我挖胶泥，陪我滚铁环，有时候我们去邻村看露天电影，一看就是半夜。有时候我穿着布鞋走腻了，只管噌噌两下把布鞋甩到一边，光着脚丫踩在被太阳晒得暖烘烘的路面上，干儿就在后面默不作声地捡起我的鞋子，继续跟我走路。

电影《少林寺》在我们集上的电影院上映后，痴迷于觉远和尚的光辉形象，我就自作主张到集上的理发店刮了一个光头，干儿也跟着我刮了光头。刮了光头的干儿更丑，就像《少林寺》里跟牧羊女打斗的反面角色秃鹰。

电影后面有一个觉远和尚剃度受戒的镜头。我们俩不敢用烟头烫，就涂牙膏，干儿在头上涂六个点，我涂九个点。我们俩没事就学着电影里的武打动作，比如醉拳，有模有样地比画着玩。玩得大汗淋漓时，头顶上涂的牙膏点粘的都是土。

那天放学，班里有同学问干儿干啥去，他摸着光头说："去理发店吹风去！"对方就回应："屌毛没有，吹个球！"于是，干儿就跟人家打了一架。记得干儿还薅掉了对方一撮儿头发，干儿还说，还是光着头打架沾光。

有时候，我也跟人打架。总是不等我动手，干儿就箭一般地从我身后冲过来，一个飞脚就踹在了对方的胸口上。不管能不能打过对方，干儿都是拼了命地上，直到我说别打啦，他才肯住手。村里的小伙伴知道我有这么一个拼命干儿，都不敢轻易惹我。

干儿他爹叫扎根，论辈分我喊他哥。可是我从小生性顽劣、调皮捣蛋，连哥也不放过。

干儿家门口有一个大水坑。有一年夏天，大人们都在午睡，我领着干儿还有村里的几个小伙伴，站在水坑对面学羊叫、学驴叫。后来，我故意让干儿学公鸡叫。

干儿整了几种公鸡叫，我都说不对。看着他迷惑不解的样子，我故作认真地教他："公鸡叫应该是恁、恁、恁……"

于是，干儿扯着嗓子大声喊了起来，"恁、恁、恁"的声音在水坑上方的回响十分嘹亮。很快，对面跑出来一个穿着一身黑衣服、裹着毛巾的老太太，握着笤帚冲着干儿喊："你个小傻种，恁亲爹叫扎根，你也敢喊!"干儿这才傻乎乎地反应过来，跟着我们一哄而散了。不过，他一点都没埋怨我，还说刺激好玩呢。

后来我读中学了，干儿经常提前放学，从小学跳墙头过去，站在我们班的教室外面，耐心地等我下课放学，不知道情况的还以为他经常被罚站呢。下课铃刚响，他就一声不吭地从教室后门进去，麻溜地站在我旁边，给我盖好钢笔帽，装好文具盒，把书本、作业本装进书包里，然后挎着书包跟我一块回家。他就像部队首长的警卫员一样，把我伺候得没一点儿毛病。除了夜里回家睡觉，这个干儿基本上天天与我形影不离。

就这样，一晃就是好多年。

后来我去外地上学，干儿初中没毕业就辍了学。等我参加工作以后，我张罗着把干儿带到了市里，教他学开车……他考了驾照，给老板打工，工资比我的还高。

再后来，干儿娶了媳妇，他媳妇也跟着规规矩矩喊我爹。

没多久，娶了媳妇的干儿就带着他媳妇去浙江闯门路了。在当地开大卡车收废品、跑运输，听说挣了不少钱。不仅买了房子，还买了好几台车，生了仨娃，小日子过得红红火火。有时候干儿还通过物流，给我寄当地的花雕酒，都是几十斤的大坛子。

有一次干儿在电话里跟我叙旧，突然谈到当年那个看相的先生，干儿一本正经地说："小时候，看相的那个老头说我将来不杀人就放火，弄得咱家门口的人都笑话我。我泼他一盆水有点过，但是也得感谢他刺激我，让我下决心争口气，长大了不能瞎胡混，让咱庄的人看笑话。你说，是不是这个理儿？"

直到现在，每年春节，我都会接到干儿给我打来的电话或者发来的信息："爹，我给您拜年啦！"

抽烟

趴在老槐树下的小方桌上写了半晌暑假作业，我才发现爸妈早已经下庄稼地浇地去了，要知道家里就剩我跟大黄狗，就不写这么多作业了。于是，我伸了伸懒腰，一屁股蹲在院子里，看鸡叨食、看蜘蛛织网、看蚂蚁搬家……

家门口的大黄狗突然极不满意地叫唤了几声，我抬头一看，"娘娘腔"穿着小背心、短裤衩，光着脚丫子蹑手蹑脚地从胡同里摸了过来。"大黄"正卧在门口打盹，所谓的叫唤也是哼哼唧唧的，马上又翻着白眼睡着了。

"娘娘腔"鬼鬼祟祟地附在我耳朵边说："想不想知道抽烟啥味道？"说着便从裤兜里掏出两根秃尾巴香烟，还有半盒"铁塔"牌火柴，匆忙给我看了一眼，又麻溜地把烟跟火柴装进了裤衩口袋里。一看"娘娘腔"这套动作，就知道他兜里的东西来路不明，八成是从家里偷出来的。

"没吭声拿你爹的吧？万一被逮住了，他又得用皮带抽你。"我撇着嘴小声地跟"娘娘腔"嘀咕着。

"娘娘腔"鬼点子多，从小都比我顽皮，挨的打多，抗击打能力也强。这都归功于他爹揍他的时候，经常借酒发挥，舍得下劲儿。

只见"娘娘腔"故作深沉地摇了摇头说："前天有个人来看俺爹，见面就敬烟。临走时没带走，说他不抽烟。趁俺爹送他出门，我就拿了两根。你一根，我一根，咱俩一块尝尝啥味儿。你敢不敢？"

"抽就抽，谁怕谁啊。"我本来想拒绝，他这么一激我，我就上了套。

"那就去屋后的水坑边吧，那里保险。"

"走！"

很快，我跟"娘娘腔"就一屁股坐在了水坑边的大柳树下面，俩人左顾右盼了一圈，生怕有人看见。别说人影，水坑边的蛤蟆都不知道去哪里睡觉了。

我学着大人的模样，低着头把烟嘬在嘴边，烟没有烟蒂，两头都一样。舌头尖刚接触到烟丝，就闻到一股硫黄的味道，抬头看时，"娘娘腔"已经擦燃了火柴，迫不及待地把自己嘴边的香烟点着了。

只见"娘娘腔"如同老烟鬼一般慢悠悠地吸着烟，就像在享受一道美味佳肴，满脸陶醉。"饭后一支烟，赛过活神仙。你看俺爹，抽烟又喝酒，日子过得多滋润。"我傻乎乎地看着他一边说话一边弹烟灰，那手势居然是那么老到。这家伙，偷抽烟的时间肯定不短了。

其实，我还没做好抽烟的心理准备，毕竟，我是第一次抽烟。愣神的片刻，"娘娘腔"捏着烧了半截的那根火柴，双手不容推辞地捧了过来。"娘娘腔"嘴里嘬着烟，吐字不清地说着："赶紧点上，洋火快烧着我的手了。"

我赶紧探头嘬着烟，把烟凑在火苗里用力地抽了一口。刚吸进去马上吐了出来，这烟味儿又辣又苦，和我平时闻到的烟香味儿完全是两回事。

"娘娘腔"带着嘲弄的表情嘿嘿笑了两下，接着煞有介事地连抽了两口，烟头的火光随即亮了起来。只见他眯起小眼睛，微微抬起脸，随着两缕青烟缓缓地从鼻孔缥缈而出，"娘娘腔"紧绷的小脸也慢慢地舒展开来，活像一种憋了很久的大便一下冲了出来的表情。

接着他又狠命地吸了一大口，青色的烟雾一缕缕地从他的口中缓缓吐出，四处缭绕。我听见"娘娘腔"嘟嘟囔囔说了一声："看我给你表演一个绝活哈。"只见刚从他嘴巴里飘出的烟雾又被他从两个鼻孔处吸了进去，如同胡同里的狗在闻屎，又像抽水管吸鱼缸底的粪便，吸得干干净净。

紧接着"娘娘腔"又把他的嘴唇弄圆，用手指轻轻地敲腮帮子。敲出来的烟是一个接一个翻滚的小圆圈，小圆圈越飘越高，越飘越散，看得我羡慕不已。

"娘娘腔"缓了一下神，然后看着我的脸说："看你能学会不，我偷偷地练了好多天了。"

我不满地瞥了他一眼，噙着香烟深深地吸了一口，准备学着"娘娘腔"的样子张开嘴把烟吐出去，再用鼻子狠命地吸，紧接着再敲着腮帮子吐烟圈儿……没想到这一吸不要紧，那股浓烟直冲我脑门，就像在厕所里蹲久了突然站起来缺氧一样，紧接着嘴巴苦、胸口闷，干哕又难受。我连续地大声咳嗽了一阵子，呛得眼泪跟鼻涕被我抹了一脸。

等我狼狈不堪地缓过神来，"娘娘腔"居然在一旁幸灾乐祸地把我扔掉的那根香烟有滋有味地抽完了，还一本正经地埋汰我，说我这副狼狈相，将来肯定成不了大气候。

为此，我一天半没有搭理他。

倒霉的蚂蚁

以前看过一个段子,问人类发明了放大镜后会怎样? 答案居然是:蚂蚁会死得很惨。

某网站做了一个调查,惊奇地发现 20 世纪 70 年代的小孩子们中,竟然有很大一部分人用放大镜烧过蚂蚁。

小时候我们玩过不少昆虫,有知了、蝗虫、蜻蜓、马蜂、蛐蛐、蝼蛄、蚰蜒、土鳖、萤火虫、老鸹虫、屎壳郎等,当然也少不了蚂蚁。那时候的孩子们,个个都是"捉虫特工"。

当年我们在课堂上学过一句话叫"千里之堤,溃于蚁穴",所以烧蚂蚁的时候不但毫无罪恶感,反倒是兴致勃勃。大家利用在课堂上学到的光学知识,翻箱倒柜找到家里的放大镜,或者是针线框里的老花镜,甚至是自己打磨的一片罐头瓶底儿,然后就蹲在院子里寻找小蚂蚁。

借着太阳光,我们调整好放大镜折射到地面上的光点,看到蚂蚁,就握着放大镜,让折射出的光点紧跟在地面上匆匆爬行的小蚂蚁。随着一缕青烟、一声爆响、一股煳味,一条小生命就这样倒霉地消逝了。

村里的蚂蚁随处可见,我们对付蚂蚁的手段也越来越多样化。除了用放大镜,我们还用过开水。当平时不肯做家务的孩子突然自告奋勇要烧开水的时候,蚂蚁的灾难就来临了。

开水浇灌蚂蚁窝的场面相当惨烈。随着滚烫的开水浇到蚂蚁窝上,成百上千只小蚂蚁瞬间毙命,等地面上的开水渗下去,蚂蚁就像一大捧黑芝麻粒撒在了地面上,只是它们再也没有生命迹象了。

我们还"不辞劳苦"地挖过蚂蚁窝,挖出好多带翅膀的小蚂蚁,将它们的翅膀一一摘掉,看着它们在地面上笨拙地爬行。然后挖出白色的蚂蚁卵,盛到破瓦片里喂鸡。我们还逮住过大块头的蚁后,玩个半天,蚁后想不死也难。好端端的蚂蚁窝,被我们兴趣盎然地挖得千疮百孔,对于蚂蚁来讲,简直就是灭顶之灾。

大家也不是一味对蚂蚁进行"杀光政策"的,有时候,蚂蚁也会成为大家照顾的对象。当我们玩腻了蝉、蚂蚱、蜻蜓之后,就把这些昆虫尸体大卸八块,摆放在蚂蚁的必经之路。

蚂蚁的力气很大,据说它是动物群里的大力士,因为蚂蚁可以搬起比它自身重几倍的物体。另外,小蚂蚁好像从不迷路,相隔十几米的路线,它都能来回自如,真让人佩服。我最喜欢的则是它们那种不怕牺牲、勇往直前的团结精神。

那一次,我们给蚂蚁准备的是一条半死不活的菜青虫。一会儿就招来了几只觅食的蚂蚁,其中一只蚂蚁毫不犹豫地冲了上去,用头上的利齿一口咬住,那虫子一转身想咬蚂蚁,另一只蚂蚁就从后面向它发起进攻。那菜青虫首尾不能相顾,既咬不住蚂蚁又无法脱身。还有一只蚂蚁没有参加战斗,而是快速掉头,去蚂蚁窝搬兵去了。

只见搬兵的小蚂蚁遇到同伙,就用头上的两根短触角告诉它们,然后继续往蚂蚁窝赶。片刻工夫,大队的蚂蚁就从蚁洞里浩浩荡荡地杀了出来,它们轮番冲锋,在巨大的虫子前毫无惧色,没有一只退缩的。几分钟的工夫,那只菜青虫身上爬满了蚂蚁。随后,更为壮观的场面出现了:那群蚂蚁居然齐心协力地把菜青虫拖向了巢穴。

看到这儿,我对趴在一旁发呆的"娘娘腔"讲,以后跟咱庄西头的那群孩子打架,咱们就要像蚂蚁一样勇往直前,打不过人家,你就赶紧去搬救兵。"娘娘腔"不住地点头,好像他已经是一个勇敢的男子汉了。

还有一回,"娘娘腔"从家里摸出来一粒樟脑丸,神秘兮兮地说要玩点新花样。只见他用樟脑丸当粉笔,在地上画了个小迷宫,顺手捉了一只小蚂蚁放在迷宫中央。那蚂蚁受不了樟脑的气味,就像一个喝多了的酒晕子一样,碰到樟脑线马上掉头,绕着圈来回奔跑。小蚂蚁跌跌撞撞、惊惶不安,不知道哪里才是可以逃命的路。

后来，"娘娘腔"把樟脑丸画的迷宫留出一段通道。等小蚂蚁辛辛苦苦找到可以"突围"的地方，一粒黄豆大小的光点突然从空而降，那光点处的温度可以让小蚂蚁瞬间燃烧起来。"娘娘腔"手里握着放大镜，笑嘻嘻的，就像稳操胜券的大将军。心情好的话，我们就放小蚂蚁一条活路，不然，小蚂蚁绝对是死路一条。

如今我才知道，蚂蚁是地球上数量最多的昆虫。大部分蚂蚁是益虫，只有一小部分蚂蚁才是害虫，比如危害家具和树木的白蚁，危害家中食物的小黄家蚁，还有红火蚁、飞蚁、木匠蚁。而我们常见的黑蚂蚁竟然是生物链中较重要一环，它们能清洁环境，消耗食物垃圾、碎渣、昆虫尸体等等。

如果没有蚂蚁等昆虫的进一步消化，我们所生活的环境很快就会变得腐臭不堪。

我的心里突然间有了强烈的罪恶感。

实在对不住了，那些曾经被我们伤害过的小蚂蚁！

妹妹

1983年的冬天,农历正月十八的夜里,大雪纷飞。

记得是姥姥把我从睡梦中喊醒的,她小声地附在我耳边说:"赶快起来看看,妈妈给你拾了个妹妹。"说实话,我真的记不起当时襁褓里的妹妹是什么模样了。在模糊的记忆中,想起当时家里点的还是煤油灯,昏暗的房间里听到妹妹嘶哑的哭啼声,声音是那么的孱弱。堂屋条几上的卡带录音机哇哇地唱着大戏。爸爸后来给我讲,那段时间家里的录音机天天没有消停过,就是为了迎接妹妹的出生。

其实不是迎接,而是遮掩。

就在那个风雪交加的夜里,妹妹被远房亲戚赶着马车悄悄地接走了,爸爸在家宽慰着妈妈,不断地祈祷着,刚出生的妹妹只能生死有命了。

妹妹是家里老三,超生,我们牛家唯一的闺女。我的印象里一直有这样的场景:在大雪纷飞的夜晚,北风呼啸,头戴斗笠、长着花白胡须的远房亲戚抱着襁褓里的妹妹,赶着马车走在一片银白色的世界里,马车后面是一条又黑又长的乡村小路,越走越远,渐渐地消失在电影一般的画面里……那一年,我七岁。

至今依然让我困惑不解的是远方亲戚是如何准确地知道妹妹出生的时间,而且那么及时地赶到我家。那时候没有电话,没有手机,更没有微信。在我的记忆中,每次读到课本里的"孤舟蓑笠翁,独钓寒江雪",我就不由自主地想起我家的远方亲戚,不善言谈,和蔼慈祥,就像神话里的老神仙。

天亮的时候,妹妹的啼哭声早已经嘶哑,远房亲戚在途中的村口遇到一个小卖部,停下马车试着去讨口热水给妹妹喝,居然遇到一个哺乳期的村妇。村妇慷慨解怀，让妹妹咕咚咕咚吃了个饱。爸爸经常感慨家里该有这个命硬的妹妹，命硬的妹妹该有这个福气。

后来我才知道，我曾经有四个姑姑一个大伯，都在未成年时不幸早亡了，这样的遭遇别说在村里，即使在乡里、在县里也很少见的。等到爸爸出生以后，爷爷担心还养不活，就将爸爸送给了爷爷的妹妹——我的姑奶奶。因为姑奶奶嫁的那家姓刘，谐音"留"，爸爸便有了另一个名字：刘远方。

刘老师

刘老师在家里是我的妈妈,在学校是我的小学老师。

教师子女参加考试可以享受加分照顾,教师子女不用缴学费,教师子女可以经常调座位……我作为村里寥寥无几的教师子女之一,从小就有恃无恐地在学校里享受着村衙内般的特权。或许是逆反心理在作怪的缘故吧,同学们不敢犯的错我都敢尝试:课间拼命疯,各种游戏都少不了我;故意在上课的时候推着带响的铁环去厕所,顺便跑到校长办公桌上拿一盒彩色粉笔;给女生文具盒里放豆虫、头上撒苍耳;上课的时候偷吃冰棍、嗑瓜子,偷看《故事会》、小人书;在桌面上打个孔,插根红色的橡皮管喝桌斗里的瓶装糖精水;写练习册用自制墨水等。别人自制的墨水多是黑色与蓝色,我偏偏做了一瓶米黄色的墨水,兑了过量的水,不仔细看就像压根没有写作业。

有一年夏天的午后,我们几个小伙伴在村前的泥塘里洗澡,潜水的时候摸到一个锈迹斑驳的铁疙瘩,于是我们在水里扔来扔去看谁再摸出来。玩得差不多了,我们穿上衣服背着书包推着铁环带着铁疙瘩去上学,路上遇见一家收破烂的,想把铁疙瘩卖了吃冰棍,可收破烂的说铁疙瘩不值钱,疙瘩头上的黄铜帽能卖钱。我们几个就憨乎乎地在路边上用砖头砸,不行又使劲摔,摆弄半天也没将那块黄铜弄下来。那时候流行学雷锋做好事,拾金不昧,既然吃不到冰棍,还可以将铁疙瘩上交学校,肯定会受到表扬。这样的好人好事自然由我来做,于是我兴高采烈地把铁疙瘩放到了校长的办公桌上。因为校舍少,老校长跟全校老师在一个大办公室里办公。

校长年岁大了,捧着铁疙瘩戴着老花镜端详了半天,忽然大喊一声:"老天爷啊,炸弹!"整个办公室像炸了窝一般,大家全都跑到了校园里。不一会儿,整个学校都沸腾了。后来派出所过来两名警察小心翼翼地把铁疙瘩带走了。再后来,我整整一个夏天都没敢去坑里洗澡。因为这事,刘老师把我跟弟弟都揍了。

爸爸

爸爸是家里的顶梁柱，小时候逃过荒要过饭，路上吃过红薯皮，家里没有一件像样的衣服。后来爸爸参军去新疆，因为他从小就没穿过带扣子的棉衣，所以在部队里经常因为敞着怀而受批评。爸爸所在部队是新疆汽车三十团，团里的汽车都是卡车，有苏联的嘎斯，二战时期的道奇，还有中国的老解放。他们还有自己的团歌："马达轰隆隆震天响，震天响，车轮滚滚把歌唱，战士手握方向盘，把歌唱……"西北高原的昆仑铁骑，爸爸曾经也是其中光荣的一员。

爸爸是个闲不住的人，最大的爱好是盖房子。当年跟妈妈结婚的时候，家里一片瓦都没有，借住在邻居家的一间老屋。后来爸爸转业后去县酒厂上班，开老解放卡车，挣了钱就在老家盖房子，盖了一处又一处，城里也有了一套商品房，就怕将来我们兄妹几个没有房子住。

爸爸喜欢赶集买菜，每次都是挎着两个竹篮子，家里从来没有断过鸡鸭鱼肉。记得小时候爸爸买回来的熟羊肉都是一整个垛子，就在厨屋的桌上放着，旁边摆着菜刀，我跟弟弟饿了就随时掂刀削几大片肉吃。用爸爸的话说，他小时候饿怕了、穷够了，不能让我们兄妹再吃苦受罪了。

现在，我的儿子牛壮壮已经读高三了。上高中以来，因为学习时间紧张，儿子上学需要接送。每天早上爸爸都是四点多就悄无声息地起床了。为了不打扰我们休息，又不敢打盹怕耽误时间，爸爸就在客厅里看静音电视剧，最近看的是《马向阳下乡记》。等到五点多妈妈做好早饭，儿子六点钟起床吃饭，爸爸就关了电视到院子里做准备。送孩子上学的交通工具是一辆简易的小鸟牌电动三轮车，四周没有外壳，挡不了风也避不了雨。可是爸爸从来没有埋怨过,整个冬天穿着厚棉衣,裹了一层又一层,晚上九点又早早地在学校门口接儿子放学回家,风雨无阻。我一直商量着给爸爸换一辆带篷的电动汽车,可爸爸心疼我花钱坚持说三轮车最好,不堵车还省油。

有一天晚上,爸爸在隔壁房间里泡脚,我突然听到他自言自语地说了一句:"我啊,还是年纪大了,身体不如以前喽。骑着三轮车跑一趟,这两条腿就冰凉冰凉的,没有知觉了。"听了爸爸的话,我蒙着被子难受了半夜。

在我的一再劝说下,周末上午,我带着爸妈在市区凯旋南路看中了一辆白色的电动四轮车,油电混合动力的,车厢也很紧凑。看到爸妈很喜欢,我随即刷了卡。老妈坐上去开心得合不拢嘴,说这下接孩子再也不怕天冷、下雨了。爸爸坐在驾驶座上像抚摸着一件心爱的大玩具,认真地对妈妈说:"没想到开了一辈子的车,到老了又混上这么高级的私家车了。以后接送大壮再也不冷了,我还得继续努力,好好活着,给全家做好后勤服务,出好力,拉好套,给你开一辈子的车。"

突然间,我的眼睛湿润了。

跋　那些散发着泥土芬芳的花儿

萧春桦

俄国作家冈察洛夫说："我只能写我体验过的东西,我思考过和感觉过的东西,我爱过的东西,总而言之,我写我自己的生活,和与之长在一起的东西。"

牛耕正是这样做的。

他把田园风景作为时代背景的底蕴,以故乡、亲情和童趣作为故事的主要基点,把清贫的生活描写得多姿多彩。他把童心当作主旋律,把故乡的情结深深扎根在写作的土壤。

故乡虽不富足,甚至贫穷,却掩盖不了牛耕笔下人物活着的乐趣,及至大自然的春夏秋冬、花草树木、鸟兽虫鱼、山水风雨全演变成精彩的人生故事,予以读者极大的阅读享受。

他用一颗烂漫的童心浇灌着记忆的沃土,滋润出一朵朵美丽的花儿,每一朵都散发着泥土的芬芳。

一、童年的万花筒填满风趣的故事

写童年故事最大的着力点应该是巧妙的构思和生动的讲述,这样才能抓住读者的心。牛耕不仅做到了这点,而且他的作品还一直流露出对文字细腻推敲、幽默诙谐的探索。

《马老师》这篇,可以说涵盖了"探索"的全过程,紧紧抓住了读者的心。

文章开头对马老师作了一番精彩的外貌描写,夺人眼球。关于漂亮时尚的马老师,读者充满强烈的好奇心:她教课怎样? 她为人如何? 她和学生之间会发生什么样的故事?

文字场景很快切入主题,一个个精彩故事发生了。先是"娘娘腔"起立不似起立,原来是脚底下的两块砖被人搬走,老师生气地查找始作俑者。接着"我"主动揽错,被马老师罚出教室外:"我就像英雄去刑场就义一般大义凛然地走出了教室,啊,外面的空气好清新,太阳照在身上好温暖呢。"不像被罚倒像奖励晒暖。

"我"也知道讨好老师,满怀深情地写了篇马老师带病坚持讲课的作文,不料,却被母亲揪着耳朵到大办公室向马老师认错。让人丈二和尚摸不着头脑时,谜底揭开了……少写一个字而引起误会,令读者忍俊不禁。

现代媒体技术如此发达,多少人能静下心来品读文字? 所以,现代人写文章的技巧在于会讲故事,故事吸引人,才会拥有读者,牛耕就是这样一个会讲故事的写手。

《飞翔的苍耳》《摔凹窝》《挖田鼠》等,不胜枚举。他的故事不哗众取宠,字里行间没有低俗,没有市侩,也没有高大上的涂抹,有的只是一颗天真、懵懂的童心,诙谐地讲着七色光下成长的故事。

二、童年的智慧在文字间流淌

广袤田野里的植物、动物都可成为童年游戏的对象。生于斯,长于斯,乐于斯。在与大自然的接触中,村里孩子的游戏有的来自大自然,有的靠自己的一双手"产生",且玩得花样翻新。"翻手绳"游戏,自制的"白菜疙瘩灯",罐头瓶逮鱼……在这些孩子眼里,丰富的"田间游戏"不仅可以玩,还可以"吃"。

生活是最好的老师。村里孩子把游戏与生存紧密相连,想方设法填饱肚子,一双灵活的小手不停地从大自然中摄取身体必需的营养。这在牛耕的作品中占了一定的篇幅,如《香姑娘》《仙人掌》《粘知了》《逮蚂蚱》。

在《土鳖》一文中,这种生存的智慧愈加突显:"土鳖是一种中药,治疗跌打损伤很有特效,可以将逮到的土鳖拿到集上的中草药店里卖钱……"

"我"的童年故事充满欢乐的情绪,给人以真、善、美的享受。有什么样的心态就会写出什么样的文字。正如著名儿童作家冰心所说:童年是真中的梦,梦中的真,是回忆时含泪的微笑。

三、淳朴的民风是滋养童年心灵的沃土

苏联作家高尔基对如何写好文学作品有着非常到位的注解:应该写得朴素,愈朴素愈好,而且愈能打动人,时代和新的读者要求朴素和明晰。

牛耕的作品之所以朴素动人,与他的出身环境密不可分。他是在淳朴的民风中长大的,无论做人还是写文章,他从来没有忘记这一点。文学即"人学",是教人向善、与人为善的,唯朴素才能打动人心,使作品站稳"脚跟"。

牛耕在《酸甜酸甜的桑葚子》这篇作品中刻画的"老五保"形象,自始至终散发着善良的柔光,文字朴素自然,感激之情跃然纸上:"村里还有一棵白色的桑葚子树,树龄有上百年了,果肉更甜,只是成熟的时间稍晚一些。大树旁边有两间茅草屋,住着一个白发苍苍的五保户,每次去他家院子里摘桑葚子感觉跟自己家的树一样。那时候我们不知道什么是五保户,所以都喊他'老五保'。"

这些富有情感的文字凝聚传神,尤其这一句:"'老五保'像一台复读机一样叨念几分钟后,就安静地看着我们在院子里折腾。"我们有理由相信,正是这些老实、厚道的乡亲,才造就了淳朴的民风,使村里的孩子得以轻松、快乐、健康地成长。

《老家的电影院》一文全方位地展示了农村人看电影时的情景,其欢乐的场面本身就像"放电影"一般。在这个偏远的小乡村,看一场电影就像过年一样喜庆,人们穿着自己最好的衣服,吃着零食。作者怀念的不只是童年的电影院,更有那温厚的环境:看到精彩处热烈地鼓掌。而今,即使看大片,看艺术家的表演,也很难做到"不约而同地、热烈地鼓起掌来"。

无论何时,淳朴都是最好的品质,它可以让你忘记世态炎凉的烦恼,忘

记见利忘义的卑鄙,向着温暖前行。

牛耕笔下的卖货郎憨厚质朴。他的到来让村里人像过年一样热闹,更是孩子们的期盼。"卖货郎童叟无欺,货真价实。村里很少有人去讨价还价……卖货郎实在与否,通过木盘上奖项的设置就可以看得出来。木盘上是没有空奖的,而且刻度线很细,除非是手气太差,飞镖扎在了刻度线上。每当看到孩子们扎空飞镖沮丧叹气的时候,卖货郎会憨厚地笑着打赏一两块梨膏糖作为安慰。"

读到这里,我们由衷地感叹那个物质生活虽然不富足,可精神世界并不贫穷的年代。遥远的小山村,故乡的父老乡亲,只一个"淳朴"就拥有了一生的平安和快乐。

看一个人会不会写文章,不是看文字是否华丽,思维是否奇特,而是看他的文章是否有血有肉,是否充满真挚的感情。牛耕与大自然拥抱在一起,憧憬在山水之间;与花鸟鱼虫打成一片,畅游在童心的欢乐海洋;与父老乡亲朝夕相处,身上散发着阳光、祥和的气息。毋庸置疑,这也是读者愿意获取的能量。

从一个孩子变为一个成年人是件极其简单的事,只需要时间;从一个成年人回归为一个孩子则极为困难,需要的是智慧。

回归不是倒退,而是生活的烦忧在消失,生命的喜乐在呈现。

2018 年 9 月于北京

(萧春桦,汉族,北京人,大学本科毕业。当过报社编辑,现为处级干部。曾被评为优秀公务员,荣立过个人三等功。出版有散文集《心梦永恒》。)

图书在版编目（CIP）数据

飞翔的苍耳/牛耕著. —郑州：河南文艺出版社，
2018.10（2019.9 重印）
ISBN 978-7-5559-0755-8

Ⅰ.①飞…　Ⅱ.①牛…　Ⅲ.①散文集–中国–当代
Ⅳ.①I267

中国版本图书馆 CIP 数据核字（2018）第 242233 号

出版发行　河南文艺出版社
本社地址　郑州市郑东新区祥盛街 27 号 C 座 5 楼
邮政编码　450018
承印单位　三河市兴国印务有限公司
经销单位　新华书店
开　　本　700 毫米×1000 毫米　1/16
印　　张　21
字　　数　318 000
版　　次　2018 年 10 月第 1 版
印　　次　2019 年 9 月第 3 次印刷
定　　价　58.00 元